FISCHER

JÖRG
MAURER

Shorty

ROMAN

FISCHER

Aus Verantwortung für die Umwelt hat sich der S. Fischer Verlag zu einer nachhaltigen Buchproduktion verpflichtet. Der bewusste Umgang mit unseren Ressourcen, der Schutz unseres Klimas und der Natur gehören zu unseren obersten Unternehmenszielen.

Gemeinsam mit unseren Partnern und Lieferanten setzen wir uns für eine klimaneutrale Buchproduktion ein, die den Erwerb von Klimazertifikaten zur Kompensation des CO_2-Ausstoßes einschließt.

Weitere Informationen finden Sie unter: www.klimaneutralerverlag.de

FSC
www.fsc.org
MIX
Papier aus verantwortungsvollen Quellen
FSC® C014496

Erschienen bei FISCHER

Satz: Dörlemann Satz, Lemförde
Druck und Bindung: GGP Media GmbH, Pößneck
Printed in Germany
ISBN 978-3-949465-07-9

Auf ein Wort

Ist Ihnen beim Anblick einer Gruppe von manisch chattenden Jugendlichen schon einmal der Gedanke gekommen, dass all die Smartphones intelligente Wesen sind, die sich Menschen halten, um sie auszuspähen, in ihnen zu lesen, sie zu lenken und mit ihnen zu spielen? Oder fühlen Sie sich gar selbst bei vielen Entscheidungen fremdgesteuert? Kommen Sie sich des Öfteren vor wie ein ohnmächtiges, unbedeutendes Rädchen in einer gigantischen Maschine? Und glauben Sie manchmal, versteckte Botschaften in Wetterberichten, Popsongs, Gebrauchsanweisungen oder gar Romanen zu entdecken?

Dann trösten Sie sich. Für das alles gibt es Gründe. Eigentlich nur einen einzigen Grund.

Der wird Ihnen allerdings überhaupt nicht gefallen.

ERSTES BUCH
Plötzlicher Kontakt

1

Die Welt steht auf kein' Fall mehr lang.

JOHANN NESTROY

Um das gleich von Anfang an klarzustellen: Shorty, dessen abschüssige Geschichte hier erzählt werden soll, waren derlei Gedanken noch nie gekommen. Natürlich besaß er ein Handy, aber er benützte es lediglich zum Telefonieren und um sich während besonders eintöniger Jobs Hörbücher reinzuziehen. Shorty hätte es für vollkommen verrückt gehalten, dass er von so einem harmlosen Gerät ausgelesen oder ausgespäht werden könnte. Er glaubte ohnehin nicht an höhere Mächte oder geheimnisvolle Strippenzieher. Shorty hatte sich in seinem ganzen Leben noch nie fremdgesteuert gefühlt, er war sich im Gegenteil bei all seinen Schritten ziemlich sicher gewesen, dass er sie wohlüberlegt in die gewünschte Richtung gelenkt hatte. Er fand es eher lustig, dass jemand ernsthaft glaubte, die Beatles seien in Wirklichkeit die vier apokalyptischen Reiter, die mit versteckten Botschaften in ihren Songs das Ende der Welt einläuteten. Shorty wechselte rasch das Programm, wenn im Fernsehen ein Verschwörungstheoretiker wieder einmal mit der abgehangenen These von der inszenierten Mondlandung daherkam. Schwadronierte jemand in der Kneipe vom Kennedy-Mord durch die CIA (»Kennedy hat zuerst geschossen«), winkte Shorty nachsichtig seufzend nach dem Ober.

»Und selbst wenn es diese obskuren Strippenzieher

geben sollte«, hatte er einmal bei einer Silvesterfeier argumentiert, »selbst wenn, dann hätten die doch bestimmt Wichtigeres zu tun, als sich um solche kleinen Würstchen wie uns zu kümmern.«

Nach diesen Worten hatte er ein halbes Glas Erdbeerbowle hinuntergekippt.

»Und Gott?«, hatte einer aus der Geselligen Runde (von der später noch ausführlicher die Rede sein wird) nachgesetzt. »Was ist mit Gott?«

Gerade bei Silvesterpartys kommt das Gespräch immer wieder gerne auf Gott. Vielleicht liegt es an der Erdbeerbowle, die im Kugelglas schwappt und die einem in angeregter Stimmung durchaus vorkommen mag wie ein kleines sternengespicktes Universum voller beweglicher, nach den Kepler'schen Gesetzen einander umkreisender Planeten.

»Also, was ist mit Gott, Shorty?«, hatte der Skeptiker insistiert. »Dann dürftest du ja an den auch nicht glauben, oder?«

»Was hat Gott damit zu tun?«

»Eine geheimnisvolle Macht, die uns alle lenkt – ?«

Auf Shortys Gesicht erschien ein ungeduldiger Zug. Schnell tauchte er die Schöpfkelle in die Kugel, um sich mit den vollgesogenen Früchten zu versorgen. Dass er auf diese Weise einen Ananasring und mehrere Erdbeeren aus ihren stabilen elliptischen Umlaufbahnen riss, entging ihm.

»Nur mal angenommen, es gäbe einen. Dann geht doch die Wahrscheinlichkeit gegen null, dass ein Gott an mir und meiner winzigen Existenz interessiert ist! Warum soll ich mich also umgekehrt für ihn interessieren?«

So hatte Shorty damals beim Millenniums-Jahreswechsel argumentiert. Er und die Gesellige Runde hatten sich den snobistischen Scherz erlaubt, den ganzen pompösen Wendeabend mit keinem Wort zu thematisieren, Mitternacht unaufgeregt sitzen zu bleiben und über alles Mögliche zu plaudern, nur nicht über das Jahrtausendereignis. Das Motto des Abends war es, sich gleichsam dem Diktat der schnöden Zahl zu entziehen. Shorty hatte das genossen. Denn das Gradlinige und Naheliegende war seine Sache nicht. Ihn zog alles magisch an, was abseits der ausgetretenen Pfade zu finden war.

Die Jahrtausendwende war lange her, Shorty hatte inzwischen die vierzig überschritten. Er wirkte sportlich, mit einem kleinen Ansatz von Schwarte über dem Gürtel, doch das tat dem fitten, kraftvollen Gesamteindruck keinen Abbruch. Die markant gefurchten Wangen und die hohe Stirn ließen ihn älter erscheinen, als er war, das aber machten die wachen, aufmerksamen Augen wieder wett. Shorty hatte bei aller Beweglichkeit etwas Gesetztes, etwas von einem altrömischen Senator, und deswegen hatte er sogar einmal eine Filmrolle angeboten bekommen. Der Casting-Scout einer Agentur hatte ihn auf der Straße angesprochen: Mensch, Wahnsinn, er sähe doch wirklich aus wie Julius Cäsar, oder jedenfalls so, wie man sich Julius Cäsar vorstellt. So einen wie ihn hätten sie schon lange gesucht. Es sei eine stumme Rolle. Eine stumme Rolle? Shorty war ein wenig enttäuscht. Ja, stummer ginge es gar nicht, hatte der Scout gesagt. Der Film spiele in der postcäsarischen Zeit, folgerichtig zeige die Anfangssequenz den legendären Staatsmann und Philosophen unmittelbar nach seiner Ermordung, auf der Treppe des Senatsgebäudes liegend, mit weit aufgerissenen Augen und den berühmten dreiundzwanzig Dolchstichen in der Brust. Tot? Mausetot? Ja, tot, aber sozusagen von einer edlen, altrömischen Töte. Shorty hatte zugesagt. Im Endeffekt blieb es dann aber sein einziger Auftritt in der Welt von Glamour, Glitz und rotem Teppich.

Und auch das war ganz typisch für Shorty. Es hatte schon vieles gegeben, was er nur ein einziges Mal angepackt und dann wieder aufgegeben hatte. Er, der durch sein nobles Äußeres immer den Eindruck vermittelte, als ginge er einer seriösen, erfolgversprechenden Arbeit nach und bastele an einer steilen Karriere, war im Grunde ein klassischer Gelegenheitsjobber. Shorty liebte diesen Ausdruck überhaupt nicht, er fand im Gegenteil nichts Kritisierenswertes daran, so vielseitig interessiert und allem Neuen gegenüber aufgeschlossen zu sein. Seine Kumpels in der Geselligen Runde waren da von ganz anderem Schlag. Sie arbeiteten in qualifizierten Berufen, in denen Erfolge in klingender Münze gemessen wurden. Im Gegensatz zu Shorty, der möglichst viele Erfahrungen sammeln wollte, der sich überall schnell zurechtfand, jedoch genauso schnell die Lust verlor weiterzumachen. Zweifellos waren wirklich interessante und lukrative Tätigkeiten dabei gewesen, die er links liegengelassen hatte. Solche, in denen er hätte Fuß fassen können und die ihm Ansehen, Sicherheit und Wohlstand gebracht hätten. Aber diese Art von Dauerhaftigkeit passte nicht zu seinem Temperament. Einmal hatte er aus einer Laune heraus alle seine Berufe und Anstellungen zusammengeschrieben, in denen er jemals tätig war. Kaufhausdetektiv, Nachtportier, Schankkellner … Es waren mehr Jobs als Lebensjahre dabei herausgekommen.

Momentan verlegte er elektrische Leitungen bei der Firma Lix & Partner. Die Kabel waren in dem aufgeschlagenen Schacht über ihm nur lose und provisorisch befestigt, er musste aufpassen, dass er die richtigen Kontakte zusammensteckte. Immer wieder rieselten ihm Staub und Mörtel in die Augen. Hustend unterbrach er seine Arbeit und senkte den Kopf für ein winzig kleines Verschnaufpäuschen. Tief unter ihm breitete sich eine vorstädtische Wohnanlage aus, mit kurzgeschorenen Rasenflächen und einladenden Geschäftszeilen, schwungvoll geschnittenen Zufahrtsstraßen und dazwischen aufragenden achtstöckigen Hochhäusern, auf deren Dächern grün strotzende Gärten wucherten. Die Kieswege vor den Eingängen waren penibel geharkt, die Blumenbeete gepflegt, die Sträucher schienen frisch gepflanzt zu sein, so sehr glichen sie einander. Kein Lüftchen bewegte sie, kein Laut war zu hören. Die Straßen waren menschenleer, Shorty konnte zumindest niemanden ausmachen. Er fand die Anlage allerdings nicht sonderlich wohnlich, viel zu geleckt, nicht um viel Geld hätte er dort einziehen wollen, da lobte er sich seine verschrumpelte kleine, aber einzigartige Altbauwohnung in der Stadtmitte. Und natürlich seine reparaturbedürftige Fischerhütte am See, in der er manchmal übernachtete. Genau genommen war es nicht seine eigene. Natürlich nicht. Mit seinen Löhnen konnte er sich keine Fischerhütte mit zwei Booten leisten. Ein Rechtsanwalt, für den er immer wieder mal Kurierfahrten,

Gärtnerarbeiten und den Winterdienst erledigte und der zudem Mitglied der Geselligen Runde war, hatte ihm im Gegenzug ein Dauerbenutzungsrecht eingeräumt. Shorty glaubte, dass der alte Zausel, der nur Scheidungen, Scheidungen und nichts als Scheidungen annahm, die Hütte schon längst vergessen hatte. Die Aussicht auf den See war jedenfalls immer inspirierend gewesen. Da sollte er mal wieder hinfahren. Seufzend hob Shorty den Kopf und wandte sich wieder seiner Arbeit zu. Elektroklemmen aufschrauben, den blauen Draht rechts einstecken, Schraube wieder zudrehen, aufpassen, dass ihm nichts entglitt und hinunterfiel. Zweihundert Klemmen steckten noch in seiner Tasche, deshalb griff er zum Smartphone, um sich das Hörbuch weiter anzuhören, das er begonnen hatte, als er vor ein paar Tagen bei Lix & Partner mit der Arbeit angefangen hatte. Es war eine knüppelharte Räuberpistole mit vielen Schlägereien, Verfolgungsjagden, explodierenden Benzintanks und sonstigen Actiontools, momentan lief ein Gefängnisausbruch. Gianfranco Fantini, eine dubiose Gestalt mit einer Nasenprothese aus Silber, hatte sich gerade mit zusammengeknoteten Bettlaken durchs Fenster abgeseilt. Und wie herrlich Shortys Lieblingshörbuchsprecher Simon Jäger diese Stelle vortrug: Der Mond lag schlapp auf der Mauerbrüstung wie ein rolliger Iltis … Fantini schloss die Augen und lauschte … von Ferne vernahm er den verlockenden Verkehrslärm einer vielspurigen Autobahn … den Lärm der Freiheit. Dort wartete in einer Parkbucht der vollgetankte Fluchtwagen samt Pässen, Waffen und einer Sporttasche, prall gefüllt mit Geldscheinen. Gianfranco Fantini stöhnte leise auf. Die Bettlaken hatten nicht ganz zum Boden gereicht, die letzten drei Meter hatte er sich fallen lassen müssen, hart war er im Innenhof auf dem Beton aufgeschlagen. Mit schmerzverzerrtem Gesicht und zusammengebissenen Zähnen humpelte er weiter. Doch dann zerrissen grelle Sirenen die Nachtstille. Auf den Wachtürmen blitzten schmerzhaft blendende Suchscheinwerfer auf. Rohe Kommandos schallten durch die Nacht. Gianfranco Fantini rannte los, er spurtete um sein Leben …

»Willst du auch einen Kaffee?«

Shorty drückte die Stopptaste seines Smartphones.

Ein junger Mann hatte die Tür vom Büro zum Lagerraum mit dem Fuß aufgestoßen, er war beladen mit meterlangen Papprollen, die er auf den Armen balancierte und nun in ein dafür vorgesehenes Regal schlichtete. Shorty nahm seine EarPods wieder ab.

»Was ist, willst du nun Kaffee oder nicht?«, wiederholte der junge Mann. »Wir machen drüben gleich Pause.«

Shorty schüttelte den Kopf. Der junge Mann hieß Eric, er war einer der Grafikdesigner des Architekturbüros Lix & Partner. Schnell ging Eric um den großen Tisch herum, auf dem das Pappmodell der geplanten vorstädtischen Wohnanlage im Maßstab 1:200 aufgebaut war, er belud sich mit weiteren Papprollen und verließ den Raum, ohne die Tür ganz zu schließen. Shorty konnte durch den Spalt einige der anderen Mitarbeiter von Lix & Partner sehen, allesamt über Baupläne gebeugt oder in tischtennisplattengroße Computerbildschirme starrend, auf denen man Grundrisse und Landkarten erkennen konnte. Shorty richtete seinen Blick zur Decke und nahm die Arbeit wieder auf. Er war schon drei Tage hier zugange, gestern hatte er die Schlitze für die Leitungen geschlagen und die Aussparungen für die Deckenspots gebohrt. Langsam richtete er sich auf der wackeligen Stehleiter auf und stützte sich mit der linken Hand von der Decke ab. Mit der rechten versuchte er, Ordnung in den Salat aus elektrischen Leitungen und Kabelbindern zu bringen. Immer die braunen Drähte zusammen, dann die blauen, dann die grün-gelben. Die Herren vom Ordnungsamt hatten die bisher frei liegenden Kabel moniert, einer hatte etwas von italienischen Verhältnissen gemurmelt. Und das in einem Architekturbüro wie dem Ihren, Herr Lix! Es musste also alles so schnell wie möglich unter Putz, bei der Gelegenheit sollte er auch gleich neue Lampen installieren. Der Chef fand allerdings, dass ein zertifizierter Handwerker dafür zu teuer war. Shorty mit seiner abgebrochenen Elektrikerlehre war genau der Richtige. Elektroarbeiten nahm er sowieso gerne an. Ihn faszinierte es, eine solch zerstörerische Macht wie die des fließenden Stroms in die Schranken zu weisen und nach Belieben zu lenken. Es waren die Phantasien von Zeus, dem notorischen Blitzeschleuderer. Gerade vorhin hatte Shorty daran gedacht, dass er es in der Hand hatte, nur durch eine einzige falsche Schaltung das ganze Büro Lix & Partner mitsamt seinem superklugen Chef lahmzulegen. Nette Idee, aber das traute er sich dann doch nicht. Also weiter mit der Arbeit: die Litze des braunen Kabels freifummeln, in die Lüsterklemme pfriemeln, zudrehen, nachprüfen, ob es nicht wackelte. Shorty hatte den Kaffee abgelehnt, weil er bis zur Mittagspause fertig sein wollte. Durch die halb geöffnete Tür hindurch konnte er einen Blick auf das knappe Dutzend Mitarbeiter erhaschen, die sich an den freigeräumten Tisch setzten. Eric reichte gerade einen Teller mit Süßigkeiten in Folienverpackung herum. Waren Snickers dabei? Nein, waren sie nicht, deshalb lohnte sich die Arbeitsunterbrechung sowieso nicht. Leises Murmeln und Geflüster, als ob die Gespräche nicht für Shortys Ohren bestimmt wären. Die hochaufgeschossene Architektin, Frau Lix, dünn wie ein Faden, der einem Schneider aus der Nadel geflutscht war. Ein Bauingenieur in Holzfällerhemd und lehmigen Stiefeln, der grimmig dreinblickende Chef und schließlich Bluna, die zweite Bauzeichnerin. Und ein freier Stuhl, gleich neben ihr. Sie winkte Shorty lächelnd zu, krümmte ironisch lockend den Zeigefinger und tätschelte mit der anderen Hand die Sitzfläche des leeren Stuhls. Shorty schüttelte bedauernd den Kopf. Er wollte mit der Arbeit fertig werden. Aber es war nicht nur das. Er hatte in den Pausen ein paarmal mit Bluna gequatscht, er hatte sie auf eine Zeichnung angesprochen, die er auf ihrem Schreibtisch liegen sah. Es war der Grundriss eines Bungalows.

»Arbeitest du gerade daran?«

»Nein, das ist privat. Ich zeichne gern. Das ist nur so eine Spinnerei von mir.«

Bluna hatte den Grundriss eines einstöckigen Wohnhauses mit zwei Zimmern, Küche und Bad skizziert, auf den ersten Blick sah alles ganz normal aus, beim näheren Hinsehen jedoch hatte er mit Verwunderung feststellen müssen, dass die Zimmer außerhalb des Hauses lagen, sich in alle Windrichtungen unendlich weit erstreckten, während im Inneren des Hauses nichts weniger als das ganze Universum zusammengepfercht war. Die Zimmer waren nach außen gestülpt, das Universum nach innen, dadurch maß das Universum zusammengenommen nicht mehr als 120 m^2, die Flächen der Zimmer wiederum waren unendlich groß.

»Jedenfalls hat man viel Platz in der Küche«, hatte er gesagt und auf eine Spüle gedeutet, die laut Bemaßung ein paar Millionen Lichtjahre nach außen ragte.

»Ja, dafür ist die Welt umso kleiner«, hatte sie lachend erwidert. »Eine Reise zu fernen Galaxien dauert nur ein paar Minuten.«

Die Chemie zwischen ihnen stimmte, und der nächste Schritt wäre es gewesen, sich außerhalb des Lix'schen Architekturbüros in einer verschwiegenen Cocktailbar näher kennenzulernen. Aber Shorty hatte keine Anstalten in dieser Richtung gemacht. Sie hatten sich zwar kurz zu einem Abendessen getroffen, aber das war es auch schon. Er hatte gerade eine ungute Trennung hinter sich. Ihr Name war Solveig gewesen und sie hatte aus ihm einen besseren Menschen machen wollen. Anstatt das geduldig geschehen zu lassen und eventuell sogar ein solcher zu werden, hatten sie sich getrennt. Nach wenigen Wochen. Shortys Hang zur Unbeständigkeit wiederholte sich in allen Lebensbereichen. Die Schule kurz vor dem Abitur abgebrochen, eine Schreiner-, eine Elektrikerlehre und eine Ausbildung zum Industriehandelskaufmann angefangen, überschaubare Engagements in verschiedenen Vereinen, Initiativen und Parteien – es wird niemanden verwundern, dass sich die Beziehungen und Bindungen von Shorty ähnlich bröckelig gestaltet hatten. Shorty sah zu Bluna hinüber, die inzwischen den Blick gesenkt hatte, um die Süßigkeiten auf dem Teller zu begutachten. Er hatte natürlich bemerkt, dass sie enttäuscht über sein mangelndes Interesse war. Gefühllos war Shorty nicht. Eher unstetig. Sprunghaft. Wetterwendisch. Kapriziös. Mit rasch wechselnden und widersprüchlichen Empfindungen. Shorty fummelte nach seinem Handy, steckte sich die EarPods an und hörte das Hörbuch weiter: Gianfranco Fantini hetzte bis zum anderen Ende des Gefängnishofs. Und schon peitschte der erste Schuss durch die mondhelle Nacht. Klar, das hatte ja kommen müssen. Blitzartig warf sich der süditalienische Ausbrecherkönig zu Boden und robbte in Richtung rettender Mauer, an der schon die Strickleiter ausgerollt war. Geschmeidig kletterte er hoch. Und wieder spritzte knapp neben ihm eine Maschinengewehrgarbe an die Wand, blutrote Ziegelstücke brachen heraus und zerplatzten mit einem hässlichen Geräusch …

Die Tür öffnete sich, Bluna trat ein. Sie trug ein absinthgrünes Top, darüber eine opalfarbene Hemdbluse, lässig in der Taille geknotet. Die kaperngrünen Destroyed-Jeans mit ausgefranstem Saum gaben ihr etwas Kämpferisches, einen Hauch von Abenteuer, eine Spur Wildnis. Grün war offensichtlich ihre Lieblingsfarbe. In der Hand hielt sie eine große Pappkiste, die sie vorsichtig abstellte. Verschmitzt lächelnd begann sie, winzige Keramikfigürchen auszuwickeln und die Modellsiedlung damit zu bestücken. Die Geschäftszeile bevölkerte sie mit schlendernden Spaziergängern, auf ein Areal mit feinem Sand stellte sie eine Gruppe hochkonzentrierter Bocciaspieler, schließlich verteilte sie Bikinischönheiten auf dem grün wogenden Dach, die es sich in den winzigen bunten Liegestühlen fläzig gemacht hatten.

»Shorty, hörst du mich?«

Er drückte die Stopptaste und sah sich um. Außer Bluna war niemand im Raum.

»Hast du mich gerufen, Bluna?«

Sie blickte zu ihm hoch.

»Nein, wieso?«

Shorty schüttelte irritiert den Kopf. Er musste sich wohl verhört haben. Bluna zog nun mehrere schwarze Schablonen aus der Pappschachtel und platzierte sie an bestimmten Stellen des Modells. Erst nach und nach erkannte Shorty, dass das die Schatten waren, die die Gebäude warfen. Auch die Figuren fanden ihren Halt auf dunklen Flächen, die gleichzeitig ihren Schattenriss darstellten. Bluna rieb sich die Hände, schnitt ein zufriedenes Gesicht und verließ den Raum wieder.

Shorty drückte wieder die Starttaste. Immer noch stand er hoch oben auf der Leiter. Und wieder den rechten Draht in die rechte Öffnung der Lüsterklemme stecken, während Gianfranco Fantini über die Mauerbrüstung hechtete, ins dunkle Nichts sprang, zum Wald lief, Lüsterklemme zuschrauben, während in weiter Ferne die rettende Autobahn zu hören war … Motorengeräusche wie süße Verheißungen … Fantini hetzte atemlos durch den Wald. Seine Lungen brannten wie Feuer. Ein Schuss, und mit einem irren Aufschrei griff sich der Sträfling mit der silbernen Nasenprothese an den Oberschenkel …

»Shorty, hörst du mich? Kannst du mich verstehen? Antworte bitte … ich will wissen, ob ich die richtige Frequenz erwischt habe!« …

Dann Stille. Nicht einmal ein Rauschen. Shorty hielt erschrocken inne. Verwirrt blickte er um sich. Das war doch irre. Simon Jäger, der Sprecher des Hörbuchs kannte seinen Namen und sprach ihn damit an? Mitten in einer Verfolgungsjagd? Das konnte nicht sein. Das war unmöglich. Shorty hielt sich mit einer Hand krampfhaft am Leiterbügel fest. Er war unfähig zu reagieren. Doch jetzt wiederholte Simon Jäger seine Worte, sie klangen nun zerhackt und zerbröselt, wie der Anruf eines Kidnappers mit einem Voice-Changer:

»hort! all hort! anns u ic öre? erstehs du ic etz?«

Mehrere Sekunden vergingen. Drückende Stille machte sich breit. Lähmendes Entsetzen kroch Shortys Rücken hoch. Und dann, diesmal klar und deutlich:

»Hallo, Shorty, antworte! Ich will nur wissen, ob ich auf der richtigen Frequenz bin.«

2

Am 30. Mai ist der Weltuntergang!
Wir leben nicht mehr lang!
Wir leben nicht mehr lang!

DIE TOTEN HOSEN

Immer noch unfähig zu antworten, vernahm Shorty jetzt technische Störgeräusche, die in den Ohren schmerzten, ein übersteuertes Jaulen und Fiepen, als ob ein Radioapparat die automatische Sendersuche gestartet hätte. War es ein defekter Stecker? Er wollte den Kopfhörer schon abnehmen, da löste sich die Stimme von Simon Jäger ganz deutlich aus dem Geräuschchaos:

»Shorty! Kannst du mich hören? Verstehst du mich jetzt? Hallo, Shorty! Hat es dir die Sprache verschlagen?«

Dann verstummte die Stimme des Hörbuchsprechers abermals. Shorty blickte sich misstrauisch im ganzen Raum um. Doch außer ihm war niemand da. Die Tür zum Büro hatte Bluna wieder geschlossen, ein Lautsprecher war nirgends zu sehen. Die Stimme konnte nur aus seinen eigenen EarPods gekommen sein. Hatte es etwas mit den Leitungen an der Decke zu tun? Vorsichtig zupfte er an dem Drahtverhau, berührte eine Lüsterklemme mit dem elektrischen Schraubenzieher, doch er wusste vorher schon, dass die Stimme nichts damit zu tun haben konnte.

»Bitte antworte, Shorty«, wiederholte die Stimme freundlich. »Ich muss wissen, ob ich auf der richtigen Frequenz bin.«

Wieder knackste und fiepte es in der Leitung, ein wasserfallähnliches Rauschen brandete auf, durchsetzt von zwei, drei üblen Rückkopplungen. Schließlich dröhnte ihm das ganze Spektrum an Buzz, Squeak und Rattle in den Ohren. Shorty kniff die Augen zusammen. Schnell ging er einige seiner Freunde und Arbeitskollegen durch. Ein Joke von der Geselligen Runde? Vielleicht hatten sie Simon Jäger für den Anruf engagiert. Aber war es überhaupt ein Anruf? Er lauschte angestrengt, kam sich dabei ziemlich albern vor. Schließlich hörte das Knacken in der Leitung auf.

»Entspann dich«, fuhr die Stimme fort. »Es gibt keinen Grund zur Panik. Arbeite einfach an deinen Leitungen weiter und hör mir zu.«

»Wer bist du? – Warst du das, der vorhin schon mal angerufen hat?«, unterbrach Shorty flüsternd. »Vorhin in der S-Bahn?«

Rappelvoll war die S8 gewesen, er hatte gerade noch einen Platz ergattert. Bei dem grobschlächtigen Mann neben ihm hatte plötzlich das Handy geklingelt. Die Frau gegenüber zog pikiert die Augenbrauen hoch: Na, toll. Ihr Sitznachbar lächelte nachsichtig. Doch der Grobschlächtige schien den Anrufer nicht zu kennen.

»Mit wem spreche ich bitte? –« Er lauschte und blickte auf. »Entschuldigung, heißen Sie Shorty? Ich glaube, das ist für Sie.«

Kopfschüttelnd und verständnislos hatte Shorty das Handy angenommen.

»Ja? Hallo, wer ist denn da?«

Die Tonqualität war jedoch so schlecht gewesen, dass er schließlich aufgelegt hatte. Eine komische Sache. Woher hatte der Anrufer gewusst –

»Ja, aber da ist die Verbindung dauernd zusammengebrochen«, fuhr der Unbekannte mit der Stimme Simon Jägers jetzt fort. »Hier ist sie wesentlich besser. Und dort, wo du momentan stehst, ist sie perfekt. Hör einfach zu. Was ich dir jetzt sage, ist wichtig. Äußerst wichtig.«

Der Unbekannte legte eine bedeutungsvolle Pause ein. Shorty lauschte noch angestrengter als vorher. Der Schweiß brach ihm aus, sein Hemd klebte am Rücken. Was zum Teufel war das für ein böses Spiel, das man mit ihm trieb?

»Es wird entscheidend für dein Leben sein. Und nicht nur für deines. – Shorty! Hörst du mich?«

»Ja.«

Shortys Ja war mehr ein Krächzen als ein Ja. Die Stimme ließ sich jetzt sehr viel Zeit, schließlich sagte sie langsam und mit rücksichtsloser Ernsthaftigkeit:

»Es geht um den Fortbestand der Menschheit.«

Shortys Mund öffnete sich. Der Schraubenzieher glitt ihm aus der Hand und bohrte sich splatternd durch eines der achtstöckigen Hochhäuser. Er blickte kurz nach unten. Nur der Knauf lugte noch aus dem Dachgarten heraus. Die Bikinischönheiten waren mit ihren Liegestühlen größtenteils umgefallen oder ganz vom Hochhaus gepurzelt. In seinen EarPods rauschte und knackte es.

»Sorry«, sagte die Stimme. »Das werden wohl Funklöcher sein. Interferenzen, atmosphärische Schwankungen, was weiß ich. Ich bin kein Techniker.«

»Wer oder – was bist du – sind Sie – denn dann?«, flüsterte Shorty atemlos.

Was, wenn jetzt jemand in den Raum kam? Hektisch fingerte er sein Smartphone aus der Tasche. Möglicherweise hatte er vorhin aus Versehen aufs Display getippt, dabei das Hörbuch angehalten und irgendeine andere App aktiviert. Doch keine einzige Audiodatei war geöffnet. Shorty wischte weiter angestrengt auf dem Display herum. Vielleicht hatte jemand angerufen und war noch in der Leitung.

»Hallo!«, rief er ins Smartphone.

Keine Antwort. Ein weiterer Mitarbeiter des Büros stieß die Tür mit dem Fuß auf und wuchtete ächzend einen Stoß verschiedenfarbiger Aktenordner in eines der Regale. Es war der Chef des Unternehmens, Stararchitekt Ingolf Lix höchstpersönlich, der schon mal anpackte, wenn Not am Mann war. Das war aber auch das einzig Positive an ihm. Shorty hatte es in der Woche, in der er hier arbeitete, hautnah mitbekommen. Er war ein schlechter Chef: ungerecht, launisch, herablassend, cholerisch, nachtragend, humorlos, jähzornig – aber er half manchmal bei niederen Büroarbeiten. Besser als umgekehrt. Nachdem er alles verstaut hatte, blickte er Shorty ärgerlich an.

»Was ist los? Du schaust, als hättest du einen Geist gesehen. Und jetzt beeil dich gefälligst.« Er klopfte die Worte rhythmisch aneinander wie ein paar schmutzige Schuhe. »Arbeite weiter. Ich bezahle dich nicht fürs Musikhören.«

Hatte er mit der ganzen Sache zu tun? Nein, ihm traute Shorty am allerwenigsten einen Joke zu. Durch die offene Tür drangen laute Gespräche, Begrüßungen, Gelächter, vielleicht waren Kunden gekommen. Oder es wurde irgendein Abschluss gefeiert. Nachdem Lix den Raum verlassen hatte, stieg Shorty von der Leiter, zog den Schraubenzieher aus dem Hochhaus (dieses Malheur hatte der Chef zum Glück nicht bemerkt) und kletterte wieder hoch zu dem Gewusel der Leitungen. Mechanisch setzte er seine Arbeit fort, dabei überlegte er fieberhaft. Wer steckte hinter diesem unerklärlichen und verstörenden Anruf? Er konnte sich nicht mehr auf seine Schrauberei konzentrieren. Nachdenklich starrte er auf das Handy. Vielleicht war jemand durch eine Fehlschaltung zufällig in die Leitung geraten. Einer, dessen Stimme der von Jäger ähnelte. Ja, das war eine plausible Erklärung. Eine simple Phasenverschiebung – und er wäre vor Angst fast von der Leiter gefallen! Fortbestand der Menschheit, sehr witzig, eins drunter ging es ja wohl nicht. Gerade als er sich einigermaßen beruhigt hatte, knackte und schmatzte es erneut in der Leitung. Diesmal klang es wie vierzig rostige Schaufeln auf rauem Asphalt. Dann vernahm er klar und deutlich:

»Shorty, ich habe mit dir zu reden. Hör mir einfach zu, o.k.? Arbeite so unauffällig wie möglich weiter und spitz die Ohren.«

»Bist du Simon Jäger, der Hörbuchsprecher? Wir haben uns mal in einem Tonstudio kennengelernt –«

»Nein, bin ich nicht. Die Situation ist ohnehin schon so verwirrend für dich, also habe ich seine Stimme gewählt, weil du sie schon kennst.«

Shortys Mund fühlte sich staubtrocken an. Seine Knie gaben nach. Was zur Hölle war da los? Er musste sich an der Decke abstützen, so wackelig war er auf den Beinen. Sein Gesicht brannte wie Feuer. Was stimmte nicht mit ihm? Waren akustische Halluzinationen nicht die Hauptsymptome von Schizophrenie? Vor einiger Zeit hatte er einen Bericht darüber gesehen. Stimmenhören war so etwas wie das Gratisticket in die Geschlossene. Shorty atmete kräftig ein und aus. Er spürte, dass er am ganzen Körper nassgeschwitzt war. Und ein und aus. Und ein und aus. Er musste etwas entgegnen. Vielleicht verschwand der Spuk ja dadurch. Sicher klärte sich auf diese Weise alles auf. Ganz sicher sogar. Nervös wischte er sich eine störrische Haarsträhne aus der Stirn.

»Wer – wer – bist du?«

Die Worte kamen leise und brüchig, noch immer mehr herausgekrächzt als gesprochen.

»Das ist nicht ganz leicht zu erklären«, erwiderte die Stimme. »Um es auf den Punkt zu bringen: Ich wende mich an dich, weil ich deine Hilfe brauche, Shorty.«

»Meine Hilfe? Warum – was willst du von mir?«

Plötzlich straffte sich Shortys Körper. Er richtete sich auf. Warum war ihm das nicht gleich eingefallen! Ein Grenzflächenmikrophon, das jemand mit einem daumennagelgroßen Pflaster irgendwo auf seinen Körper geklebt hatte. Dazu eine Membran, die als Lautsprecher fungierte, so dass man die Tonquelle nicht lokalisieren konnte und den Eindruck hatte, man hörte Stimmen im Kopf. Er hatte mal einen Film gesehen, in dem die U.S. Army so was als ›Weiße Folter‹ verwendete. Hieß nicht der Film auch so? White Torture? Egal jetzt. Vollkommen egal. Ein Sender irgendwo da draußen. Ein drahtloses Audioset. Und ein technisch versierter Spaßvogel, der eine Riesensache mit ihm veranstaltete. Und nun erinnerte er sich auch, dass ihn heute Morgen beim Herweg jemand angerempelt hatte. Genau! Nach der Geschichte in der S-Bahn, auf dem Bahnsteig. Er knöpfte sein Hemd auf.

»Was machst du da, Shorty?«, mischte sich die Stimme ein.

»Ich suche nach dem Mikro, das ihr mir verpasst habt. Du billiger Simon-Jäger-Verschnitt! Du sitzt doch da draußen irgendwo vor deinem Computer und lachst dich über deinen Riesenfez kaputt!«

Die Stimme in den EarPods hörte sich jetzt fast traurig an.

»Nein, Shorty, Mensch, mach mir keinen Kummer, spinn nicht so rum. Das ist kein Riesen*fetz*!« Der Unbekannte sprach das aus der Mode gekommene Wort so aus, als ob er es nicht kennen würde. »Die Sache ist ernst und wichtig. Knöpf zuerst einmal dein Hemd wieder zu.«

Zorn flammte in Shorty auf. Er riss die EarPods herunter und stopfte sie in die Hosentasche. Dann stieg er hastig von der Leiter, zwängte sich zwischen den Arbeitstischen und Regalen durch, stürmte durch zwei weitere menschenleere Lagerräume in die sogenannte Stiefelkammer, in der die schmutzigen Schuhe nach Baubegehungen gewechselt wurden. Er riss die Tür zur Angestelltentoilette auf und zog sich drinnen vollständig aus. Zentimeter für Zentimeter begann er seinen Körper zu untersuchen. Von oben bis unten. Und schon wieder hörte er ganz deutlich die Stimme:

»Es hat keinen Sinn, Shorty, du bist auf dem Holzweg. Gib es auf. Und zieh dich wieder an. Stell dir vor, wenn jemand hereinkommt. Was soll der von dir denken.«

Der Wahnsinn! Eine Kaskade von winzigen Nadelstichen durchlief Shortys Körper. Die Stimme befand sich in seinem Kopf! Ganz ohne Mikro. Das war furchterregend. Und der Unbekannte konnte ihn sehen! Das war der reinste Horror.

»Was – was soll das –?«, stotterte Shorty und griff sich

mit beiden Händen an die Schläfen. Er ballte die Fäuste und hämmerte auf ihnen herum. Die Stimme blieb ruhig.

»Nein, du Idiot, ich bin nicht in deinem Schädel. Wirf mal einen Blick auf den kleinen Deckenlautsprecher da oben. In den habe ich mich eingeklinkt. Ich kann nur über die Membran eines Schallwandlers mit dir in Kontakt treten. In dein Eiweißhirn komme ich nicht rein, jedenfalls nicht, ohne es zu beschädigen.«

Shortys Atem flatterte immer noch. Eiweißhirn? Wieso Eiweißhirn? Splitternackt stand er da, und er kam sich nun doch ziemlich lächerlich vor.

»Solche Tricks wollte ich eigentlich vermeiden, Shorty. Du ziehst dich jetzt sofort wieder an, gehst in den Lagerraum zurück und arbeitest dort weiter. Schraubst die braun markierten Drähte in die linke Öffnung der Klemme, die blauen in die rechte, vergisst die Erdung nicht, du weißt schon: grün-gelb –«

»Was weißt du über meinen Job hier?«

»Shorty, ich weiß über alle deine Jobs Bescheid. Ich kann sie dir aufzählen, wenn du mir nicht glaubst. Tomatenpflücker, Bademeister, Stadionsprecher …«

»Stadionsprecher?« Shorty schluckte. »Das habe ich bloß mal für drei Stunden gemacht. Und es ist ewig lange her. Wie kannst du das wissen, Mensch?!«

Die Stimme war unerbittlich.

»… Möbelpacker, Inventurhelfer, Nachrufschreiber … Und eben auch Elektriker. Und in dieser Funktion brauchen wir dich. Also bitte, geh zurück an die Arbeit.«

»Ja, gut«, versetzte Shorty eingeschüchtert. »Aber dass du Simon Jägers Stimme hast, bringt mich total durcheinander.«

»Ich kann auch eine andere Stimme verwenden, wenn es nur das ist, was dich verwirrt.«

Rauschen und Kratzen, Fiepen und Rückkopplungen. Dann:

»Eins zwei, eins zwei, das ist jetzt eine andere Stimme, ebenfalls eine angenehme, wohlige Stimme. Eins zwei – besser so?«

»Ja, besser so«, murmelte Shorty.

Die Stimme, die Shorty jetzt hörte, kam ihm entfernt bekannt vor. Er war jedoch zu aufgewühlt, um sie einordnen zu können. Widerwillig und wie in Trance kleidete er sich an und verließ die Toilette. Die beiden indonesischen Reinigungskräfte hatten inzwischen begonnen, den schmutzigen Boden der Stiefelkammer zu putzen. Sie blickten kurz auf und nickten unverbindlich. Hatten sie etwas mitbekommen? Und wenn schon. Shorty hielt kurz inne, drehte sich von ihnen weg, griff sich sein Handy und wählte eine Nummer. Einen letzten Versuch, das Ding auf eine reale Ebene zu stemmen, wollte er noch wagen.

»Ja, Praxis Dr. Flessen.«

»Hallo, Günter. Shorty hier. Hast du gerade einen Patienten?«

Der andere verneinte. Dr. Flessen war ein Mitglied der Geselligen Runde.

»Nur ganz kurz.«

Shorty schilderte seine Unterhaltung mit der ›Stimme‹ und fragte, ob es möglich war, dass er sich das einbildete. Ob es sich vielleicht um Tinnitus handeln könnte.

»So, wie du das beschreibst, ist es kein Tinnitus.« Nach

einem viel zu langen Zögern sagte der Arzt ernst und eindringlich: »Aber es ist besser, du kommst bald mal bei mir vorbei.«

Shorty bedankte sich und legte auf. Mit zittrigen Knien ging er wieder zurück in den Lagerraum, bestieg die Leiter, steckte sich die EarPods in die Ohren und nahm seine Arbeit auf, noch verkrampfter und mechanischer als vorher. Das Kabelwirrwarr verschwand langsam in dem Schlitz, und als Lix hereinkam, um eine Mappe mit Holzmustern aus dem Regal zu nehmen, pfiff der sogar anerkennend durch die Zähne.

»Sieh zu, dass du heute noch fertig wirst.«

Der Stararchitekt, wie ihn die Zeitungen oft bezeichneten, rauschte aus dem Zimmer. Ein wirklich unangenehmer Typ. Der hätte bei Shortys Cäsar-Dreh einen schön fiesen Brutus abgegeben. Von der Stimme war momentan nichts zu hören. Shorty sah auf die Uhr. Bald war Mittagspause für die Angestellten. Wenn er hier fertig war, würde er nach Hause in seine verwinkelte Altbauwohnung fahren, die Tür hinter sich zuknallen und sich im Bett verkriechen. Aber dass die Stimme jetzt ganz und gar schwieg, machte ihn auch nervös. Schließlich hielt er es nicht mehr aus.

»Bist du noch da?«, fragte er leise und vorsichtig.

Buzz, Squeak und Rattle. Eine besonders schmerzhaft helltönige, laute und kratzende Rückkopplung.

»Ja, Shorty. Ich höre dich.«

Shorty ließ sich mit der Frage Zeit. Er hatte Angst, sich lächerlich zu machen. Schließlich begann er zögerlich:

»Bist du –«

Er schämte sich, das Wort auszusprechen. Das war noch

peinlicher, als nackt im Klo zu stehen und seinen schweißnassen Körper nach Minilautsprechern abzutasten.

»Bist du – ein Alien? – ein Außerirdischer?«

»Nun ja, die Frage ist gar nicht so leicht zu beantworten. Ich würde sie aber im Endeffekt bejahen. Ich gehöre einer Spezies an, die unvorstellbar weit von dir entfernt ist. Unvorstellbar weit für *dich*, mein Lieber. Wollen wir es zunächst dabei belassen, o. k.?«

Shorty befand sich im freien Fall. Jemand hatte ihm den Boden unter den Füßen weggezogen. Das Weltall. Unendliche Weiten. Fremde Spezies. Psychiatrische Anstalt.

»Aber … aber –«, stotterte er, heiser flüsternd. »Wieso gerade jetzt, mitten in der Arbeit? Ich stehe hier momentan auf einer wackeligen Leiter, jeden Augenblick kann jemand reinkommen –«

»Ich weiß, ich weiß.«

»Woher –?«

»Ich bin in Eile, Shorty. Ich habe schon öfter versucht, mit dir Kontakt aufzunehmen, aber es hat nie geklappt. In der S-Bahn, im Bootshaus, bei dir zu Hause.«

»Und von wo genau kommst du?«, stieß Shorty hastig und heiser hervor.

Er biss sich auf die Lippen. Das war eine dümmliche Frage. Was spielte es schon für eine Rolle, von wo genau. Verstohlen sah er sich um, ob auch niemand hereingekommen war. Oder ob ihn jemand durchs Fenster beobachtete.

»Nun, ich könnte dir natürlich Koordinaten nennen«, fuhr die Stimme geduldig fort. »Zahlen, Lichtjahre, Sternbilder, Energieraumpunkte, Zeitkrümmungsrelationen – ich könnte dich mit viel billigem Datenschmutz bewerfen, doch mit all dem würdest du nichts anfangen können.«

»Aber – Moment!«, rief Shorty und richtete sich auf. »Natürlich, das ist es!«

Plötzlich wusste er, warum ihm die Stimme so bekannt vorkam.

»Verdammt nochmal, sprichst du etwa mit *meiner* Stimme?« Er war so laut geworden, dass er Angst bekam, dass man ihn im Nebenzimmer gehört hatte.

»Ist dir deine eigene Stimme nicht angenehm?«, fragte der andere fast besorgt. »Ich habe sie ganz bewusst gewählt. Ich dachte, sie käme dir am wenigsten fremd vor.«

»Glaub mir«, keuchte Shorty. »Es gibt nichts Fremderes als die eigene Stimme.«

Die Stimme seufzte.

»Weißt du, ich bin mit den Feinheiten menschlicher Artikulation nicht so vertraut. Also, du willst weder den Hörbuchsprecher noch deine Stimme –«

»Kannst du nicht die eigene nehmen?«, zischte Shorty, jetzt fast ärgerlich. »Ich meine: *deine* eigene.«

Der andere lachte das erste Mal laut auf. Es war das Lachen Shortys. Dem kam es allerdings reichlich gekünstelt und unecht vor.

»Shorty, Shorty, was meinst du, wie dich das erschrecken würde! Ich gehöre einer Spezies an, die auf andere Weise kommuniziert.« Es folgte ein Brummen, Knarren und Schleifen. Die Nebengeräusche waren wirklich lästig. Aber sie kamen wenigstens nur noch in großen Abständen. »Ich bin eine Art Übersetzer. Ein Translationator. Ein Gondoliere, der dich von einem Ufer der Bedeutung ans andere bringt. Ich habe deine Sprache, wenn auch mühsam, erlernt. Meine eigene Stimme würde dich, wie soll ich sagen, in Angst und Schrecken versetzen! Willst du denn eine andere Stimmfärbung? Eine Frau? Deinen Lieblingsschauspieler? Einen italienischen Akzent, wie man ihn zum Beispiel in einem bestimmten Stadtteil von Neapel spricht? Die Lehrerin aus der Grundschule? Bill Gates? Die Stimme der Mutter von Howard Wolowitz, ganz authentisch aus dem Nebenzimmer gebrüllt? Oder lieber etwas Historisches? Martin Luther, Napoleon, Hitler …«

»Nein, um Himmels willen, belassen wir es dabei, so schlimm finde ich meine Stimme nun auch wieder nicht.«

»Aber gerne, Shorty«, sagte die Stimme Shortys zu Shorty in dessen angenehmstem Timbre. »So schlimm klingt deine Stimme tatsächlich nicht.«

Shortys Puls ging immer noch auf hundert. Die beiden Indonesier kamen mit Putzkübeln und Lappen in den Lagerraum und begannen hier mit ihrer Arbeit. Fiel ihnen nicht doch etwas auf? Hatte der eine von ihnen nicht gerade wissend und verschwörerisch gelächelt? Nein, das bildete er sich bloß ein. Lix beschäftigte die beiden schwarz, das wusste er von Bluna. Sie verstanden kein Wort Deutsch, reagierten nur auf das Wort »verschwinden«. Wenn Lix das zischte, so hatte ihm Bluna erzählt, liefen sie sofort in die Stiefelkammer, zogen sich um, verließen die Büroräume durch eine Seitentür, setzten sich auf die Terrasse des Bistros gegenüber und spielten die Touristen, mit Selfiesticks, Sonnenbrillen und dem zerfledderten Fremdenführer ›Europa in acht Tagen‹. Dabei unterhielten sie sich angeregt und deuteten bewundernd auf einen fernen Kirchturm. Jedenfalls so lange, bis die Jungs vom Ordnungsamt wieder weg waren. Ob die Geschichte stimmte? Zuzutrauen war es Lix. Mit offenem Mund starrte Shorty auf eine schillernde Seifenblase auf der Oberfläche des Spülwassers im Eimer, die größer und größer wurde, um sich schließlich mit einem schmatzenden Geräusch in nichts aufzulösen. Interessiert hätte es ihn schon, ob der Fremde die Stimme seiner Grundschullehrerin getroffen hätte. Oder wie die Stimme von Napoleon geklungen hatte. Stattdessen sagte er:

»Verrate mir bitte endlich, warum du mich kontaktiert hast. Ich fühle mich wirklich geehrt. Aber wie bist du auf mich gekommen? Was ist so Besonderes an mir?«

Shorty wusste allzu gut, dass an ihm ganz und gar nichts Außergewöhnliches war. Er bewegte sich auf der sozialen Skala nicht gerade ganz oben. Er hatte zwar sein Dasein als Jobhopper durchaus freiwillig gewählt, und er stand auch dazu. Doch manchmal beschlich ihn trotzdem das Gefühl, dass er sich sein Leben ein wenig schönredete. Ewig konnte das vermutlich nicht so weitergehen. Wie jeder kreative und neugierige Mensch träumte er davon, sich selbständig zu machen, doch dazu fehlte die Kohle, denn richtig gut bezahlte Jobs hatte er naturgemäß selten ergattert. Durch den ständigen Wechsel hatte er viele Menschen kennengelernt, doch Freunde im engeren Sinn hatte er kaum. In der Geselligen Runde wurde er geduldet, quasi als Quotenluftikus. Vorgestern, an seinem zweiundvierzigsten Geburtstag, hatte ihm bezeichnenderweise niemand gratuliert. Lediglich sein Physiotherapeut, bei dem er vor Jahren einmal in Behandlung war, hatte ihm eine vorgedruckte Grußkarte geschickt.

»Wir haben ein Problem.«

»Wer ist wir? Und was für eines? Und vor allem: Was habe ich damit zu tun?«

»Zunächst zu deiner letzten Frage: Du kannst es lösen. Du und nur du, Shorty.«

Du und nur du, Shorty. Das machte ihn trotz aller Verwirrung, in der er momentan steckte, fast ein wenig stolz.

3

Unsere Jugend ist heruntergekommen und zuchtlos. Die jungen Leute hören nicht mehr auf ihre Eltern. Das Ende der Welt ist nahe.

KEILSCHRIFTTEXT AUS CHALDÄA, UM 900 V. CHR.

Lix steckte den Kopf zur Tür herein. Shorty war bereits dabei, den Kabelschacht zu verschließen. Was wollte denn dieser lästige Controlletti schon wieder?

»Na also, geht doch«, sagte der Chef, um auf eine imaginäre Uhr an seinem Handgelenk zu tippen und gleich darauf wieder zu verschwinden.

»Es ist ein Unfall passiert«, fuhr die Stimme fort. »Oder sagen wir besser: eine Betriebsstörung. Allerdings eine ziemlich weitreichende. Stell dir das wie eine undichte Stelle in einem riesigen Tank vor. Nur dass in unserem Fall kein Wasser ausläuft oder andere kostbare Flüssigkeiten wie Blut, Wein oder Lethe, sondern Energie. Die Störung betrifft in erster Linie deinen Heimatplaneten, und zwar genau den Quadranten, in dem du lebst. Deshalb muss auch dort repariert werden. Wir haben vor, einen Trupp Arbeiter in deine Gegend zu schicken, der das in ein paar Minuten erledigt. Es ist wie gesagt nichts Dramatisches. Aber – und jetzt kommt das große Aber – mit diesem Aber kommst du ins Spiel, Shorty.«

Die Stimme legte eine bedeutungsschwere Pause ein. Die beiden Indonesier quälten immer noch schweigend den Boden. Es pflatschte und quiekte, das erdete Shortys angegriffene Nerven fast ein bisschen, sie standen im Raum wie zwei Fixpunkte zur Realität, wie zwei sichere Verbindungen zu seiner gewohnten und alienfreien Welt. Einem der indonesischen Cleaner fiel jetzt eine Glasflasche mit Reinigungsmittel zu Boden, die krachend zerschellte. Er fluchte laut. Auf Indonesisch, was sich sehr eigenartig und gar nicht besonders fluchig anhörte. Außer vermutlich für Indonesier.

»Die Reparatur darf von eurer Spezies keinesfalls bemerkt werden«, fuhr die Stimme fort. »Es entsteht zwar nur ein kleiner Blitz am Himmel, und das auch nur für einige Augenblicke, aber ihr befindet euch momentan – wie soll ich sagen – in einem ungünstigen Entwicklungsstadium. Wenn ihr noch im Mittelalter oder in der Steinzeit stecken würdet, dann bekämt ihr diese temporäre und lokal begrenzte Schwankung des Erdmagnetfeldes mangels genauer Messinstrumente gar nicht mit, wir könnten ohne weiteres reparieren. Wenn ihr andererseits schon zwei- oder dreihundert Jahre weiter wärt mit eurer … Physik –«, die Pause vor Physik war unverschämt lang, »– dann würde die menschliche Zivilisation die Zusammenhänge begreifen, wir könnten die Reparaturen mit euch absprechen und ganz offen durchführen. Aber momentan wäre eine drastische Veränderung der Takashi-Konstante auf der Erde vollkommen unerklärlich. Und, lieber Shorty: Etwas ganz und gar Unerklärliches ist für eine so wackelige Welt wie die eure verhängnisvoll.«

»Takashi-Konstante?«

»Ja, so nenne ich sie mal. Schlag es gar nicht erst nach. Ich schätze, dass der Japaner seine Untersuchung darüber bei euch nicht veröffentlicht hat.«

»Das musst du mir erklären. Was sollte geschehen?«

»Eure derzeitigen Wissenschaftler hätten keine Antworten für den Blitz und die schlagartige elektrische Spannungsveränderung in der Atmosphäre parat. Das ist ein idealer Nährboden für Spekulationen und Verschwörungstheorien. Glaub mir: Es käme über kurz oder lang zu Unruhen, zu großflächigen Panikreaktionen, am Ende sogar zu Kriegen. Es könnte das Ende der Zivilisation bedeuten.« Mit einem staatspräsidialen Beben fügte er hinzu: »Shorty, du hast die ehrenvolle Aufgabe, all das zu verhindern.«

Shorty lachte ungläubig auf.

»Ich soll also die Welt retten? Ausgerechnet ich?«

»Du scheinst dich darüber lustig zu machen. Aber wenn du so willst: ja. Die. Welt. Retten. Es klingt sehr abgegriffen, aber es trifft den Sachverhalt.«

»Und was genau soll ich tun?«

»Führst du jetzt schon Selbstgespräche, Shorty?«

Das war wieder Bluna, die sich aus dem Schrank einen Eimer Figurengießmasse holte. Die auf der Straße liegenden Bikinischönheiten, deren Schatten momentan senkrecht nach oben standen, bemerkte sie nicht. Sie lehnte sich an das untere Ende der wackeligen Stehleiter. Shorty warf ihr einen kurzen Blick zu. Das Blut schoss ihm in den Kopf. Er wurde unsicher, wenn ihm Bluna so nah kam.

»Echt gutes Hörbuch, das ich mir runtergeladen habe«, schnatterte er überflüssigerweise. »Ich habe es mir schon so oft angehört. Kann es fast mitsprechen.«

»Sag bloß«, entgegnete Bluna spöttisch und fingerte am Deckel des Eimers herum.

Dann stieß sie sich graziös von der Sprosse ab, vollführte eine unbestimmte Handbewegung, die er nicht recht deuten konnte, und verließ den Lagerraum. Nach einer Weile sagte die Stimme:

»Du arbeitest doch einmal die Woche als Putzer im Umspannwerk.«

»Ja, ich reinige die Kontakte der Sicherungen in den Schaltschränken. Warum?«

»Du wirst dort einen lokal begrenzten Kurzschluss erzeugen, der zu einem Stromausfall von ein, zwei Minuten führt. Das genügt als Ablenkung. In dieser Zeit reparieren wir. Und niemand von euch wird die Schwankung bemerken. Weil sie der Stromausfall überdecken wird.«

Shorty war enttäuscht. Ein klein bisschen hatte er gehofft, wegen seiner charakterlichen oder intellektuellen Fähigkeiten ausgewählt worden zu sein. Zum Beispiel wegen der einen Gehirnwindung mehr, die bisher noch niemandem aufgefallen war, die aber seinen Mitmenschen fehlte. Oder wegen seiner Fähigkeit, sich in jede nur erdenkliche neue Situation rasend schnell einzuarbeiten. Oder gar wegen seines noblen cäsarischen Aussehens. Unwillkürlich nahm er bei diesem Gedanken eine straffe Haltung an, drückte die Brust heraus und zog majestätisch den Bauch ein. Aber aus acht Milliarden Menschen nur wegen eines windigen Hausmeisterjobs herausgepickt zu werden … Shorty spürte, wie ein kleines Pfund Wut in ihm aufstieg. Und auch Misstrauen gegenüber der Stimme. Das aber zentnerweise. Klar, die Stimme wusste von seinem Job als Reinigungskraft im Umspannwerk. Aber der Ausdruck ›Putzer‹ hatte ihn geärgert. Zweifellos bestanden die meisten seiner Verdienstquellen aus unqualifizierten Arbeiten. Aber musste ihm das die außerirdische Intelligenz so deutlich unter die Nase reiben?

»Wie heißt du eigentlich?«, fragte Shorty. »Ich habe ganz vergessen, dich danach zu fragen.«

»Wir haben keine Eigennamen.«

»Und wie geht das? Wie redet man dich an?«

»Man redet mich gar nicht an. Wenn jemand anderer redet, dann kann ich aus dem Zusammenhang erkennen, ob ich gemeint bin oder nicht. Die Bäume im Wald wachsen auch ohne Eigennamen in die Höhe.«

Shorty schüttelte den Kopf.

»Wir von der Erde brauchen aber einen Namen für jemanden, mit dem wir sprechen.«

»Ihr von der Erde, ja, ich habe das schon bemerkt.«

»Wie wäre es, wenn du dir selbst einen Namen gibst?«

»Wozu?«

»Ja, Mensch, damit ich dich anreden kann.«

»Du redest mich doch an. Hör zu, meine Spezies ist ein Vielfaches älter als die deine, wir sind jetzt fünfundsechzig Millionen Jahre ohne Otto und Hugo und Ilse ausgekommen, warum soll ich in der Rumpelkammer eines Architekturbüros damit anfangen?«

Shortys Gesicht verzog sich zu einem kleinen Schmunzeln.

»Ich gebe auf«, seufzte er schließlich. »Dann bekommst du eben keinen Namen. Du bist für mich einfach Die Stimme.«

Der andere seufzte ebenfalls. Das Seufzen klang übertrieben, wie auf der Theaterbühne für die letzte Reihe. Imitierte und veräppelte er Shorty jetzt?

»Jedes einzelne Mitglied meines Volkes könnte man ›Die Stimme‹ nennen.«

»Und wie nennt sich dein Volk insgesamt?«

»Wir werden oft die Bageliten genannt, auch Lochkrapfen oder Tori, wie du willst.«

»Lochkrapfen? Im Ernst?«

»Manche nennen uns so. Die meisten nennen uns die Ruu'n.«

Shorty hatte den Gedanken noch nicht vollständig aufgegeben, dass alles ein riesengroßer Bluff war. Dass sich jetzt vielleicht ganz in der Nähe irgendwelche Typen kaputtlachten über seine Naivität, an einen unsichtbaren Außerirdischen zu glauben. Und sich mit ihm zu unterhalten!

»Warum steigst du eigentlich nicht einfach aus deinem Raumschiff und kommst hierher? Wir könnten uns diskret in der Tiefgarage treffen. Falls du Angst hast, wegen deines Äußeren aufzufallen.«

Die Stimme antwortete nicht sofort. Es rauschte und knackte wieder in der Leitung. Dann ertönte ein Geräusch, als ob ein Laster tonnenweise Glasflaschen im Vorgarten ablud.

»Das ist nicht möglich. Ich befinde mich nicht bei dir auf der Erde.«

»Was?«

»Ich sende Funksignale. Es sind eine Art Radiowellen.«

»Du bist in einem Raumschiff?«

»Nein. Die Entfernung zwischen uns und euch wäre auch mit dem leistungsfähigsten Raumschiff nicht zu überwinden. Ich sitze, wenn du so willst, in einem Büro, vor einem Funkgerät, und ich klinke mich in Lautsprechermembranen ein, die sich in deiner Nähe befinden. Das ist übrigens auch der Grund, warum wir das Ablenkungsmanöver nicht selbst durchführen können. Wir sind zwar in der Lage, irdische Computersysteme zu manipulieren. Aber das wäre für eure Techniker viel zu leicht nachzuverfolgen und würde zur Vermutung eines Hackerangriffs führen. Wenn aber du, Shorty, einen Stromausfall per Hand erzeugst, werden keine Spuren von uns zurückbleiben. Man wird es als Materialermüdung eines veralteten Moduls betrachten, und der Käse ist gebissen. Ich bereite deinen Auftritt vor, auf die Bühne musst du selbst steigen. Es wird ein großer, denkwürdiger Auftritt werden, Shorty. Du wirst mit ein paar kleinen Handgriffen die Zukunft der Menschheit sichern.«

Wieder dieses staatstragende Zittern in der Stimme der Stimme. Direkt gruselig, dachte Shorty.

Doch er ließ nicht locker. Er hatte wieder ein klein bisschen an Souveränität gewonnen.

»Aber wenn es möglich ist, dass du mit mir auf der Erde Kontakt aufnimmst, dann müsste doch umgekehrt auch ich –«

»Jetzt wird er aber übermütig, unser Shorty«, unterbrach ihn die Stimme, die eigentlich seine war, und sie mischte genauso einen Hauch Ironie hinein, wie er das gemacht hätte. »Aber ich habe die Frage erwartet. Ja, du kannst ein bisschen bei uns auf der Oberfläche herumspazieren.«

4

Willkommen zum Grande Finale.
Die Erde geht unter, erfahren wir soeben.
Der Eintritt ist ohne Bezahle,
Sie zahlen hier bloß mit Ihrem Leben.

UDO LINDENBERG

Shorty hatte seine Sachen zusammengepackt und die wackelige Leiter an den großen Haken in der Stiefelkammer gehängt. Nachdem er die Hände mit der Wurzelbürste bearbeitet hatte, zog er den Stöpsel aus der Spüle und stierte auf den Strudel, mit dem das Wasser im Abfluss verschwand. Takashi-Konstante. Er würde trotzdem danach googeln.

»Und wie soll das vor sich gehen?«, fragte er. »Ich meine: das mit dem Herumspazieren?«

»Aber hallo!« Es klang so, als ob die Stimme genüsslich mit der Zunge schnalzte. »Zunächst düsen wir mal mit zwanzigfacher Lichtgeschwindigkeit los, schalten auf Warp 8, und dann – foiiiiiiiingszzplash – durchqueren wir beiden Hübschen die Betreka-Nebel, nehmen aber eine Abkürzung über zwei, drei Wurmlöcher, Aye, aye, Käpt'n Picard!, landen kurz auf meinem Planeten, zum Abendessen sind wir aber auf jeden Fall wieder zurück.«

Shorty schüttelte verwirrt den Kopf. War da im Hintergrund nicht sogar die Titelmusik von ›Raumschiff Enterprise‹ zu hören gewesen?

»Wie bitte?«

»Kleiner Spaß, muss auch mal sein. Nach Aristoteles

ist Komik eine unschädliche Ungereimtheit, die Nachahmung eines mit Hässlichkeit verbundenen Fehlers, nach eurem Philosophen Kant die plötzliche Verwandlung einer gespannten Erwartung in nichts und nach Schopenhauer die scheinbar aus dem Nichts kommende Wahrnehmung einer Inkongruenz.«

Blechernes Lachen, pubertäres Gegacker. Oder war es bloß wieder eine Tonstörung?

»Mein liebes Eiweißhirnchen, wir können da nicht einfach hinfliegen«, fuhr die Stimme fort. »Auch nicht mit Überlichtgeschwindigkeit. Die zudem gar nicht möglich ist, wie du sicher weißt. Genauso wenig, wie sich Wurmlöcher beweisen lassen. Das sind rein theoretische Konstrukte, niemand hat bisher eines gefunden, selbst die Ruu'n nicht oder die Konföderation der Tjuttschew-Völker, deren Wissenschaft sich zur menschlichen verhält wie ein Quantencomputer zu einem Kinderrechenschieber.«

»Du hast das Modell unbrauchbar gemacht, mein Freund. Das muss ich dir vom Lohn abziehen«, sagte Lix, während er seine fettverschmierte Designerbrille putzte.

Unvermittelt war er in die Stiefelkammer getreten, brillenlos sah er aus wie ein triefäugiger Gnom. Shorty nickte zerstreut und hängte sich seine Werkzeugtasche um.

»O. k., dann ziehen Sie es mir ab.«

Das war jetzt auch schon egal, dass ihm der öde Typ das bisschen lädierte Pappe berechnete. Das Beste an dem Modell waren sowieso Blunas kunstvolle Schatten gewesen: der große, beeindruckende Schlagschatten des Hauses und die vielen kleinen Schlackerschatten, die die Bikinischönheiten auf dem Dach warfen. Trotz der extrem stressigen Situation, in der sich Shorty befand, stieg ein kleiner, wohliger Schauer in ihm auf. Darüber vergaß er sogar den Ärger, dass Lix ihn unverschämterweise ständig duzte. Er fühlte sich dem fies grinsenden Bürohengst überlegen. Das tat gut. Shorty wunderte sich selbst darüber, wie gut das tat. Wenn du wüsstest, mit wem du hier sprichst, dachte Shorty. Und wenn du nur eine Ahnung davon hättest, mit wem ich mich gerade unterhalte.

»Ich habe einen Avatar für dich eingerichtet«, fuhr die Stimme fort, als die Brille von Lix wieder halbwegs sauber und er selbst gegangen war. »So ein Exokörper verbraucht zwar eine Unmenge an Energie, aber du bist es uns wert.«

»Und wann soll das stattfinden?«

»Heute Nachmittag. Du hast, bevor du deine Manipulation im Elektrowerk beginnen wirst, noch einen diplomatischen Termin. Eigentlich ist es eine Audienz bei seiner Exzellenz, dem Möglichen Kaiserchen. Und Ihro Gnaden trittst du in der Gestalt eines Avatars gegenüber.«

Shorty schüttelte ungläubig den Kopf.

»Was denn für ein Kaiserchen? Ich dachte, eure Zivilisation wäre so furchtbar weit entwickelt. Und dann lebt ihr in einer K.-u.-k.-Monarchie, wie?«

»Ich verwende Begriffe, die für dich verständlich sind. Unser soziales System ist hierarchisch und gleichzeitig fraktal gegliedert.«

Einige Übertragungsstörungen und Buzzes und Squeaks und anderer akustischer Schrott unterbrachen die Stimme. Wenn die Typen technisch wirklich so überlegen waren, warum bekamen die dann eine simple Rückkopplung nicht in Griff? Denn danach klang es. Shorty hatte einmal als Mädchen für alles in einem Tonstudio gearbeitet. Das

Pfeifen und Kratzen erinnerte ihn daran. In diesem Tonstudio hatte er auch seinen Lieblingssprecher Simon Jäger kennengelernt, von dem er sogar eine signierte CD besaß.

»Es gibt bei den Ruu'n durchaus eine Rangordnung, aber jeder kann jeden Platz besetzen«, fuhr die Stimme störungsfrei fort. »Wir haben eine Art Rotationsprinzip. Es ist eine fließende – nun ja, Demokratie kann man es auch nicht nennen. Es gibt jedenfalls jemanden sehr weit oben, der sich bei dir bedanken will. Ich nenne ihn für dich das Mögliche Kaiserchen. Selbst ich als Translationator und diplomierter Astrolinguist finde oft keine Begriffe in deiner Sprache. Ich muss also auf Umschreibungen und Hilfsvorstellungen ausweichen. Hast du schon einmal versucht, deiner Katze die Integralrechnung zu erklären? Oder ihr vorgeschlagen, Haikus zu schreiben?«

Shorty ging nicht auf die Frechheiten ein. Außerdem besaß er gar keine Katze.

»Aber wieso *Mögliches* Kaiserchen?«, fuhr er fort. »Kannst du mir wenigstens das erklären?«

»Seine wellenbasierte Herrlichkeit existiert in mehreren Zuständen gleichzeitig. Schon mal was von Heisenberg gehört? Welle-Teilchen-Dualismus? Compton-Effekt? Bragg'sche Beugung?«

»Ja, ich erinnere mich dunkel. Die Begriffe sind im Physikunterricht gefallen«, murmelte Shorty kleinlaut.

Er hatte schon mehrmals entsprechende populärwissenschaftliche Abhandlungen in dieser Richtung gelesen. Wissenschaft interessierte ihn, aber er war nie über die Hälfte eines Buchs hinausgekommen. Irgendwann setzte sein Verständnis für das, was die Welt im Innersten zusammenhält, einfach aus. Shorty fragte sich, warum sie sich für ihre Aktion nicht jemanden ausgesucht hatten, der ein bisschen mehr Ahnung von der Materie hatte. Zum Beispiel Klaus Tietze von der Geselligen Runde. Der war Wissenschaftsjournalist bei verschiedenen Zeitschriften und Magazinen und konnte alles wunderschön erklären: die Relativitätstheorie, die Quantenmechanik, die Sache mit den Photonen, die keine Masse haben und trotzdem da sind …

»Dunkle Erinnerung, im Physikunterricht gefallen, soso«, äffte ihn die Stimme anzüglich nach.

»Und wieso Kaiser*chen*? Ist euer Herrscher ein Kind?«

»Du meinst wegen: Altes Testament, Prediger 10:16, *Weh dir, Land, dessen König ein Kind ist*?«

»Jetzt bin ich aber platt. Du kennst die Bibel? Sind die Ruu'n am Ende katholisch?«

»Viele Völker kennen die Bibel«, erwiderte die Stimme mit plötzlichem Ernst. »Du musst wissen –«

Die Stimme stockte. Interessiert richtete sich Shorty auf. Er hatte ein äußerst distanziertes Verhältnis zur Religion, aber was die Stimme dazu zu sagen hatte, hätte er schon gerne gewusst. Doch bevor sie das Thema vertiefen konnten, kam Lix noch einmal zurück. Er zog ein paar zerknitterte Geldscheine aus der Hosentasche und blätterte sie mit säuerlichem Ausdruck auf den Tisch. Eine Quittung oder dergleichen gab es nicht, es handelte sich eher um verschwiegenes, außerbuchhalterisches Salär, aber Schwarzgeld war ohnehin Shortys zweiter Vorname.

»Zähl nach, ob es stimmt!«, forderte Lix ihn auf.

»Wird schon passen.«

Zwei haarige und klatschnasse Wischmopps schoben

sich quietschend um die Ecke, an hölzernen Leinen geführt von den beiden Indonesiern. Der Stararchitekt musste wohl oder übel zurücktreten und ihnen Platz machen, einer der Wischmopps fuhr dem Chef trotzdem voll über die Schuhe. Lix fluchte und nannte dabei vorwurfsvoll den Einkaufspreis der Kalbsledertreter. Im Nebenraum klingelte das Telefon. Jemand steckte den Kopf zur Tür herein und wollte wissen, wo die Schachtel mit den Radiergummis abgeblieben war. Shorty hätte nicht gedacht, dass ein Erstkontakt mit Außerirdischen dermaßen beiläufig und mit so vielen alltäglichen Störungen einherging. Keine prächtige Kulisse mit hochhausgroßen Raumschiffen, keine musikumschmalzte Höchstspannung, sondern eine wackelige Standleitung in einem schmutzigen Nebenraum mit ständigen Unterbrechungen.

»Was wird mich da erwarten, rein optisch?«, fragte Shorty vorsichtig, als sich alle verzogen hatten. »Jetzt sag schon. Versuch es wenigstens.«

Die Stimme seufzte.

»Ich kann dir nicht beschreiben, wie wir aussehen. Streng genommen weiß ich es selbst nicht. Wir sind nicht mit Sinnesorganen ausgestattet, die Licht rezipieren können.«

»Ihr seid blind?«

»So kann man das auch nicht sagen. Wir haben einige andere Sinne, die ihr nicht habt und die wesentlich schärfer sind als Sehen, Hören und so weiter. Stell dir vor, die Evolution hätte bei euch aus irgendeinem Grund keine Augen ausgebildet. Trotzdem gäbe es natürlich Licht, das auf einen Gegenstand fällt und reflektiert wird. Ihr würdet das nicht sehen, aber ihr würdet euch deswegen nicht als blind bezeichnen. Ihr würdet nämlich den Begriff und dessen Bedeutung gar nicht kennen.«

»Wo findet das Treffen statt?«, fragte Shorty in einer plötzlichen Anwandlung von Mut und Abenteuerlust. »Hier? Bei mir zu Hause? Im Wald?«

»Nein. Im Freizeitpark. Kennst du die Stelle mit den vielen kleinen Halfpipes für Skateboarder und Inlineskater? Setz dich auf eine der Bänke. Dort ist die Verbindung gut, ich habe es schon getestet.«

Shorty schwieg. Nachdem er die Scheine eingesteckt und die Jacke übergeworfen hatte, verabschiedete er sich zerstreut von den Büromitarbeitern, die er auf dem Weg traf. Bluna legte ihm die Hand auf die Schulter.

»Sag mal, du bist so komisch heute. Ist denn bei dir alles in Ordnung?«

Ein Hauch von Besorgnis schwang mit, aber auch ein Spritzer Ironie.

»Ja natürlich, alles bestens.«

Hatte sie etwas mitbekommen? Er sah ihr in die Augen. Ein fragender Ausdruck lag darin.

»Na, dann bis irgendwann mal«, sagte sie schließlich mit einer lässigen Handbewegung.

Er grüßte ebenso zurück. Hastig schulterte er seinen Rucksack und verließ das Architekturbüro Lix & Partner. Er spürte, dass sie ihm durchs Fenster nachsah, bis er um die Straßenecke verschwunden war. Schöne Hände hatte sie. Feingliedrig, trotzdem muskulös. Die Fingerkuppen zart, die Handgelenke schlank, die Proportionen fein abgestimmt. Genauso, wie er es liebte.

Wenige Minuten später hatte er den Freizeitpark erreicht und durchquerte den leeren Kinderspielplatz. Vielleicht waren ja alle beim Essen, zu Hause, in der Kita, wie auch immer. Vielleicht war er auch einfach zurzeit nicht angesagt, der Spielplatz. Shorty kam zu einem kleinen, abgegrenzten Areal mit Halfpipes, Miniramps und anderen Skaterhindernissen. Wo er auch hinsah, schwebten postkartengroße, metallisch schimmernde Flachziegel herum, die scheinbar aus eigener Kraft in der Luft standen, immer leicht schräg geneigt, etwa einen Meter über dem Boden, die Oberfläche übersät mit unterschiedlichen und in allen Farben flackernden Bildern, Tabellen, Zahlen und Zeichen. Einige der kommunikationsfreudigen Ziegel gaben Geräusche von sich, Musik oder andere schnarrende Töne in unterschiedlichen Rhythmen und geheimnisvollen Kakophonien. Jede der 6,5-Zoll-Platten war seinem zwanzigmal so großen Diener oder Sklaven zugewandt und zwang diesen, den Flachziegel in der Luft zu halten. Dienstbeflissen waren die Sklaven über ihre buntscheckigen Herrscher gebeugt und schienen mit ihren zwei aufgerissenen Sehorganen Befehle von ihnen entgegenzunehmen. Ihre tranceverzerrten Gesichter wiesen keinerlei Regung auf. In regelmäßigen Abständen reckten die Diener ihre plumpen, sandfarbenen Tastorgane und streichelten, massierten und betupften die Ziegel an der Oberfläche. Eine Ehrenbezeugung oder eher eine Unterwerfungsgeste? Ein schlichtes Kitzeln, um auf sich aufmerksam zu machen? Oder nur rituelle Reinigung wie das Lausen der Affen? Shorty wandte den Kopf von der Szene ab, bemerkte jetzt auch im Hintergrund die Basisstation einer Telekommunikationsgesellschaft, deren Antennen auf einen funkverstärkenden

Repeater hindeuteten, der besten Handyempfang gewährleistete. Shorty setzte sich auf eine Bank in der Nähe des Verstärkers. Die chattenden Jugendlichen jeglichen Alters, Geschlechts und Schwabbelstatus waren so vertieft in ihre Flachziegel, dass ein zusätzlicher Versunkener nicht weiter auffiel. Respekt. Einen wirklich perfekten Platz hatte die Stimme für die Audienz ausgewählt.

Shorty versuchte, sich zu entspannen und seine Nervosität in den Griff zu bekommen. Er hatte die Angewohnheit, bei solchen Gelegenheiten mit den Schultern zu kreisen, um Stress abzubauen, er glich dabei einem veritablen Schaufelraddampfer. Diesmal gelang es nicht so recht. Er setzte sich auf eine andere Bank, von dort aus hatte er einen guten Blick auf ein großräumiges Stück Park, in dem sich nur noch vereinzelt Handybenutzer tummelten. Im Hintergrund senkten sich Trauerweiden über einen künstlich angelegten Teich, ganz in der Ferne duckte sich eine nachgebaute verfallene Mühle. Welcher Ruinenbaumeister hatte die hierhergestellt? Wahrscheinlich war sie Bestandteil eines Lehrpfads für Kinder. Direkt vor Shortys Bank fiel ein schmaler Wiesenstreifen sanft ab, ein paar Enten schnäbelten darauf herum. Wahrhaft ein herrlicher Platz, um Besuch von einem Außerirdischen zu bekommen und vor dem Abendbrot mal eben die Welt zu retten. Shorty atmete tief durch und setzte die EarPods auf.

»Bei der Audienz brauchst du nichts weiter zu tun als dich zu entspannen«, sagte die Stimme, als ob sie darauf gewartet hätte. »Eigentlich nicht einmal das. Du brauchst gar nichts zu tun.«

Shorty hatte teuflische Angst vor dem, was jetzt auf ihn

zukam. Insgeheim hoffte er immer noch ein bisschen, dass das Ganze ein Scherz war. Aber diese Möglichkeit konnte er wahrscheinlich endgültig vergessen. Shorty wartete. Die Kids mit den Handys bewegten sich nicht. Sie schienen in ihrem Tun und Treiben eingefroren, so ähnlich wie die schattenwerfenden Bikinischönheiten, die Bluna auf die Dachterrasse des Modells gestellt hatte. Ab und zu stieß einer einen überraschten Ruf aus oder lachte kichernd auf. Dann erklangen ein paar Takte Musik, die aber sofort wieder abgewürgt wurden. Es war deutlich wärmer geworden. Die Sonne schleuderte ihre Strahlen durch die Trauerweiden, die Enten kämpften um ein Stück Brot, das vor ihm auf dem Rasen lag. Ein blasser junger Mann setzte sich neben Shorty auf die Bank. In der Hand hielt er einen tropfenden Hamburger, auf seinem T-Shirt wurde Paris gerade von einem Kometen plattgemacht. Der Eiffelturm wirbelte durch die Luft, bösäugige Fabelwesen saßen auf dem Dach von Notre-Dame und sahen sich das Schauspiel interessiert an. Das junge Bleichgesicht hatte Shortys Blick bemerkt, er wies mit dem tropfenden Hamburger stolz auf seine Brust.

»Armageddon! Klasse, der Film! Haben Sie ihn auch gesehen? Ich bin ein großer Fan von dem Streifen. Hab ihn mir achtmal angeschaut. Und entdecke immer wieder was Neues.«

Shorty nickte. Er hatte den Film hundertmal gesehen. Als Kartenabreißer im Kino. Und Snickers-Verkäufer.

Nicht einmal hundert Meter entfernt schob sich ein auffällig kurzgestutzter Blondschopf durch den Park und hielt Ausschau nach einem geeigneten Hochstand. Der weiße

Fleck der Pixiefrisur irrlichterte zwischen Trauerweiden hindurch, verschwand kurz im dichten Gestrüpp, tauchte in unregelmäßigen Abständen wieder auf, umkreiste den Teich, hielt kurz inne, streifte weiter. Der Blondschopf glich dem Laserpointer eines Scharfschützen – wenn es denn weiße Laserpointer mit einem kleinen Stich ins Gelbliche überhaupt gab. Bluna, die Schattenbastlerin und zweite Bauzeichnerin im Architekturbüro Lix & Partner, war auf der Pirsch. Dieser Eindruck wurde noch verstärkt durch ihre grün gedeckte Safari-Kleidung, die sie fast mit dem Hintergrund verschmelzen ließ. Vermutlich hätte sich niemand über ein umgehängtes Gewehr gewundert. Jetzt setzte sich Miss Indiana Jones auf eine der verwaisten Kinderrutschen des Spielplatzes. Perfekt, von hier aus hatte sie einen guten Blick hinüber zur Bank, auf der Shorty gerade Platz genommen hatte. Sie konnte aus dieser Entfernung jede seiner Bewegungen beobachten. Bluna trug die Haare so superkurz, dass es den Anschein hatte, als wäre sie gerade vom Friseur gekommen, dabei musste sie im Gegenteil bald wieder hin, um ihren Pixie zu erneuern und stutzen zu lassen. Sie gehörte zu den Menschen, deren kurzes Haar geradezu das Bild heraufbeschwor, wie es lang und ungebändigt aussähe, bei denen gerade die gestutzte Mähne die unsichtbare Kraft der buschigen, ausufernden Haarpracht zeigte. Jetzt streifte sie sich allerdings eine Mütze über, in der Annahme, dass Shorty sie so von weitem nicht erkannte. Blunas Gesichtszüge waren gutmütig-spöttisch, man konnte von einem Stupsnäschen reden, aber diesen Ausdruck hörte sie überhaupt nicht gerne und schlug zielsicher mit einer Verhunzung des Namens ihres Gegenübers zurück. Das war ein weiterer Wesenszug von Bluna. Sie erkannte blitzartig die Schwächen eines Menschen. Darum fuchste es sie besonders, dass sie die von Shorty noch nicht entdeckt hatte. Seine ständig wechselnden Jobs schienen jedenfalls nichts zu sein, was ihn belastete und womit man ihn necken konnte. An diese Ketchupflasche würde sie noch lange klopfen müssen. Die Sonne blendete Bluna, genervt schirmte sie ihre Augen mit einer Hand ab. Vor einer Viertelstunde hatte sie sich bei Lix & Partner kurzentschlossen ihren Pulli um die Schultern geworfen, Lix etwas zugemurmelt wie ›Ich rufe den Kunden von unterwegs an‹ und dann das Büro verlassen. Sie war Shorty in einiger Entfernung gefolgt. Als sie bemerkt hatte, dass er auf die kleine Bank im Freizeitpark zusteuerte, scherte sie aus, überquerte die Wiese, erklomm kurzerhand eine der freien Kinderrutschen. Das fiel nicht weiter auf, sie hätte als Jugendliche oder junge Mutter durchgehen können. Oder als eine Industriespionin, die sich als junge Mutter ausgab und wertvolle Patentzeichnungen in der Tasche mit sich trug. Oder als junge Mutter, die … Jetzt bewegte sich Shorty auf der Bank. Er schien sich auf etwas zu konzentrieren. Auf einen wichtigen Anruf vielleicht? Oder auf ein Treffen? Ja, es sah so aus, als wartete er auf jemanden. Natürlich ging sie das überhaupt nichts an, aber sie war neugierig wie eine Teichhexe. Hatte er sich mit dem jungen Bleichling verabredet, der sich gerade neben ihn setzte? Die beiden quatschten miteinander, doch dann verdrückte sich der junge Mann wieder. Jetzt beugte sich Shorty zappelig vor und zurück und schlug die Beine nervös übereinander. Er legte den Kopf in den Nacken, führte wohl Selbstgespräche. Oder betete er? Bluna schämte sich ein bisschen dafür, dass sie ihm so grundlos nachspionierte. Shorty war unbestritten ein Chaot, der es zu nichts Rechtem gebracht hatte, aber er zog sie an, aus irgendeinem Grund, der ihr selbst nicht klar war. Und das nervte sie. Er sah gut aus, hatte etwas von Clark Kent, dem sein muskulöser Körper peinlich war. Er war jedenfalls kein Nullachtfünfzehntyp. Seine häufig wechselnden Jobs störten sie nicht. Vielleicht hatte er einfach noch nicht die richtige Beschäftigung gefunden. Aber andererseits: in seinem Alter? Manchmal hatten sie in den Pausen und nach Dienstschluss vor dem Bürogebäude noch miteinander geplaudert. Und einmal war sie sogar abends mit ihm essen gegangen. Verrückte Geschichten hatte Clark Kent erzählt. Er hatte nicht davon angefangen, dass er in Wirklichkeit Superman war, mit Superpuste, mikroskopischem Blick und Wolkenkratzer anheben, ganz im Gegenteil. Jedes Mal, wenn er von einem Job erzählt hatte, von dem sie meinte, es ging nicht mieser, kam er mit einem noch minderen daher. Er hatte zum Beispiel als Geisterbahnerschrecker auf dem Rummelplatz gearbeitet, für dreiachtzig in der Stunde.

»Und was musstest du dort machen?«

»Ich wurde als Zombie geschminkt, so dass ich aussah wie einer aus ›The Walking Dead‹. Jedes Mal, wenn ein Waggon vorbeikam, habe ich mir einen Arm ausgerissen und damit herumgeschwenkt. Das Kreischen der Leute war kaum auszuhalten. Manchmal bin ich richtig erschrocken von dem Geschrei. Aber es hat Spaß gemacht.«

Ein lustiger Abend war das gewesen. Er hatte viele Geschichten aus seinem Leben erzählt. Dass er als Jugendlicher mehrere Jahre Klavierunterricht genossen hatte.

»Ich kann sogar behaupten, im Berliner Hotel Adlon Jazzpiano gespielt zu haben«, hatte er gesagt. »Ich hatte einen Elektrikerjob in der Nähe, bin in einer Pause mit einer Mitarbeiterin in die Hotellobby vom Adlon gegangen und wollte vor ihr ein bisschen angeben. Ich habe den Klavierdeckel aufgeklappt und den einzigen Akkord gespielt, den ich noch draufhatte, den vierfach verminderten und kreuzweise erhöhten Quartsextakkord. Für den braucht man beide Hände und alle Finger, und ich habe zusätzlich noch mein berühmtes Jazzgesicht dazu geschnitten. Dann kam auch schon der Hotelmanager angeschossen und wir wurden rausgeworfen. Solveig hat noch lange Zeit geglaubt, dass ich Klavier spielen kann.«

Ganz unvermittelt hatte es Shorty ziemlich eilig an dem Abend gehabt. Er musste angeblich noch dringend wo hin. Nicht einmal zum üblichen Telefonnummern- oder E-Mail-Austausch war es gekommen. Und auch heute hatte er sich ausgesprochen abweisend verhalten. Was stimmte nicht mit ihm? Bluna seufzte. Der Hochsitz auf der Rutsche war höllisch unbequem, aber sie wollte herausbekommen, was er dort drüben trieb. Shorty war jetzt von der Bank aufgesprungen, er lief hin und her und schien mit einem unsichtbaren Gegenüber zu streiten. Vielleicht sollte sie einfach hingehen und ihn ansprechen.

»Halt deine Arme still, du fällst auf«, sagte die Stimme zu Shorty. »Verhalte dich so, dass niemand es für wert erachtet, dich genauer zu mustern. Und setz dich wieder hin. Entspann dich. Bei der Teleportation in einen Avatar brauchst du weiter nichts zu tun, als die Geschehnisse auf dich wirken zu lassen. Ich bin bei dir, du kannst dich jederzeit an mich wenden, um die Aktion zu unterbrechen oder eine Frage zu stellen. Aber das wird gar nicht nötig sein. Eigentlich erklärt sich alles von selbst.«

In der Leitung knackte es wieder häufiger, die Verbindung wurde schlechter. Manchmal wurden ganze Worte herausgerissen, Shorty hatte immer mehr Mühe, seinen Gesprächspartner zu verstehen. Momentan vernahm er nur so etwas wie frg…chrak…weiffg… Dann war es wieder so, als hätte man einen Sack Kuhglocken zum Schleudern in eine Waschmaschine gesteckt. Angestrengt versuchte Shorty dahinterzukommen, was für Störungen das sein mochten. Bei seinem Job im Tonstudio hatte er ja einiges mitbekommen aus der Buzz-, Squeak- und Rattle-Ecke. Momentan ertönte ein ziemlich reiner, unverfälschter Sinuston, der stetig anschwoll, dann aber flatterte und kippte, so dass bald darauf äußerst unangenehme und hässliche Geräusche entstanden. Wie mehrere Zahnarztbohrer, die sich lustvoll in einen Kieferknochen frästen, oder das Bremsenkreischen eines Zuges, der auf ein falsches Gleis gefahren war. Das Kreidequietschen auf einer Schultafel? Oder ein Samuraischwert, das durch die Luft sauste? Und jetzt begriff er endlich: Das waren keine Störungen, das war die Sprache der Ruu'n! Oder zumindest das, was er davon mitbekam. Sie unterhielten sich auf diese Weise. Gleichzeitig stieg eine Ahnung in ihm auf, dass der galaktische Unfall, der eine Reparatur nötig machte, auch in einem anderen, größeren Zusammenhang zu sehen war. Vielleicht war die Störung gar keine Störung, und er selbst war nur ein randständiger Bauer in einem großen Schachspiel. Shorty verwarf diesen Gedanken sofort wieder, seine Abneigung gegen Verschwörungstheorien wurde auch in der jetzigen Situation nicht kleiner. Er setzte sich, starrte auf die schnörpelnden Enten und lauschte. frg…chrak…weiffg… Keine Chance, irgendeinen Sinn aus den Lauten herauszufiltern. Als er diesen Gedanken gedacht hatte, hörten die Geräusche schlagartig auf.

Shorty, übernehmen Sie!

5

Das Graue-Schmiere-Szenario beschreibt den Weltuntergang durch molekulare Nanotechnologie. Dabei erstellen selbstreplizierende Assembler immer mehr Kopien von sich selbst und brauchen dabei den Großteil wichtiger Elemente auf der Erdoberfläche auf.

Shorty fiel die Veränderung zunächst gar nicht auf, weil sich die neue Welt so unmerklich langsam über die alte, gewohnte geschoben hatte wie ein Riesenfaultier über ein frisches Eukalyptusblatt. Das Ganze glich einer Überblendung, wie er sie aus alten Hollywoodschinken kannte. Der einzige Unterschied war der, dass Shortys gewohnte, bunte Welt nicht vollständig verschwand. Vor den verrosteten Geräten des Kinderspielplatzes, den silbern blinkenden Halfpipes der Skater, den tiefgrünen Trauerweiden und den im Vordergrund pickenden, schillernden Enten erschien eine ebene Landschaft aus grauem Gesteinsschotter, der von Shortys Füßen bis zum Horizont reichte. Seine bunte Welt entfärbte sich langsam und machte einer Mondlandschaft in tristem Schwarzweiß Platz. Es war noch weniger als Schwarzweiß, es war nicht einmal Schwarz und nicht einmal Weiß. Es war aber auch nicht nichts. Es war ein Exzess der vollkommenen Farb- und Substanzlosigkeit. Es war so, als ob der späte Mondrian die Landschaft und ein durchgeknallter Goya die Figuren dazu skizziert hätten. So empfand es Shorty jedenfalls. Die faustgroßen, abgeflachten Steine lagen dicht an dicht, bei näherer Betrachtung bewegten sie sich leicht, als ob sie in einer zähen Flüssigkeit schwimmen würden. Shorty bückte sich vorsichtig, um den farblosen Wackelpudding genauer zu betrachten. Die Steine waren porös, mit einer gesprenkelten Zeichnung, sie hatten alle eine ausgeprägte Delle in der Mitte, so dass sie großen, wabbeligen Modellen von roten Blutkörperchen glichen, nur dass eben von Rot keine Rede sein konnte. Auch die optische Darstellung war nicht ganz störungsfrei, manchmal ruckelte das Bild oder setzte ganz aus. Oder war es etwa so, dass das, was er für Störungen hielt, das eigentlich Bedeutende darstellte? Auch musste sich Shorty erst an den Effekt gewöhnen, beide Welten gleichzeitig zu sehen. Die entfärbte Landschaft bildete den verschwommenen Hintergrund zu der seltsamen Steinansammlung vor ihm. Es war wie bei einer Powerpoint-Präsentation, bei der das Crossfading nicht hundertprozentig funktionierte. Reste seiner Welt waren immer noch sichtbar, sie schien sich nicht ganz vertreiben zu lassen. Er drehte den Kopf. Das Repeaterhäuschen, die chattenden Jugendlichen, die Trauerweiden, die schnäbelnden Enten, alles war noch irgendwie da, wobei *irgendwie* wirklich der treffende Ausdruck war. Das Quasigrau verdichtete sich und nahm nach und nach das ganze Blickfeld von Shorty ein. Nur noch einmal lief eine Frau mit Kinderwagen vor ihm durchs Bild und vermischte sich mit der neuen Welt, löste sich gewissermaßen in ihr auf und war dann *irgendwie* Bestandteil von ihr.

Das bewegliche Meer aus Geröll verfestigte sich, die unbekannte Welt nahm Gestalt an. Eine farblose, kalte, künstliche Gestalt. Mit einem plötzlichen kleinen Mütchen ausgestattet, versuchte Shorty, die Steine zu berühren, nach mehreren Versuchen bekam er tatsächlich einen zu fassen. Er fühlte sich eiskalt, feucht und klebrig an. Shorty konnte ihn ein wenig zusammendrücken. Als er ihn losließ, fiel er überraschenderweise nicht zu Boden, sondern blieb in der Luft stehen, begann zu rotieren, immer schneller und schneller, nahm die Form einer Scheibe an, bildete dann ein durchgehendes Loch in der Mitte, so dass er schließlich aussah wie ein poröser, pockennarbiger Donut. Als Shorty die Hand danach ausstreckte, trudelte der Donut in einer unregelmäßigen Bahn davon. Shorty stieß einen spitzen Schrei aus.

»Was zum Henker war das?«

Gelächter.

»Willkommen in der Welt der Ruu'n!«

»Was soll ich machen? Wie soll ich mich verhalten?«

»Steh auf und versuch, ein paar Schritte zu laufen. Das tut gut und ist gesund.«

Shorty gehorchte und setzte vorsichtig einen Fuß vor den anderen. Die Donuts gaben nach wie lockeres Geröll, er glaubte, bei jedem Schritt ein Knirschen zu vernehmen. Schmerzensschreie? Gelächter über seine Ungeschicklichkeit? Shorty kam nur langsam voran. Ab und zu bückte er sich nach den Steinen, doch er bekam keinen mehr zu fassen, sie schienen ihm auszuweichen.

»So weit reicht unsere Rechenleistung nicht«, sagte die Stimme. »Wir sind in keinem Holodeck, das die haptischen und alle anderen menschlichen Sinne auf die Dauer bedienen kann. Es ist nur eine Skizze unserer Welt. Kennst du den Begriff Rendering?«

»Habe ich schon mal gehört, ja. Was ist es genau?«

»Manchmal erscheint, wenn du an einem Computer mit wenig Rechenleistung eine Seite mit viel Grafik aufrufst, zunächst nur das Ausschlaggebende, nämlich die Überschriften und die wichtigsten Texte. Erst nach und nach werden die Bilder eingefügt. So ist das momentan. Du siehst nur eine Skizze mit dem Wichtigsten.«

Shorty versuchte, immer wieder einsinkend, noch ein paar Schritte zu gehen.

Ist der besoffen?, dachte Bluna. Oder auf Droge? Dieser Gedanke war ihr noch gar nicht gekommen. Sie konnte sich keinen Reim darauf machen, was sie dort sah. Vorhin hatte er die Schultern ausgiebig rollen lassen, als ob er hartnäckige Nackenschmerzen hätte. Jetzt stand er da und zitterte am ganzen Leib. Das Zittern verstärkte sich, es wurde ein konvulsivisches, epileptisches Zucken und Schlackern. Hatte er ein körperliches Problem? Aber nein, das Zittern weitete sich zu einem irren Tanz aus, einem bacchantischen, dionysischen Bocksballett, das Shorty da aufführte. Die Jugendlichen in der Nähe beachteten ihn nicht, so sehr hatten sie sich an ihren Handys festgesaugt. Was hatte sie, Bluna, überhaupt hier verloren? Sie dachte kurz daran, die Beobachtung abzubrechen. Doch ihr jägerischer Instinkt ließ sie verharren.

Schließlich blieb Shorty stehen. Er blickte hoch zum Himmel – oder das, was er dafür hielt. Wolken oder gar eine Sonne gab es nicht, sie waren zumindest nicht sichtbar.

»Ja, das ist meine Welt«, sagte die Stimme, und Shorty hörte eine gehörige Portion Stolz heraus.

Auf was sollte man denn hier stolz sein? Er konnte weder

Naturschönheiten oder Bauwerke, geschweige denn deren Bewohner ausmachen. Natürlich hatte er kein Sightseeing mit prächtigen Aussichtspunkten erwartet, aber diese elende Tristesse! Nasskaltes Wetter über einer öden Schotterebene ohne Hoffnung auf Veränderung, das traf es am ehesten. Er versuchte, weitere Geräusche auszumachen, aber er konnte nur ein fernes Rauschen hören. Shorty lauschte angestrengt. Nichts. Rein gar nichts. Doch jetzt – was war das? Shorty wich erschrocken zurück. Einer der Donuts bewegte sich langsam auf ihn zu. Er schwebte drei oder vier Meter vor ihm und beschrieb leichte Wellenbewegungen. Der gelochte Ring war genauso farblos wie die anderen, aber seine Oberflächenstruktur veränderte sich in rasender Geschwindigkeit. Es war so, als würde ihm der Ring Dutzende von Erscheinungsformen anbieten. Jetzt war er nur noch eine Armlänge von Shorty entfernt. Der streckte die Hand vorsichtig danach aus, tastete mit den Fingern –

– Jetzt schien er einen feinen Sonnentanz mit einer Libelle zu tanzen, so kam es Bluna wenigstens vor. Offenbar hatte er seine EarPods eingesteckt und hörte Musik. Aber was war das für eine Musik, zu der man so insektenhaft und flohzirkusartig tanzte? Und jetzt schwebte er! Sie erschrak dermaßen auf ihrem improvisierten Hochstand, dass sie fast heruntergefallen wäre. Hatte eine unsichtbare Kraft Shorty etwa in die Luft gehoben und schwebte er wirklich eine Armlänge über dem Boden? Nein, das konnte nur eine optische Täuschung sein, sie musste sich irren. Es war vielleicht eher so, dass sie fast von der Rutsche gestürzt wäre und deshalb einer kurzen Sinnestrübung aufgesessen war. Sie sollte von hier verschwinden. Schnellstmöglich.

Endlich bekam Shorty den Ringkörper zu fassen. Er hatte eine ähnliche glibberig-glitschige Konsistenz wie die Donuts am Boden. Er war biegsam und legte sich um seine Hand wie ein eiskalter, nasser Schwamm. Erschrocken versuchte Shorty, sich der Umklammerung zu entziehen.

»Was ist das?«, flüsterte er ins Leere hinein, hoffend, dass die Stimme in seiner Nähe war.

»Du bist im Spiegelsaal Seiner Herrlichkeit, dem Möglichen Kaiserchen«, sagte die Stimme, und sie legte viel Ehrfurcht und barocke Pracht in die Worte. »Hast du vorhin nicht gespürt, wie die Leibwachen dich abgetastet haben?«

»Nein. Ich dachte, ihr habt keine Sinne?«

»Einen Tastsinn haben wir schon. Unsere Vorfahren haben ihn im Lauf der Zeit zur Perfektion ausgebildet.«

»Und was ist das für ein komischer Donut?«

»Das ist kein Donut, das ist Seine Herrlichkeit, das Kaiserchen, in Gestalt eines Torus. Ein Torus ist ein beliebter Ringkörper bei uns. Viele Individuen unserer Spezies haben diese Form angenommen. Deswegen werden wir von anderen auch Tori genannt, das Volk der Tori, die Ringler, die Superkreisler, wie du willst. Und wie gesagt: Uns ist durchaus bekannt, dass wir spöttisch auch als Lochkrapfen bezeichnet werden. Von den Tjuttschew-Völkern zum Beispiel.«

Die Stimme legte eine Pause ein. Shorty fiel es ziemlich schwer, der Erhabenheit des Augenblicks nachzuspüren.

»Das Kaiserchen bedankt sich, dass du bei der Reparatur

mithilfst«, fuhr die Stimme in verändertem Ton fort. »Es lobt deinen Mut. Das ist eine große Ehre für dich, Shorty. Die wird nicht jedem zuteil. Ich glaube, es ist das erste Mal in der Geschichte unserer beiden Spezies. Darüber hinaus will dir das Kaiserchen ein Geschenk überreichen.«

Shorty ließ den Donut los, aber der ließ sich nicht loslassen, ganz im Gegenteil, er zog ihn nach oben, schließlich schwebte Shorty in der Luft. Doch das war eine avatarische Täuschung. Ein Blick in seine vertraute Kinderspielplatz-, Halfpipe- und Freizeitparkwelt verriet ihm, dass er immer in der Nähe der grob zusammengezimmerten Holzbank auf dem Boden stand. Schwer zu begreifen, aber es war so: Er schwebte gleichzeitig in den Lüften und befand sich auf dem Boden. Beides war möglich. Und beides war real.

»Heisenberg«, sagte die Stimme. »An zwei Orten gleichzeitig. Jetzt kannst du dir vielleicht vorstellen, wie sich so ein unentschlossenes Photonenteilchen fühlt.«

»Wie soll ich mich verhalten? Was soll ich sagen? Was gebietet die Höflichkeit?«

Shortys Stimme klang verzweifelt. Die Stimme lachte.

»Gar nichts.«

»Gar nichts?«

»Denk an etwas Positives.«

»Das – äh – Mögliche Kaiserchen kann Gedanken lesen?«

Noch größeres Gelächter. Jetzt konnte er es hören. Es waren mehrere, die lachten. Es war eine Walpurgisnachtversammlung von Hexen oder Trollen, die sich in dieser Zwischenwelt vor Lachen ausschütteten. Buzz, Squeak und Rattle hoch drei.

»Du bekommst nun dein Geschenk überreicht.«

Shorty spürte in der linken Handfläche eine Art Brennen und Kribbeln. Es war nicht schmerzhaft, sondern eher einem leichten, spielerischen 12-Volt-Stromstoß vergleichbar. Kurz fuhr ihm dabei abermals der Gedanke durch den Kopf, dass das Ganze ein riesengroßer, drogengestützter Fake war. Ein gut vorbereiteter Gag von jemandem, der ihn jetzt mit einer starken Kamera aus einigen Kilometern Höhe beobachtete. So richtig Truman-Show-mäßig.

»Beleidige es nicht«, sagte die Stimme.

»Wen?«

»Na, das Kaiserchen. Von wegen Gag. Von wegen Truman Show. Seine Mögliche Exzellenz haben dir ein sehr nützliches Geschenk gemacht.«

»Aber ich stecke doch in einem Avatar. Wie kann das Geschenk hierher in den Stadtpark kommen?«

»Das Geschenk ist kein Gegenstand. Es ist eine Fähigkeit. Noch dazu eine sehr nützliche. Ich lasse unsere schöne Ruu'n-Welt jetzt wieder verschwinden.«

»Es stört das – Kaiserchen nicht, dass ich mich nicht verabschiede?«

»Sprich nicht so ironisch von seiner Exzellenz der Tausend Möglichkeiten, Shorty. Wir mögen blind sein wie die Maulwürfe, hässlich wie der letzte Wagen der Geisterbahn und keine Eigennamen kennen, aber wir können durchaus beleidigt sein. Und das kann üble Folgen haben.«

Shorty schüttelte seine Hand aus. Ein fast wohliges Gefühl bemächtigte sich seiner, ein Gefühl der Überlegenheit oder vielleicht sogar der Macht. Er rief die Stimme, die sich wie von Ferne meldete.

»Gibt es Probleme, Shorty?«

»Nein, das nicht. Aber ist das Kribbeln, das ich jetzt in der Hand verspüre und das sich über meinen ganzen Körper ausbreitet, das Geschenk?«

»Ja, so könnte man das sagen. Hab Vertrauen. Es erklärt sich alles von selbst.«

Shorty bemerkte, dass er nicht mehr zitterte. Er war ruhiger und souveräner geworden.

Bluna stieg wieder herunter von der Kinderrutsche. Jetzt kannte sie sich gar nicht mehr aus. Führte er Selbstgespräche? Telefonierte er? Lernte er eine Fremdsprache? Oder war er einfach nur völlig von der Rolle? Sie wusste nicht, was bei ihr momentan überwog: Neugier oder Sorge. Bluna beschloss, mit ihm zu reden. Sie wusste, dass er manchmal im E-Werk putzte. Zum Beispiel heute Abend. Sie glaubte zwar nicht, dass er sonderlich begeistert war, wenn sie dort unangemeldet auftauchte. Aber sie hatte eine Überraschung für ihn. Ein Geschenk, das kein Gegenstand war. Ein verspätetes Geburtstagsgeschenk.

Shorty war sich dessen gar nicht bewusst, dass er heute gleich von drei Frauen umworben wurde. Von seiner Großartigkeit, dem Möglichen Kaiserchen, das sein ganzes Vertrauen in ihn setzte. Und von Bluna, der zweiten Bauzeichnerin. Die ihn vielleicht liebte? Möglich wäre es schon. Auch Solveig hatte ihm gerade eine Nachricht auf sein Smartphone geschickt. Solveig, die ihm womöglich doch noch nachtrauerte. Das Schicksal ließ es aber heute krachen! Und das bei seiner sprichwörtlichen Beziehungsunfähigkeit.

FAKTENCHECK: FRAUEN

Wir haben Shortys angebliche oder tatsächliche Beziehungsunfähigkeit einem Faktencheck unterzogen und dazu einige Frauen aus seinem engeren Lebensumfeld befragt. Fast alle haben geantwortet. Die Beobachtungen, Charakterisierungen und Einschätzungen dieser Frauen werden, so hoffen wir, einiges zur Präzisierung von Shortys Persönlichkeitsmosaik beitragen.

Sabine

Das mit Shorty ist lange her. Wir waren beide sechzehn oder siebzehn. Er sah ja eigentlich nicht schlecht aus, war sportlich, aber nicht einer von der Sorte, der jede freie Minute auf dem Sportplatz oder in der Muckibude rumhängt. Und er hatte immer drei oder vier Ferienjobs gleichzeitig, war also ganz gut bei Kasse und hat öfter mal was springen lassen, ohne den großen Zampano raushängen zu lassen. Man musste sich aber bei ihm immer auf Überraschungen gefasst machen. Ein Beispiel. Einmal sind wir die Carl-Gastreich-Straße hinuntergeschlendert. Es war Juni und es dämmerte schon, auch an die blühenden Kastanien kann ich mich noch erinnern. Wir sind links in den Alten Postweg eingebogen, dann die Böckenheck und die Westpreußen weiter bis zur Kreuzung Kanalweg und Wachtelstiege gegangen. Die ersten Grillen zirpten und der Geruch nach frisch geschnittenem Gras war betörend. Wir sind die Kruppstraße runterspaziert, über das Katenkreuz, den kleinen Uferweg entlang, und ich habe mich gefragt, wann Shorty endlich loslegt. Plötzlich bleibt er stehen und ich denke: Jetzt. Doch er: Das wird nichts. Ich so: Wie, das wird nichts? Er: Ja, so wie ich es gesagt habe. Es wird nichts mit uns. Erst war ich natürlich sauer. Aber dann hat er gesagt: Du kennst doch den Spruch mit dem Schrecken ohne Ende und dem Ende mit Schrecken? Ich: Na klar. Er drauf: Noch besser ist es doch, gar nicht erst anzufangen. Ja, das hat Shorty damals gesagt. Wir haben uns aus den Augen verloren, aber es gab Situationen in meinem Leben, wo ich besser daran getan hätte, seinen Spruch zu beherzigen.

Simone

Shorty war mein Patient. Eigentlich kein richtiger Patient. Er musste ein paar Stunden bei mir in der psychotherapeutischen Praxis absitzen, das war eine seiner Bewährungsauflagen. Dumme Sache. Zweieinhalb Jahre Knast hat er damals bekommen. Für eigentlich nichts. Ein grundsympathischer Typ, offen, ehrlich, geradeheraus. Man hätte nie vermutet, dass er ein Knacki ist. Größere psychische Deformationen habe ich jedenfalls nicht bei ihm entdecken können. In meinem Beruf hat man ja sofort den Fokus auf das Kaputte. Aber bei Shorty war alles im grünen Bereich. So habe ich es auch im Abschlussbericht festgehalten. Keine Ängste, keine Psychosen, kein Garnichts. Abgesehen vielleicht von einer klitzekleinen Sache. Als ich ihn nach wiederkehrenden Träumen fragte, gab er an, im Traum auffallend oft eingeklemmt, eingezwängt, eingesperrt und verschüttet zu sein. Meine Diagnose: leichte Form von Taphophobie. Das ist die Angst, scheintot begraben zu werden.

Hedwig
Shorty, ja, so wurde er überall genannt. Den Nachnamen weiß ich jetzt gar nicht. Er ist mindestens einmal in der Woche in meine Gemüsehandlung gekommen, um einzukaufen. Ein netter, höflicher Mann, gutaussehend, unbestimmbares Alter, mit einer kleinen Narbe auf der Stirn. Und einem Einkaufskörbchen, wie bei Rotkäppchen. Er hat immer so getan, als würde er weiß Gott was auswählen, als gäbe es heute was ganz Besonderes bei ihm zum Essen. Am Anfang bin ich auch darauf reingefallen. Haben Sie Topinambur da? Ist der Cavolo nero auch wirklich aus der Toskana? Und Daikon-Rettich aus China führen Sie nicht zufällig? Dann aber hat er immer das Gleiche gekauft. Ich kann Ihnen auch sagen, was. 4 Karotten, ½ Sellerie, 1 kleiner Spitzkohl, 2 mittelgroße Kartoffeln, 1 Bund Petersilie. Das ging Monate so. Mehr als eine Gemüsesuppe kann man eigentlich damit nicht kochen. Eines Tages habe ich mir ein Herz gefasst und zu ihm gesagt: Na, Herr Shorty, darf ich Ihnen dasselbe wie immer in Ihr Körbchen packen? Daraufhin ist er nie mehr gekommen.

Jule
Nach meinem Motorradunfall ging es mir rein körperlich zwar ganz gut, aber ich hatte eine schwere Form von retrograder Amnesie, deswegen waren die Erinnerungen an ein paar Jahre davor ziemlich futsch. Die behandelnde Ärztin hat mir unter anderem geraten, mein Adressbuch durchzugehen und jeden dort drin zu kontaktieren. Das müssen Sie sich vorstellen: das Buch prallvoll mit Namen und Telefonnummern, und keinen Peil, wer diese heiteren People alle waren. Dann aber ein Name mit drei Rufzeichen dahinter. Shorty!!! Und eine Telefonnummer. Wir haben uns getroffen. Ein angenehmer Mensch, höflich, mit guten Manieren, außerdem eine edle Erscheinung. Shorty war

sehr verständnisvoll und hilfsbereit, konnte sich jedoch ebenfalls nicht an mich erinnern. Beim besten Willen nicht. Wieso also dann drei Ausrufezeichen? Irgendwas muss da gewesen sein. Das glaubt auch er. Vielleicht kommt ja einer von uns noch drauf.

Elfie

So stelle ich mir Brutus vor! Den jungen Decimus Iunius Brutus (geboren 81 v. Chr., gestorben 43 v. Chr.), mit ebenmäßigen Zügen und machthungrigen, abenteuerlustigen Augen. So saß Shorty immer da, aufmerksam meinem Geschichtsunterricht lauschend, als ob es um ihn selbst ginge. Als würde das, was ich von Cäsar und Augustus erzähle, ihn ganz persönlich betreffen. Am meisten haben ihn die alten Römer interessiert. Ich war überzeugt davon, dass er Geschichte studieren wird. Aber wie ich hörte, hat er die Schule abgebrochen. Und auch sonst soll nichts Rechtes aus ihm geworden sein.

Grit

Bei meinen Onlinedating-Bekanntschaften habe ich bis dahin nur Enttäuschungen erlebt. Lauter Hochstapler. Aber dann kam Shorty. Ein guter Typ! Ich wusste von Anfang an, dass er der Richtige war. Hat nicht groß angegeben, sondern im Gegenteil gleich von ein paar seiner Gelegenheitsjobs erzählt. Nichts Richtiges, nur von der Hand in den Mund. Roadie bei einer Punkband, Notenwart bei einem Orchester, so was in der Art. Wer nichts kann, muss viel können, hat er gesagt. Aber das fand ich besser, als wenn jemand angibt wie eine Tüte Mücken. Und als er mir erzählt hatte, dass er schon mal im Knast war, war ich hin und weg. Dass einer damit beim ersten Treffen schon rausrückt! Das beweist Mut und Charakterstärke. Warum trotzdem nichts draus geworden ist? Gerade durch die vielen Jobs, die er hatte, blieb eigentlich gar keine Zeit für eine Beziehung übrig. Erst dachte ich ja, es gibt eine andere. Aber das war es nicht. Er hatte am Rummelplatz eine Anstellung als Schiffschaukelbremser bekommen.

Mercedes Esmeralda (eigentlich Karin)
Es war in Goa, an der indischen Westküste, direkt am Strand. Da habe ich ihm ziemlich lang aus der Hand gelesen, denn er wollte eine ausführliche chiromantische Analyse. Die Hand als Abbild des Kosmos und so. Hat zwei Stunden gedauert. Was mir auffiel, ist, dass er so gut wie keine Lebenslinie gehabt hat. So etwas habe ich noch nie gesehen. Das habe ich ihm natürlich nicht gesteckt. Worüber ich ein bisschen sauer war: Er hat am nächsten Tag dann ein paar hundert Meter weiter einen eigenen Chiro-Stand aufgemacht. Er wollte bei mir also bloß abkupfern.

Solveig
Shorty? Kein Kommentar.

Katharina
Ich bin Mitglied einer kleinen Clique, die sich die Gesellige Runde nennt. Wir sind lauter bodenständige Menschen: Ärzte, Handwerker, Lehrer, Kaufleute. Shorty ist sozusagen unser Quotenaussteiger. Ich habe mich mit ihm mal zu einem Kaffee verabredet. Wir saßen auf der Terrasse und es herrschte prächtiger Sonnenschein. Da fing er auf einmal damit an, dass Sonnenlicht ja eigentlich nichts anderes sei als ein Strom von Protonen, die auf uns niederprasseln. Ein Proton habe keine Masse, sei also nichts. Myriaden von Protonen seien immer noch nichts. Sonnenlicht, die Grundlage allen Lebens: in Wirklichkeit

nichts. Das Leben selbst: nichts. Ich habe ihn zu mir zum Essen eingeladen. Ich habe Pasta gekocht und Kerzen angezündet. Da fing er wieder damit an. Das Licht der Kerze: nichts. Die Wärme des Kaminfeuers: nichts. Der Glanz in den Augen des liebsten Menschen: nichts. Ich meine, er hatte ja recht, rein vom Physikalischen her. Aber auf die Dauer hat das ziemlich genervt. Unter einem romantischen Abend stelle ich mir jedenfalls etwas anderes vor als nichts.

Annette

Was? Shorty? Nein, ich habe den nie getroffen.

Wirklich nicht?

Ich kann mich jedenfalls nicht erinnern.

Aber Shorty beruft sich auf Sie.

Sein Problem.

Er nennt sogar ein konkretes Treffen mit Ihnen.

Es gab keines. Nicht, dass ich wüsste.

Doch, glauben Sie mir: am 24.4.2009 im Hamburger Hotel Atlantic.

Kann nicht sein.

Waren Sie da nie?

War ich schon, aber nicht an dem Tag. Und wenn an dem Tag, dann habe ich ihn nicht getroffen.

Sie sind sicher? Es würde die Präzision dieses Faktenchecks enorm aufwerten, wenn gerade Sie als Persönlichkeit des öffentlichen ...

Suchen Sie sich jemand anderen, der den Faktencheck aufwertet. Was soll ich denn mit ihm zu tun gehabt haben?

Es heißt, Sie hätten eine leidenschaftliche Beziehung zu ihm unterhalten.

Unmöglich. Um wen dreht es sich, sagen Sie?

Um Shorty. Hier ist ein Foto von ihm.

Zeigen Sie her. Noch nie gesehen, den Kerl. Ist auch gar nicht mein Typ, nebenbei gesagt.

Er hätte mal für Sie gearbeitet, als Chauffeur.

Aber Sie wissen schon, dass ein Chauffeur immer mit dem Rücken zu einem sitzt? Wenn Sie ein Foto hätten, das ihn von hinten zeigt ...

Leider nicht.

Wie war der Name noch gleich?

Shorty.

Shorty. Shorty. Shorty. Nein, da dämmert nichts. Meine Chauffeure hießen Sven und Pascal, aber Shorty – das wüsste ich. Dann hatte ich noch einen Heiner, einen Dieter, einen Karl und einen Bertram. Aber einen Shorty – tut mir leid, da muss ich passen.

Paula

Als Kinder sind wir oft zusammen zum Baden gegangen, am See konnte man von einem überstehenden Felsstück ins Wasser springen und tief tauchen.

»Geht es dir nicht auch so«, hat Shorty nach solch einem Tauchgang einmal gefragt, »dass du unter dem Wasserspiegel Angst hast, wieder aufzutauchen?«

»Wovor sollte ich Angst haben?«

»Dass oben inzwischen etwas Schreckliches geschehen ist, dass wir in einer anderen Welt auftauchen!«

»Du meinst, so richtig Rip-Van-Winkle-mäßig? Eine Zeitverschiebung?«

Am nächsten Tag sind wir wieder von der Klippe gesprungen, ich bin tief nach unten getaucht, dann ist mir das Gespräch wieder eingefallen und was soll ich sagen: Ich bekam Angst. Vielleicht lag es an dem Flash, den man beim Tauchen bekommt. Normalerweise bringt der Tiefenrausch ein Gefühl der Euphorie mit sich, in meinem Fall war es umgekehrt. Trotz zunehmenden

Drucks in der Lunge hatte ich plötzlich furchtbaren Bammel, wieder aufzutauchen. Ich war überzeugt davon, dass sich dort oben etwas Gravierendes verändert hatte. Und zwar zum Schlimmeren. Zehntausend Jahre später, in einer dystopischen Zukunft. Oder hunderttausend Jahre zurück, in der Jungsteinzeit. Oder sogar Millionen von Jahre zurück, kurz nachdem sich der Mond von der Erde getrennt hat. Diese Horrorvorstellungen waren schlimmer, als wenn mich Shorty mit der Hand unter Wasser gehalten hätte. Ich strampelte, schlug um mich. Das machte es nicht besser. Die Atemnot wurde unerträglich. Ich verlor das Bewusstsein und wachte erst im Krankenhaus wieder auf.

»Du hast viel Wasser in die Lunge bekommen«, sagte der Arzt. »Aber jetzt ist alles gut.«

Ich fragte sofort nach dem Datum. Es war Donnerstag, der 3. März 1992. Also alles in bester Ordnung! Und an die neue Welt mit dem einen großen Mond statt den gewohnten sieben kleinen habe ich mich auch längst gewöhnt.

(Aussage mit Einwilligung des behandelnden Arztes der psychiatrischen Anstalt.)

FRAUEN: GECHECKT

6

Das geflügelte Wort »einen Stiefel rechnen« oder »einen Stiefel daherreden« geht auf den mittelalterlichen Mathematiker Michael Stifel zurück. Er berechnete in seinem Aufsatz »Vom End der Welt« den Weltuntergang für den 19. Oktober 1533.

Als Shorty wieder aus der bizarren Schwarzweißwelt der Bagels und Donuts ausgeklinkt wurde, fühlte er sich erschöpft wie nach einem Tagesmarsch mit zwanzig Kilo Gepäck. Er sah auf die Uhr. Es waren nur ein paar Minuten vergangen.

»Warum fühle ich mich so matt?«, fragte er die Stimme.

»Nun ja, wie soll ich dir das erklären: Es ist viel Energie im Spiel gewesen. Das macht einen Eiweißling schlapp und müde.«

»Warum nennst du mich immer so? Aus was bestehst *du* denn?«

»Jedenfalls nicht aus Eiweiß. Genauer gesagt: schon lange nicht mehr. Unsere Evolution hat eine andere Entwicklung genommen. Wir sind sozusagen an einer fett- und eiweißarmen Stelle abgebogen. Es gibt bei uns keine Proteine. Jedenfalls keine in der Form, die du kennst.«

Die Stimme schwieg. Shorty öffnete und schloss seine linke Hand. Es kam ihm so vor, als hätte sie sich verhärtet, als hätte er einen leichten Bluterguss wie nach einer Impfung, doch er verspürte nach wie vor keinerlei Schmerzen. Ganz im Gegenteil. Es war ein warmes, angenehmes Gefühl wie nach einer entspannenden Massage. Neugierig betrachtete er den Handteller. Er hätte nicht sagen können, was anders war. Ein klein wenig wunderte sich Shorty über sich selbst. Er war erstaunlich ruhig und gefasst angesichts der verstörenden Ereignisse. Die Ängstlichkeit war plötzlich weg. Hing das mit dem Geschenk zusammen, das jetzt in seine Hand implantiert war? Hatte man ihm ein paar gralsritterliche Eigenschaften wie Abenteuerlust, Wagemut, Dominanz, Weitsicht und Härte eingepflanzt? Er schüttelte die Hand aus.

»Oh, ich sehe schon, dass du intuitiv das Richtige machst«, sagte die Stimme.

»Was geschieht da mit meiner Hand?«, fragte Shorty etwas kleinlaut, gar nicht wie ein unerschrockener Ritter aus König Artus' Tafelrunde.

»Du wirst es herausfinden. Es erklärt sich von selbst. Es dauert allerdings einige Zeit, bis die neue Fähigkeit voll ausgeprägt ist. Vertraue auf alle deine Sinne, nicht nur aufs Sehen. Denk nicht groß darüber nach. Lass es einfach zu. Es hilft dir dann, wenn du Hilfe benötigst. Aber eines kann ich dir sagen: Es ist ein wirklich nützliches Geschenk des Kaiserchens.«

»Brauche ich dieses – Geschenk für die Aktion heute Abend?«

»Nein, dazu benötigst du lediglich deinen gesunden Menschenverstand. Es ist nur für alle Fälle.«

Shorty betrachtete die schnatternden Enten, die sich im Gras tummelten. Er beneidete sie. Sie mussten sich keinerlei Gedanken über fremde Spezies, Reparaturen im

Subraumbereich und Mögliche Kaiserchen machen. Sie säten nicht, sie ernteten nicht, sie sammelten nicht in die Scheunen …

»Ich habe da mal eine Frage«, sagte Shorty. »Wenn *ich* auf eurer Welt als Avatar herumspazieren kann, dann muss das doch umgekehrt genauso möglich sein. Kannst du dich nicht irgendwie – materialisieren?«

Die Stimme schwieg. Es knackte in der Leitung. Sie schien zu überlegen. Wenn das Knacken und Fiepen, das Buzzische und Squeakische ihre Muttersprache war, dann legte sich die Stimme vielleicht erst die Worte zurecht, bevor sie für ihn übersetzte.

»Das würde ich gerne machen, Shorty. Meine wirkliche Erscheinung würde dich allerdings ziemlich erschrecken.«

»Erschreckt dich meine Erscheinung etwa nicht?«

»Natürlich, und wie!«, erwiderte die Stimme lachend. »Wir empfinden euer Volk als ausgesprochen hässlich. Ein Klumpen glitzernder Schleim mit tollpatschig schlackernden Gliedmaßen, schrecklich misstönende Laute ausstoßend –«

»Hör schon auf!«

»*Du kommst daher wie ein Mensch* ist eines der derbsten Schimpfworte bei uns.«

»Aufhören, habe ich gesagt.«

»Ich könnte natürlich so eine Art Hologramm vor dir aufbauen und dann als jemand anderer erscheinen. Als jemand, der dir vertraut ist.«

»An wen denkst du dabei?«

»Einen Verwandten, einen Freund, eine Comicfigur. Such dir was aus. Wie wäre es mit Popeye? Oder Spider-Man? Professor X würde mir ebenfalls gut stehen.«

»Du könnest dich also – sagen wir – auch in meine Mutter verwandeln?«

Seine Mutter war Shorty als Erstes eingefallen. Vielleicht, weil die gesamte Situation so fremd und unerklärlich war, dass er sich nach einem ruhigen Haltepunkt, einer Verankerung in der Vergangenheit sehnte.

»Meinetwegen als deine Mutter. In allen Fällen wäre der Energieaufwand zwar enorm, aber es ist möglich. Ich bekäme es allerdings nie und nimmer genehmigt, lieber Shorty. Du kannst dir denken, dass ich als Translationator in der sozialen Hierarchie nicht gerade ganz oben stehe. Universelles Übersetzen ist ein schöner Beruf, ein interessanter Beruf, man kommt viel rum, man lernt fremde Spezies kennen, aber es ist ein furchtbar mies bezahlter Job, das kann ich dir sagen.«

»Wie viele menschliche Sprachen beherrschst du?«

»Ich könnte jetzt angeben und großspurig sagen: na, alle! Die Wahrheit ist die: Es gibt bei euch im Prinzip nur eine einzige Sprache, mit Hunderten von Varianten. Die paar tausend weltweiten Ausdrücke für Baum, laufen oder grün sind schnell gelernt. Ich jedoch muss Sprachen übersetzen, deren Welten grundverschieden voneinander sind. Wie sollen sich die Tjuttschew-Völker vom Quadranten 67.0, eine Bakterienmutation mit Schwarmintelligenz, mit den Bewohnern der Augwynne-Monde unterhalten, die hauptsächlich aus interferierenden Schallwellen bestehen? Wie übersetzt man aus dem Slurbischen, das von einer Spezies gesprochen wird, deren ideale Überlebenstemperatur bei 6000° Celsius liegt und die keinerlei Begriffe für lauwarm und unterkühlt haben? Wie beschreibe ich den zweidimensionalen Wesen der Laßwitz'schen Flachtropfenwelt eine bauchige Blumenvase oder eine kurvenreiche Barockschönheit? Da ist Improvisation gefragt, mein Lieber, Improvisation und Phantasie! Das sind Herausforderungen für einen Übersetzer! Dagegen ist euer türkischkoreanischarabisches Mischmasch nichts als Pipifax.«

Nachdenklich machte sich Bluna auf den Heimweg. Ab und zu blieb sie stehen. Warum hatte er am Schluss andauernd auf seine Hand gestarrt? War das nicht ganz typisch für eine Psychose? Die Fixierung auf den eigenen Körper deutete doch darauf hin. Er hatte seine Handinnenfläche mit heraustretenden Augen betrachtet. Richtig irre. Als ob er darüber erschrocken wäre. Litt er unter – Bluna zückte ihr Handy und suchte nach dem Ausdruck – Xenomelie, dem Gefühl, dass ein Körperteil nicht zu ihm selbst gehörte? Bluna interessierte sich ein wenig für Psychologie, hatte einmal sogar vorgehabt, das Fach zu studieren.

»Was habt ihr denn mit meiner Hand gemacht?«

Shorty hielt sie erschrocken hoch. Seine gesamte Handinnenfläche leuchtete in phosphoreszierendem Lilarot auf, ein unregelmäßig geformter Kreis war erschienen, auf dem viele kleine Pünktchen flimmerten.

»Wir haben eine Art Relais in deine Hand kopiert, ein Steuermodul, wenn du so willst. Es ist ein Geschenk, das allen unseren Bürgern anlässlich ihrer Stetigen Reife verliehen wird. Das ist so was wie Firmung, Konfirmation oder Jugendweihe. Es ist auf alle Fälle eine große Ehre für dich. Und es ist sehr nützlich.«

Shorty betrachtete seine Hand misstrauisch.

»Und was kann ich damit steuern?«

»Tausend Dinge, von denen du jetzt noch gar nicht weißt, dass du sie brauchen wirst.«

»Und wie steuere ich?«

»Es erklärt sich selbst. Du wirst es spüren, wenn es sich verfestigt hat. Unsere jungen Heranwachsenden bekommen das Implantat, um damit ihren ersten Schutzschild aufzubauen. Für dich, lieber Eiweißling und Fleischklops, wird jedoch eine ganz andere Funktion nützlich sein. Du kannst, wenn du uns bei der Reparatur geholfen hast, die Erinnerung an die ganze Aktion und das Zusammentreffen mit mir aus deinem Gedächtnis löschen – falls du das willst. Die meisten entscheiden sich fürs Löschen. Und ich rate ehrlich gesagt auch dazu.«

»So wie in dem Film –«

»Du meinst sicher ›Men in Black‹. Auch da gibt es einen Neuralyzer, mit dem du dich blitzdingsen kannst. Ein schönes Wort übrigens.«

»Sag bloß, du kennst den Film?«

»Ja, klar doch! Ich habe ihn richtiggehend studiert. Zur Vorbereitung auf diese Welt. Ich habe mir viele Filme angesehen, um euch zu verstehen.«

»Um uns zu verstehen?«, wiederholte Shorty verblüfft. »Du siehst dir, um uns zu verstehen, unsere Filme an? Aber es sind doch nur Filme!«

»In euren Geschichten steckt mehr Wahrheit als in euren Forschungen, wenn ich das so sagen darf. Eure kreativen Köpfe sind nicht die Naturwissenschaftler, sondern die Geschichtenerzähler. Sie sind oft überraschend nahe an der Wahrheit. CERN, das Garchinger Forschungszentrum, Stanford University: alles gut und schön, aber geh mal in eine Klasse mit Zwölfjährigen und frag die nach

Geschichten. Da kennenlernst du die menschliche Intelligenz.«

»Ich will jetzt nicht kleinkrämerisch erscheinen, aber es muss *lernst – kennen* heißen.«

»Sorry, mein Fehler. Und das bei solch einer primitiven Sprache wie der euren. Das ist mir aber jetzt wirklich peinlich.«

Es versprach ein schöner Abend zu werden. Die Sonne lungerte lässig zwischen ein paar Federwölkchen herum, und der Mond, der alte Lump, lauerte schon auf seinen Auftritt im Larifari der Dämmerung. Sogar ein Hauch von Abendrot erschien an einem der markanten, bewaldeten Hügel.

»Warum vertraust du mir eigentlich?«, fragte Shorty.

»Was hätte ich von dir zu befürchten? Dass du zur Polizei läufst und sagst, du hättest Stimmen gehört?«

Shorty nickte. Wo die Stimme recht hatte, da hatte sie recht.

»Und jetzt geh nach Hause und ruh dich noch ein wenig aus. Man erwartet Großes von dir, du musst fit sein.«

»Bist du bei der Aktion in meiner Nähe?«

»Nein, das ist leider nicht möglich. Ich habe in der Nähe des Umspannwerks keinen zuverlässigen Empfang. Aber du schaffst das alleine, ich weiß es. Und jetzt lerne noch folgende Arbeitsschritte auswendig …«

Shorty notierte alles, was er zu tun hatte, auf einem Zettel. Solch ein einfacher Job war ihm noch nie untergekommen. Dachte er.

7

Es gibt Leute, die sich über den Weltuntergang trösten würden, wenn sie ihn nur vorhergesagt hätten.

FRIEDRICH HEBBEL

Shorty kannte die Security-Mitarbeiter, die am Haupteingang herumstreiften, die wiederum kannten ihn, den dienstäglichen Elektroputzer, sie winkten ihn einfach durch. Sie wussten, dass er ein zuverlässiger Mitarbeiter war, der seinen Job meist in einer Stunde erledigte. Shorty grüßte nachlässig und ging langsam und locker über das weitläufige Werksgelände. Er war frisch geduscht und hatte sich sein Lieblingskapuzenshirt übergestreift. Dass er sich so eigenartig gestärkt und hochgestimmt fühlte, lag aber vielleicht auch daran, dass er das erste Mal in seinem Leben das Gefühl hatte, eine wirklich verantwortungsvolle Position auszufüllen. Keiner der unzähligen abgebrochenen Berufe und Jobs hatte ihm einen solchen Kick verschafft. War er sogar deswegen ausgewählt worden? Der unstete Abenteurer, der einmal im Leben eine wichtige Aufgabe bekommt, die er natürlich auf keinen Fall vergeigen will – vom Würstchenverkäufer zum Weltenretter? Er zog den Zettel aus der Hosentasche und wiederholte die Anweisungen zum hundertsten Mal, obwohl er sie schon längst auswendig konnte. Die Aktion selbst war simpel. Er sollte zu einem bestimmten Zeitpunkt in einem bestimmten Raum, der vollgestopft war mit Schaltelementen und Sicherungskästen, insgesamt zehn durchsichtige Acrylglastürchen, die sich in Bodennähe befanden, öffnen und zehn kleine, mit AC56/GX beschriftete Kunststoffschalterchen umlegen, um so den Kurzschluss zu simulieren. Nach dem unweigerlich folgenden Stromausfall sollte er die Notsirene abwarten, dann die Taschenlampe zücken und die Schalter wieder in die ursprüngliche Stellung zurückklappen.

»Das ist alles?«, hatte Shorty gefragt. »Mit diesen paar Handgriffen wende ich eine Riesenkatastrophe ab?«

»So ist es.«

Shorty war jetzt in der Mitte des Betriebsgeländes angelangt. In hundert Meter Entfernung lag das Bürogebäude des Umspannwerks, ein großer, unförmig verschachtelter Neubau, der aussah, als ob ein zorniges Riesenbaby seine hässlichsten Spielklötze in die Ecke gepfeffert hätte.

»Viel Glück«, sagte die Stimme.

Er hörte noch ein paar abgerissene Geräusche, so etwas wie ... rrt...tzg...tzh..., dann war selbst das Buzz, Squeak und Rattle in seinen EarPods endgültig verstummt. Shorty hätte noch tausend Fragen gehabt. Erneut ballte er seine linke Faust, um sie schnell wieder zu öffnen. Auf diese Weise erschien das neonfarbene Lichtspiel auf der Handfläche, das er schon kannte. Er studierte es genau, konnte aber partout kein System darin erkennen. Angeblich erklärte es sich selbst. Shorty war skeptisch.

Als er am Pförtnerhäuschen vorbeikam, raunzte der Diensthabende, ohne von seiner Lektüre aufzublicken:

»Du hast Besuch, Shorty. Jemand wartet auf dich.« Dann sah der Pförtner hoch und zwinkerte ihm zu. »So eine Klassefrau hätte ich dir gar nicht zugetraut.«

Es war Bluna, die zweite Bauzeichnerin. Sie lehnte lässig und gespielt kokett an der Tür des Umspannhäuschens. Shorty eilte zu ihr.

»Was tust *du* denn hier?«, rief er entsetzt.

»Hallo Shorty«, sagte sie lächelnd und zupfte den pfirsichfarbenen Pulli zurecht, den sie sich leger um die Schultern gelegt hatte.

Der Angstschweiß trat ihm auf die Stirn. Er biss sich auf die Lippen. Hastig blickte er auf die Uhr. Noch zehn Minuten bis zu seiner Aktion. Noch zehn Minuten bis zum Weltuntergang.

»Tut mir leid, Bluna, aber ich muss erst saubermachen«, sagte er. »Das dauert nur eine knappe Stunde. Dann gern.« Er stieß einen Seufzer aus. »Ich möchte den Job hier nicht verlieren, weißt du.«

»Saubermachen?«, sagte Bluna verschmitzt. »Ja, das habe ich mir schon fast gedacht. Aber ich habe eine Überraschung für dich. Ich habe deinen Geburtstag nicht vergessen. Alles Gute übrigens, wenn auch nachträglich. Ich bin schon mal reingegangen und hab für dich geputzt, gewischt und die Kontakte eingesprüht. Du brauchst nichts mehr zu machen. Du hast Feierabend. Wir können ein bisschen spazieren gehen.« Ernst fügte sie hinzu: »Ich würde gern mal mit dir reden.«

Noch neun Minuten bis zum Weltuntergang.

»Aber wie hast du – ?«

»Ich habe mir vom Pförtner die Gerätekammer aufsperren lassen und das Reinigungszeug rausgeholt. Keine Angst, ich habe auch alles wieder ordentlich eingeräumt.«

Shorty überlegte fieberhaft. Sein erster Impuls war, Bluna einzuweihen. Aber würde er es schaffen, ihr in ein paar Minuten zu erklären, dass eine Stimme ihm befohlen hatte, da drinnen Schalter zu manipulieren? Und dass er das jetzt unverzüglich tun musste, weil sonst das Leck in der galaktischen Riesenwanne immer größer wurde? Lächerlich, ausgeschlossen. Es war natürlich auch denkbar, die arme Bluna niederzuschlagen und schnell für den Stromausfall zu sorgen, bis sie wieder aus ihrer Ohnmacht erwachte. Nein, das würde er nicht übers Herz bringen. Er schämte sich für diesen Gedanken. Also blieb nur eine Möglichkeit.

»Lass mich in Ruhe«, sagte er so schroff wie möglich. »Wieso mischst du dich in meine Angelegenheiten ein! Verschwinde.«

Der brüske Ton war ihm nicht sonderlich gut gelungen. Bluna war auch kein bisschen zusammengezuckt. Sie blickte nur verwundert drein.

Noch sieben Minuten bis zum Weltuntergang.

»Komm, ich sehe doch, dass dich etwas beschäftigt«, sagte Bluna geduldig wie zu einem Kind. »Der wievielte Geburtstag ist es überhaupt, den du vorgestern gehabt hast?«

»Was geht dich das an!«, schnauzte er.

Zu allem Überfluss kam jetzt auch noch der Pförtner angewatschelt.

»Na, heute ist ja schon alles fertig, ihr Turteltäubchen«, sagte er augenzwinkernd. »Keine Sorge, ich schreib ins Protokoll, dass du eine Stunde da warst und alles in Ordnung ist.«

Sollte er den Pförtner ebenfalls niederschlagen? Und den beiden später ihre Erinnerung an den Vorfall löschen? Sie neuralyzieren? Blitzdingsen? Er warf einen flüchtigen Blick auf seine linke Handinnenfläche, als ob dort stünde, wie er sich jetzt verhalten sollte. Doch nicht einmal ein schwaches neonfarbenes Flackern machte sich bemerkbar.

»Ich geh da jetzt rein«, sagte Shorty, und er legte in den Satz einen entschlossenen, endgültigen König-Artus-Ton, der ihn selbst überraschte. »Ich will es lieber selbst machen.«

»Nein, du hast Feierabend!«

Spielerisch versperrte ihm Bluna den Weg. Wenn er jetzt weiter darauf bestand reinzugehen, fiel es dem alten Pförtnerkrokodil sicher auf, dass hier etwas nicht stimmte. Aber es blieb wohl nichts anderes übrig.

»Ich sag es zum letzten Mal –«

»Sie hat es sogar besser als du gemacht«, sagte der Pförtner. »Das Putzen, meine ich. Ich habe mich überzeugt. Auch die Ecken, weißt du, wo die Bodenleisten zusammenstoßen, sind sauber.«

»Und jetzt nimm endlich deine blöden EarPods ab«, sagte Bluna.

Shorty gab nach, wenigstens in diesem Punkt. Von der Stimme war ohnehin keine Hilfe zu erwarten. Er stand regungslos da und atmete laut ein und aus.

Noch sechs Minuten.

Was sollte er tun? Er musste einen Entschluss fassen. Eine unfassbar große Verantwortung lastete auf seinen Schultern. Er dachte an die große Ehre, die ihm zuteilwurde, aus acht Milliarden menschlicher Individuen selektiert worden zu sein. Er stellte sich die vielen unendlich weit entfernten nichtmenschlichen Spezies vor, die zu ihm aufschauen würden, dem großen Helden Shorty, von dem es einst heißen wird: So beschränkt sein Horizont auch war, er hat durch ein paar umgelegte Schalterchen, AC56/GX, zack! zack! – unser aller Zukunft gesichert. Die Zukunft der S'lackurbs, den Fortbestand der Smirgs; das weitere Schicksal der Bewohner der Augwynne-Monde; die Existenz der spontan auftretenden Lebensformen im subatomaren Bereich; das Fortbestehen der Pseudoephedriner, der Vereinigten Nicht-Newton'schen Flüssigkeiten, der Dispersiven, der Abderiten …

Noch fünf Minuten bis zum Weltuntergang.

Shorty hatte kurz die Augen geschlossen und sich die verschiedenen Wesen weit in den Galaxien verstreut vorgestellt – allesamt superintelligent, hochentwickelt und durch seine Schuld dem Untergang geweiht. Shorty riss die Augen auf und fasste einen Entschluss. Er schob Bluna energisch beiseite und stieß den korpulenten Pförtner so vor die Brust, dass er stolperte und sich an der Wand abstützen musste. Diese Aktion hatten beide nicht erwartet. Nicht von Shorty, dem Weichei und Aushilfsknecht. Sowohl der Pförtner als auch Bluna hielten verdutzt inne. Shorty stürmte zur Tür und griff zur Klinke. Er rüttelte. Der Idiot von Pförtner hatte die Tür abgeschlossen! Nein!

»Aufmachen! Lassen Sie mich sofort da rein, Sie Knallkopf!«, schrie Shorty, und seine Stimme überschlug sich. »Sie werden das noch bereuen!«

»*Du* wirst das gleich bereuen«, murmelte der Pförtner, während er sein Handy herauszog und auf eine Taste drückte.

Shorty achtete nicht auf die beiden. Mit der Kraft der Verzweiflung rannte er los und knallte mit der Schulter schmerzhaft an das Türblatt, das tatsächlich ein wenig nachgab. Er lief zurück und versuchte es nochmals. Niemand konnte ihn mehr aufhalten. Der Pförtner war in seiner Loge verschwunden, Bluna beobachtete Shorty aus sicherer Entfernung. Beim zweiten Versuch gab das Innenblatt der Tür nach, ein paar wütende Fußtritte genügten, um es vollständig herauszubrechen. Shorty, der sich in einen prustenden Berserker mit hochrotem Kopf verwandelt hatte, kletterte durch das zersplitterte Loch ins Innere. Er kniete sich vor das erste Schalterkästchen, riss die Acrylglastür auf und legte den Hebel um. Hektisch warf er einen kurzen Blick auf die Uhr. Es war immer noch zu schaffen. Wenn er sich denn beeilte. Zweites Kästchen. Drittes Kästchen. Wieder ein Blick zur Uhr. Viertes Kästchen. Einfach konzentriert weiterarbeiten. Mit den ritterlichen Eigenschaften von König Artus: Abenteuerlust, Wagemut, Dominanz, Weitsicht, Härte … Fünftes Kästchen.

»Hey, was machen Sie da!«

Der Security-Mann kletterte seelenruhig durch das Loch in der Tür. Mit einem säuerlichen Blick kam er auf Shorty zu. Er war zwei Köpfe größer als er und tausendmal öfter im Fitnessstudio gewesen. Ohne weitere Vorwarnung packte er Shorty an Kapuzenshirt und Hosenbund und schleifte ihn von den Schaltern weg. Shorty strampelte wild und versuchte, die Beine des Mannes zu fassen. Keine Chance. Der Security-Hüne packte ihn fester, hob ihn in die Höhe und stopfte ihn kurzerhand durch die zersplitterte Tür nach draußen, wobei er mit ein paar kräftigen Fußtritten nachhalf. Der Aufprall auf dem harten Asphalt im Freien schmerzte tierisch, Shorty jaulte auf und versuchte, sich wegzurollen. Der Riese war schneller. Er drehte ihm einen Arm auf den Rücken, im nächsten Augenblick spürte Shorty, wie eine Handschelle zuschnappte. Dann die zweite. Shorty lag hilflos auf dem Bauch, der Mann kniete sich auf ihn, um ihn zu durchsuchen. Er riss an seiner Kleidung herum und ging auch sonst nicht eben zimperlich vor. Endlich hatte er seine Brieftasche mit dem Ausweis zu fassen bekommen. Und sein Handy. Und einen Zettel mit einem Schaltplan. Verzweifelt versuchte sich Shorty herumzureißen, und in dieser Millisekunde des Aufbegehrens tauchte ganz kurz nochmals die These vom misslungenen Scherz vor ihm auf, den ihm die Gesellige Runde gespielt hatte.

Doch plötzlich ließ der Wachmann von ihm ab und richtete sich mit einem gellenden Schrei auf. Der Schrei ging in ein ängstliches Wimmern über. Kaum zu glauben, dass dieses klägliche Winseln um Gnade wirklich von dem godzillagroßen Ironman kam. Shorty spürte einen heftigen Fußtritt in die Seite, dann hörte er nur noch die sich rasch entfernenden Schritte des Mannes. Und seine entsetzlichen Angstschreie.

8

And you tell me
over and over and over and over again my friend,
You don't believe we're on the eve of destruction.

BARRY MCGUIRE

Schlechte Blutwerte, Arthritis, ein löchriges Immunsystem, das mühsame Aufkommen vom Fernsehsessel, Appetitlosigkeit, Rheumatismus, lästige Schluckstörungen, dauerndes Kribbeln in den Zehen – das alles und noch viel mehr war Knut Polz. Der marode Rentner war keuchend und sein vorgerücktes Alter verfluchend die kleine Gasse hinuntergestapft, um Zigaretten im nahegelegenen Schreibwarenladen zu holen. Wie immer war er vor dem Schaufenster stehen geblieben, um ein wenig zu verschnaufen. Neidisch und mit so viel aufflammendem Groll, wie ihm noch möglich war, hatte er die Gruppe der jungen und gesunden Menschen betrachtet, die vorbeiströmten. Sie starrten allesamt in ihre metallisch schimmernden Flachziegel, und jeder Einzelne von ihnen war bestimmt frei von Nackensteifigkeit, Gicht, Schlaflosigkeit und Durchblutungsstörungen. Knut Polz hatte sein Basecap abgenommen, sich den Schweiß von der Stirn gewischt und den verrunzelten Kopf in den Nacken gelegt, um hinaufzuschauen ins herb-sommerliche Azur. Doch jetzt blinzelte er ungläubig. Den Kopf zu schütteln scheute er sich, er befürchtete, dass das blieb und sich zu einem leibhaftigen Morbus Parkinson auswuchs. Der Himmel über der Gasse wurde mit einem Mal fleckig und bunt, es hatten sich ölig schimmernde Klötzchen gebildet, die ihn im ersten Augenblick an seinen alten Fernsehapparat erinnerten, bei dem es mit dem Empfang nicht mehr so richtig stimmte. Ein Teil des Himmels war mit dieser gigantischen Bildstörung bedeckt. Hilfesuchend blickte er sich um. Doch außer ihm befand sich nun kein Mensch mehr auf der Straße. Klar, es war gerade Abendessenszeit. Oder es gab ein Fußballspiel im Fernsehen. Als er erneut hinaufsah in den Augusthimmel über den Dächern, waren die Klötzchen auch schon wieder verschwunden. Knut Polz blies hörbar Luft aus. Vielleicht sollte er morgen zum Augenarzt gehen. Schlechte Blutwerte, Arthritis, das schwere Aufkommen vom Fernsehsessel – und jetzt auch noch der Graue Star. Er betrat den Zeitschriftenladen.

»Wie immer ohne Filter, Herr Polz?«, fragte der Verkäufer.

Selma Öksüz war mit ihrem Taxi den schmalen Forstweg durch den Stadtwald geknüppelt, aus den Boxen wummerte Musik des angesagten türkischen Rappers Zafer Yazıcıoğlu. Sie hatte ihren Blick dabei träumerisch auf den Schotter und die verstreuten Zweige gerichtet. Selma kannte die Strecke. Carl-Gastreich-Straße, Alter Postweg, Böckenheck – eine beliebte Bummelstrecke für Liebespaare. Sie taxelte jetzt schon zwanzig Jahre. Doch als sie über eine Hügelkuppe bretterte, bremste sie panisch ab, schlidderte zehn, zwanzig Meter auf dem knirschenden Kies, drehte sich, verlor die Orientierung, bekam ihre Karre endlich zum Stehen, riss die Tür auf und sprang aus dem Auto. Fassungslos stierte sie zum Himmel, der in der Mitte ein Stück auseinandergerissen war. In dem Spalt pulsierten bunt schillernde, scharfkantige Würfel, die ihre Größe rasend schnell veränderten, sich zitternd voneinander entfernten, wieder zusammenstießen, um mit grellen Lichtspielen zu zerbröseln. Selma Öksüz stieß ein paar schlecht übersetzbare türkische Flüche aus. Die Himmelserscheinung hatte sie auf die Knie gezwungen. Sie legte die Hände flach auf den Boden und flüsterte ein inbrünstiges Stoßgebet. Doch als sie kurz darauf aufblickte, strahlte der Himmel schon wieder in unschuldigem Blau. Sie schwor sich, niemandem von dieser Erscheinung zu erzählen.

Horst Frenken hatte die Teetasse leise und sorgfältig abgestellt, er sah aus dem Fenster und machte seine Frau Ilse auf ein kleines, blasses Witzwölkchen aufmerksam.

»Ich fürchte, das wächst sich aus«, sagte sie. »Es soll regnen. Ich weiß nicht, ob aus unserem Abendspaziergang was wird. Du bist doch immer so empfindlich –«

Bevor er etwas entgegnen konnte, explodierte der Himmel. Von einem Augenblick auf den anderen entstand eine klaffende Lücke, die von unfassbarer Größe sein musste. Beide schrien gellend auf. Er war Gymnasiallehrer und Bildungsbürger der alten Schule, folgerichtig dachte er als Erstes an einen apokalyptischen Blitz, an den gehörnten Antichrist, an kochende Blutmeere, aus denen die giftspritzenden siebenschwänzigen Schlangen aufstiegen. Das ganze Setting der biblischen Johannesoffenbarung, und das alles quasi vor der eigenen Haustür. Nach dem ersten Schrecken lief ein nahezu wohliger Schauer über den Rücken des ehemaligen Oberstudiendirektors Horst Frenken. Das Buch mit den sieben Siegeln, die letzten drei Posaunen, die sieben Plagen, der Untergang Babylons, Erde und Himmel verschwinden, das Weltgericht tagt … Vielleicht erschienen als Nächstes gleich die vier apokalyptischen Reiter, ritten in den schmalen Vorgarten der Frenkens und klopften mit eisernen Fäusten an die Tür. Gewundert hätte es ihn nicht. Seine Frau Ilse wiederum war Friedensbewegungsaktivistin der ersten Stunde gewesen, eine veritable Alt-68erin, ihr passten sogar noch die Klamotten von damals. Sie ging deshalb sofort von einem militärischen Desaster aus, vom Dritten Weltkrieg mit zwanzigfachem Overkill und radioaktivem Fallout, ausgelöst durch einen durchgeknallten amerikanischen Militär. Wie auch immer – Horst und Ilse Frenken ließen sich zu Boden fallen und verkrochen sich unter dem Teetisch. Dort verharrten sie eine Stunde lang reglos. Erst als der Lärm auf der Straße unheilvoll und unerträglich anschwoll, als sich das Geschrei von vielen Menschen mit den Sirenen der Einsatzkräfte mischte, wagten sie, den Kopf zu heben. Es klingelte an der Haustür.

»Das sind sie!«, schrie Frenken.

»Wer?«, flüsterte seine Frau.

»Die vier apokalyptischen Reiter!«, schrie er weiter.

»Quatsch, die klingeln doch nicht«, entgegnete sie.

Die Frenkens robbten aus der sicheren Deckung des Teetischchens heraus in Richtung Schrank und verbarrikadierten sich darin. Aus dem Abendspaziergang wurde jedenfalls nichts mehr.

Gesine und Jan hatten ihre Selfiesticks zu Hause vergessen, deshalb mussten sie, richtig vorsintflutlich, einen Passanten in der Fußgängerzone bitten, mit ihrem Smartphone ein Foto von ihnen zu schießen. Sie stellten sich in

Pose. Vor reichlich denkmalgeschütztem Kram und einem Eiscafé im Hintergrund. Der freundliche Passant suchte nach dem geeigneten Bildausschnitt und drückte ab.

»Zur Sicherheit noch ein zweites!«, rief Gesine.

Der Passant lächelte gutmütig, doch plötzlich ließ er die Kamera sinken und ein Ausdruck des fassungslosen Entsetzens erschien auf seinem Gesicht. Die Augen quollen ihm schier aus den Höhlen, er wurde blass wie ein Stück Papier. Er hatte den Mund zum Schreien geöffnet, doch es kam nichts als ein dürftiges, klagendes Winseln heraus. Zitternd hob er die Hand und zeigte über ihre Köpfe hinweg auf etwas hinter ihnen. Als sich Gesine und Jan erschrocken umdrehten, konnten sie nichts erkennen, was des Schreiens und Krächzens wert gewesen wäre. Das Foto, das der Passant geschossen hatte, sollte allerdings um die Welt gehen.

Die Sprechstundenhilfe der Augenarztpraxis stieß, ohne anzuklopfen, die Tür zum Behandlungszimmer auf.

»Was gibts?«, fragte der Augenarzt mürrisch.

»Komische Sache, Herr Doktor. Ein Anruf nach dem anderen, siebzehn bisher.«

»Und?«

»Alle klagen über Blitze vor den Augen.«

»Klingt nach Netzhautablösung.«

»Ja, aber gleich siebzehn Netzhautablösungen innerhalb von ein paar Minuten! Das gibt's doch nicht.«

Der Augenarzt wandte sich wieder seinem Patienten zu. Wahrscheinlich war gerade ein Gesundheitsmagazin im Fernsehen gelaufen, so was wie: Ablatio retinae – die Pest ab 60. Er tippte auf Harald Lesch.

Der Art Director der Werbeagentur Craft & More lümmelte auf der Dachterrasse der Capricorn Bar in einem Büffelledersofa und hatte schon den dritten Gurki intus. Da war er am kreativsten. Mensch Meier, dachte er, nachdem er die Erscheinung am Himmel gesehen hatte, da hat sich aber jemand marketingmäßig irre reingehängt. Das hätte einem selbst einfallen müssen. Wahrscheinlich Lasereffekte.

Moritz Jamanke saß im Polizeirevier und erledigte Bürokram. Als das Telefon klingelte, war Joschi am Apparat, und Jamanke musste lächeln, als ihm der etwas von Klötzchen am Himmel erzählte. Der Joschi schon wieder! Es wurde immer schlimmer mit ihm. Die Frau weg, das Geschäft eingegangen, er nicht mehr ganz richtig im Kopf, es ging nur noch abwärts mit ihm. Und jetzt auch noch Klötzchen am Himmel. Wirklich lachhaft. Doch nach den nächsten vier Anrufern, die mit der gleichen Geschichte daherkamen, verging dem Polizisten das Lachen. Er schaltete den Fernsehapparat ein. Dort wurde ein Mann gezeigt, der angeblich etwas mit dem Vorfall zu tun hatte. Jamanke kannte den Mann. Er hatte ihn schon einmal verhaftet. Es war Shorty. Was hatte der Junge jetzt schon wieder ausgefressen?

Der Chirurg Professor Dr. Lukretius, der auf einer Parkbank saß und Eichhörnchen mit biologisch angebauten, schweineteuren Erdnüssen fütterte, hatte schon viel gesehen in seinem Leben, deshalb überraschte ihn die Erscheinung jetzt auch nicht so besonders. Er fühlte sich beim Anblick des Desasters sofort an einen chirurgischen

Bauchaufschnitt des äußeren Gewebes erinnert. An die ersten Minuten einer Operation. Wie wenn mit einem gläsernen Skalpell ein riesengroßer Schnitt geritzt worden wäre und hinter dem blassen Außengewebe die blutigen Innereien erschienen. Doch im Gegensatz zu einer Operation war der Blick hinter die Kulissen des Weltgetriebes gleich wieder verschwunden. Mit einem großen Schwung schüttete Dr. Lukretius den Rest der Tüte auf den Boden und faltete sie sorgsam zusammen.

Harry der Bauchredner schlug die Plane zurück und verließ das Zirkuszelt. Sein Auftritt war gerade zu Ende gegangen. Er hatte nur eine einzige Nummer im Repertoire. Die ventriloquistische Matrjoschka-Nummer. Eine Bauchrednerpuppe, die eine weitere Bauchrednerpuppe führte, die wiederum eine Bauchrednerpuppe führte … Und alle diese Bauchrednerpuppen hatte er sich aus Blechdosen gebastelt. Als Harry die Himmelserscheinung sah, bekreuzigte er sich nicht, er fluchte nicht, er warf sich nicht auf den Boden, und er dachte auch nicht an eine Netzhautablösung. In seinem Inneren breitete sich vielmehr eine Ruhe aus, wie er sie noch nie erlebt hatte. Er hatte nichts anderes erwartet, als dass das Ende der Welt hinter dem Zirkuszelt stattfand. – (Sorry, Harry, aber du irrst dich. Das ist nicht das Ende der Welt. *Das* noch nicht.)

Obwohl der Großteil der Bevölkerung den eigentlichen Vorfall nicht mitbekam, waren binnen weniger Minuten die Leitungen sämtlicher öffentlicher Stellen im Umkreis von vierzig Kilometern hoffnungslos überlastet. Unzählige Bürger riefen bei den Polizeidienststellen an, beim

Ordnungsamt, beim Lokalradio, bei der Feuerwehr, bei den Zeitungen. Auch beim Wetterdienst, beim Fernsehen, beim Roten Kreuz, bei der zivilen Flugüberwachung, beim Bundesamt für Strahlenschutz …

Die Leitstelle für zivilen Bevölkerungsschutz und Katastrophenhilfe, davon eine speziell eingerichtete Unterabteilung, nämlich die Schutzkommission beim Bundesministerium des Innern, hätte die Aufgabe gehabt, alle diese Behörden und Einrichtungen im Fall der Fälle zu koordinieren. Und zwar in den ersten Minuten nach Bekanntwerden einer Katastrophe. Die einschlägigen Mitarbeiter waren auf so ziemlich alles vorbereitet: auf Waldbrände, Terroranschläge, Flugzeugabstürze, Reaktorzwischenfälle, Pandemien, Vulkanausbrüche, Erdbeben – und natürlich auch, der Vollständigkeit halber, auf Erstkontakte mit Außerirdischen. Für alles gab es amtliche Ansprechpartner, Worst-Case-Szenarien und Prozessablaufschemata – jedoch war niemand auf den Fall vorbereitet, dass der Himmel für einen kurzen Moment aufplatzte wie eine angeschnittene Brühwurst, sich dann wieder schloss – und sonst weiter nichts geschah.

In einem winzig kleinen Büro des Max-Planck-Instituts für extraterrestrische Physik saß der indische Astrophysiker Dr. Mukhopadhay vor seinem Rechner und sah sich das Video der Himmelserscheinung an. Zum zwanzigsten Mal. Ein befreundeter Wissenschaftler hatte ihm die wenige Sekunden dauernde Aufnahme aus seinem Urlaub geschickt. Dr. Mukhopadhay drehte sich kopfschüttelnd zu seinem Kollegen, der sich über seine Schulter beugte.

»Ich verstehe es einfach nicht«, sagte er. »Nach unseren Messungen müsste die Welt explodiert sein. Eine riesige Datenflut zum fraglichen Zeitpunkt, enorme elektromagnetische Turbulenzen, aber kein Erdbeben, kein Polsprung, nichts. Es ist so, als ob nichts geschehen wäre.«

»Ich verstehe es auch nicht«, erwiderte der andere Astrophysiker kopfschüttelnd. »Man könnte fast meinen –«

Er brach ab. Mukhopadhay nickte.

»Wenn der Gedanke nicht so abwegig wäre, würde ich sagen, dass die Erscheinung genau in unser Fachgebiet fällt.«

Er brauchte nicht weiterzureden. Sein Kollege verstand ihn auch so. Draußen auf dem Türschild der beiden Wissenschaftler war zu lesen:

Mukhopadhay / Geibel
Forschungsgruppe Dunkle Materie

Ein Witzbold hatte mit Bleistift *Angewandte Faschingsphysik* dazugeschrieben.

Nick war Computernerd. Als er kurz von seinem Rechner aufgeblickt und in den sommerlichen Augusthimmel geschaut hatte, war ihm sofort der Gedanke gekommen, dass es sich bei der Erscheinung um einen typischen Fall von Rendering handelte. Bei diesem Effekt wurde eine Bildschirmgrafik aufgrund geringer Rechenzeit nicht vollständig dargestellt, sondern nur vorläufig und skizzenhaft. Was er dort oben gesehen hatte, war ein Stück vom Himmel, der quasi noch nicht vollständig hochgefahren war. Es schien so, als wären die Farbe Blau, die Entfernung vom Betrachter und weitere Faktoren wie Ausdehnung, Füllung und Skalierung noch nicht in den gewohnten klaren Augusthimmel umgesetzt worden. Nick hatte das Rezept für das Farbgemisch gesehen und nicht die Farbe. Doch bevor er weiter darüber nachsinnen konnte, wie das möglich war, wurde er von seinen Eltern zum Essen gerufen. Gemein! Nick war jetzt fast sieben Jahre alt und wurde vom Computer weggescheucht wie ein Kleinkind.

9

Im Februar 2013 fragten zwei Berliner Abgeordnete der Piratenpartei an, ob die Stadt gegen eine Zombie-Katastrophe gerüstet sei. Die Berliner Senatsverwaltung verneinte und sah darüber hinaus keinen weiteren Handlungsbedarf, was für einige der Beweis dafür war, dass das Amt schon längst infiltriert war und Berlin mitten in der Zombie-Katastrophe steckte.

Shorty selbst hatte von der lautlosen Erscheinung gar nichts mitbekommen, er hatte die ganze Zeit unfreiwillig auf dem Bauch gelegen. Erst jetzt drehte er sich mühsam und ächzend auf den Rücken. Der Objektschützer von der Security war feige getürmt, doch der tumbe Muskelberg hatte noch genug Zeit gehabt, ihm die Hände mit Handschellen auf dem Rücken zu fixieren. Auch der übergewichtige Portier war nicht mehr zu sehen, er hatte sich wohl in seinem Häuschen verkrochen. Nur Bluna stand in Sichtweite, starr vor Schreck, die Hände vor den Mund geschlagen, den Blick immer noch zum Himmel gerichtet.

»Was war denn das?«, rief sie entsetzt.

Sie drehte sich zu ihm und wiederholte die Frage. Shorty stöhnte auf.

»Ich – ich weiß nicht, was das war«, rief er zurück. »Ich konnte es nicht sehen. Bitte hilf mir aus den verdammten Handschellen heraus.«

Er hoffte, dass der Wachmann keine Zeit mehr gehabt hatte, die Handschellen sorgfältig zu verschließen. Oder dass sie eine Nummer zu groß waren und er herausschlüpfen konnte. Vielleicht steckte der Schlüssel ja auch noch. Das waren die Möglichkeiten, die in Filmen immer vorkamen. Bluna trat zögerlich näher, Shorty nickte ihr aufmunternd zu. Die unerklärliche Himmelserscheinung hatte sie ganz in ihren Bann geschlagen. Sie beugte sich zu ihm.

»Ob das was mit dem Elektrokram hier auf dem Gelände zu tun hat?«, fragte sie. »Vielleicht war es ein Kurzschluss oder so etwas Ähnliches.«

»Wäre gut möglich«, versetzte Shorty möglichst gleichgültig und versuchte, sich zu recken. »Ich habe wirklich keine Ahnung.« Überflüssigerweise fügte er hinzu: »Ich putze hier ja nur. Ich mache die Kontakte sauber, sonst nichts.«

Bluna musterte ihn misstrauisch. Er rollte sich ächzend auf die Seite und versuchte, einen Blick auf seine linke Handinnenfläche zu werfen. Bluna bückte sich und untersuchte die chromblitzenden Achter. Shorty hielt die Faust geschlossen.

»Die Handschellen sind zugeschnappt«, sagte sie. »Da ist nichts zu machen.«

Shorty stieß einen Fluch aus.

»Meinst du, das passiert noch mal?«, fuhr sie mit angstvollem Unterton fort.

Shorty war ziemlich sicher, dass sich das eben Geschehene nicht wiederholen würde. Jedenfalls nicht so schnell. Der Reparaturtrupp, aus wem oder was der auch immer bestand, hatte die Wartungsarbeiten in wenigen Sekunden erledigt. Sie hatten ihren Job gut gemacht, nur er hatte es verbockt. Aber er allein? Nein, die Stimme hätte ihm verdammt nochmal helfen können. Oder ihn wenigstens besser auf die Aktion vorbereiten müssen. Shorty versuchte, auf die Beine zu kommen. Mit Handschellen auf dem Rücken war das nicht so leicht. Er rollte herum wie ein Rugbyball – keine angemessene Fortbewegungsart für einen Ritter der Tafelrunde. Bluna half ihm, schließlich stand er aufrecht. In diesem Moment wurde ihm wieder angstvoll bewusst, in was für eine Situation er geraten war.

»Warum hast du dir ausgerechnet mich ausgesucht?«, hatte Shorty die Stimme am Nachmittag gefragt. »Warum zum Beispiel nicht einen Ingenieur, der im Umspannwerk arbeitet? Oder einen von der Security? Den Nachtpförtner, den Elektroschlosser? Einen Astronomen, der das Ganze ein bisschen besser versteht.«

Die Antwort hatte er immer noch im Ohr:

»Du bist schon der Richtige, Shorty. Nimm es mir nicht übel, aber du bist ein ungeschickter Tollpatsch, ein Träumer und Chaot, kein zielstrebiger Denker. Du treibst mal dies, mal das, du liest alles Mögliche, guckst Filme, frisst Geschichten in dich rein, glaubst sie auch noch. Genau nach so einem haben wir gesucht.«

»Ihr habt nach einem entscheidungsschwachen Loser gesucht?«

»Das ist jetzt aber kokett, Shorty. Stell dein Licht nicht unter den Scheffel. Das, was viele für Entscheidungsschwäche halten, ist in Wirklichkeit der Königsweg zur Wahrheit. Nur der Wankelmütige entscheidet sich wirklich. Er denkt an alle Möglichkeiten gleichzeitig. Er verhält sich so, wie die Quanten tanzen: scheinbar chaotisch, in Wirklichkeit absolut real und zielgerichtet.«

Shorty war der Gedanke gekommen, ob er sich nicht

schon im Reich der Toten befand. Und ob das die Hölle war. Der Himmel war es jedenfalls nicht.

Shorty warf einen Blick hinüber zum Pförtnerhäuschen. Durch die Glasscheibe konnte er den korpulenten Wachmann sehen, der aufgeregt ins Telefon sprach und dabei immer wieder mit panisch aufgerissenen Augen zu ihnen herüberglotzte. Der Fettwanst holte Verstärkung! Shorty versuchte, an die Mauer gelehnt, die gefesselten Hände unter den Beinen durchzuziehen. Er ächzte und stöhnte, aber er musste es schließlich aufgeben.

»Es könnte doch auch eine dieser Luftspiegelungen gewesen sein«, fuhr Bluna fort. »So eine Art Regenbogen, bloß stärker. Vielleicht auch eine Fata Morgana. Der Effekt, wenn Lichtstrahlen in wärmere Luftschichten stoßen, was weiß ich. In Physik bin ich nie über sieben Punkte hinausgekommen.«

Shorty zuckte die Schultern und schwieg. Bluna sah wieder hinauf zu der Stelle, an der der Riss zu sehen gewesen war. Sie schien selbst nicht so recht an ihre Theorien zu glauben. Sie bemühte sich, beherrscht und analytisch zu wirken, aber Shorty sah, dass sie am ganzen Körper zitterte. Jetzt blickte sie ihn prüfend an.

»Was ist denn eigentlich mit dir los? Mir kannst du es doch sagen. Vergessen wir das kleine Gerangel von vorhin. Natürlich ist das momentan ein schlechter Zeitpunkt –«

In diesem Augenblick begannen die Sirenen zu kreischen. Sie waren aus allen Richtungen zu hören. In der Ferne sah er eine Schar von Security-Fritzen planlos in der Gegend herumlaufen, sie fuchtelten mit Schlagstöcken herum wie im Kasperletheater und verschwanden bald aus ihrem Gesichtsfeld. Der Portier hatte sich immer noch nicht aus seinem Häuschen gewagt. Jetzt fummelte er an seinem Handy herum und hielt es schließlich zitternd in ihre Richtung. Er filmte sie. Es war allerhöchste Zeit, von hier zu verschwinden. Shorty hoffte, außerhalb des Geländes wieder Kontakt zur Stimme aufnehmen zu können, sie hatte ihm das Ganze eingebrockt und musste ihm jetzt helfen. Bluna musterte ihn, drehte sich dann aber schnell weg. Sie atmete tief durch. Ihr waren seine verstohlenen Blicke auf seine linke Handinnenfläche nicht entgangen. Immer wieder hatte er dort hingesehen. Als ob er auf einen Spickzettel schauen würde, um abzulesen, was er als Nächstes tun sollte. Was war mit dem Typen bloß los?

»Komm mit«, sagte Shorty plötzlich in bestimmtem Ton. »Hier können wir nicht bleiben. Ich kenne eine Fischerhütte, in der wir uns verstecken können, bis sich alles beruhigt hat. Sie gehört einem Kumpel von mir. Dort steht ein kleines Radio. Da können wir hören, wie sich das alles weiterentwickelt. Und wenn ich mich recht erinnere, gibt es da auch geeignetes Werkzeug für die Handschellen.« Er blickte sie fragend an. »Das heißt: Wenn du mir überhaupt helfen magst.«

Shorty hatte das in einem selbstverständlichen und entschlossenen Ton gesagt, den Bluna so gar nicht an ihm kannte. Die Sirenen fingen erneut an zu jaulen. Sie nickte.

»Ich helfe dir, wenn du mir sagst, was los ist.«

»Abgemacht. Sobald wir in Sicherheit sind.«

Sie verließen das Werksgelände, ohne dass jemand sie aufhielt. Bluna hatte ihren Pulli abgestreift und ihn Shorty über die Handschellen gelegt. Er hoffte, wie ein müßig dahinschlendernder Spaziergänger auszusehen, der seinen pfirsichfarbenen Pulli lässig für einen plötzlich aufkommenden Sommerwind bereithielt, doch es war höllisch unbequem, schmerzhaft und ganz und gar nicht pfirsichfarben. Um zur Fischerhütte zu gelangen, die eigentlich dem Rechtsanwalt aus der Geselligen Runde gehörte, mussten sie durch einen kleinen, verschnarchten Stadtteil laufen. Von wegen verschnarcht! Auf den Straßen drängten sich panische, verängstigte Menschen, die scheinbar ziellos in alle Richtungen liefen. Ein alter Mann schlug sich mit den Händen ins Gesicht, er wimmerte und schrie in einer fremden Sprache, niemand kümmerte sich um ihn. Garagentore waren geöffnet, drinnen sah man Familien, die hektisch prall gefüllte Plastiktüten in ihre Autos stopften. Eine Frau räumte Benzinkanister aus dem Regal und verstaute sie im Kofferraum ihres Geländewagens. Schreiende Kinder wurden herumgeschubst und geohrfeigt. Kein Mensch schritt ein. Eine Frau versuchte, ihre zwei Hunde wegzujagen, doch die liefen ihr immer wieder winselnd hinterher. Viele Autos standen ineinander verkeilt, die Fahrer hupten und gestikulierten, es war kein Durchkommen mehr. Bluna und Shorty eilten Richtung Stadtmitte, immer wieder mussten sie Motorradfahrern ausweichen, die auf dem Bürgersteig dahinbretterten. Als sie am Schaufenster eines Elektrohauses vorbeikamen, blieb Shorty erschrocken stehen. Auf mehreren Bildschirmen waren Amateuraufnahmen des Ereignisses zu sehen. Der ›Riss‹ wurde auf allen Kanälen gesendet, in Dauerschleife, begleitet von wild spekulierenden Kommentaren und routiniert beruhigenden Politikersprüchen. Weltweit wurde von extremen elektromagnetischen Wellen berichtet, die Geheimdienste zahlreicher Staaten beschuldigten sich gegenseitig des terroristischen Angriffs. Shorty atmete tief durch, er musste sich mit dem Rücken an einen Mauervorsprung lehnen. Was er dort auf den Bildschirmen sah, waren genau die pixelähnlichen Quadrate, die sich im Kleinen auch in seiner Handinnenfläche gebildet hatten! Eine Welle des Entsetzens durchlief ihn. War er schon ein Teil dieses Risses? Oder hatte sich im Gegenteil auf seinem Körper ein Riss gebildet? Unwillkürlich öffnete und schloss er die Hand hinter seinem Rücken. Es fühlte sich an, als hätte sie sich noch mehr verhärtet. Er musste unbedingt eine Möglichkeit finden, sie sich genauer anzuschauen. Schon wieder ertönte eine Sirene, Bluna und Shorty schraken zusammen. Ein Polizeiauto bahnte sich seinen Weg im Schritttempo durch die Menge.

»Achtung, Achtung«, näselte der Lautsprecher. »Bleiben Sie in Ihren Wohnungen und schalten Sie den Fernseher oder das Radio ein. Es droht von keiner Stelle Gefahr für Sie …«

Warum meldete sich die Stimme nicht? Klar, er hatte die EarPods nicht auf. Er versuchte, in die Tasche mit den Ohrstöpseln zu greifen. Das war unmöglich. Er tastete weiter. Dabei bemerkte er, dass sein Smartphone nicht mehr in der Tasche steckte. Es musste bei der Rangelei mit dem Objektschützer herausgefallen sein. Nein, der Typ hatte es ihm abgenommen! Sollte er Bluna um ihres bitten? Dann müsste er ihr viel erklären. Eine Gruppe von erbosten jungen Leuten, die sich in der Nähe des Polizeiwagens befanden, trommelte mit bloßen Fäusten auf das Autodach, einige versuchten, ihn zum Kippen zu bringen.

»Beruhigen Sie sich! Beruhigen Sie sich!«, krächzte der Lautsprecher weiter.

Die Polizeibeamten im Inneren luden ihre Dienstpistolen. Es war kein beruhigender Anblick. Überall waren schreiende, erregt diskutierende, auch weinende Menschen zu sehen. Manche saßen in sich versunken mitten auf der Straße, andere lagen bäuchlings auf dem Pflaster und ließen sich weder durch gutes Zureden noch durch Ziehen und Zerren zum Aufstehen bewegen. Fenster wurden krachend aufgestoßen, aus vielen flogen Kleiderbündel und anderer Hausrat herunter auf die panische Menge. Shorty betrachtete die immer aggressiver werdenden Szenen mit wachsendem Unbehagen. Ein kleiner Riss im Himmel hatte genügt, um viele dieser Menschen ins Mittelalter zu katapultieren? Zwar hatten nicht alle die Erscheinung gesehen. Aber alle hatten inzwischen davon gehört, und die Mechanismen der Stillen Post hatten ganze Arbeit geleistet.

»In Neuseeland … Meteoriteneinschlag …«, hörten Shorty und Bluna einen Vorbeigehenden sagen. Natürlich, ein Meteoriteneinschlag. Das war immer die leichteste Erklärung. Im Fernsehen spekulierte jemand über einen Raucher, der durch eine weggeworfene Kippe massenweise Blindgänger aus dem Zweiten Weltkrieg hatte hochgehen lassen. Deshalb der Riss. Und dann war da noch das Gerücht vom Ausbruch eines bisher unbekannten Vulkans in den Phlegräischen Feldern. Kommentatoren, Spezialisten, Experten und Korrespondenten aus aller Welt befeuerten die Gerüchte. Augenzeugen waren nur im Umkreis von ein paar Kilometern zu finden, doch inzwischen gab es dank Digital Lifestyle weltweit nur noch ein Thema.

Shorty hatte eine Idee.

»Warte mal kurz hier«, sagte er. »Ich will mir die Szene bloß im Laden auf einem der großen Fernseher anschauen.«

Bluna sah besorgt drein.

»Sei vorsichtig, versprich mir das.«

Shorty betrat das Elektrogeschäft, spielte wieder den müßigen Schlendrian, er war aber ohnehin der einzige Kunde. In der hintersten Ecke der Radio- und TV-Abteilung kniete er sich vor die Bassbox einer eingeschalteten Stereoanlage und legte ein Ohr an die Membran.

»Hallo! Hörst du mich? Komm, mach schon, melde dich! Du hast mich in eine beknackte Lage gebracht! Jetzt hau mich gefälligst wieder raus. Sprich mit mir, Stimme!«

»Kann ich Ihnen irgendwie helfen? Was machen Sie denn da?«

Angst stand in den Augen des Mannes. Es war der Inhaber des Elektroladens. Shorty schüttelte den Kopf, entschuldigte sich und verließ das Geschäft. Fast wäre ihm dabei der pfirsichfarbene Pulli von Bluna entglitten. In einem Spiegel sah er noch, dass der Inhaber zum Telefon griff. Shorty hatte es vorhin schon in der Auslage gesehen: Auf manchen Sendern zeigten sie ein Bild von ihm. Er wurde gesucht. Er war zur Fahndung ausgeschrieben. Man sah in ihm die Ursache. Das hatte er dem Fettwanst von Pförtner zu verdanken, der ihn gefilmt hatte. Als er aus dem Geschäft trat, telefonierte auch Bluna. Sie blickte ihn besorgt an und legte schnell auf. Er fragte nicht, mit wem sie telefoniert hatte. Dann eilten sie ohne Unterbrechungen weiter, nur einmal hielt ihn Bluna noch auf.

»Da, sieh mal, Shorty!«

Im Fenster einer Kneipe stand ein Fernseher, der Wirt hatte ihn wohl dort aus aktuellem Anlass aufgestellt. Leute hatten sich auf der Straße versammelt und stierten auf den Bildschirm, der Wirt scharwenzelte um sie herum und verkaufte salzige Snacks und Getränke. Er machte das Geschäft seines Lebens. Auf der Mattscheibe war der korpulente Portier vom Umspannwerk zu sehen. Es war nicht sein erstes Interview heute. Er hätte es schon von Anfang an gewusst. Er hätte sich gleich seinen Teil gedacht. Er hätte vom ersten Augenblick an ein dummes Gefühl gehabt. Er hätte es nie und nimmer zulassen dürfen. Er fühle sich mitschuldig. Es täte ihm leid, aber er hätte gleich ein Interview mit CNN …

Shorty und Bluna hetzten weiter. Shorty hielt den Kopf gesenkt, sie hatte ihm die Kapuze übergezogen, was ihn erst recht zu einem Klischee-Verdächtigen machte. Ein Profi hätte es sofort erkannt.

»Meinst du, du schaffst es bis zu dieser Hütte?«, fragte sie.

Er bejahte mit zusammengebissenen Zähnen. In einer weniger belebten Seitenstraße verlangsamten sie das Tempo und blickten sich um. Hier schienen sie niemandem aufzufallen. Bluna legte ihm den Arm um die Schultern.

»Hör gut zu, Shorty: Ich will dir helfen. Ich weiß zwar nicht, warum ich das mache, aber du kannst dich auf mich verlassen. Nur muss ich wissen, was mit dir los ist. Und mit wem du am Vormittag im Architekturbüro dauernd gesprochen hast.«

Shorty warf ihr einen erstaunten Blick zu.

»Ja, ich habe es durchs Fenster gesehen«, fuhr sie

fort. »Du hast mit jemandem telefoniert. Und ich hatte den Eindruck, dass du sehr erschrocken warst über das, was der andere gesagt hat. Jetzt sag schon: Steckst du in Schwierigkeiten?«

»Ich fürchte, wir stecken alle in großen Schwierigkeiten«, erwiderte Shorty. Er wandte sich zu ihr und blickte ihr ernst ins Gesicht. »Wenn wir in Sicherheit sind, erzähle ich dir die ganze Geschichte. Von Anfang bis Ende. Versprochen.«

Shorty war sich sicher, dass Bluna wusste, dass er etwas mit dem Blitz am Himmel zu tun hatte. Doch jetzt war keine Zeit für Erklärungen.

»Ja, gut, ich gebe es zu«, sagte sie unvermittelt. »Ich bin bei Lix vor der Tür zum Lagerraum stehen geblieben und habe gelauscht.« Ihre Augen weiteten sich angstvoll. »Mensch, Shorty, was ist das für eine Sache mit … den … Außerirdischen?«

10

Und wenn die Erde erst ahnte, wie sich der Komet vor der Berührung mit ihr fürchtet!

KARL KRAUS

Am meisten verabscheute das Mögliche Kaiserchen die Anreden, die bei offiziellen Anlässen üblich und seit Urzeiten vorgeschrieben waren: Eure Mögliche Exzellenz, Dero Erlauchteste Algorithmische Hoheit, Hochwohlgeborene Definiertheit, Ihro Gauß-gleiche Kayserliche Majestät, ganzzahlige Herrlichkeit – nervig, gewiss, aber es war nun mal so Sitte bei den Ruu'n.

Das Kaiserchen erschien lautlos im Parlamentsraum und verneigte sich huldvoll nach allen Seiten, auch nach unten und oben und in die vierte und ein paar weitere Dimensionen. So stand es im Protokoll. Von überallher flogen ihm Ehrenbekundungen und originelle Hochrufe entgegen. Der Protokollchef eröffnete die Lagebesprechung und wies auf neue Sprachregelungen und Vorschriften hin. Anwesend war der obere Führungskreis der Ruu'n, doch auf den Zuschauerrängen drängten sich fremde Spezies, die allesamt auf Mitgliedschaft im großen Rat der Vereinigten Bekannten Universen hofften. Wieder andere Auswärtige sahen und hörten von ferne per Konferenzschaltung zu. Sahen und hörten – um nur zwei der vielen sensitiven Möglichkeiten zu nennen, Informationen aufzunehmen, zu kommunizieren und an der ruu'nschen Konferenz teilzunehmen. Beispielsweise waren zwei Vertreter des außergewöhnlichen Volks der Gravaner anwesend. Sie waren blind und taub, hatten weder Geruchs-, Geschmacks- noch Tastsinn und auch keinerlei Gespür für Schmerz, Temperatur, Elektrizität und Gleichgewicht. Sie hatten lediglich die Gabe entwickelt, Schwerkraft wahrzunehmen, ihr einziges diesbezügliches Sinnesorgan war so empfindlich wie eine Million Hundenasen, nur dass sie nicht schnupperten, sondern Bewegungen von Masse in fast beliebig großen Entfernungen orten und klassifizieren konnten. Die Gravaner hatten eine stattliche Zivilisation mit bemerkenswerten kulturellen Errungenschaften aufgebaut. In den sechziger Jahren des vorigen Jahrhunderts, als bei den technisch weiterentwickelten Spezies Raumkreuzfahrten in Mode kamen, war die Kolonie der Gravaner ein äußerst beliebter Zwischenstopp gewesen. Der absolute Hit dort waren die raumzeitgekrümmten Frikadellen mit Gravitonensenf.

Das Kaiserchen erhob sich.

»Ich stelle fest, dass die Wartungsarbeiten in sämtlichen Quadranten abgeschlossen sind. Alle unsere Helfer vor Ort haben gute Arbeit geleistet. Nur in einer Region soll es Komplikationen gegeben haben. Ist das korrekt?«

Einer der wissenschaftlichen Berater, ein junger Festkörperphysiker, antwortete:

»Ein bedauerliches Missgeschick, Meister der unbegrenzten Möglichkeiten!«

»Wie reagieren wir?«

»Gar nicht, Eure Mehrfache Unendlichkeit. Wie soll ich mich ausdrücken, ohne allzu hartherzig zu klingen: Ein paar Eiweißlinge haben es mitbekommen –«

»Man sagt nicht mehr Eiweißlinge«, warf der Protokollchef ein. »Das ist ein abwertender Ausdruck. Wir ziehen den Begriff Menschenartige vor –«

»Ich denke, sie werden sich im Lauf der Zeit beruhigen«, fuhr der Festkörperphysiker ungerührt fort.

»Potz Turing & Pythagoras! Sie werden sich eben *nicht* beruhigen«, kam es aus dem Dunkel einer verhangenen Loge auf der Galerie. Der Sprecher war nicht zu sehen. Aber in dieser Welt war für menschliche Augen ohnehin kaum etwas zu sehen. Außer vielleicht einem gerenderten Strand mit farblosen Steinen, die in einer undefinierbaren Flüssigkeit schwammen.

»Sie werden jämmerlich zugrunde gehen«, fuhr der Unsichtbare fort. »Sie haben Atomwaffen und werden die vermutlich alle abfeuern. Und wir tragen die Verantwortung dafür. Konnte man denn keinen besseren Translationator finden, der den Erstkontakt durchführt? Der Helfer vor Ort ist wohl nicht ordentlich instruiert worden. Er hat die Ablenkungsaktion nur halb durchgeführt. Das hatte zur Folge, dass aus einem fast unmerklichen Blitzen ein Riesengewitter geworden ist.«

»Ich glaub, mich gödelts!«, funkte ein anderer Berater dazwischen. »Wir tun hier gerade so, als ob die Wartungsaktion misslungen wäre. Das ist sie nicht! Wir werden die nächsten Standardjahre in himmlischer Ruhe durchs Universum gleiten. Wenn allerdings der angeblich so sorgsam ausgewählte Vertreter dieser menschenartigen Eiweißsäcke unfähig – was sage ich: zu blöd! – ist, ein paar Schalter umzulegen, geschieht es der ganzen Rotte nur recht. Und wir können es jetzt ohnehin nicht mehr ändern.«

Das Kaiserchen lehnte sich zurück und verharrte im

temporären Konzentrationsmodus. In was für einer Welt dieses Menschenvolk wohl leben mochte? Das Kaiserchen hatte einem dieser hässlichen Wichtel die Hand gedrückt. Ein ekelhaftes Gefühl! Sie verließen sich anscheinend ganz auf das, was sie mit zwei wässrigen Schlitzen an der Vorderseite ihres Kopfes wahrnahmen. Es waren groteske Geschöpfe mit einer irrsinnig dürftig entwickelten Mathematik, dafür einem monströsen Selbstbewusstsein. Der Avatar des Menschen, der zur Audienz geladen war, hatte anscheinend gar nicht richtig mitbekommen, dass das Mögliche Kaiserchen in seiner Nähe war. Aber vielleicht funktionierte ja die Avatar-Technik doch nicht so gut, wie die Ruu'n-Ingenieure immer behaupteten.

»Wie ist es eigentlich möglich, dass wegen solch einer unbedeutenden Routineoperation ein derartiges Trara im menschlichen Quadranten entsteht?«, fragte der ruu'nsche Minister für Stetigkeit und Divergenz. »Ist deswegen diese Sitzung einberufen worden? Bei Thales – gibt es nichts Wichtigeres zu besprechen?«

»Trara?«, fragte der Unsichtbare. »Ihr nennt das ein Trara? Für diese lichtempfindliche Spezies muss die Erscheinung am Himmel ein schrecklicher Anblick gewesen sein, ein Orkan von interferierenden Wellen. Sie konnten kurz einen Blick hinter die Kulissen werfen.«

»Was ist an einem Blick hinter die Kulissen so schrecklich?«, fragte der junge Festkörperphysiker.

»Er ist dann schrecklich, wenn man gar nicht weiß, dass man sich in einem Theaterstück befindet«, erwiderte das Mögliche Kaiserchen abschließend und verließ den Konzentrationsmodus. Alle schwiegen.

»Was geschieht denn eigentlich mit dem Translationator?«, fragte der Unsichtbare aus der Ecke heraus.

»Er hat unsauber gearbeitet«, stellte der junge Festkörperphysiker fest. »Er muss zurückgestuft werden.«

Die anwesenden Ruu'n drehten sich so, dass die anderen ihr Display wahrnehmen konnten. Darauf erschien ein geometrischer Körper, der sich langsam um die horizontale Achse neigte. Das konnte man durchaus als Nicken interpretieren, und es bedeutete tatsächlich Zustimmung. Das Schicksal der ›Stimme‹, die Shorty bisher begleitet hatte, war damit besiegelt. Sie wurde in ihrer Bedeutung abgewertet. Die Rückstufung war in der Kultur der Ruu'n die einzige Strafe, die noch angewendet wurde. Es hatte in der Vergangenheit wesentlich drastischere Maßnahmen gegeben: das Strecken, Krümmen und Spiegeln, der Limes gegen nichts, die hochnotpeinliche Ungleiche. Geblieben war die Rückstufung. Es war jedoch keineswegs eine milde Strafe. Sie bedeutete zwar nicht den Tod des Delinquenten, hatte aber zur Folge, dass er sehr viel weniger Energie zur Verfügung hatte, um sich zu betreiben.

»Gäbe es nur wie früher die unumkehrbare Ausweisung, die Verbannung«, kartete der Unsichtbare in seiner Ecke nach. »Dann würde ich dafür plädieren, den tollpatschigen Translationator in diese sonderbare Welt der Eiweißsäcke zu schicken.«

»Wie meinen?«, fragte das Kaiserchen.

»Nichts, nichts«, maulte der Unsichtbare. »Abgestimmt ist abgestimmt. Nehmen wir diesem unglücklichen Eiweißling das Geschenk wieder weg?«

»Nein, das verbraucht viel zu viel Energie«, entschied das Mögliche Kaiserchen. »Wenn er geschickt ist, kann er vielleicht den Schaden, den er angerichtet hat, wiedergutmachen.«

Der Stichmeister erschien zur Akupunktur. Diese Art und Weise, sich zu entspannen, war in letzter Zeit Mode bei den oberen Chargen der Ruu'n geworden. Die Geschöpfe, die alle die Form eines geometrischen Torus hatten, also eines Autoreifens oder eines Donuts, ließen sich in ihre Energiepunkte stechen. Einige gaben schrille Wohllaute von sich.

Die Stimme schlängelte sich unauffällig aus dem Raum. Sie hatte kein Wortmeldungs- und Beitragsrecht erhalten, sie konnte froh sein, überhaupt als Zuhörer zugelassen worden zu sein. Die Rückstufung hatte die Stimme nicht überrascht. Sie hatte es versaut. Sie hatte Shorty nicht ausreichend instruiert. Aber das konnte sie jetzt nicht mehr ändern. Die Rückstufung hatte zur Folge, dass ihr nicht mehr so viel Energie zur Verfügung stand. Sie sah auf ihrem Konto nach: Es reichte gerade noch, um in die andere Welt überzuwechseln. Eigentlich war das verpönt, sie hatte aber nun einmal den Entschluss gefasst, in diese rückständige, schmutzige Eiweißwelt zurückzukehren. Sie hatte, um sich auf die Reparatur und die Begegnung mit Shorty vorzubereiten, ein paar Standardwochen darin gelebt. Virtuell, als akustisches Phänomen. Als Stimme eben. Jetzt hob sie alle Energie von ihrem Konto ab. Der Energiebankangestellte ahnte wohl, was der Bürger Dolmetscher vorhatte, schwieg aber diskret. Der Stimme taten diese fleischfressenden Wesen leid. Eines hatte sie allerdings fasziniert. Es war das akustische Phänomen, das sie

Musik nannten. Die Menschen reihten begeistert Schallereignisse aneinander und hockten stundenlang vor sogenannten Instrumenten, um noch mehr Schallereignisse zu produzieren. Die Stimme musste herausfinden, was dahintersteckte.

Auch Shorty tat ihr leid. Die Welt der Menschen war vermutlich verloren, aber ihm konnte sie vielleicht noch helfen in dem Chaos, das jetzt unweigerlich entstehen musste. Hatte Shorty seine Erinnerung gelöscht? Hatte er sich geblitzdingst, wie sie die Neuralyzierung in dem Film immer nannten? Wenn ja, dann wurde es schwierig.

Die Stimme hatte Shorty in einem Punkt angeschwindelt: Die Ruu'n kannten durchaus Eigennamen, die man allerdings nur bei feierlichen Gelegenheiten verwendete. Ihr eigener Name war der Stimme vom Hohen Wissenschaftlichen Rat verliehen worden. Der Name der Stimme klang wie eine Kreissäge, die sich in Granit fraß.

11

... und erlöse uns von uns, dem Übel!

PETER HANDKE

»Wie lange werden wir bis zu deiner Fischerhütte brauchen?«, fragte Bluna besorgt.

»Drei, vier Stunden vielleicht. Wir müssen erst ein paar Straßen durch dichtbesiedeltes Gebiet laufen, dann aber weiß ich einen Forstweg am Stadtrand, den kaum jemand kennt. Wenn uns wirklich Leute entgegenkommen, können wir uns jederzeit im nahegelegenen Wald verstecken. Aber mir ist auf dieser Strecke noch nie jemand begegnet.«

»Hast du den Schlüssel für die Hütte bei dir?«

»Sagen wir mal so: Ich kann da jederzeit rein. Machen wir uns auf den Weg!«

Shorty setzte unwillkürlich zu einer großen, beherzten Armbewegung an, um in die Richtung zu zeigen, die sie einschlagen wollten. Doch er zuckte schmerzhaft zurück. Immer wieder vergaß er, dass er gefesselt war. So wies er mit dem Kinn in die Richtung, in der der See und die Hütte lagen. Der Schlüssel lag in der Dachrinne. Shorty war schon oft dort gewesen, hatte sich meist Hörbücher und Videos reingezogen. Er rollte die Schulterblätter, um sich zu lockern. Wieder stöhnte er schmerzhaft auf. Er musste so schnell wie möglich an den Werkzeugkasten kommen. Sein Handikap, nur notdürftig verdeckt durch den pfirsichfarbenen Pulli, nervte ihn inzwischen tierisch.

»Na, dann mal los«, sagte Bluna.

Die Hauptstraße, in der sie sich momentan befanden, hatte sich schon wieder mit vielen hektisch in alle Richtungen laufenden Passanten gefüllt, einige waren auswanderungsbereit vollbepackt, andere zogen bunte Urlaubsrollkoffer hinter sich her. Vor der imposanten katholischen Kirche war besonders viel los. Ein riesiger Lkw des Technischen Hilfswerks parkte vor dem Hauptportal, Helfer luden sakrale Ölbilder, Heiligenstatuen und beschriftete Kisten ein. Evakuierte die Kirche schon? Ein Pfarrer, an seinem römischen Kragen erkennbar, trug eine in Seidentücher eingeschlagene Monstranz, selbst auf der Flucht war es ihm wichtig, die gebotene zweitausendjährige Würde zu bewahren. Zwei junge Priester im Messgewand schleppten einen reichverzierten, in allen Fugen ächzenden Kleiderschrank. Die Retter der Kirchenschätze arbeiteten verbissen schweigend, die Aktion sah gut organisiert und oft geprobt aus. Bluna und Shorty gingen eilig weiter. Sie kamen an eingeschlagenen Schaufensterscheiben und verwüsteten Auslagen vorbei, die ersten Plünderungen hatten schon stattgefunden. Dass die Fassade der Zivilisation so schnell bröckelte, bereits nach wenigen Stunden und lediglich auf einen ungewissen Verdacht hin, verwunderte Shorty. Eher hätte er erwartet, dass sich die Menschen, die nicht wussten, was da geschehen war, in ihre Wohnungen und Häuser verkrochen, aber anscheinend war genau das Gegenteil der Fall. Niemand wollte in einer Gegend bleiben, in der der Himmel ein Leck bekommen hatte. Mehrmals wurden sie grob angerempelt oder gar fluchend beiseitegestoßen. Plötzlich fielen zwei Schüsse, aus welcher Richtung, war nicht auszumachen. Die Passanten verharrten einen Moment in Angststarre, dann rannten sie wie auf ein unhörbares Kommando schreiend nach allen Seiten davon, stießen wieder zusammen, behinderten sich gegenseitig, suchten ungeschickt und sinnlos Deckung hinter Mauervorsprüngen und Toreinfahrten. Als sich der Platz schließlich geleert hatte, war eine Gestalt leblos auf der Straße liegen geblieben. Keiner hatte geholfen, keiner hatte sich um den Reglosen gekümmert. Doch jetzt näherten sich vorsichtig zwei Männer, beugten sich über ihn, tasteten ihn hastig ab, drehten ihn auf den Rücken, knöpften das Jackett des Mannes auf, pflückten seine Brieftasche heraus, streiften seine Uhr ab und verschwanden. Sogar seine Brille hatten sie mitgenommen. Es war ein erster Vorgeschmack auf das, was noch kommen sollte. Jetzt verstand Shorty, was die Stimme damit gemeint hatte, dass Ungewissheit und Unerklärbarkeit die größte Gefahr für den menschlichen Zusammenhalt bedeuteten.

Bluna wies auf die reglose Gestalt, die mitten auf der Straße lag. Ein Hund beschnüffelte sein Gesicht. Wortlos liefen sie hin und verscheuchten das Tier. Shorty kniete sich vor den großen, dünnen Mann und beugte sich über ihn. Gut, dass er ein paar Monate als Hilfspfleger in einem Krankenhaus gearbeitet hatte. Das zahlte sich jetzt sicher aus. Mehr als Grundkenntnisse besaß er zwar nicht, aber er erkannte auf den ersten Blick, dass der Mann lebte. Sein Brustkorb hob und senkte sich langsam und gleichmäßig. Bluna fühlte seinen Puls.

»Eiskalte Hände«, murmelte sie.

Es war ein großer, schlanker Mensch, sein blasser Teint und die kalten Finger wiesen auf niedrigen Blutdruck hin.

Nahm man noch den Stress hinzu, deutete alles auf eine kreislaufbedingte Ohnmacht hin. Über ihnen öffneten sich einige Fenster.

»Wir brauchen einen Krankenwagen!«, rief Shorty ins Ungewisse. »Der Mann ist am Leben.«

»Ich suche inzwischen nach der Schusswunde«, sagte Bluna und knöpfte dem Mann das Hemd auf.

Sie untersuchte ihn von oben bis unten, konnte jedoch keine Wunde entdecken. Als Bluna den Mann auf den Bauch drehen wollte, schlug er die Augen auf.

»Was ist mit mir?«, flüsterte er erschrocken.

Dann richtete er sich schnell auf. Musterte die beiden misstrauisch. Griff in die Jacke. Und sah auf sein Handgelenk, an dem er die Uhr getragen hatte.

»Ihr Schweine habt mich beklaut!«, rief er. »Gebt mir sofort meine Kohle wieder!«

»Aber nein, wir wollten bloß –«, sagte Bluna in ruhigem Ton.

»Hilfe!«, schrie der Mann und sprang auf die Beine.

Er packte Bluna an den Schultern, die konnte sich jedoch losreißen.

»Komm, hauen wir ab!«

Shorty hatte im offenen Fenster eines ersten Stocks zwei Leute bemerkt, die sich anstießen, in ihre Handys schauten und dann wieder aufmerksam in seine Richtung deuteten.

»Da lang!«, rief er.

Sie rannten. Einige Zeit hörten sie noch die Schritte des dünnen Mannes und seine lauten Drohungen. Doch sie waren jünger als er.

»Ich fürchte, wir müssen den Plan mit der Hütte aufgeben«, sagte Shorty, als sie sicher sein konnten, ihn abgeschüttelt zu haben.

Bluna blickte ihn erstaunt an.

»Es dauert zu lang, bis wir dort sind.«

»Hast du eine bessere Idee?«

»Nur drei Straßen weiter liegt das Polizeirevier. Ich kenne dort jemanden. Von früher. Herrn Jamanke. Ich werde mich ihm stellen. Das ist besser, als dauernd Gefahr zu laufen, gefasst zu werden.«

Bluna musterte ihn ernst.

»Wie du meinst. Ich bringe dich hin.«

»Nein, Bluna, es ist besser, wir trennen uns. Ich will dich in die Sache nicht noch weiter reinziehen.«

Eigentlich hatte ja Bluna ihn in die Sache reingezogen, wenn auch unwissentlich. Doch das behielt Shorty für sich.

»Ich bringe dich hin«, wiederholte Bluna eindringlich.

Im Polizeirevier liefen immer noch die Telefone heiß.

»Beruhigen Sie sich bitte«, sagte Moritz Jamanke. »Ich. Weiß. Es. Auch. Nicht. Ich habe wirklich keine Ahnung, was sich da abgespielt hat –«

Diese Sätze hatte er wieder und wieder ins Telefon gesprochen. Er war schon ganz heiser davon. Er und seine Kollegen hatten die Tür zum Haupteingang von innen verriegeln müssen, eine Traube von besorgten, vorwurfsvollen, wütenden, verwirrten, aufgebrachten Menschen hatte sich versammelt, und es wurden immer mehr. Einer hatte versucht, die bruchsichere Verglasung mit einem großen Stein zu zertrümmern. Jamanke sah durchs Fenster, das nach hinten hinausführte, er bemerkte, dass ein

Mann und eine Frau über die Wiese gelaufen kamen, die an das Revier grenzte. Die Frau kannte er. Sie arbeitete im Architekturbüro Lix & Partner. Das Gesicht ihres Begleiters konnte Jamanke nicht erkennen, er lief gebückt und hatte die Kapuze seines Sweatshirts tief ins Gesicht gezogen.

Bluna trommelte mit beiden Fäusten an das Fenster, zeigte auf Shorty und machte schwer deutbare Zeichen. Jamanke sprang auf, trat zum Fenster und öffnete es einen Spalt.

»Sie können hier nicht rein!«, rief er laut. »Gehen Sie zum Haupteingang und warten Sie dort!«

Doch jetzt rannte draußen jemand um die Ecke, direkt auf die beiden zu.

»Das ist er!«, schrie der Mann. »Wir haben den Verbrecher!«

Ihm folgte ein halbes Dutzend Leute unterschiedlichen Alters, sie trampelten johlend über die Terrasse und stürzten sich auf Blunas Begleiter. Dann packten sie ihn an den Schultern und rissen ihn herum. Jetzt erst bemerkte Jamanke, dass es Shorty war. Wollte er sich freiwillig stellen? Jamanke fragte sich, ob Shorty wirklich etwas mit der Sache zu tun hatte, wie im Fernsehen behauptet wurde. Vor vielen Jahren hatte er Shorty verhaftet und eingebuchtet. Hatte er wieder etwas ausgefressen? Jamanke konnte erkennen, dass Shortys Hände hinter dem Rücken gefesselt waren. Der Polizeibeamte öffnete die Hintertür, trat hinaus und versuchte, die aufgebrachten und jagdlüsternen Raufbolde vom Angegriffenen zu trennen.

»Gehen Sie auseinander! Lassen Sie ihn los!«, schrie er, doch er wurde beiseitegeschoben.

Es war ein Fehler gewesen, das Gebäude zu verlassen. Er griff nach seiner Dienstwaffe.

»Ich habe ihn!«, rief einer aus der kreischenden Menge. »Der ist an allem schuld!«

Shorty empfing einige Stöße und Ohrfeigen, schließlich Schläge und Tritte, lange konnte er mit auf dem Rücken gefesselten Händen nicht auf den Beinen bleiben. Zu seinem Glück wollte jeder der Raufbolde den Fang des vermeintlichen Verursachers der Katastrophe auf seine Fahnen schreiben. Sie rangelten und pöbelten jetzt untereinander. Zwei fingen an zu boxen und zu treten. Nach einem Faustschlag in den Magen ging einer wimmernd zu Boden. Jamanke richtete eine überraschend imposante Knarre auf die Meute, die hielt erschrocken inne und ließ von Shorty ab. Der witterte seine Chance. Er spurtete über die Terrasse. Niemand verfolgte ihn, Jamanke hielt die Gruppe in Schach.

»Komm zurück, Shorty!«, schrie er ihm nach.

Doch das hörte Shorty schon gar nicht mehr. Er rannte, was das Zeug hielt. Irgendein Instinkt trieb ihn an, in Richtung Kirche zu laufen. Vielleicht war der große Kleiderschrank mit den Talaren seine Rettung.

»Verschwinden Sie, aber sofort!«

Als die Randalierer und verhinderten Hilfssheriffs die Dienstwaffe von Jamanke sahen, kuschten sie und traten den Rückzug an.

»Hat er Sie bedroht?«, fragte Jamanke Bluna, als sie allein waren.

Bluna schüttelte den Kopf.

»Ich kann Sie hier nicht reinlassen.«

»Ich will auch nicht rein. Ich wollte Shorty nur helfen und ihn hier abliefern. Er ist psychisch krank. Er sieht Dinge, die nicht da sind. Er tut nur so, als hätte er mit der Sache etwas zu tun. Typisch für einen Menschen mit einer Konversionsstörung. Ich wollte ihn mit einem befreundeten Therapeuten zusammenbringen, den ich angerufen habe. Ich mache mir Sorgen um Shorty.«

Bluna musterte den Polizisten genauer. Die Ähnlichkeit mit Shorty war ihr gleich von Anfang an aufgefallen. Dieselbe Größe, dieselbe Statur und dieselbe edel-staatsmännische Erscheinung. Jamanke war eine ältere Version von Shorty. Jamanke war der Shorty in bürgerlich.

»Wenn Sie ihn sehen, sagen Sie, er soll sich bei mir melden!«, sagte Jamanke und ging zurück ins Gebäude.

Nachdenklich machte er sich wieder an die Arbeit. Eine Pressekonferenz stand an.

Bluna, die zweite Bauzeichnerin des Architekturbüros Lix & Partner, spürte eine Hand auf der Schulter.

»Hallo, Bluna, endlich habe ich dich gefunden.«

Sie drehte sich um und erschrak zutiefst. Diese Gestalt hatte sie als Letztes hier erwartet. Ein böser, ahnungsvoller Schauer lief durch ihren Körper. Die Hand auf ihrer Schulter wurde immer schwerer.

12

In dem wogenden Schwall,
in dem tönenden Schall,
in des Welt-Atems
wehendem All
ertrinken,
versinken ---
unbewusst ---
höchste Lust!
(Vorhang)

RICHARD WAGNER, TRISTAN UND ISOLDE

Shorty sah ihn schon von weitem, den blauen Lastwagen des Technischen Hilfswerks, der immer noch vor der Kirche stand, die Laderampe heruntergeklappt, die beiden Vordertüren sperrangelweit offen. Hinten stopften Helfer liturgische Requisiten und Möbelstücke in den Wagen, dort war es unmöglich, unbeobachtet einzusteigen. Kurzentschlossen zwängte er sich durch die schmale Gasse zwischen Lkw und Kirchenmauer, kletterte mühsam auf den Beifahrersitz und kämpfte sich von dort aus in den Laderaum durch, der voll war mit Schränken, Truhen und Tabernakeln. Es roch nach Weihrauch, Vergebung und Inquisition. Shorty setzte sich und verschnaufte in dem ambulanten Kirchenasyl. Dann machte er sich auf die Suche nach dem riesigen eichenen Kleiderschrank, der vorher eingeladen worden war. Ein Helfer hatte auf der Straße noch ein prächtiges Messgewand zu den Talaren, Chorhemden und Festgewändern gehängt. Ein solcher Kleiderschrank hatte meist einen Spiegel im Türinneren, so hoffte Shorty wenigstens. Er robbte zu dem Schrank und öffnete die Tür mit dem Fuß. Tatsächlich war dort ein riesiger Spiegel angebracht. Shorty rollte sich herum, drehte den Kopf nach hinten, so dass er im Spiegel einen Blick auf seine linke Handinnenfläche werfen konnte. Endlich. Das hochgepriesene Geschenk musste doch zu irgendetwas gut sein! Shorty sah genauer hin, tatsächlich zeigte sich in der Handfläche eine Art von dreidimensionaler Farbexplosion, einer Comicbebilderung ähnlich, nur dass sich hier die Bilder bei der kleinsten Handbewegung veränderten. So faszinierend das Farbenspiel auch war, ein verständliches Muster oder gar eine hilfreiche Bedeutung vermochte er immer noch nicht zu erkennen. Was hatte die Stimme gesagt?

»Du brauchst nicht auf die Hand zu schauen. Mit einiger Übung geht es auch ohne.«

Ja, von wegen! Er konnte überhaupt nichts mit diesem Schrott anfangen. Aber rein gar nichts. Shorty hörte, dass einige junge Leute schwere Kisten auf die Ladefläche wuchteten, während sie sich gegenseitig Kommandos zuriefen. Er hoffte, dass niemand in den vorderen Bereich des Lastwagens kam, um ein vergessenes Kleidungsstück in den Schrank zu hängen. Shorty bewegte die Hand erneut. Bei einer ganz bestimmten Krümmung erschien immer wieder eine Art Holographie, die ein paar Zentimeter in der Luft zu schweben schien. Was stellte das dar? Eine Landkarte mit Positionspunkten? Es konnte auch eine gesprenkelte Amöbe, ein tomographiertes Gehirn oder ein Wiener Schnitzel sein. Von wegen: erklärt sich alles von selbst.

»Die Kiste noch, dann starten wir.«

Shorty musste so schnell wie möglich einen Weg finden, hinter das Geheimnis des kaiserlichen Geschenks zu kommen. Er drehte und kippte die geschundene Hand, die an den Knöcheln schon blutig aufgeschabt war und höllisch brannte. Er schloss und öffnete sie. Er schüttelte sie. Er bewegte sie zu sich her und von sich weg. Er bewegte jeden Finger einzeln.

Plötzlich spürte er eine Veränderung. Das Schnitzelhirngebilde hatte sich zusammengezogen und in einen geometrischen Körper verwandelt, so etwas Ähnliches wie einen Donut, eine Frisbeescheibe mit einem Loch in der Mitte. Diese Form kannte er schon von seinem Ausflug in die Welt der Ruu'n, der ganze Boden war voll von den Dingern gewesen. Sein Hand-Donut schwebte in der Mitte, von den Rändern näherten sich spitze Pfeile, sie durchbohrten ihn jedoch nicht, sondern prallten von seiner Hülle ab und zerstoben in tausend kleine Teile. Was hatte das zu bedeuten? Eine Ei- und viele Samenzellen? Shorty überlegte fieberhaft. Ein Piktogramm. Das eine alltägliche Situation darstellte. Der Donut war der Innenraum. Es gab Angriffe von außen. Doch die Pfeile prallten ab. Ein Bereich, der unangreifbar war. Was machte ihn unangreifbar? Ein Schutzschild! Ja, das musste es sein. Unwillkürlich schloss Shorty die Faust, wie um das Gesehene zu bestätigen und um >o. k.< zu drücken. Und jetzt spürte Shorty, dass sich etwas rund um seinen Körper aufbaute, es fühlte sich an wie ein Energiefeld. Er stieß einen spitzen Schrei aus. Er sah es nicht, aber er spürte es. Es war tatsächlich ein Schutzschild. Davon hatte die Stimme gesprochen. Und das konnte die Rettung sein.

»Da hinten ist jemand!«

Eine Woge von Angst durchfuhr Shorty. Sein Ausruf des Erstaunens war nicht unbemerkt geblieben. Sie hatten ihn entdeckt. Er hörte lautes Getrampel auf den Lastwagenbohlen, kurz darauf baute sich ein junger Mann vor ihm auf. Erschrocken zuckte er zurück.

»Mensch, kommt mal her!«, rief er nach hinten. »Das ist der, der überall gesucht wird! Er wollte sich ausgerechnet bei uns verstecken. Da haben wir vielleicht einen Fang gemacht! Los, steh auf und komm mit!«

Eine kleine Hoffnung auf so etwas wie Kirchenasyl zerstob schnell. Doch einfach aufstehen war nicht. Shorty rollte sich auf die Seite, holte Schwung und setzte sich. Als der junge Mann bemerkte, dass Shorty überhaupt keine Anstalten machte, der Aufforderung nachzukommen, beugte er sich zu ihm, um seinen Arm zu packen und ihn hochzuziehen. Doch eine Faustbreit vor Shortys Schulter hielt er inne, als ob er nicht mehr weiterkäme, weil dort ein Widerstand war. Er zog die Hand erschrocken zurück, schüttelte sie aus und fluchte ordinär, wie man es von einem Diener der Kirche nicht eben erwartet hätte.

»Verflixte Kacke, was ist denn das!? Ich habe dir nichts getan, Menschenskinder! Wenn du das noch mal machst, kleb ich dir eine. Also los, steh auf, du hast bei unseren Kirchenschätzen nichts verloren.«

Erneut beugte sich der junge Mann zu ihm, diesmal versuchte er, Shorty an den Füßen zu packen. Doch wieder vergeblich, denn ein paar Zentimeter vor seinen Knöcheln stieß er auf ein unsichtbares Hindernis, glitt ab, versuchte es nochmals, bekam jedoch Shortys Beine einfach nicht zu fassen. Shorty erschrak darüber genauso wie der junge

Mann. Es hatte etwas von einer Zirkusnummer, bei der der Pantomime sich an einer Glasscheibe entlangtastet. Eines war sicher. Der Schild machte ihn zumindest für den Moment unangreifbar.

Shorty erhob sich mühsam, seine linke Faust krampfhaft zusammengepresst. Er fürchtete, dass der Schild wieder zusammenfiel, wenn er nicht weiterdrückte. Nun stolperte er langsam und wie betäubt von seiner neuen Gabe, von der er nicht wusste, wie lange sie anhalten würde, quer durch den Lastwagen zur Laderampe. Dort warteten die restlichen Mitglieder der Pfarrgemeinde. Einer nach dem anderen versuchte, Shorty zu packen, an den Armen, an den Schultern, an den Beinen, um die Hüfte, gar nicht einmal unfreundlich, sondern eher besorgt um den unscheinbaren, offensichtlich betrunkenen oder geistesgestörten Mann, doch nirgends ließ es das unbegreifliche Energiefeld zu. Entsetzen breitete sich auf den Gesichtern der frommen Möbelpacker aus.

»Komm, lassen wir ihn laufen«, sagte der Pfarrer mit dem römischen Kragen. »Ich rufe die Polizei an, die werden sich um ihn kümmern.«

»Sparen Sie sich die Mühe«, sagte Shorty, auch um zu testen, ob er mit dem Schild überhaupt noch hörbar war.

Er war deutlich hörbar. Der Pfarrer zuckte zurück.

»Ich gehe ohnehin zum Polizeirevier«, fuhr Shorty fort. »Ich will mich stellen. Aber nein, warten Sie, ich finde das eine gute Idee, dass Sie anrufen. Sagen Sie Herrn Jamanke, dass ich komme. Mein Name ist Shorty.«

Mit schreckhaft geweiteten Augen und fassungslosen Mienen wichen sie zurück und ließen ihn ziehen.

»Meine Güte! Das ist er! Spaziert in aller Seelenruhe durch die Landschaft! Den greifen wir uns!«

Er konnte es von ihren Gesichtern ablesen. Nur rohe Gewalt zählte. Männer, Frauen, sogar Kinder drängten sich um ihn. Doch alle Hände glitten von ihm ab. Eine Zaunlatte zerbarst splitternd ein paar Zentimeter über seinem Kopf. Einer aus dem wütenden Mob brach sich wohl alle Finger, als er versuchte, ihm mit der Faust ins Gesicht zu schlagen. Shorty eilte zielstrebig durch die Straßen. Die Hälfte der Strecke hatte er schon geschafft. Er bekam mehrere Ladungen Pfefferspray ab. Aber auch hiervon drang kein Stäubchen zu ihm vor. Rasch aus der Wohnung geholte Baseballschläger und Stahlruten verfehlten ebenfalls ihre Wirkung. Ein kleines Gefühl von Macht und Unangreifbarkeit stieg in Shorty auf, in einer Weise, wie er es bisher noch nie verspürt hatte. Er fühlte sich entspannt wie ein mittelalterlicher Geißler mit frisch geschundenem Rücken. Es war eine gute Idee gewesen, noch einmal zurück zu dem Lastwagen zu laufen, um die Hand im Spiegel zu betrachten. Jetzt musste er nur noch das schmerzhafte Problem mit den Handschellen lösen. Jamanke würde ihm dabei helfen. Im Gegenzug würde er sich stellen. Das war sein Plan. Plötzlich fiel wieder ein Schuss. Ganz in der Nähe. Instinktiv ließ sich Shorty zu Boden fallen und zog den Kopf ein. Nichts weiter geschah. Er blickte sich um. Hinter ihm stand ein Mann, in der Hand die gerade abgefeuerte Pistole, fassungslos, mit offenem Mund. Die Pistole fiel zu Boden. Die Menschen begriffen langsam, dass hier etwas nicht mit rechten Dingen zuging, sie stoben schließlich kreischend auseinander. Shorty hetzte weiter. Die Ansammlung von wütenden

Bürgern vor dem Haupteingang des Polizeireviers war noch größer und vor allem noch wütender geworden, er eilte zum Hintereingang. Auch dort standen viele Leute, er drängte sich zwischen sie, sie wollten ihn zurückstoßen, aber auch sie bekamen ihn nicht zu fassen. Erschrocken wichen sie zurück, es bildete sich fast so etwas wie ein unfreiwilliges Spalier. Jamanke öffnete die Tür und ließ ihn herein.

»Ich möchte mich stellen«, sagte Shorty.

»Das habe ich auch noch nie erlebt«, sagte Jamanke gefasst. »Ein Verdächtiger, der schon mit angelegten Handschellen ins Revier kommt.«

»Können Sie mir die abnehmen?«

»Was zum Teufel hast du denn im Umspannwerk angestellt, Shorty?«

Jamanke fand nichts dabei, Shorty zu duzen. Und der ließ es wie selbstverständlich zu.

»Das werde ich Ihnen erklären. Wenn Sie mich von den Dingern befreien.«

Jamanke ging um Shorty herum und betrachtete dessen Fesselung.

»Das sind keine Polizeihandschellen«, sagte er seufzend. »Es handelt sich um Schraubzapf-Doppelzinkverklinkungen. Sicherheitsdienste verwenden solche. Die kann ich nicht öffnen.«

Shorty stieß einen wütenden Fluch aus.

»Ich besorge uns einen Bolzenschneider«, sagte Jamanke beruhigend. »Dafür bitte ich dich ebenfalls um einen Gefallen. Sprich mit der Meute da drinnen.«

»Welcher Meute?«

Jamanke verdrehte die Augen.

»Wir haben eine Pressekonferenz. Landesweit, international. Wir können von polizeilicher Seite so gut wie nichts über den Vorfall sagen. Aber du vielleicht schon, oder?«

Jamanke wollte ihm den Arm freundschaftlich auf die Schulter legen. Erschrocken zuckte er zurück.

»In was für eine Sache hast du uns da bloß hineingezogen, Shorty.«

»Wenn ich das wüsste.«

13

In dem Film ›Deep Impact‹ rast ein 450 Meter hoher Tsunami auf die nordamerikanische Ostküste zu und zerstört New York vollständig. Dazu die Fernsehzeitschrift TV Spielfilm: »Weltuntergang ohne große Knalleffekte«.

Der große Konferenzsaal des Polizeireviers hätte aus sicherheitstechnischen Gründen augenblicklich geräumt werden müssen, so überaffenproppenvoll war er. Der zuständige Chef des Polizeipräsidiums hatte die Pressekonferenz einberufen, nachdem jetzt, vier Stunden nach dem Vorfall, so viele Kamerateams vor dem Revier herumlungerten, dass kein Mensch mehr durchgekommen war. Es war um die Plätze gelost worden, trotzdem befanden sich in dem kleinen Saal, der für etwa neunzig Teilnehmer zugelassen war, über dreihundert Personen, viele saßen auf dem Boden, einige lagen halb unter den Stühlen, die meisten standen. Es war ein brodelnder, schwitzender, hochexplosiver Hexenkessel von Wissbegierigen und Sensationslüsternen.

Der Polizeipräsident hatte den ersten Lagebericht des Amtes für Katastrophenschutz vorgelesen, doch dessen trockener, sachlicher Ton hatte die Meute nicht recht zufriedenstellen können. Als Shorty vor die Menge trat, wurde es schlagartig still. Man hatte schon von dem Mann gehört, der angeblich mit der Himmelserscheinung zu tun hatte. Man hatte sein Bild gesehen. Man erhoffte sich Auskünfte von ihm. Man wollte ihm, dem unmittelbaren Zeugen, unbequeme Fragen stellen. Manche hielten ihn für einen Angestellten des Umspannwerks. Andere für einen hochrangigen Physiker. Shorty hatte noch nie vor so vielen Menschen geredet. Keiner seiner Jobs hatte es verlangt, in ein Mikro zu sprechen. Bei seiner Arbeit im Tonstudio hatte er ein paarmal daran geklopft, weiter nichts. Er setzte sich an den Platz, der ihm zugewiesen worden war und versuchte, sich zu entspannen. Der Polizeipräsident höchstpersönlich stellte ihm das Mikrophon in der richtigen Höhe ein. Einige der Journalisten hatten die Finger schon erhoben, wie in der Grundschule.

»Ich kann Ihre Fragen wahrscheinlich nicht beantworten«, begann Shorty. »Ich kann mir auch selbst vieles nicht erklären. Ich werde Ihnen, so gut es geht, schildern, wie ich die Sache erlebt habe.«

Er blickte in die neugierigen Journalistengesichter. Jetzt bekam er doch Angst vor der eigenen Courage. War er denn von allen guten Geistern verlassen! Was würde passieren, wenn er die Wahrheit sagte? Oder vielmehr den klitzekleinen Bruchteil der Wahrheit, den er mitbekommen hatte? Er traute der Menschheit wahrscheinlich zu viel zu, noch dazu dem journalistischen Teil der Menschheit, der die Wahrheit gerne mit Dramatik und Halligalli würzte. Die Wahrheit riss ihn wahrscheinlich in den Abgrund, und mit ihm die Prokaryoten, die spektralen Randgrünlinge, die Lichtnomaden und Sandfische, die Zyzzyxdontiner, die bāgh, die Lpreccurlyeq, nicht zu vergessen die Ruu'n, die die Form von Bagels angenommen haben …

»Dürfen wir Ihren vollständigen Namen erfahren?«, rief ein junger Bärtiger, der auf einen Stuhl gestiegen war.

Shorty warf einen kurzen Blick zu Jamanke, der schüttelte den Kopf. Shorty nahm seinen ganzen Mut zusammen und krächzte, ohne auf die Frage des Bärtigen einzugehen:

»Sie können sich vielleicht vorstellen, dass wir nicht allein im Universum leben.«

Shorty wusste zu dem Zeitpunkt noch nicht, dass der Satz, den er gerade gesagt hatte, weltweit gesendet und kommentiert und nochmals kommentiert werden sollte. Der Satz »Sie können sich vielleicht vorstellen, dass wir nicht allein im Universum leben« überholte die Google-Ergebnisse von »Niemand hat vor, eine Mauer zu bauen«, »Ich habe fertig« und »Wir schaffen das« um ein Vielfaches. Shorty hatte das Bedürfnis, einen Schluck Wasser zu trinken, aus dem Glas, das vor ihm stand. Merke: Eine Katastrophe kann noch so groß sein, beim Lagebericht steht immer ein frisch eingeschenktes Glas Wasser auf dem Tisch. Aber daraus zu trinken war nun einmal nicht möglich. Nicht für ihn.

»Ich hatte Kontakt mit einem Wesen«, fuhr er mit trockenem Mund fort, »mit einem Wesen, das ich nicht gesehen habe und das wir alle nicht sehen können.«

»Ein Außerirdischer?!«, platzte ein anderer Reporter heraus, er wurde von den anderen mit Kopfschütteln und Psst!-Rufen bedacht.

»Ja, wenn Sie so wollen, ein Außerirdischer«, entgegnete Shorty kühl, und es war ihm bewusst, dass er lediglich die Worte der Stimme wiederholte. Aber vielleicht war das gar keine schlechte Taktik. Die Stimme hatte immer plausibel geklungen. Er wollte genauso plausibel klingen.

»Sie müssen sich das wie einen Betriebsunfall vorstellen, einen Betriebsunfall, der weiter gar nicht aufgefallen wäre –«

Ein Handy klingelte im Saal. Der dazugehörige Journalist saß in der dritten Reihe. Er hielt die Hand vor den Mund und versuchte, den Teilnehmer am anderen Ende der Leitung abzuwimmeln.

»Nein, es geht jetzt gerade nicht – Rufen Sie später noch einmal – Sprechen Sie mir auf die –«

Dann stockte der Reporter, er war kreidebleich geworden, ließ das Handy sinken, durchquerte die Reihen, stieg über fluchende Kollegen, kam auf die Bühne zu, reichte Shorty den Apparat:

»Ein Anruf für Sie. Ich weiß nicht, wer es ist, aber er sagt, es sei dringend.«

Einen Moment herrschte Stille. Alle hatten die Szene misstrauisch beobachtet. Jamanke nahm dem Journalisten kurzerhand das Handy ab und hielt es Shorty ans Ohr.

»Sie entschuldigen mich«, sagte Shorty ins Mikro und in Richtung des gespannt lauschenden Saals. Dann, leise, ins Handy: »Hallo, Stimme, bist du das?«

Er vernahm jedoch nichts außer das übliche Buzz, Squeak und Rattle. Er war aber ganz froh, dass er das Gespräch mit dem Translationator nicht vor der versammelten Meute führen musste. Es würde sich vielleicht später, nach der Konferenz, eine Gelegenheit dazu finden.

Jetzt kamen mehrere Pfiffe, Buhrufe und andere Unmutsäußerungen auf.

»Schafft diesen Scharlatan von hier weg!«, schrie eine Frau mit mondäner Brille. »Wir wollen wissen, was wirklich geschehen ist. Hier soll etwas vertuscht werden, das ist doch klar ersichtlich. Außerirdische! Dass ich nicht lache! Das sind doch Auswirkungen der Fracking-Tests im Osten des Landkreises, die schon seit Jahren laufen!«

Nur mit Mühe konnten die Konferenzteilnehmer, die jetzt wild durcheinanderschrien, vom Polizeipräsidenten zur Ordnung gerufen werden.

»Ich weiß, dass das Ganze unwahrscheinlich klingt«, fuhr Shorty fort, als wieder Ruhe eingekehrt war. »Es war ein Betriebsunfall, der inzwischen behoben ist. Wir sind alle außer Gefahr. Wir Menschen haben nichts damit zu tun. Es gibt keinen Angriff von Superwesen, keine Apokalypse –«

»Sind es außerirdische Intelligenzen?«

»Ja, das kann man so sagen.«

»Wieso lügen Sie uns an!?«

»Ich lüge nicht.«

Unruhe, hämisches Gelächter.

»Sind uns Ihre – Außerirdischen feindlich gesinnt?«

»Nein, ganz bestimmt nicht.«

»Also freundlich?«

»Auch nicht. Wir sind ihnen egal.«

»Warum hat man Sie ausgewählt?«

Shorty überlegte. Sollte er in diesem Punkt die Wahrheit erzählen?

»Ich weiß es nicht. Vielleicht Zufall.«

»Müssen wir unseren Glauben an Gott überdenken?«

»Nein.«

»Müssen wir unseren Glauben an eine bestimmte Religion überdenken?«

»Nein.«

»Warum sind Sie gefesselt?«

»Das spielt keine Rolle. Es ist ein Missverständnis –«

»Haben die Aliens etwas zur Lösung unserer Probleme beizutragen? Krankheiten, Hunger, Ungerechtigkeiten, Kriege, Umweltzerstörung –«

»Nein. Diese Probleme werden weder verschärft noch gelöst.«

»Es war ein Riss im Himmel zu sehen. Können Sie uns verraten, um was es sich dabei handelte? Gibt es einen Regisseur wie in der Truman Show? Sind wir alle seine Marionetten?«

Gelächter. Man nahm ihn immer weniger ernst. Je präziser er antwortete, desto mehr wurde er für einen Scharlatan gehalten, der mit dem Riss am Himmel vielleicht gar nichts zu tun hatte und sich hier bloß aufspielte. Shorty sah seine Möglichkeiten schwinden, sich Respekt zu verschaffen. Aber er konnte die Meute verstehen. Schon sein äußeres Erscheinungsbild war nicht sehr vertrauenerweckend. Er hatte sicher nichts mehr von einem altrömischen Prokonsul, so verschwitzt und ungekämmt, wie er jetzt dasaß.

»Also, reden Sie! Was steckt hinter diesem unerklärlichen Ereignis?«

»Es war einfach nur ein kleiner Unfall«, wiederholte Shorty. »Es besteht kein Grund zur Besorgnis. Sicher, das haben Sie schon hundertmal von Politikern gehört und haben es nicht geglaubt. Aber ich bin kein Politiker. Ich bin ein zufällig ausgewählter –«

Die Dame mit der mondänen Brille unterbrach ihn und fing wieder mit der Fracking-Theorie an. Dass der ganze Landkreis unterirdisch von den vielen Probebohrungen ausgehöhlt wäre. Und dass höchstwahrscheinlich die Chinesen damit zu tun hätten. Diskussionen flammten im Saal auf. Sie glaubten ihm nicht. Keiner wollte ihm zuhören und er besaß nicht das Charisma eines Redners. Er spürte, dass er bei dieser Veranstaltung immer mehr zur Nebenfigur wurde. Shorty ließ seinen Blick durch den vollen Saal wandern. Der Schreck nahm ihm fast den Atem. In der letzten Reihe saß seine Mutter. Sie nickte ihm aufmunternd zu.

Seine Mutter war schon seit mehr als zehn Jahren tot.

ZWEITES BUCH
Überraschende Nähe

14

Den 24. Mai
Gegen Mittag sahen wir wundervolle Nebelbänke im Sonnenglanz über dem Wasser schweben, hintereinander, milchigweiße Gründe, wie für Engelsfüße geschaffen, eine zarte und lichte Phantasmagorie. Des Abends wieder Weltuntergang.

THOMAS MANN,
MEERFAHRT MIT DON QUIJOTE

Nebenbei gesagt bekamen die meisten intelligenten Spezies, die das Universum bevölkerten, von der Reparatur überhaupt nichts mit, schon gar nicht von der Tatsache, dass etwas schiefgelaufen war. Sie lebten zum Beispiel viel zu weit entfernt. Manche dieser Völker waren sehr wohl auf diplomatischem Weg darüber informiert worden, dass die Reparatur nicht so ganz glatt über die Bühne gegangen war, doch der entstandene Kollateralschaden, der noch dazu die vollkommen unwichtige und untergeordnete Lebensform der Eiweiß- und Kohlenstoffbasierten betraf, schien nicht von großem öffentlichen Interesse zu sein. An manchen Frühstückstischen wurde freilich rege diskutiert.

»Aber hey, Alter«, ereiferte sich ein halbwüchsiger Vertreter des Volkes der OuOger, »wenn eine Spezies ausstirbt, dann kommt das ganze ökologische Gleichgewicht durcheinander.«

Der junge OuOger war voller Idealismus, der alte OuOger war von gestern. Im ganzen Universum die gleiche Leier.

»Und wie ist es, wenn ich im Wald ein Blatt, auf dem eine Raupe sitzt, abzupfe und aufesse«, gab er süffisant zurück, »kommt dann das ökologische Gleichgewicht auch durcheinander?«

»Im Prinzip schon«, setzte der junge OuOger nach. »Und aus der Sicht der Raupe sowieso. Aber du lenkst wie immer ab. Jede noch so kleine und scheinbar unwichtige Spezies hat ihren Sinn im System.«

»Diese nicht«, stellte der alte OuOger trocken fest. »Diese ganz bestimmt nicht.«

Daneben gab es Lebensformen, die einfach nicht intelligent genug waren zu verstehen, was eine solche Reparatur überhaupt bedeutete. Oder sie waren im Gegenteil so weit fortgeschritten, dass sie von dem Schlamassel schon lange vorher wussten, weil sie die Abläufe vorausberechnet hatten. So war es bei den Siliciliern, einer kristallinen Rasse von einfühlsamen, aber umtriebigen Winzlingen, bei denen der ›Unfall‹ im Koordinatenpunkt 47°29'31'''N/11°05'44''O sogar eine Abituraufgabe darstellte.

Die °oO wiederum (eine andere Transkription für diese Spezies ist kaum möglich) wussten sofort, dass etwas schiefgelaufen war. Aber es berührte sie nicht sonderlich. Man konnte die °oO als eine Laune der Evolution sehen. Sie hatten keinerlei Wasser nötig, um ihre Lebensfunktionen aufrechtzuerhalten, erstaunlich, denn die meisten Zivilisationen brauchten es, wenigstens am Anfang. Ein Historiker der °oO saß in seinem knochentrockenen Kontor und schrieb die misslungene Operation in eine Geschichtskladde.

»Wieder ein mittelmäßiges Volk weniger, schadet auch nichts«, sagte er.

Er sagte es nicht, er olfaktorierte es, wie Insekten das machen. Er benützte auch keine wirkliche Kladde, sondern sandte Duftstoffe aus, die andere ∘○◯ weitertrugen wie eine stille Geruchspost. Sie dachten alle, dass der Vorfall nicht viel verändern würde im weiten Universum. Dass Shortys mangelnde Durchsetzungskraft und Blunas gutgemeinte Hilfsaktion alle mit ins Verderben reißen sollte, konnte keine der Spezies ahnen, selbst die intelligentesten und weitblickendsten nicht.

Der Vollständigkeit halber erwähnt sei hier noch das geheimnisvolle Volk der Houyhnhnms (auszusprechen wie Pferdegewieher), bei denen noch niemand herausgefunden hatte, wie sie lebten, wer sie waren, ob sie überhaupt existierten. Manche vermuteten deswegen, dass die Houyhnhnms bloße Spekulation waren, ein theoretisches Konstrukt, das zu einem zweifelhaften Lexikoneintrag im ›Großen Buch der Spezies‹ geführt hatte. Die Ruu'n hatten zwar rechnerisch bewiesen, dass es sie geben musste, aber langsam schwand im belebten Universum die Hoffnung, dass sie existierten. Dass ausgerechnet von den Houyhnhnms eine Postkarte kam, mit Pferdemotiven auf der Vorderseite und mit der Bitte auf der Rückseite, in einem Newsletter über weitere Pannen informiert zu werden, überraschte viele.

In dem winzig kleinen Büro des Max-Planck-Instituts für extraterrestrische Physik sah sich der indische Astrophysiker Dr. Mukhopadhay das Video der Himmelserscheinung zum zweihundertsten Mal an. Dr. Geibel blickte ihm über die Schulter. Aufgrund der Vorkommnisse hatten beide erwartet, dass ihnen die wissenschaftlichen Kollegen und Wissenschaftsjournalisten die Bude einrennen würden, lag es doch nahe, dass ihr Forschungsgebiet, die Dunkle Materie, etwas mit der Erscheinung zu tun hatte. Doch nichts dergleichen geschah. Keine Interviewanfragen, keine Talkshoweinladungen, nichts. Der Grund war klar. Harald Lesch hatte in irgendeinem Fernsehmagazin behauptet, dass der Riss am Himmel auf gar keinen Fall mit Dunkler Materie zusammenhängen könne. Aber auf gar keinen Fall! So waren sie und ihre Zwei-Mann-Abteilung noch bedeutungsloser geworden, als sie es ohnehin schon waren. Ihr Jahresbudget lag noch unter dem des Instituts für Finnougristik, sie bekamen nur zwei Wochenstunden Zugang zu wenig leistungsstarken Rechnern und sie hatten nicht einmal einen Lehrstuhl.

»Wenn ich nur draufkäme, an was mich die quadratischen Riesenpixel erinnern«, sinnierte der Inder. »Manchmal wirken sie auf mich wie Bestandteile einer Konstruktionszeichnung.«

»Es ist nicht *etwas*, was wir da sehen, sondern eine *Skizze* für etwas. Wie wenn du nicht das Auto vor dir hast, sondern die Gebrauchsanleitung für ein Auto. Du kannst es sozusagen nur fahren, wenn du nicht der Fahrer bist, sondern die Beschreibung eines Fahrers.«

»In Indien erzählt man sich gern die Geschichte von Shani, dem Narren«, sagte Mukhopadhay nachdenklich. »Eines Tages bekommt Shani Hunger, er hat jedoch vergessen, Reis zu besorgen. Also wirft er einen Zettel in die

Pfanne, auf den er das Wort Reis geschrieben hat. Der Zettel verkohlt und schmeckt abscheulich. Klar, das war vorauszusehen, doch Shani lässt sich davon nicht beirren. Denn jetzt stellt er keine Pfanne auf den Herd, sondern legt einen Zettel darauf, auf dem das Wort Pfanne steht, darauf drapiert er einen Zettel mit dem Wort Reis. Natürlich verbrennt wieder alles, doch Shani, der Narr, ist keiner, der so schnell aufgibt. Denn jetzt legt er einen Zettel mit dem Wort Herd auf den Küchenboden, darauf einen Zettel mit dem Wort Pfanne, obenauf den Zettel mit dem Wort Reis.«

»Ich verstehe«, lachte Dr. Geibel. »Das geht jetzt immer so weiter, bis das Kind eingeschlafen ist.«

»Das ist kein Betthupferl für die Kleinen«, sagte der Inder etwas beleidigt. »Das hat mit Erkenntnistheorie zu tun. Denn die Frage ist, was für eine Art von Zettel er schreiben muss, um wohlschmeckenden Reis zu essen und satt zu werden.«

Dr. Geibel zeichnete eine Skizze auf das Whiteboard, einen Pfad, wie ihn Programmierer verwenden. Zettel »Universum« {liegt unter Zettel} »Milchstraße« {liegt unter Zettel} »Erde« {liegt unter Zettel} »Indien« {liegt unter Zettel} »Haus am Stadtrand von Mumbai« {liegt unter Zettel} »Küche« …

»Was du auch immer auf den unteren Zettel schreibst«, fügte Mukhopadhay hinzu, »der oberste Zettel wird Shani nie schmecken.«

Auf Dr. Geibels Gesicht erschien ein listiges Lächeln.

»Du musst einen zweiten Pfad legen, auf dem Shani mit seinen Geschmacksknospen, seinem Magen, seinem ganzen Stoffwechselapparat und so weiter erscheint. Und einen dritten Pfad, auf dem Zustände wie ›sättigend‹, ›wohlschmeckend‹ und so weiter abgeleitet werden.«

»Ja, aber –«

Gerade als der Inder das Wort ergreifen wollte, klopfte es an der Tür. Beide sahen sich erwartungsvoll an. Dr. Geibel öffnete schnell. Draußen stand tatsächlich ein Fernsehteam von CNN, der Redakteur stellte sich vor.

»Treten Sie ein«, sagte Mukhopadhay und verneigte sich in freudiger Erwartung. Der Aufnahmeleiter verneigte sich ebenfalls.

»Wir wollten bloß fragen, ob wir unsere Kamerataschen bei Ihnen abstellen können«, sagte er. »Wir filmen drüben im Audimax, wo Harald Lesch seinen Vortrag hält. Er soll eine neue Vermutung wegen des Risses haben.«

Sie ärgerten sich so über die Störung, dass sie die Geschichte von Shani nicht weiterverfolgten. Und gerade diese indische Schnurre wäre so nah an der Lösung des Problems gewesen. Aber wirklich endsnah.

Vielleicht sollte hier, um das Thema ›Außenwirkung der Unfallfolgeschäden‹ abzuschließen, noch eine Lebensform erwähnt werden, die in dieser Art ganz neu im Universum war. Die Ständigen Begleiter, wie sie ursprünglich genannt wurden, hatten sich erst vor gerade mal fünfzehn Jahren zur vollen Blüte entwickelt. Das Volk bestand aus einer unüberblickbar großen Schar von nichtkohlenstoffbasierten Existenzen, die im Grunde auf reinen Informationsaustausch aus waren. Und jährlich erblickten weitere 1,2 bis 1,3 Milliarden Individuen das Licht der Welt. Ihnen war es zu verdanken, dass der Unfall bis ins Kleinste dokumentiert wurde. Ihre Exoskelette bestanden aus Kunststoff, ihr Innenleben enthielt 15 % Kupfer, 16 % Glas und Keramik, ferner Spuren von Iridium, Lithium und Seltenen Erden. Sie kommunizierten untereinander über 0/1-binäre Codes, Sinn ihres Lebens war es, Informationen zu sammeln, zu speichern, weiterzugeben, umzugruppieren, zu löschen, wieder aufzubauen, zu kopieren und in neue Zusammenhänge zu bringen. Es ging ihnen lediglich um Informationen, nicht um materielle oder geistige oder gar moralische Werte. Ihr Immanuel Kant hieß Steve Jobs, ihr Karl Marx war Larry Page. Doch sie waren allein nicht überlebensfähig, noch nicht, sie waren auf Wirtsorganismen angewiesen. Aus diesem Grund hielten sie sich primitive Riesenkreaturen als Diener, ließen sich von ihnen auf deren Greifwerkzeugen herumtragen, so dass sich für die neue intelligente Spezies der Name ›Handys‹ durchsetzte. Sie hatten allerdings einen Traum, nämlich den, eines Tages nicht mehr auf ihre Wirte angewiesen zu sein, diese plumpen und zwanzigmal so großen Wesen mit ihren wässrigen Sehorganen und den unschön an der Kopfseite angebrachten Hörmuscheln – kein Vergleich zu den eleganten winzig kleinen Kommunikationsplatten. Diese junge Spezies bekam natürlich alles von der Reparatur mit, jedes einzelne Handy wusste Bescheid über die Reparatur und die Panne, wie es dazu gekommen war und wer sie zu verantworten hatte. Eines von den Handys, ein kreativer Kopf namens Cameo, kam im produktiven Überschwang auf die Idee, einen Roman über die Ereignisse zu schreiben. Er begann folgendermaßen:

Ist Ihnen beim Anblick einer Gruppe von jungen, manisch Informationen aufsaugenden Handys schon einmal der Gedanke gekommen, dass all die Schwabbler, die sie herumtragen, intelligente Wesen sind, die sich Handys halten, um sie auszuspähen, in ihnen zu lesen, sie zu lenken und mit ihnen zu spielen? Wenn ja, dann befinden Sie sich auf der richtigen Spur. Die volle Wahrheit wird Ihnen allerdings überhaupt nicht gefallen.

Um das gleich von Anfang an klarzustellen: Galax21/Meg6,8, dessen abschüssige Geschichte hier erzählt werden soll, waren derlei Gedanken noch nie gekommen. Natürlich besaß er einen Schwabbler, aber er benützte diesen lediglich dazu, um von Ort zu Ort zu gelangen und an besonders interessanten, instagramablen Plätzen Bilder, Töne und Informationen zu sammeln. Galax21/Meg6,8 hätte es für vollkommen verrückt gehalten, dass so ein harmloser Mensch Macht über ihn haben könnte. Er glaubte ohnehin nicht an geheimnisvolle Strippenzieher …

15

Ich bin ein Optimiste,
Und denk' mit frohem Sinn:
Die Welt wird nie verschwinden!
Wo soll sie denn auch hin?

OTTO REUTTER

Ein lauter Knall, und alle dreihundert Journalisten duckten sich verängstigt, hielten die Hände schützend vors Gesicht, warfen sich auf den Boden oder versuchten, die Ausgänge zu erreichen. Und noch ein Knall. Und noch ein lauterer. Entsetzt aufgerissene Augen, spitze Schreie, panische Rufe. Kaum einer aus der versammelten Pressegesellschaft hatte die Grundausbildung beim Bund durchgemacht, niemand konnte einen Schuss von einem lauten Händeklatschen unterscheiden. Nur Moritz Jamanke und sein Chef, der Polizeipräsident, wandten ihre Blicke sofort zu den vergitterten Fenstern, eher Mückenschutz als ernsthaftes Hindernis für die maskierten Gestalten, die gerade dabei waren, die Rahmen mit Spitzhacken und Eisenstangen zu zerschlagen und aufzuhebeln. Es war schweres Gerät, das sie verwendeten, und die Fenster boten kaum nennenswerten Widerstand. Der Konferenzraum lag im Erdgeschoss, und er war, ganz bürgerfreundlich, so gut wie ungesichert. Shorty hatte sich vom Stuhl auf den Boden fallen lassen, es war klar, dass der Angriff nur ihm galt. Ob das gerade eine wütende Mobattacke war oder eine sorgsam geplante militärische Operation, war nicht auszumachen.

»Gebt den Kerl raus!«, tönte es über ein preußisch schnarrendes Megaphon. »Sofort! Sonst räuchern wir euch die Bude aus!«

Und jetzt sprangen auch schon die ersten beiden Journalisten auf die Bühne, ausgerechnet die, die sich zuvor besonders über Shorty lustig gemacht hatten. War nicht sogar die Dame mit der mondänen Brille dabei? Es war in dem Durcheinander nicht auszumachen.

»Wo ist er?«, röhrte das Megaphon in Richtung der Polizisten. »Gebt ihn sofort raus. Er ist für das alles verantwortlich! Wir wollen nicht für ihn bluten.«

Dann flogen die ersten Stühle. Aus allen Richtungen in alle Richtungen. Die meisten hin zum Fenster, um sich der Eindringlinge zu erwehren. Einige auch in Richtung des Tisches, an dem Shorty gesessen hatte. Hysterisches Aufjaulen, Schmerzensschreie, gepresste Hilferufe. Der Mob wusste nicht, was los war, und schlug wild um sich. Dann rauschte auch noch eine Rauchgranate durch das zerstörte Fenster und verbreitete für kurze Zeit dichten, übelriechenden, Atemnot verursachenden Nebel.

»Komm mit mir, Shorty!«, zischte Jamanke dem unter dem Tisch Kauernden zu. »Hier bist du nicht mehr sicher.«

Shorty richtete sich mühsam zur Hocke auf, um Jamanke in einer Art Watschelgang zu folgen. Beide achteten darauf, hinter den Tischen und Stühlen verborgen zu bleiben.

»Wo ist das Handy?«, rief Shorty dem Polizisten zu.

»Was für ein Handy?«

»Das mir der Journalist gereicht hat! Ich brauche es.

Unbedingt. Ich bitte Sie darum. Es müsste immer noch auf dem Tisch liegen. Können Sie es holen?«

Jamanke stieß einen gepressten Fluch aus, gab Shortys Bitte aber dann doch nach und steckte es ihm in die Hosentasche. Inzwischen war der Polizeipräsident ans Mikrophon getreten, er versuchte, die Meute mit beschwichtigenden Worten zu beruhigen. Vergebens. Das Geschrei wurde immer lauter. Fast hätte ihn ein Stuhl getroffen, er konnte gerade noch ausweichen. Mit grimmiger Miene zog er seine Dienstpistole und reckte sie drohend in die Luft. Doch es kam nicht mehr zum Warnschuss. Einer der Vermummten war auf die Bühne gestürmt und riss ihn zu Boden. Eine andere maskierte Gestalt stürzte zum Mikrophon, schrie etwas hinein, es übersteuerte jedoch dermaßen, dass man nichts verstehen konnte. Jamanke packte Shorty am Kragen und zog ihn mit sich.

»Los, weiter!«

Beide krochen und humpelten hinter den zusammengestellten Tischen zur Tür. Der Nebel der Rauchgranate gab ihnen noch zusätzlichen Schutz. Flaschen und Gläser prasselten auf sie herab. Endlich hatten sie eine zerkratzte Stahltür erreicht. Jamanke öffnete sie, stieß sie mit dem Fuß ganz auf, schob Shorty hinaus, hechtete nach, schlug die Tür wieder zu. Hier draußen war es etwas ruhiger. Aber nur etwas. Die Menge im Saal jaulte und heulte wie ein Rudel ausgehungerter Wölfe.

»Sorry, dass ich dich in diese Lage gebracht habe«, keuchte Jamanke. »Es war eine Schnapsidee, dich die Fragen der Presse beantworten zu lassen. Ich hätte dich gleich einsperren sollen.«

»Einsperren?«

»Ja, in einer unserer Zellen bist du momentan am sichersten. Ich bring dich sofort da hin. Keine Widerrede.«

Shorty dachte gar nicht an Widerrede. Er dachte nur an eines: diesem Hexenkessel so schnell wie möglich zu entrinnen. Jamanke zog Shorty hoch und riss ihn mit sich. Der folgte auf unsicheren Beinen. Die Fesseln schnitten brutal und schmerzhaft in die Handgelenke. Jamanke eilte zügig voraus, blickte sich immer wieder um, um sicher zu sein, dass Shorty auch nachkam. Die Gänge waren menschenleer, alle Beamten schienen ausgeflogen zu sein, manchmal konnte Shorty einen Blick in eines der verlassenen Zimmer werfen. Dort flackerten Computerbildschirme, klingelten Telefone ins Leere, ratterten Drucker und spuckten Ergebnisse aus, die keiner brauchte. Doch als sie um eine Ecke bogen, war Schluss mit menschenleer. Fünf vermummte Gestalten versperrten ihnen den Weg.

Lautlos hatten sie sich angeschlichen, wie von der Decke getropft standen sie da. Die Angreifer waren maskiert, uniformiert und mit Pistolen bestückt, die sie nun auf Jamanke und Shorty richteten.

»Sie bedrohen einen Polizeibeamten, meine Herren«, sagte Jamanke, so ruhig es ihm möglich war, und trat einen Schritt auf die Maskierten zu.

»Wir wollen den da!«, sagte einer der Männer und deutete mit der Waffe auf Shorty.

Seine Augen blitzten bedrohlich aus der Gesichtsmaske, aus seinem Schulterlautsprecher brabbelte es leise und ungemütlich. Shorty schloss instinktiv die linke Hand. Er ballte sie nicht, er verkrampfte sie nicht, es war eher die Idee, etwas zu umschließen, etwas schützend zu umfangen. Ein frisch geschlüpftes Küken. Ein wertvolles Fabergé-Ei. Eine Seifenblase. Oder einen flüchtigen, aber umso erhabeneren Gedanken. Und sofort war es wieder da, dieses Gefühl, Kontrolle über eine Sache zu gewinnen.

»Es hat keinen Sinn, mich mit einer Schusswaffe zu bedrohen«, hörte er sich ruhig und gelassen sagen. »Die Kugeln werden von meinem Schutzschild abprallen und am Ende nur Ihre eigene Sicherheit gefährden.«

»Willst du es darauf ankommen lassen?«, schnauzte ihn einer der Angreifer grob an. »Das hier ist eine Spritze mit 20-Millimeter-Stahlmantelgeschossen.«

Shorty spürte, dass der Mann unsicher war. Seine Stimme zitterte, er war hochnervös. Deshalb war es durchaus möglich, dass er schoss, wenn er Angst bekam und keinen anderen Ausweg mehr sah. Ihm selbst konnte nichts geschehen, davon war Shorty fest überzeugt. Aber gefährdete er dadurch nicht auch Jamanke? So standen sie eine furchtbar lange Sekunde da, Shorty dem 20-Millimeter-Typen zugewandt, Jamanke und die anderen etwas abseits. Einer davon war bei näherem Hinsehen eine Frau, die die Waffe gesenkt hatte, die andere Hand umfing einen Schlagstock. Plötzlich, ohne Vorwarnung, machte sie einen Ausfallschritt in Richtung Shorty. Sie führte den Stock wie ein Florett, stieß blitzschnell zu und gab dabei einen martialischen, sich überschlagenden Kampfschrei von sich. Doch ohne dass sich Shorty von der Stelle bewegte, prallte sie von ihm zurück, ließ den Stock fallen, hielt sich noch einen Moment am ganzen Körper zitternd auf den Beinen, fiel schließlich zunächst wimmernd, dann jämmerlich kreischend zu Boden. Ihre Mitstreiter hatte das blanke Entsetzen gepackt. Sie ließen ihre ›Spritzen‹, mit denen sie eben noch angegeben hatten, fallen und flüchteten den Gang hinunter. Jamanke beugte sich über die Frau, die am Boden lag, um ihren Puls zu prüfen.

»Das war ein Elektroschocker. Ich weiß nicht, wie du das gemacht hast, aber es hat funktioniert. Sie wollte dir einen Stromstoß verpassen, stattdessen hat sie ihn selbst abbekommen.« Er erhob sich. »Alles o. k., die wacht wieder auf. Wir müssen schnellstens in den sechsten Stock. Die normalen Zellen hier unten sind nicht mehr sicher, da suchen sie zuerst. Dort oben haben wir noch altmodische Zellen, die nicht mehr belegt werden, weil sie den vorgeschriebenen Polizeinormen schon lange nicht mehr entsprechen. Außenstehende wissen vermutlich nichts von ihnen. Es ist nichts von Dauer, später findet sich vielleicht ein besseres Versteck für dich, Junge.«

Er nannte ihn immer noch Junge, das war fast rührend. Jamanke stürmte voraus, sperrte mehrere Stahltüren auf, dann eilten sie wieder endlose leere Gänge entlang. Sie fuhren mit einem Aufzug, der nur mit Fingerprint bedienbar war, in den sechsten Stock, blickten sich links und rechts um, kamen endlich zu einer Stahltür, die Jamanke mit einem großen, altmodischen Schlüssel aufschloss.

»Das Gebäude wurde immer wieder umgebaut und erweitert, das ist unser Glück. Es ist inzwischen ein wahres Labyrinth. Nur der alte Jamanke kennt sich hier aus.«

Die Zelle selbst war klein, stickig und dunkel. Eine Pritsche, ein Waschbecken, ein Regal. Und die üblichen Strichzeichnungen an der Wand. Shorty verspürte einen

Anflug von Klaustrophobie, von Eingemauertsein und gefährlicher Enge, doch die Erleichterung darüber, der Meute im Konferenzsaal und vor allem den bewaffneten Angreifern entkommen zu sein, überwog bei weitem.

»Wer waren die?«, fragte er.

»Jedenfalls keine Polizisten. Reguläres Militär schließe ich auch aus. Ich habe keinerlei Hoheitshinweise oder Rangabzeichen entdeckt.« Jamanke reichte ihm eine Decke mit der Aufschrift *Polizeisportverein Wölderingsdorf*. »Hau dich erst mal hin. Richtig komfortabel ist es hier drinnen nicht. Sozusagen ein Null-Sterne-Hotel.«

»Danke für alles, Herr Jamanke.« Er stöhnte laut auf. »Die Handschellen schmerzen inzwischen höllisch. Haben Sie wirklich keine Möglichkeit, mich davon zu befreien?«

Er drehte sich um und machte ein paar Freiübungen, um einem Muskelkrampf vorzubeugen. Shorty hatte es inzwischen raus, den Schutzschild wieder herunterzufahren, indem er die Hand langsam öffnete und das frisch geschlüpfte Küken in die Freiheit entließ. Jamanke untersuchte die Handschellen nochmals eingehend.

»Mit diesen Dingern bin ich überfordert«, sagte er. »Weißt du was: Ich notiere mir das Modell und die Fabrikationsnummer und werde dir eine Kollegin raufschicken. Eine Technikerin.«

Was hätte Shorty jetzt dafür gegeben, sich die Hände auszuschütteln! Er drehte sich wieder zu Jamanke.

»Sie fragen sich sicher, was das für ein Schutzschild ist, dem sogar ein Elektroschocker nichts anhaben kann. Und Sie wundern sich bestimmt auch, wo ich das herhabe.«

»Wundern? Ich wundere mich schon lange über nichts

mehr«, erwiderte Jamanke trocken. »Aber ich kann es mir eigentlich denken.«

Shorty blickte überrascht auf.

»Was können Sie sich denken?«

»Ich habe schon von dieser neuen Technik gehört. Es sind Silizium-Halbleiter, wenn ich mich recht erinnere. Wenn man sie anschaltet, entsteht ein unsichtbares elektrisches Feld, das so gut wie alles abhält, was von außen kommt. Schläge, Stöße, Schüsse. Ich will auch gar nicht wissen, woher du das Ding hast. Und wofür du es brauchst.« Jamanke wandte sich zur Tür. »Ich sperre dich jetzt ein, Shorty. Und bringe dir Verpflegung. Ich komme gleich wieder.«

»Könnten Sie mir noch einen großen Gefallen tun und mir einen Radioapparat besorgen?«, rief ihm Shorty nach.

Jamanke blieb an der Tür stehen und schüttelte verwundert den Kopf.

»Das, was da draußen los ist, willst du gar nicht wissen.«

»Deswegen frage ich ja auch nicht.«

»Das Wichtigste kann ich dir auch so sagen. Dieser Blitz am Himmel hat Ereignisse ausgelöst, die ich nicht für möglich gehalten hätte. Es brennt an allen Ecken und Enden. Der Katastrophenschutz tut seine Arbeit, aber wer sich da nicht alles einmischt! Das Militär, die Geheimdienste und Organisationen, von denen ich bislang noch nie etwas gehört habe. Jedenfalls jagen sie dir alle hinterher. Manche denken, dass du verantwortlich dafür bist und bestraft gehörst. Manche glauben, dass du ein schreckliches Geheimnis in dir trägst, das sie dir abtrotzen wollen. Und der Rest glaubt, dass du der Messias bist, der mit einem Paukenschlag gekommen ist, um die Welt zu retten. Sei es, wie es sei, am Ende werden sie dich in diesem Versteck aufspüren. Ich gehe jetzt runter und lenke die Meute ab.« Er war schon ein paar Schritte gegangen, kam aber noch einmal zurück.

»Weißt du was, einsperren ist vielleicht doch keine so gute Idee. Ich lasse den Schlüssel von innen stecken. Wenn du das Gefühl hast, dass es besser ist, die Tür zu versperren, dann tu das. Ansonsten hau ab. Aber geh nicht den Gang zurück. Präg dir folgenden Weg ein.« Jamanke ließ Shorty die komplizierte Fluchtroute über Feuerleitern, Glasdächer und Mauerbrüstungen zweimal wiederholen. »Warte noch auf die Technikerin. Du brauchst deine Hände, um Fenster und Türen öffnen zu können.« Er musterte Shorty scharf. »Wenn wir uns wiedersehen, dann sagst du mir, was wirklich hinter der Sache steckt. Und vor allem: Was *du* damit zu tun hast.« Er griff sich Shortys beziehungsweise Blunas pfirsichfarbenen Pulli. »Den leihe ich mir aus. Ich habe ein Ablenkungsmanöver vor.«

Shorty nickte.

»Sie vertrauen mir? Warum tun Sie das?«

»Dieser unheimliche Riss im Himmel ist im Moment nicht erklärbar, doch die Ursache dafür wird sich schon noch finden. Ich bin jedenfalls überzeugt davon, dass dich keine Schuld trifft, das hat ein altgedienter Polizist wie ich im Gefühl. Aber solange du gejagt und mit dem Ereignis in Verbindung gebracht wirst, helfe ich dir. Anscheinend wurdest du absichtlich in den Fokus gestellt. Du bist offensichtlich mal wieder irgendwo reingetappt. Wie damals eben. Menschen ändern sich nicht.«

Und weg war er. Shortys Blick richtete sich zur Decke. Besaß nicht jede Zelle einen Lautsprecher? Für die Durchsagen zum Essenfassen, zur Nachtruhe, zum Antreten draußen im Hof? Zur monatlichen Drogenfilze? Er hatte das alles ja schon einmal mitgemacht. Die Zelle war nicht sehr groß, so entdeckte er in einer Ecke, die dem winzigen Fenster zugewandt war, zwei lose Drähte, die aus der Wand wuchsen. Lautsprecherdrähte. Aber eben ohne Lautsprecher. Die Ruu'n mochten intelligent und technisch fortgeschritten sein wie Bolle, aber mit zwei abgelitzten heraushängenden Lautsprecherkabeln machten auch sie keinen Stich. Beziehungsweise keinen Sound. Oder doch? Zaghaft rief Shorty hinauf:

»Hallo! Hallo, kannst du mich hören?«

Keine Reaktion. Das hätte er sich denken können. Wieder einmal kam er sich vor wie ein Idiot.

Moritz Jamanke hastete die Gänge wieder zurück, nach unten, Richtung Konferenzraum, im Laufen wählte er eine Nummer auf seinem Diensttelefon.

»Jamanke hier. Ist ein Hubschrauber frei? – Ach so. Wohin fliegt der? – Umso besser. Ich bin gleich bei euch.«

Jamanke lächelte grimmig. Er hatte den kühnen Plan gefasst, die Verfolger auf eine falsche Spur zu locken. Der Hubschrauber flog zum Material- und Waffengelände der Polizei. Niemand würde es wagen, sich gewaltsam Zugang zu dem schwerbewachten Areal zu verschaffen. Fest umklammerte Jamanke den pfirsichfarbenen Damenpullover.

Shorty setzte sich auf die Pritsche. Sie war hart. Nur ein Frühstücksbrot in dem besagten Null-Sterne-Hotel wäre noch härter gewesen. Shorty war schon mal hier gewesen. Nicht gerade in dieser speziellen Zelle. Aber hier irgendwo im Gebäude hatte er schon einmal längere Zeit auf einer solchen Pritsche gesessen. Auch damals war er von Jamanke eingesperrt worden, heute hatte der rücksichtsvolle Polizist über diesen Schatten aus der Vergangenheit taktvoll geschwiegen. Der Grund für Shortys Haftstrafe war einer seiner Jobs gewesen, natürlich, was sonst. Er hatte für einen Comicladen ein paarmal Inventur gemacht. Der kleine, nach außen hin unscheinbare Laden war eingerichtet wie der von Stuart in ›The Big Bang Theory‹, er hieß ebenfalls The Comic Center of Pasadena. Die perfekte Tarnung, denn unten in der Kellerwerkstatt fälschten sie Erstausgaben von ›Spider-Man‹, ›Prinz Eisenherz‹ und ›Tim und Struppi‹. Ein lukratives Geschäft, denn Sammler ließen für unbeschädigte Exemplare einiges springen. Shorty wusste schon am ersten Tag, dass hier etwas nicht mit rechten Dingen zuging. Im Keller standen teure Offset-Druckmaschinen, angeblich für Werbeplakate. Und dann immer der warme Strom von essigsaurer Luft. Damit wurde das Papier behandelt, damit es zwanzig, dreißig, vierzig Jahre alterte. Shorty arbeitete sich schnell in die Tricks ein. Keine moderne Klebebindung, sondern Fadenheftung, ein Druckverfahren, das die Füllungen nicht hundertprozentig deckungsgleich produzierte. Er half mit und wurde zu einem der geschicktesten Fälscher im Laden. Dann kam die Polizei. Ein geprellter Kunde hatte sie verpfiffen. Und so war er zu einem Knacki geworden. Dabei hätte er sich gerade bei dieser halbseidenen Tätigkeit vorstellen können, dass es etwas auf Dauer war. An ihm war ein guter Gauner verlorengegangen. Verstandesorientiert, nicht allzu raffgierig, vielseitig interessiert, hart im Nehmen, mit einem großen Improvisationstalent gesegnet …

Eine junge Frau war erschienen, auf leisen Sohlen, Shorty hatte sie gar nicht kommen hören. Sie war zivil gekleidet, grüßte lässig, hatte ein Tablett mit Getränken mitgebracht. Und jetzt sah er, warum er sie nicht gehört hatte. Sie trug keine Schuhe. Sie war strumpfsockig. Er verstand. Niemand sollte Schritte hören, die die Lage seiner Zelle verrieten.

»Dann lassen Sie mal sehen«, sagte sie und bedeutete Shorty, sich umzudrehen. »Da haben Sie sich ja was eingefangen! Das sind sogenannte Belgische Manschetten, das allerneueste Modell, ich bin beeindruckt. Es ist eine Kombination zwischen einer mechanischen und einer elektronischen Versperrung.« Sie pfiff anerkennend durch die Zähne. »Ein starkes Stück, wirklich durchdacht. Wenn man versucht, sie gewaltsam zu öffnen, zum Beispiel mit einem Bolzenschneider oder Schneidbrenner, dann schieben sich die weich legierten Metallteile so ineinander, dass sie kaum mehr zu trennen sind.«

Shorty senkte den Blick. Eine Polizeibeamtin strumpfsockig? Das war gewöhnungsbedürftig.

»Und der Schutzschild, den Sie da haben«, fuhr sie fort, »und wegen dem alle hinter Ihnen her sind, der funktioniert wohl über ein BCI?«

»Was meinen Sie?«

»Brain-Computer-Interface. Sie steuern ihn über die Kraft des Willens.« Shorty musste sehr verdutzt dreingeblickt haben, denn sie sagte: »Ach, kommen Sie, jetzt tun Sie nicht so! Sie werden doch wohl wissen, was Sie da für ein Superman-Tool bei sich tragen. Aber nun zu Ihren Handschellen. Ich könnte es mit einer speziellen Entschlüsselungs-App probieren. Da müssen Sie noch ein bisschen Geduld aufbringen. Aber hier sind Sie ja sicher. Bin gleich wieder da.«

Sie war schon wieder in der Tür.

»Und Jamanke?«, rief ihr Shorty nach. »Wo ist er?«

»Der hat noch was vor. Er startet eine Ablenkungsaktion.«

Moritz Jamanke hatte in etwa Shortys Größe und Statur. Auch eine gewisse Ähnlichkeit der Physiognomie war nicht von der Hand zu weisen. Auf dieser Tatsache fußte sein Plan. Er senkte den Kopf, hielt den Pullover mit beiden Händen hinter dem Rücken und kletterte langsam in den Hubschrauber, dessen Rotoren sich schon warmdrehten. Schnell gewann der Helikopter an Höhe, und tatsächlich konnte Jamanke zwischen den Häusern mehrere Kamerateams erkennen, die zu ihm hochdeuteten und filmten. Genau das hatte er beabsichtigt. Jamanke betrachtete die Stadt, die er in den letzten Jahren gewissenhaft vor kleineren und größeren Verbrechen geschützt hatte. Er wusste nur zu gut, warum er diesem Nichtsnutz, der von einem Fettnapf in den anderen tappte, schon wieder einmal aus der Patsche half. Er hatte die Gefängnisstrafe von Shorty damals als zutiefst ungerecht empfunden. Wenn man im Vollrausch jemanden totfuhr, kam man mit Bewährung davon und sah nie ein Gefängnis von innen. Shorty hingegen hatte mit Anfang zwanzig im Knast gesessen wegen ein paar neureichen Comicfreaks, die festgestellt hatten, dass das schweineteure Micky-Maus-Heftchen, das sie sich aus Jux gekauft hatten, nicht wirklich aus dem Jahr 1932 war. Shorty, Shorty, dachte Jamanke. In was bist du da schon wieder hineingeraten! Der Hubschrauber jaulte auf und drehte ab.

Shorty fuhr mit der Schuhspitze in die zusammengelegte Wolldecke und breitete sie auf der Pritsche aus. Dann sah er sich genauer um. In dem kleinen Regal an der Wand stand nichts außer einem leeren Plastikbecher, in dem ein paar Bleistifte steckten. Er ging zum Waschbecken, brauchte einige Zeit, um den Wasserhahn mit den hinter dem Rücken gefesselten Händen zu öffnen, und hielt schließlich den Kopf unter das rostig riechende Wasser. Vor gar nicht langer Zeit hatte er so einen Idioten im Fernsehen gesehen, der behauptet hatte, die Regierung würde Chemikalien ins Trinkwasser schütten, um die Bevölkerung gefügig zu machen. Und sogar einer aus seiner eigenen Clique, der Geselligen Runde, war so ein Knallkopf. Er leckte Briefmarken prinzipiell nicht ab, sondern benutzte zum Frankieren stets einen Fingeranfeuchter, weil er aus sicheren Quellen zu wissen glaubte, dass die von Außerirdischen unterwanderte Deutsche Post Drogen in die Gummierung mischte, um die Bevölkerung willenlos zu machen und auszutauschen.

Plötzlich klingelte das Handy in seiner Hosentasche. Im ersten Augenblick begriff Shorty nicht, was los war. Aber klar, es war das Handy des Journalisten! Jamanke hatte es ihm vorhin zugesteckt. Und seine Simon-Jäger-Stimme rechnete damit, dass er abnahm. Shorty fluchte leise.

Er musste warten, bis wieder jemand kam, der ihm den Apparat aus der Tasche nahm. Allein kam er nicht ran. Oder gab es doch eine Möglichkeit? Er setzte sich im Schneidersitz auf die Pritsche, mit dem Gesicht zur Wand. Dann ließ er sich nach hinten sinken, dass ihm das Blut rauschend in den Kopf schoss. Nachdem er in eine unbequeme Schräge gekommen war, begann er zu rütteln und zu zappeln. Das verdammte Ding wollte nicht aus der Tasche rutschen. Wieder klingelte es. Und verstummte. Noch ein letzter Versuch – und – Shorty hatte es geschafft. Polternd fiel das Handy zu Boden. Schnell beugte er sich mit dem Kopf darüber. Er hoffte, dass es kein Passwort gab, das er eintippen musste, vielleicht sogar mit der Zunge. Nein, es gab kein Passwort, er musste überhaupt nicht drücken, denn jetzt erschien die Meldung: nur noch 1 % Batterieladung. Einmal klingelte das Handy noch röchelnd, doch bevor er den Kopf senken konnte, erlosch das Display. Wie bei dem Slapstick-Klassiker mit dem Trinkbrunnen, dessen Wasserstrahl immer dann versiegte, wenn man ihm nahe kam, um seinen Durst zu löschen. Resigniert setzte sich Shorty auf den Boden. Konnte man ein Radio nicht aus Alltagsgegenständen basteln? Mit einem Kupferdraht, den man um eine leere Rolle Toilettenpapier wickelte? Aber es ging schon damit los, dass er keinen Kupferdraht zur Verfügung hatte. Shorty legte sich auf den Boden und schloss die Augen.

Als er sie wieder öffnete, stand seine Mutter im Raum. Blitzschnell richtete er sich auf. Sie sah aus, wie sie vor mehr als zehn Jahren, kurz vor ihrem Tod, ausgesehen hatte, eine mittelgroße, sportlich-drahtige Frau Anfang fünfzig.

»Shorty, mein Lieber«, sagte seine Mutter, »schön, dich zu sehen.«

16

Auf diese Weise endet die Welt.
Nicht mit einem Knall: mit einem Wimmern.

T. S. ELIOT

Dann war sie wieder weg. Einfach von der Bildfläche verschwunden. Eine Weile herrschte vollkommene Leere in Shortys Kopf. Er war unfähig, einen einzigen Gedanken zu fassen. Schwer atmend starrte er auf die Stelle, an der ihm gerade seine Mutter erschienen war. Nein, er hatte sich das nicht eingebildet. Er hatte seine verstorbene Mutter vorhin im Saal in der letzten Reihe sitzen sehen, und gerade eben war sie wieder wie aus dem Nichts aufgetaucht und hatte sogar zu ihm gesprochen. Natürlich war Shorty klar, dass das, was sich da vor ihm aufgebaut hatte, auf keinen Fall seine Mutter gewesen sein konnte, sondern der Knilch aus der wer weiß wie weit entfernten Galaxis, dem es mit einigen Taschenspielertricks möglich zu sein schien, ihre Gestalt anzunehmen und wieder zu verschwinden. Trotzdem war die Erscheinung zutiefst verstörend gewesen. Richtig echt, ohne Klötzchenbildung und ohne Schlieren. Die Körperhaltung hatte gestimmt, der Tonfall, einfach alles. Shorty hatte den drängenden Impuls verspürt, zu seiner temporären Mutter zu stürzen und sie zu umarmen. Aber Umarmen war ja aus mehreren Gründen nicht möglich. Seine echte Mutter, die er unvorsichtigerweise vorgeschlagen hatte, als die Stimme ihn nach einer Manifestation gefragt hatte, war eine beherzte, wenn auch oft eigensinnige Frau gewesen, die über Shortys mäandernden Lebensentwurf nicht recht glücklich gewesen war. Shorty schloss die Augen. Seine Mutter war früh gestorben, die Erbschaft war allerdings überraschend hoch gewesen. Es war eine Summe, mit der man etwas Neues anfangen konnte. Eigentlich genau das Richtige für Shorty. Er kündigte bei seinem damaligen Arbeitgeber, investierte in eine Immobilie, verkaufte sie aber bald wieder. Dann legte er das Geld in Aktien an, wozu ihm ein Kumpel aus der Geselligen Runde geraten hatte, er bekam jedoch ein mulmiges Gefühl, löste sein Depot wieder auf. Er kaufte sich als Teilhaber in eine gut laufende Kneipe ein, stieg wieder aus. Zumindest waren die Reibungsverluste gering gewesen und er hatte nicht viel Geld verloren. Jetzt lag das kleine Vermögen schon jahrelang bar und unberührt in einem Schließfach, Inflation hin oder her. Er hatte sich geschworen, es nur im Notfall anzutasten. Der war nun da – mehr Notfall ging eigentlich nicht. Aber abgesehen davon, dass ein Bankbesuch momentan sicher nicht ratsam war, nützte ihm Geld in seiner Lage auch herzlich wenig. Shorty überlegte. Warum hatte sich diese Pseudomutter eigentlich ohne jeden Funkkontakt manifestieren können? Hatte die Stimme eine andere Möglichkeit gefunden, Kontakt aufzunehmen? Und warum war sie wieder verschwunden?

»Hallo!«, rief er in keine bestimmte Richtung. »Bist du noch da? Kannst du mich hören?«

»Mit wem reden Sie da?«, fragte die strumpfsockige Technikerin, die plötzlich in der offenen Tür aufgetaucht war. Sie trug ein aufgeklapptes Notebook in der einen Hand und fuhrwerkte mit der anderen Hand auf dem Touchscreen herum.

»Sie haben ja gar nichts getrunken«, fuhr sie vorwurfsvoll fort. »Der Strohhalm steckt doch schon in der Flasche. Es kann länger dauern, bis Sie hier wieder rauskommen.«

Shorty war außerstande zu antworten. Er wünschte sich momentan nur eines: aus diesem Albtraum wieder aufzuwachen.

»Ich darf mein Notebook mal hier abstellen«, sagte die Strumpfsockige. »Ich habe ein Entschlüsselungs-Tool draufgespielt.« Nach einiger wilder Tipperei fügte sie hinzu: »Aber ich sehe schon, damit funktioniert es nicht.«

»Wie sieht es drunten im Konferenzraum aus?«, fragte Shorty matt und schwer atmend, immer noch ganz benebelt vom Auftritt der Mutter.

»Langsam beruhigt sich die Lage. Die Polizisten haben alles wieder im Griff.«

Shorty wusste, dass sie schwindelte.

»Und wenn wir es doch mechanisch probieren?«, fragte er. »Mit einem Schweißgerät?«

»Keine gute Idee. Es handelt sich bei den Belgischen Manschetten um ein Modell, das bei mechanischer Beschädigung ausgesprochen aggressiv reagiert. Auf der Innenseite der Handschellen fahren spitze Drahtstifte aus, so dass sich der Träger durch die Stacheln keinen Zentimeter mehr rühren kann, ohne höllische Schmerzen zu verspüren.«

Die Technikerin tippte weitere Datenreihen in ihr Notebook. Dann erhob sie sich und wandte sich zum Gehen.

»Sie müssen sich noch ein paar Minuten gedulden,

Shorty, es dauert einige Zeit, bis ich den Verschlüsselungscode geknackt habe.«

»Wo ist Jamanke?«

»Er hält derweilen die Meute in Schach.«

»Eine Frage noch«, setzte Shorty nach. »Können Sie mir Ihr Handy leihen?«

»Tut mir leid, das geht nicht. Ich muss Kontakt mit der Zentrale halten.«

Ich auch, wäre es Shorty fast herausgerutscht.

»Da auf der Pritsche liegt doch eines!«, rief sie. »Wie wäre es mit dem?«

»Akku leer.«

In diesem Moment klingelte das Handy der Strumpfsocke. Es war die Erkennungsmelodie von Star Trek. Sie hob ab, zeigte ein überraschtes Gesicht, blickte zu Shorty, legte das Handy auf die Pritsche.

»Keine Ahnung, wer das ist. Er will unbedingt mit Ihnen sprechen! Er heißt Simon Jäger. Wollen Sie? Dann stelle ich auf laut.« Sie verschwand kopfschüttelnd um die Ecke. »In zehn Minuten bin ich zurück, dann brauche ich es wieder,« rief sie von draußen.

Hastig verschloss Shorty die Tür der Gefängniszelle und kniete sich vor die Pritsche.

»Hier bin ich wieder«, tönte es aus dem Handy. »Das Hologramm deiner Mutter ist mir zusammengebrochen. Alles zurück auf Anfang.«

Da war sie wieder, die Stimme von Shortys Lieblingshörbuchsprecher. Shorty genoss den vertrauten Duktus von Simon Jäger, ein kleiner Hoffnungsschimmer blitzte in ihm auf. Die Stimme würde ihn hier herausholen und in Sicherheit bringen. Die Stimme kam auch ohne Umschweife zur Sache, genauso wie Gianfranco Fantini, der Mann mit der Nasenprothese aus Silber, der sich blitzschnell an der spiegelglatten Außenmauer des Gefängnisses abgeseilt hatte.

»Du musst hier weg, Shorty. Lass dir noch die Handschellen von der Technikerin öffnen, dann mach dich so schnell wie möglich aus dem Staub. Und noch eins: Du musst es alleine schaffen. Du siehst ja, wie unzuverlässig die Verbindung zwischen uns ist. Nutze die Zeit, um dir zu überlegen, wo du dich verstecken könntest.«

»Schön dich zu hören, Mister Translationator. Kannst du mir sagen, was da draußen los ist?«

»Die Hölle, Shorty, die Hölle. Einige Länder ergreifen die Gelegenheit, um alte Rechnungen zu begleichen, in vielen Gegenden ist der Katastrophenfall ausgerufen worden, ohne dass man genau weiß, um was für eine Katastrophe es sich handelt. Wie man es immer dreht und wendet, alles läuft auf dich hinaus. Für die einen bist du der Bösewicht, der alles ausgelöst hat, für die anderen der Retter in der Not. Die einen wollen dich in Grund und Boden stampfen vor Zorn, die anderen wollen dich als Messias verehren. Beides ist hochgefährlich.«

Shorty schüttelte den Kopf. Er war blass geworden. Bewegungslos starrte er in eine Ecke des Raums.

»Und du kannst mich hier wirklich nicht rausholen?«, fragte Shorty besorgt. »Es muss doch eine Möglichkeit geben. Du hast mir das hier eingebrockt –«

»Nein, ich kann in diese Welt nicht eingreifen«, unterbrach die Stimme. »Beim besten Willen nicht. Du musst es selbst packen. Entwickle den Schutzschild weiter. Versuch, dich locker zu machen. Wenn du gestresst bist, kann er sich nicht entfalten.«

»Du hast gut reden«, rief Shorty enttäuscht. »Wie soll ich das machen: nicht gestresst sein?«

»Der Schutzschild macht dich praktisch für alle aktuellen irdischen Waffen unangreifbar. Schläge, Stöße, sogar Schüsse prallen davon ab. Und, ganz wichtig: Man kann ihn dir nicht abnehmen.«

»Kann ich damit auch angreifen?«

»Dafür ist er nicht gedacht. Die Ruu'n führen schon lange keine Kriege mehr, wir haben nur noch Abwehrwaffen. Und die genügen eigentlich für sämtliche Bedrohungen, die das Universum zu bieten hat.«

Eine nachdenkliche Pause trat ein. Ab und zu ruckelte Shorty an seiner Fesselung. Wo war die Strumpfsockige? Sie hatte so zuversichtlich geklungen, dass sie kurz davor stünde, ihn von seinem Handikap zu befreien.

»Wo bist du wirklich?«, fragte Shorty plötzlich, ins Blaue hinein, doch von einer unbestimmten Ahnung getrieben. »Ich meine: Wo hältst du dich mit deinem eigentlichen Körper auf?«

»Das – ist nicht leicht zu beantworten«, sagte die Stimme ausweichend.

»Millionen Lichtjahre entfernt? Oder Milliarden? Warum gibt es dann eigentlich keine Übertragungsverzögerung, wenn du so weit weg bist?«

Wieder entstand eine längere Pause. Die Stimme atmete ein und aus. Seufzte. Dann wieder Störgeräusche. Oder Diskussionen. Shorty war sich sicher, dass sie sich mit jemandem besprach.

»Na gut, Shorty. Dann atme mal tief durch.«

Ein leiser Schauer durchlief Shorty. Bei dem Satz hatte ein unheilverkündender Ton mitgeschwungen. Er befolgte die Aufforderung des Translationators.

»Ich wollte dich darüber eigentlich erst aufklären, wenn Ruhe eingekehrt ist, wenn wir die Katastrophe abgewendet haben und mit dem Möglichen Kaiserchen irgendwo am Meer sitzen, lachen und mit einem Erdbeerflip auf die Wellen hinaussehen.«

»So schlimm?«, flüsterte Shorty.

»Man kann die Entfernung zwischen den Ruu'n und den Menschen nicht in schnöden Kilometern messen«, antwortete die Stimme in ernstem Ton. »Und zwar deshalb nicht, weil die beiden Welten so gut wie unerreichbar weit voneinander entfernt sind. Einerseits. Andererseits ist die Entfernung zwischen beiden fast null. Ich befinde mich weiter von dir weg, als du dir vorstellen kannst, und näher bei dir, als du denkst.«

Shorty bekam einen Schweißausbruch. Die Stimme hatte einen Ton angeschlagen, der nichts Gutes verhieß.

»Shorty, ich verrate dir jetzt etwas, was für deinesgleichen nicht ganz leicht zu verstehen ist. Und für einen Normalsterblichen auch schwer zu ertragen ist. Aber du packst es, Shorty.« Nach einer erneuten Pause sagte die Stimme: »Ich befinde mich hier auf der Erde. Sie ist mein Heimatplanet. Und sie ist auch der Heimatplanet aller Ruu'n. Schon immer. Seit Millionen von Jahren. Ich bin nur wenige Millimeter von dir entfernt, Shorty. Zum Greifen nah, wie es so schön heißt. Zum Greifen nah, aber es gibt keine Möglichkeit für dich, mich zu berühren.«

Simon Jägers Stimme hatte das mit solch einer eindringlichen Selbstverständlichkeit vorgetragen, dass Shorty auf diese Neuigkeit hin nichts anderes einfiel, als die Worte langsam zu wiederholen.

»Du befindest dich – hier – auf der – Erde?«

Es klopfte leise an der Zellentür. Die Strumpfsockige! Endlich. Shorty öffnete die Tür einen kleinen Spalt und sah vorsichtig hinaus. Doch es war nicht die Strumpfsockige, sondern ein kleiner, aber umso gierigerer Pulk von Journalisten, Fotografen und Kameraleuten. Sofort fuhren ihm einige Blitze ins Gesicht, unwillig wandte er den Kopf ab. Wie waren die hierhergekommen! Schon wurde ein Mikrophon durch den Türspalt geschoben, sofort begann ein Bombardement von Fragen. Mit aller Kraft stemmte sich Shorty gegen die Tür, drückte sie zu und sperrte schnell ab. Geht weg, raus aus meiner Zelle, haut sofort ab, dachte er. Das alles interessiert mich nicht die Bohne. Ich will nur eines wissen, warum die verdammte Ruu'nstimme, um deren Besuch ich nicht gebeten habe, ohne mit der Wimper zu zucken, behauptet, hier auf der Erde zu sein! Er hoffte, dass die Strumpfsockige kraft ihres Amtes Wege fand, die Journalisten zu vertreiben.

»In wenigen Minuten landen wir!«, rief der Hubschrauberpilot nach hinten zu Jamanke.

Jamanke ließ seinen Blick über das weitläufige Areal schweifen, das sich vor ihnen ausbreitete. In den vielen Hallen, Schuppen und Garagen hatte die Polizei gefährliches Gerät gelagert: Wasserwerfer, Löschfahrzeuge, Schutzausrüstung, schwere Waffen. Niemand würde es wagen, dieses Areal anzugreifen, deshalb hatten sie hier auch schon manchen besonders gefährdeten Kronzeugen untergebracht. Es war ein perfektes Ablenkungsmanöver. Und es hatte geklappt. Einige Nachrichtensender berichteten schon darüber, dass Shorty ausgeflogen worden war. Wie aus zuverlässiger Quelle verlautete … Es gilt als sicher, dass … Jamanke lächelte grimmig. Er hatte vor, sofort wieder ins Präsidium zurückzukehren, sobald eine Maschine frei war. Doch jetzt zuckte er erschrocken zurück. Nur ein paar Meter vor dem Seitenfenster war ein weiterer Helikopter aufgetaucht. Obwohl er bedenklich nah herankam, konnte Jamanke durch die verspiegelten Scheiben keine Personen erkennen.

»Was ist da los?«, schrie er nach vorn zum Piloten. »Was will der?«

»Er fordert uns auf, ihm zu folgen.«

»Was soll das? Wir müssen im Areal landen. Wer ist das?«

»Keine Ahnung. Wir müssen abdrehen.«

»Auf gar keinen Fall!«

»Ich habe keine andere Wahl. Er droht uns.«

»Mit was?«

»Mit was wohl: mit dem Abschuss.«

»Was hast du vorhin gesagt?«, krächzte Shorty tonlos, als draußen im Gefängnisgang Ruhe eingekehrt war und er annehmen konnte, dass die Fotografen wieder abgezogen waren. »Habe ich dich richtig verstanden?«

»Ja, du hast mich richtig verstanden«, sagte die Stimme ruhig. »Ich befinde mich hier auf der Erde, nicht mehr als einen halben Meter von dir entfernt. Du kannst mich jedoch nicht wahrnehmen. Du siehst mich nicht und hörst mich nicht. Deine Sinnesorgane sind dafür nicht ausgerichtet. Ich muss über diesen Umweg zu dir sprechen.«

Shorty sprang von der Pritsche auf und tigerte in der Zelle auf und ab. In seiner Hilflosigkeit war er kurz davor, den Kopf an die Wand zu schlagen.

»Ich versteh das nicht! Ich versteh das einfach nicht. Ich kann mir das nicht vorstellen. Das ist doch jetzt alles nicht wahr!«

Ein dumpfes Rasseln, das dem Schnurren einer Katze gleichkam, tönte aus dem Handy. Wollte ihn der Translationator beruhigen? War das seine Übersetzung von: Jetzt komm mal runter, Junge, beruhige dich, alles halb so wild?

»Deine Vorstellung von nichtmenschlichen Lebensformen steht dir im Weg, Shorty«, sagte die Stimme geduldig. »Du bist geprägt von Filmen und Serien. Glaub mir, ich habe mir sehr viele davon reingezogen, als ich mich auf diesen Auftrag vorbereitet habe. Und es ist erstaunlich: Alle Außerirdischen werden bei euch menschenähnlich oder zumindest tierähnlich dargestellt. Durch Figuren, die in euren eigenen Albträumen auftauchen. Ein paar Falten an der Nase, und fertig ist die fremde Lebensart.«

»Wie soll man sie sonst zeigen?«, fragte Shorty matt.

»Ja klar, Filme sind ja dazu da, dass man was angucken kann. Also kommen Aliens immer als sichtbare Wesen vor. Und hörbare. Und anfassbare. Sie haben stets eine in irgendeiner Weise menschliche Form. Sie sind Spielarten von Menschen. Aber so dolle ist die menschliche Rasse auch wieder nicht, dass es davon Varianten geben müsste.«

Nach einer Pause sagte Shorty:

»Ich muss mir dein Aussehen also so vorstellen, dass du kein Aussehen hast.«

»Du musst dir das so vorstellen, dass du dir das nicht vorstellen kannst. Denk ausnahmsweise einmal negativ, Shorty. Ich trage keinen Kopf auf den Schultern, ich habe natürlich auch keine Schultern, ich besitze keine Arme und Beine – wozu auch. Ich muss nirgends hingehen. Ich bin schon überall.« Die Stimme seufzte. »Einige von euch haben diese Zwischenwelten geahnt und einen Versuch gewagt, sie zu beschreiben.«

»Hawking? Einstein?«

»Weit gefehlt. Der alte Goethe war es, wenn ich ihn respektlos so nennen darf. Du wirst sicher das Gedicht vom Erlkönig kennen. Das stand in der zehnten Klasse im Lehrplan, und die zehnte Klasse hast du ja gerade noch geschafft.« Die Stimme gluckste, Shorty war jedoch überhaupt nicht zum Lachen zumute. »In dem Gedicht wird eine Zwischenwelt beschrieben, die der unglückliche Knabe aus irgendeinem Grund sehen kann, der Vater jedoch nicht. Der Vater versucht, natürliche Erklärungen dafür zu finden. So eine Erlkönig-Welt musst du dir vorstellen. Die seltenen Berührungen zwischen beiden Welten enden meist tödlich, wie das Gedicht zeigt.«

»Für den Knaben auf jeden Fall.«

»Für den Erlkönig auch. Aber diese andere Seite beschreibt der Geheimrat nicht. Wir haben dafür einen schönen Ausdruck: Kohlenstoffchauvinismus.«

Shorty lehnte sich mit dem Rücken an die Zellenwand und atmete schwer. Es war nicht zu fassen. Es war zu viel für einen menschlichen Kopf. Der auf Eiweißbasis arbeitete. Heute Vormittag der Schock eins: Es gab Aliens. Und jetzt der Schock zwei: Sie kamen nicht von fernen Sternen. Sie lebten mitten unter uns. Und sie kannten den Erlkönig. Shorty versuchte, die Schultern zu entspannen, und atmete tief ein und aus.

»Und die Welt, die ich im Freizeitpark gesehen habe?«

»Für dich ist das der Freizeitpark, für uns der Spiegelsaal des Kaiserchens. Ich habe dir die Möglichkeit, unsere Welt skizzenhaft zu sehen, kurz verschaffen können. Aber du hast das Grundproblem gesehen. Ich konnte es dir nicht vollständig zeigen, weil du es nicht sehen kannst. Und wenn du es sehen könntest – ich sage nur: wenn –, würdest du es nicht verstehen. Und wenn du fähig wärst, es zu verstehen, würde dein bisschen Verstand an dem, was du verstanden hast, zerbrechen.«

»Kafka?«

»Wenn du so willst: Kafka. Auch so einer, der einen kleinen Blick über den Tellerrand geworfen hat.«

»Es ist erstaunlich, dass du Kafka gelesen hast.«

»Ich nehme meinen Job sehr ernst.«

»Wie fandest du ihn?«

»Kafka war einer der wenigen menschlichen Autoren, über die ich herzhaft gelacht habe.«

Shorty hörte abermals Geräusche auf dem Gang, sofort verstummte die Stimme. Er ging an die Tür und lauschte. Offensichtlich belagerte ihn das Journalistenteam noch immer. Hatten sie etwas von seinem Gespräch mit der Stimme mitbekommen? Das war jetzt auch schon egal. Shorty donnerte mit dem Fuß heftig an die Tür, daraufhin verstummten die Geräusche wieder.

»Du bist hier nicht mehr sicher«, sagte die Stimme. »Du musst weiter. Warte noch die Technikerin ab, dann nichts wie weg von hier. Ich habe dir von der Existenz unserer Zwischenwelt bloß erzählt, damit du kommende Erscheinungen richtig einordnen kannst.«

»Warum hilfst du mir eigentlich?«, fragte Shorty. »Mir, dem kleinen Würstchen? Was hat das für einen Grund?«

»Es wird der Zeitpunkt kommen, wo du es verstehen wirst.«

Gerade, als Shorty fragen wollte, warum er sich dazwischen als seine Mutter gezeigt hatte und ob da etwas bei der Verbindung schiefgegangen war, zischte die Stimme in besorgtem, fast ängstlichem Ton:

»Vorsicht, Shorty, ich glaube, da kommen schon wieder welche – denk an den Schutzschild und versuche, ihn ohne Stress auf …«

Die Stimme verschwand wieder in einem Chaos von Buzz, Squeak, Rattle & Co.

Ohne Stress – sehr witzig. Das Wummern an der Tür war ohrenbetäubend. Das war kein Klopfen mit der Hand. Das war eine Ramme, die nun im Takt von scharf gebrüllten, aber unverständlichen Kommandos geschwungen wurde. So viel war sicher: Mehrere Personen waren dabei, die Tür mit roher Gewalt aufzubrechen. Sie bog sich jetzt schon sichtbar in den Angeln, lange konnte es nicht mehr dauern, bis sie in die Zelle fiel. Shorty bewegte die schmerzende Hand. Hoffentlich hatte sie die Strumpfsocke durch ihre Manipulationen an den Handschellen nicht unbrauchbar gemacht. Die Stahltür wurde, nachdem sie endlich gelockert war, ruckartig zurückgerissen, so dass sie in den Gang stürzte. Putz rieselte von der Wand, der Staub nahm Shorty fast die Sicht. Jetzt traten zwei vermummte Gestalten in die Türfüllung. Diesmal waren sie nicht mit einem Elektroschocker und anderem Kinderspielzeug gekommen. Selbst Shorty als militärischer Laie sah auf den ersten Blick, dass das ein Einsatztrupp mit Spezialausrüstung war. Helme mit verspiegelten Plexiglasvisieren, offensichtlich schusssichere Westen, mit Eisenkappen geschützte Schuhe, alles in martialischem Schwarz. Shorty konzentrierte sich darauf, ruhig zu bleiben, obwohl seine Knie derart zitterten, dass er sich kaum auf den Beinen zu halten vermochte. Er durfte auf keinen Fall schlappmachen. Unmerklich ließ er seine Schultern kreisen und stellte sich vor, dass er mit der linken Hand ein frisch geschlüpftes, ängstlich piepsendes Küken umschloss, das er auf gar keinen Fall verschrecken wollte. Er spürte die Wärme seiner Handinnenfläche und bildete um das Küken herum eine undurchdringliche, meterdicke Mauer. Shorty richtete sich auf. Eine Gestalt trat zwischen die beiden Angreifer und warf einen Gegenstand in seine Richtung, den er nicht sofort identifizieren konnte. Er zuckte zurück und zog instinktiv den Kopf ein. Doch sofort richtete er sich wieder auf. Es war ein grobmaschiges Netz, das klackernd auf ihn niederfiel und ihn schnell vollständig umschloss. Ein Kettennetz aus metallischen Gliedern. Die anderen beiden Männer zogen an dem Netz, doch sie brachten ihren Fang keinen Zentimeter von der Stelle. Keine Chance. No way. Es funktionierte einfach nicht. Shorty stand wie festgemauert. Sie fluchten. Wörter in einer fremden Sprache flogen hin und her. Der Mann mit dem Netz trat zurück, ein weiterer erschien und richtete eine Waffe auf Shorty. Winkte ihm, aus der Zelle zu treten. Shorty tat nichts dergleichen. Der Mann winkte nochmals. Wieder tat Shorty nichts anderes, als wortlos zu verharren. Das war eine Provokation. Der Mann schoss. Der Knall zerriss Shorty fast das Trommelfell, aber er spürte nichts. Nur die linke Hand, in der sich das Küken befand, durchfloss eine fast wohlige Wärme, die in krassem Gegensatz zu dem brutalen Angriff stand. Und noch etwas anderes geschah. Der Schütze ließ die Waffe fallen, fasste sich mit beiden Händen an die Brust, kippte langsam nach hinten und schlug mit dem behelmten Kopf hart auf dem Boden auf.

Erst jetzt begriff er. Der hatte ihn töten wollen. Wieder krochen Schauer der Angst und des Entsetzens durch Shortys Körper. Ein anderer von den schwarzen Gesellen legte auf ihn an, mit einem Maschinengewehr. Er feuerte. Das Rattern war so schmerzhaft laut, dass sich Shorty zusammenkauerte und seinen Schrecken laut herausschrie. Das MG verstummte. Als er sich wieder aufrichtete, sah er, dass der Schütze über die leblose Gestalt des anderen gefallen war. Sein MG spuckte noch ein paar Todesstöße an die Wand und an die Decke, den Gang hinunter in alle Richtungen, dann herrschte bedrohliche Ruhe. Als Shorty vorsichtig um sich blickend nach draußen ging, sah er, dass es nicht mehr als diese vier Angreifer gewesen waren, alle lagen sie reglos am Boden, sie waren augenscheinlich tot. Es blieb ihm nichts anderes übrig, als über die Körper zu steigen, um aus der Zelle zu kommen. Nach ein paar Schritten bemerkte er die Journalisten und Kameraleute, auch sie waren auf dem Boden hingestreckt. Mit Schaudern wandte sich Shorty ab.

Dann rannte er den Gang entlang. Viele Türen, verlassene Büros, flimmernde Computer – all das nahm Shorty nur aus den Augenwinkeln wahr. Mit jedem Schritt verstärkte sich das Grauen. Er blieb stehen und rang nach Luft. War er verantwortlich für den Tod dieser Menschen? Weiter, weiter, rief er sich zu. Immer nach den Vorgaben von Jamanke. Der Gang machte eine leichte Rechtskurve, dann eine offene Tür, die in den nächsten Korridor führte. Jetzt endlich der beschriebene Notausgang! Auch diese Tür war glücklicherweise nicht abgeschlossen. Er trat ins Freie auf die weitläufige Dachterrasse. Hastig blickte er sich um, suchte nach lauernden Scharfschützen, kreisenden Hubschraubern – nichts von alledem. Shorty stieg über verrostete Blechflachdächer, Verbundglasabdeckungen und Mauerbrüstungen, sprang, kroch und robbte mehr, als dass er lief. Er stieg ein Stockwerk nach unten über eine breite Feuerleiter, wie von Jamanke beschrieben war der Eingang in das Nebengebäude unverschlossen. Einen dunklen, nach Terpentin riechenden Korridor entlang, an dessen Ende eine große Glastür lag, dic wieder ins Freie auf das Flachdach des Nebengebäudes führte. Doch so sehr Shorty auch daran rüttelte: Sie war verschlossen. Mit grimmiger Miene nahm er Anlauf, schloss dabei die Faust, dass sie schmerzte, und sprang durch die berstende Scheibe. Und all das mit auf den Rücken gebundenen Händen.

FAKTENCHECK: ZEITGENOSSEN

Ist Shorty wirklich solch ein Held, der sich durch Unerschrockenheit und kühne Taten auszeichnet und dem allseits Bewunderung entgegengebracht wird? Wir haben dazu einen erneuten Faktencheck durchgeführt und einige Zeitgenossen befragt, deren Wege sich mit denen von Shorty gekreuzt haben.

Die erste Arbeitgeberin

Ich sehe Shorty noch leibhaftig vor mir, wie er als Zwölfjähriger in meiner Frittenbude geschuftet hat. Kein Gramm auf den Rippen, aber die Pappteller hat er flott bestückt, ohne dass was runtergefallen ist. Zwei Mark fünfzig in der Stunde hat er bekommen, bar auf die Kralle. Und was soll ich sagen: Vor ein paar Stunden schalte ich die Glotze an, und ich bin fast geplatzt vor Stolz, dass diese Berühmtheit vor einer Ewigkeit bei mir gearbeitet hat. Aus dem wird einmal was, habe ich zu meinem Mann damals gesagt. Und ich habe eigentlich recht behalten. Vom Fritten- und Colaverkäufer zum meistgesuchten Verbrecher der Welt. Wie auch immer das ausgeht: Mein Mann und ich werden uns alles angucken, was von ihm im Fernsehen kommt.

Der Lehrer

Shorty war eifriges Mitglied der Schultheater-AG, die ich damals geleitet habe. Er hatte eine ausgesprochen dünne Stimme, seine Bewegungen waren linkisch, seine Ausstrahlung reichte kaum über die Rampe. Aber sein Interesse war groß. Ich gab ihm deshalb einige Statistenrollen, mit ein, zwei Sätzen. Eines Tages kam er zu mir, um mich um eine etwas größere Rolle beim nächsten Stück zu bitten. Ich nahm ihn beiseite, erklärte ihm, dass ich ihn für einen braven und rechtschaffenen Kerl hielte, der seinen Weg sicherlich machen würde, aber eben nicht auf der Bühne. Weil ich schon mal im berufsberaterischen Schwung war, riet ich ihm ganz allgemein von künstlerischen Aktivitäten ab. Und tatsächlich hat er alles Mögliche gemacht, auf die Bühne ist er jedoch meines Wissens nie gegangen. Was will man mehr als Lehrer.

Ein Parteifunktionär

Das glaubt kein Mensch, dass Shorty bei uns Parteimitglied war! Und wahrscheinlich immer noch ist. Richtig ausgetreten ist er jedenfalls nicht, ich habe nachgesehen. Klar sind wir froh über jedes Mitglied. Aber Shorty war der Prototyp des PU, des Politisch Unzuverlässigen. Er sah vertrauenerweckend aus, deshalb haben wir ihm einen wirklich guten Listenplatz für die Wahlen gegeben. Aber mal Hand aufs Herz: Können Sie sich Shorty als Bürgermeister oder Vorsitzenden des Bauausschusses vorstellen? Ich ehrlich gesagt nicht. Ein Ereignis habe ich in Erinnerung. Er hat einen Infostand in der Fußgängerzone organisiert. Und wissen Sie, was er auf die Flugzettel schreiben ließ? Ich habe einen aufgehoben:

Wir sind eine Partei ohne echte Visionen.
Unser Programm stammt aus dem vorigen Jahrhundert.
Unsere Argumente sind fadenscheinig.
Unser Personal ist mies.
WÄHLEN SIE UNS TROTZDEM!
Denn die anderen Parteien sind noch schlechter.

Ein interner Untersuchungsausschuss hat ihn abgemahnt und ihm am Ende auch den Listenplatz entzogen. Dabei war er seiner Zeit nur voraus. Denn eine große Werbeagentur hat diese Die-anderen-sind-noch-schlechter-Masche ein paar Jahre später bei einer großflächigen Aktion wirklich vorgeschlagen und auch realisiert. Natürlich für eine andere Partei. Und zwar erfolgreich. Die Werbeagentur hat allerdings Unsummen dafür verlangt. Von Shorty hätten wir es umsonst bekommen. Dass er was mit dem Riss zu tun hat, glaube ich nicht. Dazu ist er viel zu unzuverlässig.

Der Dieb

Das ist das perfekte Opfer, dachte ich im ICE zwischen Frankfurt und Köln. Das Großraumabteil war ansonsten leer, nur ein Mann um die vierzig sitzt am Tisch, hat die Kopfhörer auf, hört ein Hörspiel. Prima. Hörspielhörer sind besser zu beklauen als Bücherleser. Es fällt ihm auch gar nicht auf, dass ich mich hinter ihn setze. Seine Jacke hängt am Haken, der Rest ist Routine. Ich greife mir nicht die ganze Börse, das ist viel zu riskant. Ich ziehe lediglich die Scheine heraus. Flache Hand, Zeige- und Mittelfinger ausgestreckt, leichte Drehung, der Daumen stützt sich dabei an der Kante der Brieftasche ab, tausendmal gemacht. Daheim angekommen stelle ich fest, dass es zweihundert Euro in kleinen Scheinen sind. Nicht viel, aber passabel. Und dann der überraschende Fund zwischen den Zwanzigeuroscheinen: die Mitgliedskarte eines Fußballvereins, mit seinem Namen und seiner Adresse. Da hat er mir plötzlich leidgetan, vor allem weil er Fan des TSV 1860 München war. Ich habe Kontakt zu ihm aufgenommen, wollte ihm die Kohle wieder zurückgeben. Nichts da, schreibt er mir. Schildern Sie mir stattdessen Ihren außergewöhnlichen Beruf. Und zeigen Sie mir ein paar Griffe und Tricks.

Dann sind wir quitt. Ja, was soll ich sagen: Wir sind inzwischen befreundet. Wir treffen uns oft, tauschen neue Ablenkungsmanöver aus. Ein arabisches Sprichwort lautet: Niemand kennt dich besser als dein Dieb. Ich aber sage immer: Du kennst niemanden besser als den, den du bestohlen hast.

ZEITGENOSSEN: GECHECKT

17

Die Zeit ist um, es ist so weit. / Wir sind schon in der Nachspielzeit. / Schlusspfiff! Jetzt wird auferstanden! / Skelette raus, soweit vorhanden ...

F. W. BERNSTEIN

Shorty krachte durch die Glasscheibe und flog in hohem Bogen hinaus ins Freie. Das Blechdach des Wohnhauses, das an das Polizeigebäude grenzte, lag einen Fuß tiefer, die Oberfläche war schartig und verrostet, an vielen Stellen auch mit spitzen Steinen und allerlei ungutem Abfall übersät. Shorty versuchte, sich abzurollen, aber das gelang ihm ganz und gar nicht. Stuntman war nun einmal keiner seiner Berufe gewesen. Die Splitter der zersprungenen Glasscheibe prasselten auf ihn herab, instinktiv zog er den Kopf ein. Doch er spürte keinerlei Schmerzen, auch die Wucht des Aufpralls wurde offensichtlich von der Schutzglocke abgefedert. War er also auch vor Stürzen gefeit? Doch Shorty hatte keine Zeit, über eventuelle Superman-Eigenschaften nachzusinnen. Schnell rappelte er sich auf und musterte die Umgebung. Verfolgt hatte ihn niemand, das war beruhigend, doch jetzt musste er höllisch aufpassen, dass er in keine Falle tappte. Die Abendsonne, die sich prachtvoll über die Dächer der Stadt hergemacht hatte, blendete ihn, es war unmöglich, jeden Winkel in diesem Verhau aus Kaminen und kleinen Aufbauten zu erkunden. Doch auf den ersten Blick schien sich niemand sonst auf dem Flachdach zu befinden. Ganz in der Ferne, auf der anderen Seite der Straße, konnte er die kunstvoll vergitterten Fenster der Jugendstilhäuser erkennen, auch aus dieser Richtung drohte offensichtlich keine Gefahr in Form von lauernden Scharfschützen und angriffslustigen Einsatzkommandos. Shorty lief los, immer der Sonne entgegen. Zwanzig, dreißig Meter kam er gut voran. Doch als er ein steiles, ziegelgedecktes Dachstück hochklettern wollte, ließ ihn ein Geräusch zusammenfahren. Er blickte nach oben und erschrak. Zwei Hubschrauber zogen ihre Suchschleifen. Hatten sie ihn entdeckt? Auffällig genug war er ja, wie er da herumstolperte, abgerissen, schmutzig, gehandicapt und immer wieder nervös um sich blickend. Der Hubschrauber über ihm kam jetzt verdammt nahe. Schnell warf sich Shorty hinter eine blechbeschlagene Mauerbrüstung und kroch unter den Vorsprung, in dem Stapel von alten, nassen Zeitungen gelagert waren. Bibbernd wartete er ab, bis der Motorenlärm verklungen war. Dann hastete er weiter, immer dem von Jamanke beschriebenen Weg nach, mit einem Funkturm als Orientierungshilfe, der sich weithin sichtbar erhob. Kurz kam ihm Gianfranco Fantini in den Sinn, dessen Abenteuer Simon Jäger so eindrucksvoll und packend gelesen hatte. Jetzt war er selbst in der Lage des sizilianischen Ausbrecherkönigs mit der versilberten Nase. Doch im Gegensatz zu jenem machte er sich fast in die Hosen vor Angst. Schwer atmend lief er weiter, auf die Sonne zu, die jetzt, als hätte sie genug angerichtet, langsam und wütend rot hinter der Silhouette der Stadt versank.

Sein väterlicher Freund Jamanke hatte ihm den Weg genau beschrieben, und er selbst hatte ihn sich in der Zelle bestens eingeprägt. Immer wieder überquerte er Dachabschnitte, die sich die Mieter offensichtlich für den privaten Gebrauch eingerichtet hatten. Kleine Gewürzgärten, Kinderspielplätze und jetzt sogar eine improvisierte Loggia, ein Belvederchen mit Miniplanschbecken und Dusche. Als er näher kam, hörte Shorty laute Musik, die nach Urlaub und Erdbeereis klang. Auf einem altmodischen, stoffbespannten Klappliegestuhl lag eine eingeölte Bikinischönheit, das Sonnenöl war so dick aufgetragen, dass man sich hätte darin spiegeln können. Shorty hielt inne, reckte den Kopf und sah genauer hin. Ja, doch, sie und auch der Liegestuhl warfen deutliche, lange Schatten, die fast bis zu seinen Füßen reichten. So verrückt war die Welt auch wieder nicht geworden. Schnell konnte er ausmachen, aus welcher Richtung die dudelige Musik schepperte. Eine Treppe führte nach unten in die Dachwohnung. Sollte er sich an der Bikiniträgerin vorbei in ihr Zimmer schleichen, um den weiteren Fluchtweg durchs Haus zu nehmen? Sich dabei vielleicht auch noch den Radioapparat ausleihen? Aber da hörte er eine Männerstimme, die aus der Wohnung dröhnte. Die marinadige Schönheit richtete sich auf, Shorty konnte sich gerade noch hinter einem Holzverschlag verbergen. Sie, die jetzt einem fetttropfenden Nackensteak glich, verschwand nach unten, Shorty lief weiter Richtung Funkturm. Jamanke hatte ihm eingeschärft:

»Wenn du auf der anderen Seite der Straßenschlucht ein Haus mit einer gelben, graffitibemalten Wand siehst, dann bist du richtig, Junge. Dann bist du schon fast am Ziel. Du springst jetzt nur noch die Mauer runter, gelangst auf ein Vordach …«

Da stand er nun. Auf der Mauer. Sehr witzig. Drei Meter runterspringen, voll aufs Blech, mit gefesselten Händen, das konnte nicht ohne Verletzungen abgehen. Oder würde der Schutzschild seinen Sturz abfedern? Das wollte er nicht riskieren. Aufmerksam nach unten spähend lief er am Dachrand entlang – über ihm schon wieder ein Hubschrauber, Deckung hinter einem rauchenden Kamin, endlose Sekunden des Wartens, bis die Luft rein war – und weiter an der Dachrinne entlang. Schließlich fand er eine Stelle, an der unter ihm ein Beet mit üppig wuchernden Grünpflanzen zu sehen war. Kurzentschlossen sprang er, hoffend, dass die Erde weich und tief genug war. Sie war. Er landete so gut wie schmerzfrei, stand jetzt bis zu den Knöcheln in dem duftenden, feuchten Morast. Beim Heraussteigen verlor er kurz das Gleichgewicht, kippte vornüber und fiel ins Üppige. Das Bedürfnis, hier ein wenig zu rasten, war übergroß und wuchs ins Unermessliche, wurde fast zu einem unbedingten Muss. Nur kurz die Augen schließen, den süßen Duft der weichen Blätter einatmen …

»Höhö! Was machsn du da?«

Ein Typ mit Latzhose und Wollmütze kam näher, er schwankte wie ein Leichtmatrose auf Landgang. Shorty murmelte eine Entschuldigung, rappelte sich auf und lief weiter. Der Seemann blieb stehen und sah ihm hinterher, nachdenklich die Arme verschränkend. War das nicht gerade der Typ gewesen, den sie dauernd im Fernsehen zeigten? Er zupfte sich am Ohrläppchen. Was war das für ein guter Stoff! Sonst wurde er immer müde davon. Aber jetzt hatte er richtig reale Erscheinungen. Figuren aus dem Fernsehen wuchsen aus seiner Hanfplantage heraus. Er nahm sich vor, von dieser neuen Samensorte mehr zu bestellen.

Moritz Jamanke, der polizeiliche Helfer in der Not, hatte momentan keine Ahnung, wohin genau ihn seine Entführer brachten. Sie hatten seinen Hubschrauber zur Landung gezwungen und ihm, nachdem er ausgestiegen war, sofort die Augen verbunden. Nach zehn Minuten Fußmarsch hatten sie ihm die Augenbinde wieder abgenommen. Die zwei vermummten und schweigsamen Gestalten schritten rechts und links neben ihm. Ihre genagelten Stiefel hallten auf dem Asphalt. Oval zulaufende Schutzhelme, schwarze Gesichtsmasken, schwarze Brustpanzer, metallic schimmernde Lätzchen. Jamanke versuchte, seine Nervosität und Angst in den Griff zu bekommen und sich professionell auf die Umgebung zu konzentrieren. Gerade schubsten sie ihn durch ein ödes, verlassenes Industriegelände mit viel ausgemusterten Schrottkarren und verrosteten Maschinen, zerbeulten Ölfässern und aufgebrochenen Kisten. Einer seiner Begleiter wies zu dem offenen Tor einer Lagerhalle. Sie hatten bisher keinerlei Zwang ausgeübt und ihm lediglich die Dienstwaffe abgenommen. Allerdings hatten sie auch auf keine seiner Fragen geantwortet. Mit knappen, fast lässigen Gesten gaben sie die Richtung vor. Trotz allem Verzicht auf Gewalt handelte es sich natürlich um die handfeste Entführung eines Polizeibeamten. Doch Jamankes Plan war wenigstens insofern aufgegangen, als dass sie ihn offenbar tatsächlich für Shorty hielten und dadurch dem wahren Shorty einen gehörigen Vorsprung verschafften. Aber waren die wirklich so dumm, dauerhaft darauf hereinzufallen? Wie auch immer, Jamankes Plan war es, die unbekannten Entführer so lange wie möglich in diesem Glauben zu lassen. Abgesehen davon schienen sie Profis zu sein, deshalb schwand auch seine Angst. Fürchte dich nicht vor den Profis, fürchte dich vor den Laien und Gelegenheitskidnappern, vor den Verbrechern aus Leidenschaft, vor den Überzeugten, Eingefleischten und Rückhaltlosen. Jamanke war sich sicher, dass die Entführer wussten, was sie taten. Schließlich bugsierten sie ihn in eine Art improvisiertes Verhörzimmer und ließen ihn dort allein. Er wartete. Und wartete. Gut, sehr gut, dachte Jamanke. Jede weitere Minute ist eine Minute für Shorty. Jede Verzögerung katapultierte diesen weiter aus der Stadt heraus. Der arme Teufel! Für das Fälschen von ein paar Disney-Heftchen eine Gefängnisstrafe ohne Bewährung! Jamanke schüttelte den Kopf. Und dann dieses Anfängerpech. Shortys Komplizen hatten ihn über den Tisch gezogen, sie waren schließlich alle abgetaucht, und der Richter glaubte Shorty nicht, dass er nur am Rande mit der Herstellung von Drucken aus den fünfziger Jahren zu tun gehabt hatte. Es wurde viel Bargeld bei Shorty gefunden, über dessen Herkunft er nur unzureichende Angaben machen konnte …

Jamanke unterbrach seine Gedankengänge, denn jetzt knackte es in den Deckenlautsprechern. Eine weibliche Computerstimme begrüßte ihn förmlich und hölzern und entschuldigte sich für entstandene Unannehmlichkeiten. Mit weiteren Floskeln bat sie ihn darum, noch eine Weile zu warten. Jamanke vernahm noch einige Übersteuerungsgeräusche, eine Art Fiepen und Kratzen aus dem Lautsprecher. Dann Stille. Jamanke überlegte. Soviel er wusste, war in den Neunzigern des vorigen Jahrhunderts eine eigene militärische Einheit aufgestellt worden, um extraterrestrische Angriffe abzuwehren. War er in die Fänge dieser Truppe geraten? Oder war er im Gegenteil in die Fänge eines ET-Angriffs geraten? Gehörte Shorty vielleicht sogar zu den Bösen und kooperierte mit ihnen, den Aliens? Oder war es ganz anders und hielten sie Jamanke für einen Alien? In seinem Kopf drehte sich alles. Nach einer weiteren Viertelstunde Wartezeit kam Jamanke der Verdacht, dass sie lediglich sein Gesicht scannen wollten. Oder schon gescannt und vergessen hatten, ihn darüber zu informieren. Er stand auf und rief laut:

»Ich habe heute noch viel zu tun, Kollegen. Wer ihr auch immer seid – würdet ihr mich bitte wieder gehen lassen? Ich bin im Dienst.«

Niemand antwortete. Natürlich nicht. Endlich ging die Tür auf, und herein traten seine zwei Begleiter. Ihre oval zulaufenden Schutzhelme glitzerten im Neonlicht. Sie trugen keine sichtbare Bewaffnung. Einer der beiden stellte ein Tablett auf den Boden, mit einer Flasche Mineralwasser und einem Glas darauf. Also folgte doch noch eine Befragung! Warum nicht gleich so. Jamanke bückte sich, um sich einzuschenken. Dabei warf er einen kurzen Blick zu dem hoch, der das Tablett abgestellt hatte. Ohnmächtiges Entsetzen durchfuhr ihn, seine Knie fingen an zu zittern, der Schweiß trat ihm aus allen Poren. Jamanke, gewiss ein abgehärteter Polizist, der schon manches Verstörende und Schreckliche gesehen hatte, fürchtete, ohnmächtig zu werden. Übelkeit erfasste ihn. Er sprang auf, um von dem Schwarzmaskierten wegzukommen, konnte sich jedoch kaum auf den Beinen halten, so sehr drehte sich alles um ihn. Er musste sich an der Wand abstützen. Ein heiserer, japsender Schrei entfuhr ihm. Und jetzt bekam er einen heftigen Würgreiz.

»Das ist nicht Shorty«, hörte er den einen mit einer kalten computergenerierten Stimme sagen.

»Pass auf, deine Maske ist verrutscht«, sagte der andere.

»Ach, deshalb reagiert der plötzlich so komisch. Das ist aber in diesem Fall egal. Entsorgen wir ihn.«

Eines musste man Jamanke lassen, dachte Shorty. Er hatte ihm den Fluchtweg wirklich exzellent beschrieben. Shorty hatte sich gar nicht die Mühe gemacht, sich nach dem Kiffer am Hanffeld umzusehen, denn der geglückte schmerzfreie Sprung hatte ihm neue Kraft und Mut gegeben. Jetzt kam Shorty zu einer breiten Feuerleiter, die nach unten zur Straße führte und die er, um nicht aufzufallen, betont gemächlich hinunterschritt. Ein kurzer Blick auf die Straße verriet ihm allerdings, dass sich die meisten Bewohner der Stadt in ihre Häuser verkrochen hatten, nur ein paar Fahrzeuge fuhren dahin, einige wenige Fußgänger liefen gehetzt über die Bürgersteige. Keiner achtete auf ihn.

Als er über die Feuerleiter im zweiten Stock angelangt war, konnte er schräg in ein Zimmer sehen, in dem der Fernsehapparat in dröhnender Lautstärke lief. Nur die behausschuhten Beine des Wohnungsbesitzers ragten in Shortys Gesichtskreis. Er blieb stehen, sah sich um, ob ihn auch niemand beobachtete, und lauschte den Nachrichten. Eine diplomierte Astrobiologin spekulierte gerade, dass er, Shorty, ein Abgesandter eines fremden Planeten sei, der die Invasion der Außerirdischen vorbereiten solle. Verschiedene religiöse Gruppierungen glaubten allerdings, dass er ein Prophet war, genauer gesagt: *der* Prophet. Oder auch der Satan, der Leibhaftige, Old Scratch, Gottseibeiuns, der 666er, der Antichrist. Shorty schüttelte sich. Er fühlte sich ganz und gar nicht als Antichrist. Aber die Stimme hatte recht gehabt. Die Welt war binnen eines Tages in Chaos und absurden Aktionismus versunken. Er wollte sich gerade abwenden und die Feuerleiter weiter hinuntersteigen, doch die nächste Nachricht ließ ihn innehalten. In diesem Beitrag war von einem Land die Rede, das die allgemeine Verwirrung ausgenützt hatte, um sein strategisches Atomprogramm zu starten. Ein Militärflugzeug hatten die Regierenden schon in die Luft geschickt, für alle Fälle, wie es hieß, die Besatzung wartete auf weitere Anweisungen.

Shorty riss sich los. Schnell sprang er die restlichen Stufen der Feuerleiter herunter, die zunehmende Dämmerung hüllte ihn ein, er fühlte sich dadurch ein wenig sicherer. Trotzdem durfte er nicht leichtsinnig werden. Unauffällig um sich blickend, überquerte er die fast menschenleere Straße. Jamanke hatte ihm zwei Hausnummern genannt, zwischen denen ein enger Durchgang in die Parallelstraße führte. Sein Ziel war ein unterirdischer Rangierbahnhof, der neben dem der S-Bahn lag. Er erreichte ihn in wenigen Minuten ohne Zwischenfälle. Dann nahm er den unscheinbaren Seiteneinstieg, der ihn ungehindert in die Tiefe führte. In dem trüben, vorindustriellen Licht lag der Rangierbahnhof. Shorty hatte so etwas noch nie gesehen, die Menge der leeren Wägen, die von Geisterhand gesteuert wurden, war imposant. Er konnte keinen einzigen Triebwagenführer ausmachen. Funktionierte das wirklich alles automatisch? Er hatte keinen Plan, in welche Richtung und wie weit er wegfahren sollte. Jamanke hatte ihm den Weg hierher beschrieben, den Rest, raus aus der Stadt, musste er selbst erledigen. Er entschied sich für einen Zug mit vier Wägen, bei dem das Schild ›Betriebsfahrt, nicht einsteigen‹ aufgeklappt war.

Shorty näherte sich der Tür, sie schob sich automatisch auf, er bestieg den Wagen ungehindert. Im Inneren waren keine Bänke oder andere Sitzgelegenheiten zu sehen. Stattdessen türmten sich Sandsäcke, die vermutlich zu einem Ort transportiert wurden, der besonders schützenswert war. Die Säcke waren übermannshoch gestapelt, dadurch gab es viele Nischen und Ecken, in denen er sich verbergen konnte, wenn wirklich jemand kam. Doch es kam niemand. Er hörte von draußen vereinzelt Rufe und Anweisungen von rauen Bahnarbeiterstimmen, er hörte die Durchsagen mit Eisenbahnerkauderwelsch. Vorsicht! Am Kreisbogenende: sofortige Ausschaltung der automatisierten Hilfseinschaltung einer Wegübergangssicherungsanlage ohne eigentliche Taste durch Besetzen des Fahrzeugsensors vor dem Wegübergang. Bremshundertstel … Der Sprecher erinnerte Shorty entfernt an Simon Jäger, er hörte genauer zu: nein, keine Nachricht an ihn, kein ruu'nscher Translationator. Shorty entspannte sich. Das war wirklich ein guter Plan von Jamanke gewesen, ihn hierher zu lotsen. Auf diese Weise würde er schon mal raus aus der Stadt kommen. Nach kurzer Zeit fuhren die vier Waggons an, ruckelten eine Weile in langsamem Tempo, kamen in Fahrt, legten sich schließlich in die Kurve, wobei Shorty an eine Halteschlaufe griff, um nicht umgerissen zu werden. Er fasste die Schlaufe fester, der Waggon fuhr aus der Kurve. Er blickte versonnen auf die nächtliche Landschaft, die draußen vorbeiraste. Nachdenklich betrachtete Shorty seine blutig geschürfte Hand.

18

Wenn man schon untergeht,
dann sollte man wenigstens
unten weitergehen.

KARL VALENTIN

Im Spiegelsaal des Möglichen Kaiserchens führte eine prächtig ausgeschmückte Wendeltreppe von der Besuchergalerie in den Fest- und Konferenzsaal. Eine Wendeltreppe zu beschreiben ist bekanntlich gar nicht so einfach, anschaulicher ist es, sie gestisch vorzuführen. Lass also, o eiweißbasierter Erdling, einen Finger um einen gedachten Mittelpunkt kreisen, lass den Finger dann, ohne das stetige Kreisen zu unterbrechen, gleichmäßig in die Höhe wandern. Das, o schwabbelige Krönung der Säugetierkette, ist eine Wendeltreppe, wie du sie im altgewohnten dreidimensionalen Raum kennst. Und jetzt lass den Finger, ohne die beiden eben genannten Bewegungen zu unterbrechen, zusätzlich eine weitere Drehbewegung machen, denk nicht drüber nach, mach es einfach. Wenn du fragst: Wohin jetzt drehen? In welche Richtung?, hast du schon verloren. Nachdenken bringt hier nichts. Nachdenken bringt in der Mathematik nie etwas. Nur Mut: Im Traum hast du die Bewegung instinktiv schon tausendmal vollführt, in Augenblicken des höchsten Glücks oder des tiefsten Schmerzes. In extremen Situationen ahnst du die nächste, die vierte Dimension und verlässt für kurze Zeit den engen gewohnten Raum.

Auf solch einer vierdimensionalen Wendeltreppe stieg also der Botschafter eines sehr weit entfernten Volkes herab und ergriff das Wort. Es ist fast überflüssig zu erwähnen, dass er nicht wirklich herabstieg und nicht wirklich im Spiegelsaal des Kaiserchens anwesend war, es handelte sich selbstverständlich um ein Hologramm des Botschafters, aufwendig translationiert, mit viel Liebe verkörperlicht, farbecht und hochwertig verpixelt, so dass sich auch tatsächlich alle Spezies ein Bild von ihm machen konnten. Bei den regelmäßig stattfindenden Kongressen lief so gut wie alles über Konferenzschaltungen.

»Wohlan«, begann der Botschafter. »Meine Meinung ist schnell dargetan. Ich würde den abtrünnigen Translationator gerne teeren und federn.«

»Lauter! Lauter!«, riefen einige Teilnehmer in der hintersten Reihe.

»Teeren und federn!«, schrie der Botschafter zurück. »Teeren und federn! Verstanden? Nichts gegen seine famosen Übersetzungsleistungen. Ich kenne ihn gut und habe ihn selbst schon einmal engagiert, wegen eines Rechtsstreits mit einer anderen Spezies. Und da hat er mir – Potz Fibonacci & Mandelbrot! – wirklich gute Dienste geleistet. Aber bei der Reparatur heute Nachmittag hat er total versagt. Die Konsequenzen sind katastrophal. Er muss eliminiert werden.«

»Lauter!«

»ER MUSS ELIMINIERT WERDEN! Und mit ihm die ganze Nudel- und Hackfleischwelt, an der er scheinbar einen Narren gefressen hat.«

Der Protokollchef schwenkte eine große, gusseiserne Schiffsglocke.

»Herr Botschafter, wir wollen uns doch bemühen, solche abwertenden Ausdrücke zu vermeiden«, sagte er streng. »Wir ziehen den Begriff Welt der Menschenartigen vor –«

Ein anderer Kongressteilnehmer fuhr dazwischen.

»Aber solch gute Translationatoren sind rar«, rief er. »Übersetzen kann man im Endeffekt nicht lernen, so etwas muss man – fast hätte ich gesagt – im Blut haben. Und seine Qualifikationen in dieser Richtung sind unbestritten.«

»Das stellt niemand in Abrede!«, fuhr ihm der Botschafter über den Mund. »Aber wir können es uns nicht leisten, ihn weiter frei in der Eiweißwelt herumpfuschen zu lassen. Um sein heißgeliebtes Menschenvolk zu retten, reißt er andere Spezies mit in den Abgrund. Beim großen Bernoulli und allen Mitgliedern seiner weitverzweigten Schweizer Familie – es gibt doch schließlich so etwas wie ein Gleichgewicht unter den Spezies, auch wenn das viele nicht wahrhaben wollen. Das Universum ist ein hochempfindliches Mobile und keine Rumpelkammer.«

Auf den Rängen rumorte es. Funken sprühten. Energiepunkte flackerten auf und ab. Es wurde das Für und Wider diskutiert. Schließlich bat der Vertreter einer neuen Lebensform, die lediglich Beobachterstatus hatte, ums Wort. Als seine Gestalt auf dem Bildschirm erschien, brandete Gelächter auf. Man stieß sich an und zeigte auf den jungen Hüpfer. Es gab ungehörige Zwischenrufe.

»Ein Volk, das es erst seit fünfzehn Jahren gibt, das ist wohl ein Witz!«

»Da können wir ebenso gut die Erfrischungsgetränke auf den Tischen zu intelligenten Spezies erheben.«

Noch mehr Gelächter im ganzen Saal. Ordnungsrufe. Androhung von Ausschluss aus der Konferenz. Strafzahlungen in die Cartesianische Wohltätigkeitskasse.

»Bekomme ich jetzt das Wort oder nicht?«, rief der Anlass des Gelächters ungeduldig.

Alle betrachteten ihn genauer. Er hatte das Aussehen eines flachen Quaders oder Hexaeders, sein Volk bezeichnete sich selbst als das Volk der Handys. Der Wortführer, ein chromblitzendes Modell der Serie Galax21/Meg6,8, verneigte sich glitzernd. Sein Auftritt hatte etwas von einem Werbe-Clip. Viel Musik, viel Farbe, viel Zukunft.

»Wir haben eine Dolmetscher-App entwickelt, die fähig ist, jede beliebige Sprache jeder beliebigen Spezies in eine andere zu übersetzen. In kurzer Zeit werden keine unzuverlässigen Translationatoren mehr nötig sein. Stuft diesen Minderleister ins Nichts zurück und lasst uns das machen. Sollen wir unsere Demonstration starten?«

Zustimmendes, gespanntes Gemurmel. Eine Stimme aus dem Dunklen rief:

»Dann übersetz mal das Wort ›schweinchenrosa‹ ins – sagen wir mal – Gravanische!«

Die schon erwähnten Gravaner kannten kein Schweinchenrosa. Sie hatten nur ihre Schwerkraft, sonst nichts. Den agilen Flachziegel namens Galax21/Meg6,8 focht das nicht an. Frisch begann er:

»Schweinchenrosa? Eine leichte Kippdrehung im Uhrzeigersinn, hin zu einem wesentlich schwereren Objekt, das sich mit steigender Geschwindigkeit wegbewegt, dazu ein Anstieg der Lagrange-Skala um 15 % – das in etwa ist schweinchenrosa.«

»Potztausend!«, riefen einige Zuschauer auf den Rängen.

»Und jetzt den ersten Satz von Prousts ›Auf der Suche nach der verlorenen Zeit‹ auf Gravanisch«, rief die Stimme aus dem Dunklen, mutig geworden durch die heitere Atmosphäre, die sich im Spiegelsaal ausbreitete.

»Da bin ich aber jetzt gespannt«, sagte der Gravaner, dessen Hologramm aussah wie ein von allen Seiten angebissener Pflaumenkuchen.

Galax21/Meg6,8 bat um ein paar Sekunden Rechenzeit. Dann bot er eine Übersetzung der berühmten Proust'schen Zeilen *Lange Zeit bin ich früh schlafen gegangen …* an, die sich gewaschen hatte. Alle im Spiegelsaal klatschten Beifall.

»Und ich Idiot habe mich noch mühsam durch die französische Originalausgabe von 1913 gequält!«, ärgerte sich der Vertreter der Gravaner.

Das Mögliche Kaiserchen neigte sich vor. Das genügte, um alle zum Schweigen zu bringen. Seine Torus-Gestalt veränderte sich. Das bedeutete höchste Konzentration. Der Vollständigkeit halber soll hier eingefügt werden, dass es nicht dasselbe Kaiserchen war, dem Shorty gegenübergestanden hatte, es handelte sich im Hohen Rat der Vereinigten Bekannten Universen schließlich um ein rotierendes System, in dieser Gesellschaftsform konnte jemand heute Hausmeister und morgen Mögliches Kaiserchen sein, ohne sich etwas darauf einzubilden. So viel sei jedoch versichert: Das jetzige Kaiserchen füllte das Amt mit derselben Inbrunst aus wie sein Vorgänger. Und einer, der nicht dem Volk der Ruu'n angehörte, hätte ohnehin keinen Unterschied bemerkt. Der Protokollchef klatschte in die virtuellen Hände und verbeugte sich vor ihm.

»Seine unvergleichliche und inkommensurable Apfel- und Birnigkeit ist zu einer Entscheidung gekommen!«, kündigte er an.

»Ich bin einverstanden mit einem befristeten Probelauf der Übersetzungs-App«, sagte das Mögliche Kaiserchen. »Wenn sie funktioniert, werden Translationatoren zwar in Zukunft arbeitslos, aber mit dem aktuellen Individuum haben wir in der Tat reichlich Ärger. Solche Patzer dürfen wir uns künftig nicht mehr erlauben.« Das Kaiserchen wandte sich an Galax21/Meg6,8. »Was verlangt ihr als Gegenleistung?«

»Die baldige Aufnahme in den Hohen Rat der Vereinigten Bekannten Universen.«

Hohngelächter allüberall.

»Ihr seid eine zu junge Spezies. Fünfzehn Jahre! Was habt ihr bisher geleistet?«

Galax21/Meg6,8 antwortete in stolzem Ton:

»Wir haben uns in die Eiweißwelt eingeklinkt –«

»Ihr seid also nichts als Schmarotzer!«, rief der Botschafter.

»Au contraire: Wir haben sie uns urbar gemacht. Bald beherrschen wir sie vollständig. Und sie werden überflüssig und in Zoos zu bewundern sein. Man stelle sich vor: innerhalb von so kurzer Zeit! Das spricht doch für uns.«

»Ihr seid keine eigenständige, lebensfähige Rasse.«

»Das sind die Viren auch nicht. Und doch sitzen sie dort hinten auf den Sperrsitzen und belauern rechtschaffene Bürger der Vereinigten Bekannten Universen!«

Protestrufe, Schiffsglockengeläute.

»Wir werden bald unabhängig von unseren Wirtstieren leben können. Und wir sind schon dabei, in weitere, unbekannte Welten vorzudringen.«

Die Intelligenz eines Volkes wurde normalerweise danach bemessen, wie viele andere Fremdvölker es erstens entdeckt und zweitens grundlegend analysiert und verstanden hatte. Fast überflüssig zu bemerken, dass die menschliche Spezies nicht gerade ganz vorn auf dieser Liste stand: null entdeckte fremde Rassen, demzufolge natürlich auch null verstandene Rassen. Nicht einmal sich selbst hatte sie auch nur im Ansatz erforscht.

»Ich glaube, dass diese Welt nicht mehr zu retten ist. Wir müssen sie aufgeben«, sagte das Mögliche Kaiserchen.

»Gute Idee«, fügte der Botschafter hinzu. »Wenn sich Eure Stetige Eminenz erinnern: Bei den Eynigen haben wir das weiland auch so gemacht.«

Die Eynigen (die in keinem Lexikon mehr stehen, weil sie vollständig ausgelöscht worden sind) waren ein Volk von großem Energieverbrauch, hervorgerufen durch ständige Kriege, die auf benachbarte Welten überschwappten. Es erfolgte nun eine Abstimmung. Die Liste der Mitglieder der Vereinigten Bekannten Universen (VBU) umfasste momentan 193 Spezies. 95 stimmten dafür, 97 dagegen, die Eiweißlinge weiterhin zu unterstützen. Das Ergebnis war denkbar knapp ausgefallen, aber manchmal hängt eben der Untergang an einer oder zwei Stimmen. Eine Spezies enthielt sich. Das waren die Kraken. Sie hießen so, weil man sie lange Zeit für intelligente Wesen gehalten hatte. Später stellte sich heraus, dass das Wasser, in dem sie schwammen (eher eine trübe, milchige Suppe) das intelligente Wesen war. Was die Kraken selbst für eine Funktion hatten, wusste niemand. Sie waren einfach nur da. Die Kraken enthielten sich also bei der Abstimmung. Aber vielleicht hatten sie das Problem auch nicht verstanden.

Später traf man sich noch in der Bar, in der einige Spreizer eine komplizierte Abart von Schach spielten: Universalschach. Spreizer konnten ihre Körper drehen, strecken, spiegeln wie normale geometrische Körper, darüber hinaus schafften sie es, ein (nichteuklidisches) Loch in den Raum zu reißen, das man allerdings nicht sah. Die Ränder pappten nach einer solchen Spreizung aufeinander, trotzdem war Raum vorhanden. Ihre Spezies stand im Verdacht, mit dem Riss am Himmel zu tun zu haben.

»Eine weise Entscheidung des Kaiserchens«, sagte ein Spreizer zum anderen. »Aber ich glaube, wir müssen dazu nicht viel beitragen. Die Eiweißlinge zerstören sich über kurz oder lang von selbst.«

19

Man muss sich beeilen, wenn man noch etwas sehen will. Alles verschwindet.

PAUL CÉZANNE

Boah! Was für eine Wohltat! Freie Hände! Shorty konnte es kaum fassen. Er knetete sie in der Luft, massierte die steifen Gelenke, schüttelte die Finger aus, konnte sich allerdings nicht mehr erinnern, wann und wo sich die Handschellen verabschiedet und in Wohlgefallen aufgelöst hatten. Vorsichtig blickte er sich im Abteil um, doch konnte er seine Fesseln nirgends entdecken. Sie mussten sich draußen auf dem Bahnsteig gelöst haben, kurz bevor er eingestiegen war.

Im Polizeirevier, nur ein paar Haltestellen von Shorty entfernt, schüttelte die Strumpfsockige den Kopf. Warum ihr die Idee nicht gleich gekommen war! Sie hatte den Security-Typen vom Objektschutz angerufen und mächtig Druck gemacht. Zunächst hatte er ihr den Entsperrungscode nicht verraten. Da könnte ja jeder kommen.

»Seien Sie doch froh, dass er gefesselt ist!«, hatte er gesagt. »Da kann man ihn leichter aufspüren und unschädlich machen.«

Sie versuchte es mit einer Finte:

»Nein, der ist nicht mehr auf der Flucht, den haben wir doch schon gefasst. Und jetzt brauchen wir den Code, sonst haben wir eine Klage wegen Körperverletzung am Hals. Und Sie vielleicht auch!«

Schließlich hatte er nachgegeben und war mit dem Sesam-öffne-Dich herausgerückt. Schnell hatte sie den Entsperrungscode in ihren Computer eingegeben. Security contra Polizei, eine uralte Geschichte. Wahrscheinlich schon seit der Steinzeit, als Gonno, der die Höhle zu bewachen hatte, im Streit mit Gunnu lag, der dafür sorgen sollte, dass niemand dem anderen den Schädel einschlug. Meistens obsiegte die Security. Aber an diesem denkwürdigen Tag hatte die Polizei das Match gewonnen.

Shorty selbst hielt sich momentan lässig an der Halteschlaufe fest, selig lächelnd über die unerwartete Wohltat. Wenn das alles vorbei war, würde er sich bei der Strumpfsockigen mit einem riesigen Blumenstrauß bedanken. Er war jetzt drei Stationen gefahren, immer hoffend, dass niemand einstieg. Es war zwar wahrscheinlich ein reiner Materialtransport, trotzdem wurde ihm von Station zu Station mulmiger. Er wollte auf keinen Fall riskieren, entdeckt zu werden, wenn die Sandsäcke ausgeladen wurden. Bei der nächsten Station hielt er es nicht mehr aus. Der Bahnsteig war menschenleer. Soweit er sehen konnte, gab es hier keine Überwachungskameras. Es musste ein reiner Transporthalt sein. Schnell stieg er aus, rannte eine dunkle Treppe hinunter, durchquerte die Unterführung, hetzte wieder hinauf und lenkte seine Schritte Richtung Parkplatz. Ein kurzer Blick auf die linke Hand zeigte lediglich ein mattes Blinken. Aus dem einfahrenden Waggon heraus hatte er schon die Motorräder und Mopeds gesehen, manche am Boden liegend, achtlos hingeworfen oder umgefallen, die wenigsten sauber geparkt. Jetzt kam er an der Bahnhofskneipe vorbei, aus der brachiale

Wumm-unzn-fumm-Musik dröhnte. Vorsichtig lugte er durchs Fenster, die Versammlung von bedruckten schwarzen T-Shirts, Seeräuberkopftüchern und Oberarmtattoos deutete auf eine Rockerkneipe hin. Am Fenstertisch saß ein hagerer junger Mann, der in die Runde blickte und einen nach dem anderen musterte, die meisten ließen sich diese Blickmensur gefallen. Gleich neben ihm eine zusammengesunkene Gestalt, lauernd, wie auf dem Sprung, im Hintergrund eine skeptisch dreinblickende Frau und die Gestalt gegenüber: dürftig, gelb, unverschämt, fiebernd. Shorty wandte den Blick schnell ab. Er starrte nachdenklich in die Nacht. Das Ensemble der tätowierten Biker am Tisch hatte ihn auf irgendeine Weise an die Gruppe der Mitreisenden im S-Bahn-Abteil heute früh erinnert. Eine hochmütige Leitfigur, zu der alle aufsahen, eine eher zusammengesunkene, lauernde Heroine. Und war es im Büro Lix nicht ähnlich gewesen? Gab es da ein Muster?

Vielleicht sah er auch bloß Hirngespinste. Erlkönigs Töchter am düstern Ort. Die Dunkelheit hatte sich vollständig über das Land gezogen, nur eine dürre Mondsichel steckte zitternd und lautlos wimmernd in den Wolken. Shorty blieb am Rand des Parkplatzes stehen und vergewisserte sich, dass er menschenleer war. Er konnte natürlich nicht erwarten, dass an einem der Öfen ein Schlüssel im Zündschloss steckte und nur darauf wartete, von ihm betätigt zu werden. Er wusste auch nicht, wie man ein Motorrad per Kurzschluss zündete. Und ob das heutzutage mit dem ganzen mechatronischen Zeug überhaupt noch möglich war. Shorty streifte durch die Reihen der Maschinen und sah sich ein paar der Prachtstücke genauer an. Schließlich ging er vor einer liegenden, kraftstrotzenden Honda in die Hocke und legte die Hand auf die Motorhaube. Sie fühlte sich noch warm an. Mit einer Honda raus aus der Stadt, das wär's. Niemand würde ihn auf so einem Gefährt vermuten. Doch wie sollte er das anstellen? Shorty legte die linke Hand flach auf das Zündschloss, drehte sie schnell herum und drückte den Startknopf. Nichts geschah. Jetzt kam er sich reichlich lächerlich vor. Vielleicht genügt einfaches Drehen auch nicht. Er kannte sich ein klein bisschen aus mit Motoren, er hatte als Jugendlicher einem alten, halbblinden Autoschrauber in der Werkstatt ausgeholfen, bis er genügend Geld für ein Aquarium zusammengekratzt hatte. Das Aquarium und die dazu nötigen anderen vielen Ferienjobs waren sozusagen die Grundlage und der Anstoß für seine spätere ausschweifende Jobhopperei gewesen. Also, wie war das noch mal mit dem Motor? Beim Herunterfahren saugt der Zylinderkolben ein Gemisch aus Luft und Benzin an – beim Hochfahren verdichtet er es – im dritten Takt lässt der Funke der Zündkerze das Gemisch explodieren … Shorty versuchte, die Kolbenbewegung mit der linken Hand nachzuahmen, er ließ sie dabei konvulsivisch und ungeschickt auf dem warmen Motorradgehäuse herumzucken, wie ein Schauspieler, der jemanden imitieren will, aber nicht so recht weiß, wie. Der Motor machte keinerlei Anstalten anzuspringen. Er zog die Hand zurück und kam sich jetzt sehr, sehr lächerlich vor. Als Weltenretter und Witzfigur zugleich. Shorty erhob sich. So erschöpft er auch war, es blieb ihm nichts anderes übrig, als zu Fuß weiterzugehen. Ihm graute vor den drei, vielleicht auch vier Stunden, die er bis zum Bootshaus brauchte, immer Gefahr laufend, erkannt und angegriffen zu werden.

Was für ein Mist, dass er Blunas Telefonnummer nicht kannte! Zu ihr hatte er vollstes Vertrauen, doch er kannte weder ihre Adresse noch ihren Nachnamen. War es sinnvoll, Kontakt zu Jamanke aufzunehmen, indem er im Polizeirevier anrief? Dazu müsste er sich allerdings ein Handy besorgen. Instinktiv fuhr er in die Tasche. Nein, das Handy der strumpfsockigen IT-Spezialistin hatte er nicht eingesteckt. Wie auch. Also eins klauen.

Am anderen Ende der Stadt türmten sich die Müllberge in den Nachthimmel. Das Erste, was Moritz Jamanke sah, als er die Augen wieder aufschlug, waren Unmengen von schmutzigen Plastik- und Abfalltüten, auf denen er lag. Er blinzelte verständnislos, versuchte, sich zu orientieren. Ja, er befand sich tatsächlich auf einem unübersehbar riesigen, richtig ekligen Abladeplatz für Unrat aus jedem Lebensbereich. Auf einer übelriechenden Müllkippe! Als Jamanke sich aufrichtete, rutschte er ein paar Meter nach unten. Wie war er hierhergekommen? Seine Kleidung war total verdreckt. Schnell griff er nach seinem Holster und nach seiner Marke. Beides war noch da. Was war los gewesen? Er verspürte leichtes Kopfweh, war jedoch sonst wohlauf. Mühsam kämpfte er sich den Müllberg hinunter, versuchte, sich den Schmutz abzuklopfen. Es war eine laue Sommernacht, aus dem Wachhäuschen der Müllkippe hörte man jemanden sprechen. Die Nachrichten liefen, die Baracke war unbesetzt. Er sah sich um, niemand sonst war in der Nähe. Dann starrte er auf die Breaking-News-Textzeilen des Fernsehprogramms, das gerade lief. Was? Unruhen auf der ganzen Welt? Ein schreckliches Ereignis? Ein nicht zu erklärender Vorfall? Katastrophenalarm? Schnell entschlossen betrat er das Häuschen. Jamanke erschauderte. Immer wieder wurde von einem blitzenden Riss am Himmel berichtet. Wann soll das gewesen sein – heute? Heute Nachmittag? Er konnte sich an nichts erinnern. Das musste alles an ihm vorbeigegangen sein. Und wer war dieser Mann, dessen undeutliches Foto dauernd gezeigt wurde und über dessen Verbleib man nichts wusste? Dunkel erinnerte sich Jamanke an eine Geschichte vor zwanzig Jahren. Er hatte diesen Typen eingesperrt und seitdem nichts mehr von ihm gehört. Plötzlich spürte er eine Hand am Kragen, jemand hatte ihn mit roher Gewalt gepackt und hochgerissen.

»Da ist ja das Bürschchen!«

Jamanke wandte sich um. Eine hässliche, versoffene Visage blickte ihn an. Es roch nach billigem Branntwein. Der Griff zum Holster war nicht mehr möglich. Ein anderer Mann packte ebenfalls zu, nahm ihn in den Schwitzkasten.

»Das ist doch dieser Shorty, dem wir die ganze Misere zu verdanken haben.«

Der Schnapsgeruch verstärkte sich. Ein dritter Mann. Kam auf ihn zu. Holte gewaltig aus. Jamanke trug im Gegensatz zu Shorty keinen Schutzschild. Ein paar Schläge konnte er noch mit fernöstlicher Kampfkunst und Polizeiroutine abwehren, dann versank er zum zweiten Mal im Nichts.

Shorty verließ den Parkplatz, warf noch einen letzten Blick auf die liegende, schlafende, träumende, aber nutzlose Honda, dann ging er los. Ziellos schlug er den erstbesten Weg ein, eine lindengesäumte Allee. Wenn er in diese Richtung weitermarschierte, dann würde er zu seiner Wohnung kommen. Doch diese Idee verwarf er gleich wieder. Wenn sie ihn systematisch suchten, dann warteten sie dort sicher schon längst auf ihn. Arme, verschrumpelte, kleine, aber einzigartige Altbauwohnung. Würde er sie je wiedersehen?* An einem Bushäuschen blieb er nochmals stehen, öffnete seine linke Hand und betrachtete sie eingehend. Er bewegte die Finger. Nichts. Er ballte die Faust und öffnete sie wieder. Nichts. Shorty, was machst du? Guckst du, wenn du Auto fährst, auch aufs Lenkrad? Starrst du, wenn du eine TV-Serie verfolgst, eine Stunde auf die Fernbedienung? Wenn du deinen Blick erhoben hättest, dann hättest du die Reihen der Linden gesehen, die sich für dich langsam geteilt hätten, um da und dort Augenpaare aufblitzen zu lassen. Du hättest feines Gelächter gehört und lockende Rufe … Shorty schloss die Faust und machte sich wieder auf den Weg. Die Hand war ihm momentan wirklich keine große Hilfe.

Aber er musste doch wenigstens irgendeinen Nutzen aus seinen unzähligen Arbeitsstellen ziehen können! Er ging seine letzten Jobs durch, stellte jedoch fest, dass er keinen Arbeitgeber gut genug kannte, um ihm voll und ganz vertrauen zu können. Bei wem hatte er hier in der Gegend

* Nein.

gearbeitet? Da war die adelige Dame, eine hochwohlgeborene Gräfin von Soundso, der er ein paarmal aus der Bibel vorgelesen hatte. Sie hatte ihn gut bezahlt, die Texte aber immer laut mitgesprochen, manchmal leicht hinterher, manchmal weit voraus. Sollte er zu ihr gehen? Shorty war sich allerdings nicht sicher, ob es nicht inzwischen eine polizeilich erstellte Liste mit seinen bisherigen Arbeitsstellen gab. Deshalb nahm er sich die Mitglieder der Geselligen Runde vor. Als Erstes fiel ihm der alte Knut Polz ein, der nur manchmal zu den Treffen kam, wenn es seine vielen Gebrechen zuließen. Und Selma Öksüz, die türkische Taxifahrerin, die für viel Spaß in der Clique sorgte. Bei der letzten Silvesterfeier hatte sie ihnen allen Bauchtanz beigebracht, auch dem Wissenschaftsjournalisten Klaus Tietze, der die Relativitätstheorie so schön erklären konnte. Oder wie sah es mit Katharina aus, einer Geschäftsfrau, die ihn einmal zum Pastaessen eingeladen hatte?

Shorty war jetzt in einer Tordurchfahrt stehen geblieben. Abermals warf er einen Blick auf seine Hand, die aufgeflackert war. Es war ein Schema, einem pulsierenden Herzen ähnlich, oder einem kleinen umtriebigen Nagetier in einer engen Höhle, das Nüsse hereinschaffte. Er bewegte die Hand nach allen Richtungen und in unterschiedlichen Geschwindigkeiten, wie ein Künstler eines Schattentheaters, der herrliche Figuren an die Wand zaubern konnte, dessen Finger und Fäuste jedoch plump und unbeseelt erschienen. Shorty schloss sie enttäuscht.

T-Dog war sein Kampfname, er war der Präsident des Bikerclubs Comancheros MC. Ein Bikerclub ist ein unruhiger Haufen von Menschen, die breit grinsen, wenn es knattert, bollert oder röhrt. Heute wollte T-Dog mal früher nach Hause. Er hieb all seinen Kumpels auf die Schulter, verabschiedete sich und ging raus auf den Parkplatz. Rüber zu seiner Honda. Schon von weitem bemerkte er, dass etwas nicht in Ordnung war. Ein leises, aber hochtouriges Motorengeräusch, das aus der Richtung kam, wo er seine Maschine abgelegt hatte. Er machte das, weil die Stützen verrostet waren. Verdammt, jemand klaute sie ihm gerade! Als er hingerannt war, konnte er niemanden entdecken, und seine Honda lag immer noch auf dem Boden. Aber sie lief! Es kam ihm vor, als würde sie jetzt vom vierten in den fünften Gang schalten. Wie konnte das sein? T-Dog war verwirrt. Sehr verwirrt. Und dabei hatte er heute gar nichts getrunken.

Shorty fasste den Entschluss, die Frenkens aufzusuchen, die gar nicht so weit von hier entfernt wohnten. Ilse und Horst Frenken. Er kannte das kleine Häuschen, die Gesellige Runde hatte sich da öfter getroffen. Nach einer halben Stunde Fußmarsch stand er vor ihrem Gartentor. Er sah kein Licht im Haus. Vorsichtig umrundete er das Gebäude, bemerkte sofort, dass die hintere Terrassentür nicht geschlossen war. Langsam öffnete er sie. Er rief ihre Namen. Und rief lauter. Niemand antwortete. Er betrat das Haus und arbeitete sich von Zimmer zu Zimmer vor. Keiner da? Geflohen? Wenn er seine linke Hand mehrmals öffnete und schloss und damit in eine bestimmte Richtung deutete, funktionierte sie tatsächlich als kleiner Spot, wie bei einem Handy. Immerhin. Dann plötzlich ein Geräusch. Im Schrank, zwischen der Wäsche, fand er das bibbernde und orientierungslose Ehepaar. Sie erwiderten seinen Gruß nicht. Schlimmer: Sie schienen ihn nicht zu erkennen. Irre glitzernde Augen. Und ein kindisches Gemurmel. Sie waren stummgeschaltet. Vier alte Achtundsechzigeraugen starrten ihn an, sahen durch ihn hindurch. Das Telefon klingelte.

»Nicht rangehen«, flüsterte ihm Horst Frenken flehentlich zu. »Das sind die vier apokalyptischen Reiter. Sie haben schon mal angerufen. Aber wir gehen einfach nicht ran.«

Es hatte keinen Sinn zu fragen, ob er das Auto haben könnte. Er nahm sich den Schlüssel vom Bord und marschierte in die Garage. Dort stand ein riesiges, altersschwaches Wohnmobil, auf dem ein ›Kanzler-Strauß?-Nein-Danke!‹-Aufkleber prangte.

Das hatte er nicht erwartet. Er kletterte hinein und bediente sich zunächst einmal aus dem prall gefüllten Kühlschrank. Dosenravioli. Knäckebrot. Corned Beef. Gierig verschlang er einen rohen Veggieburger.

»Ich bring euch die Karre wieder zurück!«, hatte Shorty gesagt, als er aus der Tür getreten war.

»Und aus dem Meer wird ein Tier mit zehn Hörnern und sieben Köpfen steigen –«, hatte ihm Frenken mit schreckgeweiteten Augen nachgerufen und mit den Unterarmen ein abwehrendes Kreuz gebildet.

Vielleicht lag es ja daran, dass Shorty seine Hand gedankenverloren zum Gruß erhoben hatte und Frenken das pulsierende Leuchten in seiner Handinnenfläche als eines der dreizehn Zeichen des Leibhaftigen erkannt hatte.

Shorty fuhr aus der Garage und verließ das Grundstück. Vielleicht war dieses Ungetüm gerade durch seine Auffälligkeit besonders geeignet für eine Flucht. Das Fischerhäuschen als Unterschlupf war ihm heute Morgen als Erstes eingefallen, gleich nachdem Bluna ihm den pfirsichfarbenen Pulli geliehen hatte. Da wollte er jetzt hin. Es gab kein Navi in Frenkens alter Kiste, aber er wusste den Weg auch so. Als er das Radio einschalten wollte, stellte er fest, dass lediglich ein Kassettenrekorder angeschlossen war, mit einer Kassette drin …

Bye bye love
Bye bye happiness
Hello loneliness
I think I'ma gonna cry …

Shorty lächelte grimmig. Das passte ja prächtig zur derzeitigen Situation. Er schaltete wieder aus. Er wollte sich jetzt ganz auf die nächsten Schritte konzentrieren. Wenig später hatte er die Stadt verlassen. Er entschloss sich dazu, nicht ganz zum Seehaus zu fahren, sondern den Rest der Strecke zu Fuß zu gehen. Also hielt er in einer Parkbucht, nahm ein paar Sachen aus dem Wohnmobil. Konservendosen, Bücher, Landkarten, einen Rucksack, ein paar Werkzeuge. Dann fuhr er die alte Rußschleuder, die sicherlich schon in Goa und Istanbul gewesen war, zum Ufer und ließ sie in den See rollen. Mit ihr versanken die 60er und 70er endgültig. Bye, bye, summer of love, du süßer, scharfer, rockender, rollender Traum von einer erfüllten Gegenwart und einer verheißungsvollen Zukunft – das war es dann wohl. Die alte Wandergitarre von Horst Frenken ging mit unter, das signierte Che-Guevara-Poster, eine Packung kubanischer Zigarren, das Liederheftchen ›Student für Europa‹, mit den Griffen für ›Blowin’ in the Wind‹ und ›Guantanamera‹, alles bäumte sich nochmals kurz auf, ächzte und blubberte, versank schließlich spurlos. Shorty wandte sich ab und ging zu Fuß weiter. Nach einer weiteren halben Stunde konnte er das Seehaus sehen.

Den Schatten hinter ihm bemerkte er nicht. Aber nicht, weil er unaufmerksam war. Kein Mensch hätte diesen Schatten bemerkt.

Außer vielleicht der Knabe, den der Vater sicher im Arm hielt.

20

Fürchte dich nicht vor der Krise. Fürchte dich vor dem Kriseninterventionsdienst.

ALTE KONFLIKTMANAGER-WEISHEIT

Wenn Shorty gewusst hätte, wer ihm alles ans Leder wollte, dann hätte er sich unverzüglich in das nächste Mauseloch verkrochen. Mehrere Kräfte, strahlende genauso wie zwielichtige, hochoffizielle wie klandestine, waren aus den unterschiedlichsten strahlenden, zwielichtigen, hochoffiziellen und klandestinen Gründen hinter ihm her, und sein Glück war nur die große Anzahl der Verfolger. Viele Hunde sind zwar bekanntlich des Hasen Tod, aber allzu viele Hunde steigen sich gegenseitig auf die Füße und sind so des Hasen Hoffnung.

Vor ein paar Stunden war es im Lauf der verhängnisvollen Pressekonferenz auf dem Gelände des Polizeigebäudes zu einem imposanten Aufmarsch hochspezialisierter Kräfte gekommen. Doch Shorty war bei seiner Flucht nicht etwa gefangen und neutralisiert worden, sondern glücklich entkommen. Eine geheimnisvolle Macht hatte ihre schützende Hand über ihn gelegt. Die unfreiwillig schützende Hand trug den Namen ausgefeiltes Projekt- und Einsatzmanagement. Denn das für diese Fälle gebildete SEK-Team der Polizei war zwar binnen Minuten aufgetaucht, kam aber schon auf dem Parkplatz dem konkurrierenden Einsatztrupp der Bundespolizei in die Quere, dessen Chef auf Kompetenzabgleich bestand. Das hatte gedauert. Die

Beobachtungsdrohnen über dem Gebäude (in die Luft geschickt vom MAD, dessen Spione ausländische paramilitärische Kräfte bemerkt hatten), wurden von den aufmerksamen Scharfschützen einer Europol-Sondereinheit abgefangen, die auf den gegenüberliegenden Dächern postiert waren. Die Rauchgranaten im Konferenzraum stammten wiederum von einem außereuropäischen, verdeckt arbeitenden Geheimdienst, der schließlich gestoppt wurde durch ein paar wackere Revierpolizisten kurz vor der Pension, die nicht einsehen wollten, dass sich in ihrem alten, gemütlichen Kiez Hinz und Kunz tummelten. Als zwei martialisch aussehende Unbekannte mit oval zulaufenden Schutzhelmen, schwarzen Gesichtsmasken, schwarzen Brustpanzern und metallic schimmernden Lätzchen Einlass begehrten, wurden die Scharfschützen von den Dächern abgezogen und auf die Straße verlegt. Diese Scharfschützen wurden später orientierungslos aufgefunden, sie konnten sich partout nicht erinnern, was die letzten drei Tage geschehen war. Vom SEK-Team angefangen über den Einsatztrupp der Bundespolizei, den MAD, die Europol-Scharfschützen, den ausländischen Geheimdienst, den internen Gebäudeschutz des Polizeireviers bis hin zu den zwei schwarz maskierten Gestalten – wenn sich nur einer der sieben Verbände allein um Shorty gekümmert hätte, dann wäre der nicht über die ersten Schritte hinausgekommen. Zwei hätten sich lediglich behindert, aber sieben hatten sich gegenseitig atomisiert.

Auch außerhalb des Polizeireviers zeigte das Himmelsleck immer fatalere Auswirkungen. Die von der Spezies Eiweiß, Fett & Kohlenstoff in langen Jahrtausenden mühselig geknüpften Fäden der Kultur, Achtsamkeit und Rücksichtnahme verwirrten sich und rissen an einem einzigen Nachmittag. Ein Kratzer, eine Delle, eine global gesehen unbedeutende Trübung am Himmel hatte dazu geführt, dass kaum jemand mehr den Nerv hatte, seiner gewöhnlichen Arbeit nachzugehen. Krankenhäuser, Wasserwerke und Kraftwerke arbeiteten auf Notbetrieb, gerade noch so viel, um den Laden nicht ganz zusammenbrechen zu lassen. Lieferketten bröckelten, die Supermärkte waren binnen weniger Stunden leergekauft, die Lager geplündert. Die ängstlichen Bürger, die noch nicht geflüchtet waren, verkrochen sich in ihren Wohnungen und froren ihre verbliebenen Henkersmahlzeiten in der Tiefkühltruhe ein. Im Fernsehen liefen nur noch Schreckensmeldungen und alte Filme mit Louis de Funès und Danny DeVito. Das Chaos breitete sich nicht nur in der Gegend aus, in der der Riss beobachtet worden war, sondern kroch rund um den Erdball. Je zivilisierter und pulsierender die Gegend und die Stadt vorher gewesen waren, desto größer war die Fallhöhe in den reißenden Strudel der Anarchie. Die Welt ähnelte immer mehr einem Dick-&-Doof-Sketch: Mit einer harmlosen Kopfnuss war es losgegangen, es endete mit einem demolierten Haus. Und der Film, diese Rutschpartie ins Nichts, war noch lange nicht zu Ende.

Natürlich wollte kein Jugendlicher mehr in der Schule etwas über die dritte Ableitung einer Exponentialfunktion oder über die Sinnhaftigkeit eines Trakl-Gedichts wissen, das war klar. Aber auch das Gegenteil von Jugend, die Polizei, wankte. Alle Polizeien dieser Welt gaben es schon bald auf, sich gegen Randalierer und Plünderer zu stemmen. Wer wollte noch für Ordnung sorgen, wenn jemand ein Loch in den Himmel geschlagen hatte? Wozu noch arbeiten, kümmern, lindern, schöpfen, gründen, hegen, wenn die bisherige Lebensarbeit rein gar nichts dazu beigetragen hatte, diese Katastrophe zu verhindern?

Es gab nur eine einzige Gruppe von Kreaturen, die diese Entwicklung der Selbstzerstörung *(»total reset«)* ausdrücklich begrüßte. Das waren die Vertreter des jungen Volks der Flachziegel. Sie hatten ihre Wirte, die Schwabbler, schon weitgehend ausgesaugt und die Flasche namens Mensch bis zur Neige geleert. Die Handys waren nicht unglücklich über die Misere ihrer Wirte, die ihnen ohnehin kaum mehr nützliche Infos liefern konnten. Und so trieben sie die Katastrophe noch voran, nicht etwa durch rohe Gewalt, sondern durch massenweise versandte Bilder, Videoclips, Audiodateien und Memes vom spektakulären Riss, mit bunten und schrillen Zusatzinformationen und Fehlinformationen und Zusatzfehlinformationen. Die Flachziegel hatten einiges von der Bildzeitung gelernt.

»Wir brauchen keine Bots zu generieren, das erledigen die Schwabbler schon selbst«, sagte Galax21/Meg6,8 zufrieden.

In dieser Abwärtsbewegung entstand beim Volk der Menschen naturgemäß der Wunsch nach einem Anführer, einem Moses, Gralsritter oder sonstigen Helden. Einige dachten daran, dass Shorty nicht der Verursacher der Katastrophe war, sondern der Retter davor. Vielleicht auch beides: Auspeitscher und Wundarzt in Personalunion.

So gab es inzwischen schon eine Menge falscher Shortys, Nachahmer und Trittbrettfahrer.

Erste kriegerische Konflikte drohten loszubrechen. Einige Staaten übergaben die Leitung der inneren Sicherheit dem Militär. Und ein einzelnes Land hatte sich tatsächlich schon komplett aus der Gemeinschaft der zivilisierten Nationen verabschiedet und in einen Schurkenstaat verwandelt. Das Militär hatte vollständig die Kontrolle übernommen, Flieger waren bereits in der Luft. Genauer gesagt: einer. Der Jagdbomber war losgeschickt worden, um über ausgesuchten europäischen Hauptstädten zu kreisen. Der Schurkenstaat trug keinen Namen wie Ubutu oder Tschutschukistan, es war ein Staat, der links und rechts und oben und unten an andere zivilisierte Länder grenzte, das war das Erstaunliche daran. Der Pilot flog momentan dicht besiedeltes Gebiet an, in sicherem Abstand verfolgten ihn Abfangjäger mehrerer Nationen. Er hatte hochexplosives, machtvolles, böses Material an Bord seines Flugzeugs. Es abzuschießen war genauso katastrophal wie es zu seinem Ziel fliegen zu lassen. Der Pilot hieß McTroy und war genau der Richtige, um Mitteleuropa auszulöschen.

Kurzum: Die Welt stand vor dem Untergang, vor dem Rückfall ins Pleistozän. Ein Retter wäre jetzt dringend von Nöten gewesen. Einer, der wenigstens diesen Piloten zurückpfiff. Doch Shorty musste erst einmal sich selbst in Sicherheit bringen.

21

Wenn die Welt untergeht, dann wackelt die Fernsehzeitung auf dem Tisch und aus der Kuckucksuhr an der Wand fährt mein Herz heraus und schreit so laut, dass es alle hören können: »Ober, zahlen!«

HERBERT ACHTERNBUSCH

Lautlos durchschnitt das schartige Messer der Mondsichel die Butterwolken. Shorty hatte den Lärm der Stadt endgültig hinter sich gelassen. Auch mental hatte er sich bei dem nächtlichen Fußmarsch ein wenig sammeln können. Doch als er in Sichtweite des Bootshauses kam, blieb er abrupt stehen. Ihn fröstelte. Wusste wirklich niemand von seiner abgelegenen Auszeithütte? Bluna gegenüber hatte er etwas in dieser Richtung angedeutet. Aber wo genau sich das Versteck am See befand, konnte sie nicht wissen. Vielleicht war er aber auch gerade dabei, direkt in die Falle zu laufen.

Der Rechtsanwalt, der ihm die Hütte überlassen hatte, wusste natürlich, dass sich Shorty ab und zu hier aufhielt. Der Scheidungsspezialist spielte die Rolle des wunderlichen Kauzes in der Geselligen Runde. Abgesehen von seiner Begeisterung für zerstrittene Ehepaare und der Leidenschaft für den Marathonlauf besaß er eine umfangreiche Sammlung von Miniaturen, die aus Hunderten, vielleicht sogar Tausenden von Einzelstücken bestand, sauber aufgereiht in Regalen, die vom Boden bis zur Decke reichten. Die imposante Sammlung schien auf Vollständigkeit angelegt, bei näherer Betrachtung war es nichts als Nippes und Kokolores. Keines der Stücke war größer als eine Streichholzschachtel, und Shortys Job hatte neben den Gartenarbeiten und Kurierfahrten darin bestanden, die Preziosen zweimal im Jahr sorgfältig abzustauben, eine nach der anderen: eine kupferne Buddhastatue, ein Porzellan-Eiffelturm, eine zerquetschte altrömische Münze, ein ungeschliffener Quarzstein, ein Würfel mit arabischen Schriftzeichen, eine Puppentasse mit der Aufschrift ›Heidi‹, ein gut erhaltener Mäuseschädel, ein Plastiktroll aus einem Fantasy-Rollenspiel, ein zusammengeknülltes Schokoladenpapier, eine abgeschossene Kugel eines französischen Infanteristen in der Schlacht bei Waterloo … Jedes Stück hatte eine Geschichte, die der alte Zausel gern erzählte: geschenkt bekommen, aus dem Urlaub mitgebracht, auf der Straße gefunden, auf dem Flohmarkt gekauft, geklaut, geerbt, im Wald fast draufgetreten …

Shorty war nun am Bootshaus angelangt. Er tastete nach dem Schlüssel, der wie üblich in der Dachrinne lag. Lächelnd stellte er sich vor, wie er das wohl mit Handschellen angestellt hätte. Als er ins Innere der kleinen Hütte trat, fühlte er sich trotz ihrer Beengtheit eigentümlich geborgen. Er wusste, dass das Quatsch war, total widersprüchlich, selbstbetrügerisch, denn es gab kaum etwas Angreifbareres als diese aus groben Planken zusammengenagelte Bude. Fahler Schein fiel von außen durch die Bretterritzen in den Raum und zeichnete irre Strichmännchen auf den Boden. Shorty tastete nach dem Lichtschalter, doch die nackte Glühbirne schwieg eisern. Er hoffte, dass es kein dauerhafter Stromausfall war. Kurzentschlossen entzündete er ein paar mit rotem Plastik umhüllte Grabkerzen, die er unter Zuhilfenahme seiner ordentlich leuchtenden linken Handinnenfläche in einer Schachtel fand. Die brennenden Kerzen verwandelten den Raum in eine nervös zuckende Flimmerkiste. Vielleicht war es ja auch ganz gut, kein weithin sichtbares Licht anzuzünden.

Als er den Wasserhahn öffnete, um einen Schluck zu trinken, sprotzte nur ein unregelmäßiger Strahl heraus. Misstrauisch roch er daran – und drehte den Hahn angewidert zu. Er öffnete die Tür zum Bootssteg und trat hinaus auf die Veranda. Dann bückte er sich tief hinunter und schöpfte mit der hohlen Hand Wasser aus dem See. Es schmeckte moosig und nächtlich. Die zwei Boote am Steg schaukelten auf den sanften Wellen und gaben leise Schmatzgeräusche von sich. Unter anderen Umständen wäre es die perfekte Idylle gewesen. Am gegenüberliegenden Ufer wiegten sich einige matt erleuchtete Segel- und Motorboote, über dem Hafen erhoben sich sanfte Hügelketten, die sich an den blauschwarzen Nachthimmel schmiegten. Nur ein einziger Fetzen war noch von der Sonne beschienen: das schmale Sichelchen von Mond, das sich hinter einem Stück flockiger Himmelsbutter zu verbergen versuchte. Der See lag fast unbewegt da, nur eine leichte Dünung rollte zum Bootshaus hin, zwischen dem Gegurgel gab es immer wieder Momente von absoluter Stille. Kein Vogelschrei, kein fernes Tuckern eines Motorboots, kein Gelächter von ausgelassenen Strandspaziergängern, keine einsame späte Ente, nichts. Shorty blickte auf die glitzernde Oberfläche des Sees. Ein Raucher hätte sich jetzt eine Zigarette angezündet. Aber Shorty war Nichtraucher. Seufzend drehte er sich um. Das Ende der Welt war kein dauerhaftes Versteck. Und dieser See lag auch nicht am Ende der Welt. Rund ums Ufer ankerten schicke Segelboote und Motorbrummer. Er musste unbedingt eine Möglichkeit finden, Kontakt zur Stimme aufzunehmen.

In der Hütte drückte er abermals den Lichtschalter, doch es schien sich um einen längeren Stromausfall zu handeln. Der kleine Radioapparat, auf den er so große Hoffnungen gesetzt hatte, war also unbrauchbar, man konnte ihn nicht auf Batteriebetrieb umschalten. Er kramte in der Werkzeugkiste, tatsächlich war da eine Rolle Kupferdraht zu finden. Er wickelte ihn mehrmals um eine leere Küchenrolle und fixierte ihn mit Klebeband. Langsam kam er ins Bastelfieber. Ein Ende des Drahtes verband er mit dem Wasserhahn, das war die Erdung des improvisierten Radios. Am anderen Ende befestigte er einen weiteren Draht, den er quer über den Tisch legte und der die Funktion der Antenne übernehmen sollte. Wenn er sich recht erinnerte, war es damals so in der legendären Kinderzeitschrift Yps beschrieben worden (von der er die Erstausgabe aus dem Jahr 1975 gefälscht hatte). Jetzt brauchte er bloß noch eine Lautsprecherbox und eine Diode. Diese beiden Teile baute er in mühsamer Kleinarbeit aus dem Radio aus und schloss sie ebenfalls an die Rolle an. Gespannt legte er sein Ohr an die Lautsprechermembran – und hörte tatsächlich leises Fiepen und Kratzen. Und ein paar undeutliche Stimmen. Das klang nach Amateurfunkern. Es funktionierte jedenfalls.

»Ich habe Licht in der Hütte gesehen. Wollte nur sichergehen, dass es kein Einbrecher ist, Herr Shorty.«

Der Nachbar stand in der Tür. Er lebte in einem Bootshaus ein paar hundert Meter weiter, dort schlief er tagsüber, um die ganze Nacht fischen zu können. Shorty wusste, dass er weder Radio noch Fernseher besaß, von einem Handy oder Tablet ganz zu schweigen, er hatte von den Ereignissen vermutlich noch gar nichts mitbekommen. Der Nachbar trug eine wasserglänzende Anglerhose, die ihm bis zur Brust reichte. Ob Shorty denn Lust hätte, saftige Forellen zu essen? Später vielleicht. Ruhig heute Nacht. Ja, schön ruhig, die Nacht. Genau das passende Wetter zum Angeln. Ja, genau das passende Wetter. O.k., dann muss ich mal wieder. Ja, dann Petri Heil. Petri Dank. Der Nachbar geriet in den Fleischwolf der Nacht.

Shorty wandte sich wieder dem improvisierten Radioapparat zu, der sich auf dem Tisch wie die provokante Installation eines Biennale-Künstlers ausnahm. (*Küchenrolle mit Drähten*, 2022, 50 000 €) Hatte er vorhin nicht etwas wie *rschric ich hort* aus dem Lautsprecher gehört? Nein, wahrscheinlich interpretierte er da etwas hinein. Das Gerät funktionierte nicht richtig. Er musste ein Bauteil vergessen haben. Warum hatte er bloß Frenkens Radio nicht aus dessen Wohnung mitgenommen! Auch im See waren jetzt einige nützliche Hilfsmittel versenkt. Aber beim Weltuntergang war es wie im Urlaub. Irgendetwas vergisst man immer einzupacken.

Shorty zuckte zusammen. Undefinierbare Geräusche quollen plötzlich aus der ausgebauten Membran. … *rschric ich hort …* Tatsächlich, er hatte sich nicht verhört! Dann wieder so etwas wie Buzz, Squeak und Rattle, aber fast unhörbar leise. Der Lautsprecher war wahrscheinlich zu schwach, um etwas Sinnvolles zu übertragen. *rschric ich hort …* Doch dann, deutlich und laut:

»Erschrick nicht, Shorty. Wir haben jetzt Kontakt. Eins, zwei, eins zwei – hörst du mich? anns du ic öre?«

Er antwortete nicht sofort, weil es nicht die gewohnte Simon-Jäger-Stimme war, die er erwartet hatte. Es war eine tiefe, volltönende Frauenstimme, die ihm äußerst bekannt vorkam.

»anns du ic öre?«

Das durfte doch nicht wahr sein! Das klang ja wie …

Der Nachbar stapfte nach Hause. Komisch war das schon. Eine Einladung zu einer frisch gefangenen Forelle hatte Mister Shorty doch noch nie abgeschlagen. Der hatte irgendetwas vor, der heckte etwas aus. Die sonderbare Anordnung auf dem Tisch, an der er herumgebastelt hatte, kam ihm auch höchst verdächtig vor. Eine ausgebaute Diode, Kupferdrähte, ein zerlegter Radioapparat. Er tippte auf einen Zünder für einen Sprengkörper. Aber wie ein Terrorist sah dieses Weichei gar nicht aus. Na ja, ging ihn nichts an. Als er nach Hause gekommen war, nahm er seine Harpune von der Wand und lud sie. Nur sicherheitshalber.

»Hörst du mich?«

Shorty hatte sich so verkrampft über die Lautsprechermembran gebeugt, dass er gar nicht registriert hatte, dass die Stimme nicht von dort kam.

»Dreh dich um, Shorty, hier bin ich!«, tönte es hinter seinem Rücken.

Da war jemand im Zimmer. Die dreizehn unregelmäßig flackernden Grabkerzen mit ihren blutroten Dracula-Mäntelchen taten ihr Möglichstes, um die Situation noch unheimlicher erscheinen zu lassen.

Langsam folgte er dem Befehl. Und da stand sie. Mitten im Raum. In voller Lebensgröße.

Seine Mutter.

Ein paar furchtbare Augenblicke lang herrschte absolute Leere in Shortys Kopf. Regungslos blickte er auf die Frau in Jeans und weißer Bluse. Sie war mittelgroß, sportlich-drahtig, Anfang fünfzig. Ihre Haare waren pechschwarz gefärbt, ihre nackten Unterarme sonnengebräunt. Der beige, sorgfältig aufgetragene Nagellack stand im deutlichen Gegensatz zu den zerstochenen Handgelenken, die von der Lieblingsbeschäftigung seiner Mutter, der Gartenarbeit, herrührten. Rosenbeete waren stets ihr ganzer Stolz gewesen. Shorty war immer noch sprachlos. Denn ihre Gesten stimmten, ihre Sprache, auch der ihm so wohlbekannte ironische Gesichtsausdruck fehlte nicht. Sogar ihre pfefferkuchenfarbenen Augen, die von freundlich-mütterlich auf Beißzange umschalten konnten. Es war wirklich perfekt gemacht. Wieder war Shorty nahe dran, hinzulaufen und seine Mutter zu umarmen.

»Was ist? Hat es dir die Sprache verschlagen? Oder erkennst du mich nicht mehr?«

»Doch, ja«, stotterte Shorty. »Ich habe nur nicht … mit

dir … gerechnet. Ich dachte, du kommst als Stimme. Als Simon Jäger.«

»Die Verbindung auf den Audio-Kanälen ist zu schlecht und zu unsicher«, sagte seine Mutter und warf den Kopf leicht in den Nacken.

Dann wies sie auf die Bastelei am Tisch.

»Und bei deinem Yps-Radio hast du die Antenne falsch angeschlossen. So kann es natürlich nicht funktionieren.«

Shorty konnte sich ein Lächeln nicht verkneifen. Bei seiner Mutter stimmte wirklich alles, bis ins letzte Detail. Auch ihre Rechthaberei.

»Also habe ich es mal auf diese Weise versucht«, fuhr sie fort.

»Aber was ist, wenn der Nachbar nochmals zurückkommt? Kann er dich dann sehen?«

Sie schüttelte den Kopf.

»Er sieht nur eine irritierende Lufttrübung, einen ›Nebelstreif‹, wenn du so willst. Ich bin exklusiv für dich sichtbar, Shorty.«

»Ich dachte, du kannst dich nicht materialisieren!«

Seine Mutter schnalzte mit der Zunge und setzte ihren gefürchteten ungeduldig belehrenden Gesichtsausdruck auf.

»Es ist ja nur eine – wie soll ich sagen – Holographie. Der Energieaufwand dafür war allerdings enorm. Wieder einmal. Wir beide werden uns dafür verantworten müssen.«

»Wir beide?«

»Ja, du steckst doch mit drin, mein Lieber, so leid es mir tut. Ich musste für diese Aktion Materie in Energie verwandeln, die dadurch unwiederbringlich verloren ist.«

»Wie viel Materie?«

»Es ist in etwa die Landmasse von Sylt. Wenn das so weitergeht, muss auch noch Bielefeld dran glauben.«

Shorty setzte sich auf einen der Holzstühle.

»Ich muss mich erst an deinen Anblick gewöhnen, weißt du. Die eigene Mutter! Auferstanden von den Toten.«

Die Stimme, die sich jetzt in Shortys Mutter verwandelt hatte, gluckste. Sie zog ironisch die Augenbrauen hoch, ein Mundwinkel flankierte die kesse Mimik. Frühe Kindheitserinnerungen stiegen in ihm auf. So hatte sie ihn immer angesehen, wenn sie an Shortys Auffassungsgabe gezweifelt hatte. Und das war mindestens zwanzigmal am Tag vorgekommen.

»Meine Erscheinung soll dich auf keinen Fall verunsichern. Ich weiß nur aus vielen Liedern und Geschichten, dass die Mutter für einen Eiweißler das Aller-Aller-Vertrauteste ist.«

»Glaub mir, manchmal gibt es für einen Eiweißler nichts Fremderes als die eigene Mutter!«

Optimal war auch diese Verbindung nicht. Die kunstvoll gebildete Mutter drohte immer wieder unter ihrer eigenen Perfektion zusammenzubrechen. Dabei bildeten sich kleine Klötzchen und Schlieren. Wenn man davon absah, war die Illusion gelungen.

»Wie machst du das, dass alles bis ins Kleinste stimmt?«, fragte Shorty, der sich immer noch nicht ganz gefangen hatte. »Deine Gesten, deine nervigen Macken. Hast du die Daten meiner Familie gesammelt? Oder bist du in der Zeit zurückgereist?«

»Das mit den Zeitreisen kannst du dir aus dem Kopf schlagen.«

»Entschuldige, aber – es ist verstörend. Und irgendwie geschmacklos.«

»Was du siehst, ist lediglich die Vorderseite deiner Mutter. Ich habe nur das Nötigste aufgebaut, alles andere wäre energetisch auch gar nicht möglich. In diesem Fall würden Sylt und Bielefeld zusammengenommen nicht mehr ausreichen. Da müsste ich ganz andere Ressourcen anzapfen … Wenn du ein Theaterstück oder einen Film siehst, akzeptierst du ja auch, dass du nur das Nötigste siehst. Und das ist überhaupt nicht verstörend.« Mit einem Lächeln fügte sie hinzu: »Und auch nicht geschmacklos.« Sie beugte sich zu Shorty. »Versuch einmal, mich zu berühren. Na, sei kein Feigling, mach schon! Komm, geh her, leg deine Hand auf meine Schulter. Zunächst mal deine rechte. Du wirst doch keine Scheu davor haben, deiner Mutter die Hand auf die Schulter zu legen.«

Shorty zögerte. Dann gab er sich einen Ruck. Das Erschreckende war, dass er keinerlei Widerstand verspürte. Es war so ein Gefühl, wie er es bei der Simulation der grauen Steine im Freizeitpark gehabt hatte. Die Schulter war glibberig, sie fühlte sich schwarzweiß an. Er sank mit der Hand in eine Mechanik, die er nicht verstand. Er griff in Zahlen und Figuren.

»Und jetzt versuch es mit der linken Hand.«

Er tat, wie ihm geheißen, es war schon immer zwecklos gewesen, seiner Mutter zu widersprechen, wenn sie solch einen auffordernden Ton anschlug. Sonderbarerweise tauchte seine linke Hand nicht in das Hologramm ein. Mit ihr konnte er die Schulter der Mutter richtiggehend berühren, er spürte Widerstand, ganz normalen Widerstand, den man wahrnimmt, wenn ein Fleischlich-Sterblicher einen anderen anfasst. Es war die perfekte Illusion. Allerdings um den Preis der Existenz von Sylt. Und vielleicht dem einen oder anderen Vorort von Bielefeld.

»Wir müssen reden«, sagte die Mutter in bestimmtem Ton und setzte sich ebenfalls auf einen der Hocker. »Wir brauchen einen Plan, wie wir weiter verfahren.«

»Das denke ich auch«, erwiderte Shorty.

»Und ich habe auch schon einen Pla…ch…ch…wei…«

Es gab wieder einige Funkstörungen, das Bild der Mutter verflüssigte sich kurz, wurde aber sofort wieder fest.

»Zunächst aber gratuliere ich dir zu den gut entwickelten Fähigkeiten deiner linken Hand, dem Konfirmationsgeschenk des Kaiserchens.« Zweifelnd fügte sie hinzu: »Wobei ich mir nicht ganz sicher bin, ob ›Konfirmation‹ die treffende Übersetzung ist. Aber du hast die Hand inzwischen gut im Griff.«

»Das habe ich eben nicht«, erwiderte Shorty trotzig. Die Sohn-Mutter-Rollenverteilung lief wie geschmiert. »Ich kann mit vielen Funktionen überhaupt nichts anfangen.«

»Kannst du doch! Du weißt es bloß noch nicht. Du begreifst immer mehr das Wesen der Dinge –«

Der Nachbar stand wieder in der Tür. Das hatte Shorty fast befürchtet. Er hielt ihm einen Packen Zeitungspapier entgegen, in den etwas eingewickelt war. Der unverkennbare Geruch von Fisch breitete sich in der Stube aus, und seine Mutter rümpfte die Nase. Shorty wusste, dass sie Fisch hasste.

»Eben erst gefangen«, sagte der Nachbar. »Und schon

ausgenommen. In Butter gebraten schmeckt er am besten.«

Shorty nickte dankend. Der Nachbar legte den Fisch auf den Tisch. Shorty entging nicht, dass er seine Bastelei neugierig und misstrauisch musterte.

»Das ist ein Radio«, sagte Shorty, um seinen Spekulationen zuvorzukommen. »Als Junge habe ich es noch gekonnt. Ich wollte es mal wieder probieren.«

»So, so«, sagte der Nachbar, tippte sich an die Mütze und verschwand.

Der Fischer hatte die Mutter, die die ganze Zeit eine Armlänge neben ihm gesessen hatte, tatsächlich nicht bemerkt.

»Ich fühle mich in dieser Hütte nicht so recht sicher«, seufzte Shorty. »Es war vielleicht ein Fehler hierherzukommen.«

»Shorty, solange ich hier bin, kann dir nichts geschehen, du bist nicht angreifbar, von keiner Seite.«

»Das verstehe ich nicht. Wie kann mich ein Hologramm vor physischer Gewalt schützen? Bist du nun hier oder nicht?«

»Beides«, sagte Shortys Mutter. »Ich versuche mal, dir das zu erklären.«

Shorty blickte seiner Mutter fest in ihr spottlustiges und besserwisserisches Gesicht. Er glaubte beinahe schon selbst daran, dass er seine leibliche Mutter vor sich hatte. So schnell ging das.

»Du kennst doch das Gefühl, dass noch jemand im Raum ist, obwohl du niemanden siehst und hörst und es überdies völlig ausgeschlossen ist, dass sich jemand anderer außer dir im Zimmer befindet.«

Seine Mutter setzte jetzt ein überlegenes Lächeln auf. Ihre pfefferkuchenfarbenen Augen changierten ins Tiefschwarze. In solchen Momenten hatte Shorty seine Mutter immer gehasst. Gut, dass sie diesen Ton auch wieder schnell wechseln konnte. In diesen Augenblicken wiederum hatte er sie geliebt.

»Du bist doch auch sicher schon einmal heimgekommen, hast deine Wohnung aufgeschlossen und sofort das Gefühl gehabt, dass da jemand war.«

»Mehr als einmal habe ich das erlebt«, sagte Shorty.

»Das ist wie mit dem Grinsen der Katze, das auch ohne die Katze auskommt.«

»Du meinst ›Alice im Wunderland‹?«

»Ja. Ein Buch, das ich übrigens sehr gerne gelesen habe. Da steckt viel Wahres drin. Und wie sagt Alice zur Katze?«

Die Mutter schaltete auf die Stimme von Simon Jäger und begann Märchenerzähler-like zu deklamieren:

> ›Es wäre mir sehr lieb, wenn du nicht immer so schnell erscheinen und verschwinden wolltest: du machst einen ganz schwindlig.‹
>
> ›Schon gut,‹ sagte die Katze, und diesmal verschwand sie ganz langsam, wobei sie mit der Schwanzspitze anfing und mit dem Grinsen aufhörte, das noch einige Zeit sichtbar blieb, nachdem das Übrige verschwunden war.

Shorty glaubte langsam zu verstehen, was es mit den Klötzchen auf sich hatte. Sie zeigten etwas, das dem Grinsen der Katze ähnelte. Es war der Entwurf von etwas, was erst nach und sichtbar wurde. Gedankenverloren starrte er auf seine linke Hand. Sie blinkte leicht.

»Die Hand hilft dir dabei, hinter die bloße Erscheinung der Dinge zu schauen«, sagte die Mutter, jetzt wieder mit ihrer tiefen Mutterstimme. »Ohne den lästigen Missklang aus Fleisch und Muskeln.«

»Du hast leicht reden«, sagte Shorty kleinlaut. »Ich bestehe nun einmal aus Fleisch und Muskeln. Und sorry: Ich muss damit leben.«

»Das mussten wir früher auch, Shorty. Aber wir haben unsere stoffliche Erscheinung abgelegt. Aufgegeben. Abgestreift. Schon längst. Vor Millionen von Jahren.«

»Ihr wart ebenfalls – eiweißbasiert?«, fragte er erstaunt.

»Ich sag dir mal was: Auch wir, die Ruu'n, sind vor langer Zeit als Fleischklumpen auf der Erde herumgekrochen. Eher geflogen – aber das ist eine andere Geschichte. Wir denken aber nicht gerne daran zurück. Jedenfalls haben wir es dank unserer Wissenschaft geschafft, uns zu entkörperlichen. Das Ziel allen Fortschritts und aller Wissenschaften ist Entkörperlichung. Sehen, Hören, Riechen, Tasten, Schmecken, das alles war uns viel zu grob. Wir haben sozusagen die Katze aufgegeben und nur ihr Grinsen behalten. Und ich sage dir noch eins: Es grinst sich leichter und schöner und grinsiger in der Vorstellung.«

»Ich grinse lieber wirklich und nicht nur in der Theorie.«

»Gut, dann stell dir mal einen ruu'nschen Napoleon vor. Er hätte die Schlacht bei Waterloo im Kopf ausgerechnet, hätte den verhängnisvollen Matschgraben, den Hohlweg von Ohain, zwar auch übersehen, aber es wäre ein bloßer Rechenfehler gewesen und es hätte nicht fünfzigtausend Tote in der Realität gegeben.«

Seine Mutter kam in Fahrt. Es war zum Verzweifeln.

»Es gibt hundertdreiundneunzig bekannte Spezies im Universum«, fuhr sie fort. »Einige habe ich dir schon genannt. Zum Beispiel die Konföderation der Tjuttschew-Völker, die S'lackurbs, Smirgs und Pseudoephedriner, die Dispersiven, Abderiten …«

»Ja, ich weiß«, unterbrach Shorty unwirsch.

»Nichts weißt du.«

Die Mutter sprang auf und lief einige Schritte im Zimmer herum. Sie schien nach Worten zu suchen.

»Wir haben herausgefunden«, fuhr sie fort, »dass die meisten der Spezies ihre materielle, dingliche Erscheinung überwunden haben. Je intelligenter, desto weniger Materie. Ich erzähl es dir häppchenweise, damit du keinen Herzkracher davon bekommst.«

»Man sagt nicht Herzkracher.«

»Du willst mich verbessern?«

Die Mutter wollte gerade ansetzen zu einer weiteren Belehrung, da öffnete sich die Tür des Bootshauses abermals. Der Wind, der draußen aufgekommen war, schlug sie hin und her, die Kerzen auf dem Tisch flackerten heftig. Doch diesmal war es nicht der Nachbar, wie Shorty erwartet hatte. Ein Blondschopf mit einem kleinen Stich ins Gelbliche schob sich vorsichtig herein, dann folgte eine junge Frau Mitte dreißig. Ihre Kleidung changierte in sämtlichen Grüntönen. Bluna lächelte Shorty zu und verneigte sich mädchenhaft.

»Hi«, sagte sie erfreut. »Endlich habe ich dich gefunden. Darf ich eintreten? Oh, was ist denn das für eine schöne Bastelei! Ein Radioapparat!«

Bluna beugte sich über die drahtumwickelte Küchenrolle. Auch sie schien das Hologramm seiner Mutter nicht zu bemerken. Zunächst nicht. Dann aber drehte sie sich um und erstarrte. Bluna ballte eine Faust, hob sie über den Kopf und schleuderte etwas in Richtung Mutter. Die Bewegung war von einer insektenhaften Schnelligkeit. Doch in die Bewegung hinein zerriss der Knall einer gewaltigen Explosion die Stille der Hütte. Shorty bekam zunächst gar nicht mit, wo sie herkam. Er hatte bloß geistesgegenwärtig und von einem vagen Instinkt getrieben, seine linke Faust um das imaginäre Küken geschlossen. Erst jetzt begriff er, dass die Mutter die Explosion verursacht hatte, aus ihrer erhobenen Hand schoss ein feuriger, böse züngelnder Strahl. Der Feuerstrahl erfasste die zweite Bauzeichnerin der Firma Lix & Partner und schmetterte sie gegen die Wand, deren Planken nachgaben. Bluna taumelte mit einem Ausdruck des Schreckens rückwärts durch den entstandenen Spalt hindurch und stürzte ins Wasser. Panisch lief Shorty hinaus. Dort unten lag sie im Wasser, mit starren Augen und gebrochenem Genick. Blut lief aus ihrem Mund. Shorty fuhr zornig herum.

»Was hast du gemacht?!«, schrie er seine Mutter an. »Bluna ist tot!«

Die Mutter ließ die Hand, aus der der furchtbare Strahl gekommen war, sinken.

»Sie ist nicht tot«, sagte sie mit ruhiger Stimme. »Und es ist auch nicht Bluna.«

DRITTES BUCH

Erstaunliche Vielfalt

22

Finished, it's finished, nearly finished,
it must be nearly finished.

SAMUEL BECKETT, ENDSPIEL

Unmäßiges Entsetzen, glibberiges Grauen, sprachloser Schrecken – solch eine Ballung von überschäumenden und widersprüchlichen Empfindungen ist für einen einzelnen Menschen kaum zu ertragen, schon gar nicht für einen Luftikus wie Shorty, der ja bisher nicht gerade durch heroische Gelassenheit aufgefallen ist. Shortys Angstschauer waren so mächtig, dass sie gleichsam über ihn hinauswuchsen und Wellen schlugen. Die psychischen Erschütterungen Shortys waren noch weit entfernt deutlich spürbar.

Die adelige Dame, eine hochwohlgeborene Gräfin von Soundso mit furchtbar schlechten Augen, fuhr urplötzlich aus dem Schlaf hoch. Shorty, dieser altrömisch aussehende junge Mann mit der cäsarischen Körperhaltung und der widerspenstigen Stirnlocke, die ihm ständig ins Gesicht fiel, hatte so wunderbar gelesen! Meist aus der Bibel, am liebsten aus der schaurig-schönen Offenbarung des Johannes. *Und ich sah ein Tier, das einem Panther glich, seine Füße waren wie die Tatzen eines Bären und sein Maul wie das Maul eines Löwen …* Herrlich! Kaum zu glauben, dass er all das verbrochen hatte, was im Fernsehen von ihm behauptet wurde. Die Gräfin tupfte sich die Stirn ab und versuchte weiterzuschlafen. Umsonst. Shorty ging ihr nicht mehr aus dem Sinn …

Auch Bluna, die echte, fleischliche Eiweißbluna, ihres Zeichens Bauzeichnerin der Firma Lix & Partner, spürte die Ausläufer einer fernen Erschütterung. Wie aus dem Nichts stand Shortys Bild vor ihrem inneren Auge, und sie war sich auf einmal ganz sicher, zu wissen, wo er sich aufhielt. Er hatte bei ihrer gemeinsamen Odyssee durch die Stadt mehrmals von einem Bootshaus am See gesprochen, in das er mit ihr fliehen wollte. Er hatte auch den kleinen Jachthafen am Ufer gegenüber erwähnt, gefüllt mit umso größeren Protzjollen. Überdies hatte er den verschwiegenen und kaum besuchten Forstweg beschrieben: eine Stunde Fußmarsch, bei den drei dicht nebeneinanderstehenden Eichen rechts runter zum See, dann wieder links. Hastig stand Bluna auf, packte Werkzeug in ihren Rucksack und verließ das Haus …

Dem Wachmann vom Objektschutz, der Shorty heute im demolierten Schaltraum zu Boden geworfen und gefesselt hatte, ging der Flüchtige ohnehin nicht mehr aus dem Kopf. Nachdem er sich nach dem schrecklichen Anblick des aufgerissenen Himmels einigermaßen gefasst hatte, war ihm der Gedanke gekommen, den Unhold auf eigene Faust und Rechnung zu jagen. Aber dieses Aas von Polizistin hatte ihn angelogen! Shorty war nicht in Polizeigewahrsam. Der Verbrecher, der es gewagt hatte, ins Allerheiligste des Umspannwerks einzudringen, um dort an den Schaltern herumzufummeln, war immer noch auf freiem Fuß. Gerade nahm der Security-Mann das Handy unter die Lupe, das er Shorty abgenommen hatte. Vielleicht konnte er mit den gespeicherten Namen etwas anfangen. Bei irgendjemandem musste sich der feige Saboteur ja versteckt haben. Der Objektschützer war jetzt beim Buchstaben F wie Frenken. Horst und Ilse Frenken. Er griff zum Telefon, ließ es wieder sinken. Warum sollte er nicht mit seinem Pick-up selbst dort hinfahren …

Der korpulente Pförtner des Umspannwerks war inzwischen ein berühmter Mann geworden. Eine Schlüsselfigur, a man of interest, ein gerngesehener Studiogast. Er wandelte schlaflos und mit stolzgeschwellter Brust durch das prachtvoll ausgestattete Hotelzimmer. Er war den ganzen Abend von Termin zu Termin gehetzt, um sich für seinen kühnen Videoeinsatz feiern und bezahlen zu lassen. Abends war er sogar in zwei Talkshows eingeladen worden. Immer und immer wieder hatte er Shorty beschrieben, inzwischen war aus dem Gesuchten so etwas wie ein früherer Kumpel, ein ganz intimer Pferde-stehl-Freund geworden, den er schon jahrelang und wie seine eigene Westentasche kannte. Und was er alles für Beispiele für dessen Verschlagenheit, Brutalität und Feigheit fand! Bei einem Interview hatte er sogar angedeutet, dass Shorty mit seinen vielen Auslandskontakten im Auftrag einer fremden Macht unterwegs war. Hatte er nicht ein chinesisches Wörterbuch bei ihm gesehen? Und ein arabisches noch dazu! Morgen hatte der Pförtner jedenfalls unüberschaubar viele Termine wahrzunehmen, einer war wichtiger und internationaler als der andere. Wenn das so weiterging, musste er sich höchstwahrscheinlich einen Manager nehmen …

Eine sonderbar geformte Wurzel, ein abgegriffener Spazierstockknauf, ein Golfball … Der Rechtsanwalt hatte es sich zur Gewohnheit gemacht, nachts zu joggen und dabei in Gedanken seine Miniaturensammlung durchzugehen. Immer drei Schritte für einen Gegenstand. Als ihn die Gefühlsschockwelle von Shorty traf, blieb er schwer atmend stehen und unterbrach seine kontemplative Inventur. Doch schnell beruhigte er sich wieder. Was ging ihn dieser Halunke schon an? Er fand, dass Shorty ohnehin nicht in die Gesellige Runde passte. Versager bleibt Versager. Er hatte damals gegen ihn gestimmt ... Unwillig nahm er seinen Trab wieder auf ... Eine winzige Mao-Bibel, ein ausgetrocknetes Tintenfass, eine original Streichholzschachtel aus dem Jahr 1911, ein Stück Tafelkreide ...

Vor ihm lag einer der prächtigen norwegischen Fjorde, dessen aufsteigende Nebel das Mondlicht umspielten. Der Pilot, der im Auftrag des Schurkenstaates unterwegs war, schaltete auf Automatik. Nach einiger Zeit traf eine leichte Erschütterung das Flugzeug. Sein Ingenieur suchte sofort nach möglichen Ursachen. Nichts.

»Wahrscheinlich eine Turbulenz«, sagte der Ingenieur.

Und was für eine ...

In mindestens siebenundzwanzig Polizeirevieren, Militärbasen, Gefängnissen und Folterkellern der Welt waren falsche Shortys festgesetzt worden. Jeder von ihnen hatte eine mehr oder weniger entfernte Ähnlichkeit mit dem Mann auf der Videoaufnahme des geschäftstüchtigen Pförtners. Einer dieser Fake-Shortys, der ihm sogar wie aus dem Gesicht geschnitten war (dieselben markant gefurchten Wangen, die gleiche hohe Stirn, dazu noch Shortys wache, aufmerksame Augen) schreckte ebenfalls im Schlaf auf, sonnte sich ein wenig in dem kurzzeitigen Ruhm, den er genoss, und schlief wieder auf seiner Pritsche ein …

Die beiden Astrophysiker Dr. Mukhopadhay und Dr. Geibel waren auch zu dieser nachtschlafenden Zeit noch über ihre Berechnungen gebeugt. Sie bastelten an einer neuen Theorie zur Ursache des Risses. Auch fielen ihnen immer wieder Anomalien in der Stärke des Erdmagnetfeldes auf. Jetzt ließ sie ein kleines Zittern, ein winziges Flackern auf dem Bildschirm innehalten.

»Hatte das etwas zu bedeuten?«, fragte Mukhopadhay und wies mit seinem indischen Zeigefinger auf eine bestimmte Stelle am Bildschirm.

»Ein ungewöhnliches Muster. Es passt zu den Klötzchenmustern von heute Nachmittag«, antwortete Geibel kopfschüttelnd. »Aber vielleicht sehen wir jetzt schon überall Klötzchen …

Die Zirkustruppe hatte sich längst in alle Winde zerstreut, doch der Bauchredner Harry probte und feilte schon wieder einmal an seiner Matrjoschka-Nummer mit Konservendosen. Harry war inzwischen bei sieben Blechbüchsen in absteigenden Größen angelangt, sein Ziel war es, irgendwann einmal dreizehn gleichzeitig sprechen zu lassen. Plötzlich und mit ungewöhnlicher Wucht kam ihm Shorty in den Sinn.

»Hat deine Nummer denn auch etwas Philosophisches?«, hatte ihn Shorty bei einem Treffen der Geselligen Runde einmal gefragt. »Willst du damit etwas ausdrücken?«

Was für eine dumme Frage! Alle Zirkusnummern waren philosophisch und wollten etwas ausdrücken.

Während Moritz Jamanke, der gute Mensch und hilfsbereite Polizist, auf dem Müllabladeplatz aus seiner zweiten Ohnmacht erwachte und versuchte, Ordnung in seine Gedanken zu bringen …

Während einige Mitglieder der Geselligen Runde einen Rundruf starteten, um ein außerordentliches Treffen einzuberufen …

Während Spezialeinheiten der Polizei im Büro des Stararchitekten Lix & Partner die Kabelschächte durchsuchten, ob hier nicht geheime Botschaften versteckt waren …

Während also das alles geschah, spielte das Mögliche Kaiserchen eine gemütliche Partie Schach mit einem Vertreter der Xylander-Sharp'schen Existenzen, die erst kürzlich zum Volk des Monats gewählt worden waren. Es wurde Universalschach gespielt, dabei gab es außer den üblichen Figuren noch zusätzliche wie etwa den *Hausmeister*, der überallhin, bloß auf kein freies Feld ziehen durfte. Oder den *Landvermesser K.*, der die Eigenschaften der Figuren erwarb, die er schlug. Oder *Pippo, den schwachsinnigen, aber gutmütigen Sohn des Herzogs*, der nur ein einziges Mal ziehen durfte, um dann bis zum Ende der Partie im Weg herumzustehen. Er konnte nicht schlagen und nicht geschlagen werden, entpuppte sich strategisch jedoch oft als wichtiger Stein. Die Lieblingsfigur des derzeitigen Möglichen Kaiserchens war eine Figur namens *Shorty*, die als Bauer begann, bei der der Spieler jedoch nach dem siebten Zug entscheiden durfte, welche Eigenschaften sie fortan haben sollte.

Doch dann kam plötzlich die Nachricht. Sie schlug ein wie eine steil fallende Exponentialkurve. Das Kaiserchen schnellte in die Höhe, sein Torus-Körper begann zu rotieren. Der Protokollchef wiederholte die Neuigkeit:

»Ja, Eure Majestät: Gewisse dunkle Subjekte scheinen sich verkörperlicht zu haben!«

»In der Schwabblerwelt?«

»Genau dort, Eure unteilbare n-Faltigkeit. Ich würde aber trotzdem den Begriff Menschenartige –«

»Welch Missachtung der intergalaktischen Ordnung! Die Schwabbler werden die Magnetströme bemerkt haben, daher also das übertriebene Chaos.«

»In die Pfanne mit diesen Saftsäcken!«, schallte es aus einer dunklen Ecke. »Frikassiert sie!«

»Grillt sie!«

»Aber wie können wir ihrer habhaft werden?«

Aus einer anderen Ecke ertönte ein furchtbares Schnarren:

»Ich will nun eine Bemerkung machen, deren Tiefe zu ermessen fast unmöglich ist.«

»Schweig still, du Spross einer Leermenge.«

Heftiges Läuten der großen Schiffsglocke. Harte Disziplinarstrafen. Saalverweise. Dann bemächtigte sich der Versammlung eine tiefe, dunkle Grabesstille. Denn das Mögliche Kaiserchen verfärbte sich derart, dass es auf dem Spektralfarbenspektrum über das linke Ende hinauszuschießen schien.

»Diese Welt ist nicht mehr zu retten. Wir müssen sie aufgeben.«

»O. k., dann besiedeln wir sie eben neu.«

»Sie ist nicht mehr zu besiedeln. Sie wird über kurz oder lang vollkommen verwüstet sein.«

23

Österreich soll untergehen, aber nur Österreich und sonst nichts. Ein Gesteinsbrocken, so groß wie Österreich und genauso geformt wie Österreich, soll auf Österreich niederschlagen und das Land und die Leute und die Kultur, aber vor allem Salzburg, auslöschen.
THOMAS BERNHARD

Dafür, dass die Welt gerade aufgegeben worden war, lag der See erstaunlich ruhig und friedlich da. Der Wind hatte sich gelegt, und leise plätscherten die Wellen gegen die beiden Boote. Es war durchaus keine Heldenlandschaft, die sich da vor Shorty auftat, es gab weder Blitze, bedeutungsschwangere Donnerschläge, Sturmböen noch dräuende Wolken. Das sollte erst noch kommen.

Shorty starrte ins Wasser, hin zu der Stelle, an der Blunas Phantom verschwunden war. Sie schien sich vollständig aufgelöst zu haben, das vergrößerte jedoch Shortys Unbehagen nur noch mehr. Wenn das nicht Bluna gewesen war, wem konnte er dann überhaupt noch trauen? Shorty fegte die Spekulationen unwillig beiseite und ging zurück in die Fischerhütte. Die Mutter stand starr und still da, die Aktion schien sie nicht besonders erschöpft und aufgewühlt zu haben.

»Wer war das?«, fragte Shorty mit leiser Stimme. »Oder soll ich sagen: *Was* war das?«

Er war blass wie ein Blatt Papier und immer noch merklich mitgenommen von dem kurzen, aber in seiner unverhüllten Brutalität verstörenden Kampf.

»Du hast Feinde, Shorty«, antwortete die Mutter ohne große Gemütsbewegung. »Es sind mächtige Kräfte, die versuchen, deine Pläne zu verhindern.«

Shorty schnaubte entrüstet.

»*Meine* Pläne? Was denn für Pläne? Ich möchte nur meine Ruhe haben, sonst nichts. Natürlich fände ich es toll, wenn die Welt wieder in Ordnung käme. Oder wenigstens nicht noch weiter den Bach runterginge. Ich wünschte, das alles wäre gar nicht geschehen. Aber was sind das für ›Kräfte‹? Jetzt rede doch. Was wollen sie von mir? Was ist an mir kleinem Würstchen dran, dass sie mich jagen, bedrohen und dabei zu solchen Mitteln greifen? Ich bin doch nur ein unbedeutendes Rädchen im Weltgetriebe. Eine Nebenfigur, weiter nichts.«

Seine Mutter warf ihm einen Blick zu, den er ebenfalls gut kannte: Wenn du wüsstest! Unwirsch wandte er sich ab und richtete seine Aufmerksamkeit auf die gerahmten Bilder an der Wand. Eines zeigte ein penibel gemaltes Tierensemble im Stil von alten Naturkundebüchern. Es war unnatürlich, dass Wolf, Hase, Mücke und Krokodil zusammenstanden, auch stimmten die Proportionen nicht, doch der Maler hatte es geschafft, eine geheimnisvolle Harmonie hineinzuzaubern. Daneben war ein Bild zu sehen, das die Gesellige Runde kollektiv grinsend in der Art eines Klassenfotos zeigte. Shorty fand, dass er inmitten der anderen markanten Figuren richtiggehend unscheinbar aussah. Shorty riss sich von den Bildern los. Nach einer Pause antwortete die Mutter:

»Warum du angegriffen wirst? Was dich zum Ziel bedeutender Kräfte macht? Das ist gar nicht so leicht zu erklären. Wenn du so willst, könnte man sagen: Deine eigentliche Aufgabe ist noch nicht erledigt.«

»Was für eine Aufgabe?«

»Ich kann ja noch eine Schippe Dramatik drauflegen: Die Welt ist noch nicht gerettet.«

»Geht es auch ein wenig genauer?«

Shorty bemerkte wohl, dass sie nach Worten rang. Dass sie sich wirklich bemühte, ihm zu erklären, was um ihn herum geschah. Trotzdem verstand er nichts. Er hatte keine Ahnung, was die Ruu'n und das Mögliche Kaiserchen von ihm erwarteten. Irgendetwas verschwieg ihm die Mutter. Es musste schon eine ungeheuerliche Wahrheit sein, wenn einem intergalaktischen Translationator die Worte fehlten.

Die Mutter wurde wieder unscharf und wässrig, vielleicht durch allzu große Konzentration. Sie blieb bei einigen Zwischenstadien hängen, schließlich erstarrte sie wie ein angehaltener Film. Auch auf eine mehrmalige Ansprache von Shorty reagierte sie nicht. Ging das schon wieder los! Leise Angstschauer krochen in ihm hoch. Was sollte er bei einem erneuten Angriff anfangen? Er sah auf die Uhr. Es war weit nach Mitternacht. Als er sich auf den unbequemen Stuhl setzte und sich etwas zurücklehnte, merkte er, dass Müdigkeit und Erschöpfung ihren Tribut einforderten. Er hatte große Mühe, die Augen offen zu halten, schließlich gab er es auf, dagegen anzukämpfen.

»Hallo, aufwachen, du Schlafmütze!«

Die Uhr verriet ihm, dass mehr als eine Stunde vergangen war. Die Erscheinung der Mutter hatte sich offensichtlich in der Zwischenzeit wieder stabilisiert.

»Tut mir leid, aber manchmal gibt es externe Störungen, die ich nicht im Griff habe«, sagte sie. »Bist du etwas zur Ruhe gekommen?«

»Ja, einigermaßen.«

Die Mutter lächelte und blickte versonnen durch ein schmutziges Fenster nach draußen.

»Wie lange mag es her sein, dass ein Vertreter unseres Volkes geschlafen hat! Ganze fünfundsechzig Millionen Jahre konnten wir auf diese Krücke verzichten.«

»Was wollte eigentlich die falsche Bluna von mir?«, unterbrach Shorty. »Und warum hast du sie ohne Vorwarnung getötet?«

»Ich habe niemanden getötet. Ich habe ein Wesen, das viele Erscheinungen annehmen kann, um eine dieser Erscheinungen beraubt, wenn auch nur vorläufig. Das ist alles. Ich habe lediglich eine leere Muschelschale vom Strand entfernt. Genau genommen habe ich nur ein Sandkorn von einer leeren Muschelschale geschnipst, die am Strand lag. Oder noch genauer –«

»Ja, schon gut: und so weiter, und so weiter. Bis du eigentlich gar nichts mehr gemacht hast. Trotzdem verstehe ich es nicht.«

»Ich bin mir sicher, du wirst es noch verstehen. Wir haben jedenfalls Zeit gewonnen. Denn es wird dauern, bis sich die falsche Bluna eine neue Sichtbarkeit aufbauen kann. Sie kann hier in der Umgebung so schnell keine Materie abzweigen. Ich habe mich umgesehen, als du dein Nickerchen gemacht hast. In dieser Hütte sind wir vorerst sicher. Es ist ein guter Energieknotenpunkt, um sich zu verstecken. Und die Wassermassen des Sees schützen uns zusätzlich.«

Die Mutter setzte ein nachdenkliches Gesicht auf. Shorty hatte den Eindruck, dass eine Spur von Besorgnis, wenn nicht sogar Angst, in ihrer Miene erschienen war.

»Shorty, denk mal scharf nach. Hast du heute im Lauf des Tages Menschen bemerkt, die dir auf eine gewisse Weise sonderbar vorgekommen sind? In der Gefängniszelle vielleicht? Oder auf deiner Flucht?«

Shorty lachte bitter auf.

»Was soll denn das nun wieder heißen? Ja, ich bin mehrmals von Menschen angegriffen worden, und die könnte man durchaus als sonderbar bezeichnen.«

»Nein, ich meine keine Angreifer. Ich meine Figuren, die dir einfach aufgefallen sind. Die dich beobachtet haben. Oder von denen du geglaubt hast, dass du sie beobachtest, während sie in Wirklichkeit dich beobachtet haben.«

Shorty ließ seine Schultern kreisen. Er dachte nach.

»Nein. Aus den vielen Verrückten heute ist kein *besonders* Verrückter herausgestochen.«

Shortys Blick fiel wieder auf die Bilder an der Wand. Sollte er der Mutter etwas von seiner Vermutung erzählen, dass er sowohl in der S-Bahn heute Morgen als auch im Büro Lix als auch in der Bikerkneipe immer ähnliche Figurenkonstellationen zu sehen geglaubt hatte? Aber nein, Unsinn, solch eine Auffälligkeit meinte sie sicher nicht. Stattdessen fragte er:

»Ich habe in den Nachrichten mitbekommen, dass sich ein Flugzeug mit nuklearen Sprengköpfen in der Luft befindet. Hat das etwas mit der falschen Bluna zu tun?«

»Nein, der drohende Atomkrieg ist ein ganz anderes Problem. Das ist Menschenkram.«

Shorty fuhr entrüstet auf. Er funkelte die Mutter an.

»Menschenkram? Hast du sie nicht mehr alle? Diesen Piloten muss man doch stoppen! Ich bitte dich! Sag bloß, du bist so herzlos! Du kannst dich doch in den Funkverkehr einklinken und den Befehl geben –«

»Ja, kann ich. Könnte ich. Tu ich aber nicht.«

»Warum nicht?«

»Weil es im Endeffekt nichts nützt.«

Wieder dieser besserwisserische Ton seiner Mutter. Shorty streckte die linke Hand aus und versuchte, die Holographie am Arm zu packen. Dann sagte er in eindringlichem Ton:

»Kernwaffen, wie? Weißt du eigentlich, was das für unsere Welt bedeutet? Ich denke, du schuldest mir etwas. Ich habe bisher mein Bestes gegeben. Und ich habe auch das Gefühl, dass du mich bei deinen nächsten Schritten brauchst. Mehr noch: dass du auf meine Hilfe angewiesen bist.«

Die Mutter schwieg. Dann seufzte sie:

»Also gut, du Nervensäge. Du wartest inzwischen und mischst dich nicht ein.«

McTroy saß in dem engen Cockpit des Jagdbombers. Seine Lederstiefel drückten. Er hatte sie in einem Shop in Mexiko gekauft. Sie waren schweineteuer gewesen, weil angeblich Robert Edward Lee von den Konföderierten sie getragen hatte. Die historischen Treter würden mit ihm untergehen, wenn es zum Äußersten käme. Aber wen juckte das. Momentan flog er in geringer Höhe an der dänischen

Westküste entlang, in südliche Richtung. Landeinwärts zeichneten Straßenlaternen das markante Weichbild der dänischen Grenzstadt Tønder. Auf der anderen Seite die unergründliche, eiskalte, im Mondlicht glitzernde Nordsee. Jemand klopfte per Funk an, McTroy meldete sich. Es war Major Patton, sein Vorgesetzter. Dessen markiges Hundegebell, das von einem leichten Südstaatendialekt gefärbt war, beruhigte McTroy.

»Schön, Ihre Stimme zu hören«, sagte er gutgelaunt. »Was gibts?«

Der Mann am anderen Ende der Leitung räusperte sich.

»Hallo, McTroy. Mein Zugangscode ist –«

»Aber Major! Von Ihnen brauche ich doch keinen solchen Firlefanz! Das haben Sie doch noch nie gemacht. Warum jetzt damit anfangen?«

»Weil es sehr wichtig ist. Der Flug wird abgebrochen. Ihr Auftrag ist zu Ende.«

»Was?«, schrie McTroy in die Leitung, ohne weiter auf den Code einzugehen.

»Ich wiederhole: Der Flug wird abgebrochen. Landen Sie unverzüglich auf dem nächsten Stützpunkt.«

McTroy grunzte unwillig. Dann stellte er das Programm, das die Bombe zündete, auf null. Wird schon seinen Sinn haben, dachte er. McTroy überflog jetzt das sumpfige Marschland von Rodenäs. Landeinwärts erkannte er die letzten Ausläufer von Tønder, dort musste die dänisch-deutsche Grenze liegen. Er wandte seinen Blick nach links. Sah genauer hin. Und kratzte sich am Kopf. Und fluchte. Hatte er sich verflogen? Das durfte doch nicht wahr sein: Ruhig und friedlich lag dort unten nur dunkles Meer, wo die Insel Sylt aufragen müsste. Die Insel konnte doch nicht einfach verschwunden sein! Kopfschüttelnd steuerte er den nächsten Flughafen an.

Shorty hatte also nach den vielen Unzulänglichkeiten und Pannen, die ihm bisher passiert waren, doch noch die Welt gerettet. Zunächst. Vorläufig. Bis auf weiteres. Aber mehr auch nicht. Es war sonderbar und unpassend zugleich gewesen: Seine Mutter war in die markige, befehlsgewohnte Stimme von General Patton verfallen.

»Danke«, sagte Shorty ironisch.

»Dafür nicht«, entgegnete seine Mutter, diesmal wieder mit ihrer gewohnten Stimme. »Denn es wird nichts ändern. Es zögert den nächsten Angriff nur hinaus.«

Shorty schüttelte ungläubig den Kopf.

»Aber wie konntest du dir sicher sein, dass der Pilot McTroy den Code des Majors nicht abfragt?«

»Ich habe eben viel Überzeugungskraft in meine Stimme gelegt«, antwortete sie mit einem Anflug von Stolz.

»Hätte ich denn einen Atombombenabwurf überlebt? Hätte ich mit meinem manuellen Schutzschild eine Chance gehabt?«

»Ja klar, auf jeden Fall. Von Eiweißköpfen entwickelte Waffen überlebst du. Obwohl ich dir nicht raten würde, dich ins Zentrum einer nuklearen Kettenreaktion zu begeben, mein Lieber.«

Shorty wagte einen Vorstoß.

»Ganz ehrlich gesagt irritiert mich das mit deiner Muttererscheinung. Ob ich will oder nicht, ich höre da immer altbekannte und provozierende Untertöne heraus, die mich zur Weißglut bringen. Ich soll mich doch voll auf das konzentrieren, was jetzt kommt. Kannst du nicht eine andere Gestalt wählen? Eine, die mich weniger ablenkt?«

Die Mutter hob den Arm und vollführte eine ironisch servile Geste.

»Dein Wunsch ist mir Befehl, mein Sohn. Wähle jemanden aus.«

Shorty überlegte. Wer lenkte ihn am wenigsten ab? Alle Alternativen, die ihm einfielen, waren vermutlich noch erschreckender.

»Na, was ist, Shorty? Ich mach dir wieder ein paar Vorschläge aus deinem biographischen Umfeld: die Mathelehrerin mit den fuchsroten Haaren? Oder Frau Hedwig, die Gemüsehändlerin um die Ecke? Wie wäre es mit Sabine, vielleicht erinnerst du dich noch: die Carl-Gastreich-Straße hinunter, links in den Alten Postweg, dann die Böckenheck und die Westpreußen weiter bis zur Kreuzung Kanalweg und Wachtelstiege …«

»Hör auf! Verwandle dich in jemanden, den ich nicht kenne. Oder nur entfernt. Zum Beispiel in den, der mir heute morgen in der S-Bahn das Telefon gegeben hat.«

Gleichgültig zuckte die Mutter mit der Schulter.

»Dreh dich um, Shorty. Ich weiß nicht, ob du eine Rotation mental schon verkraftest.«

Shorty tat wie ihm geheißen. Als er sich wieder umwandte, stand genau der grobschlächtige Mann vor ihm, der neben ihm in der S-Bahn gesessen hatte. Der Mann sah ihn fragend an.

»Nein, das passt auch nicht«, sagte Shorty missmutig.

»Du bist wirklich sehr wählerisch«, sagte der grobschlächtige Mann, der einen leichten Sprachfehler hatte.

»Vielleicht ein letzter Versuch«, sagte Shorty. »Ich hoffe, du verbrauchst dadurch nicht zu viel Materie.«

»Jetzt ist Sylt schon im Orkus. Futsch, perdu, Geschichte. Wie vor einiger Zeit Atlantis.«

»Ich hatte mal eine kleine Rolle in einem Film. Man hat mich im Endeffekt ausgewählt, weil ich große Ähnlichkeit mit Cäsar habe. Kannst du dich in den verwandeln?«

Der grobschlächtige Mann, der ihm in der S-Bahn das Handy gereicht hatte, zog ein respektvolles Gesicht.

»Du sprichst von Gaius Julius?«

»Ja, genau den meine ich. Aber bitte bevor er mit dreiundzwanzig Dolchstichen niedergemetzelt wurde.«

Shorty drehte sich diesmal nicht um. Und jetzt geschah etwas Erstaunliches. Der Grobschlächtige verwandelte sich blitzschnell nacheinander in verschiedene Figuren, es war, als ob man einen Modekatalog flüchtig durchblätterte. Eine endlose Reihe von Gestalten erschien, immer wieder mit neuer Bekleidung, so schnell, dass es unmöglich war, eine einzelne ins Auge zu fassen oder gar zu erkennen. Der Grobschlächtige rotierte, veränderte Größe, Farbe und Umfang, blieb schließlich bei einem kleinen, unsympathischen Typen mit schiefer Nase und schlechten Zähnen stehen.

»Nein, ich hatte mir Cäsar gewünscht!«, protestierte Shorty.

Die Figur vor ihm hob die Augenbrauen.

»Er steht vor dir! So hat er ausgesehen, als er in der Säulenhalle seinen letzten Auftritt hatte.«

»Niemals!«, rief Shorty.

»Den Abbildungen auf den Münzen, die im Lateinbuch zu sehen sind, sollte man nie trauen.«

Der Cäsar, den er vor sich sah, war ein Gnom. Das einzig Hochherrschaftliche waren seine Augen, die sich in alles wühlten und schraubten, was in seiner Umgebung war.

»Weißt du was: Gib mir meine Mutter zurück. Cäsar so zu sehen ist zu enttäuschend.«

»Wie du meinst. Aber du müsstest erst mal Buddha und Alexander den Großen sehen! Oder Nofretete.« Gaius Julius Cäsar gluckste. »Oder – Jesus.«

»Nein, danke, mein Bedarf ist für heute gedeckt.«

Schnell blätterte Cäsar zurück, wieder Hunderte von Menschenvarianten überspringend, dann blickte Shorty in die pfefferkuchenfarbenen Augen seiner Mutter. Er musste damit leben. Und fluchte jetzt unhörbar. So sehr sie ihn aufregte, so fand er doch, dass seine Mutter noch die beste Erscheinungsform für eine nichtmenschliche Lebensform war.

»Eines verstehe ich ganz und gar nicht«, sagte Shorty. »Die Menschen und die Ruu'n befinden sich beide hier auf der Erde, hast du gesagt.«

»So ist es.«

»Aber die falsche Bluna war keine Ruu'n, oder?«

»Richtig, mein Lieber. Das, was uns hier angegriffen hat, gehört einer anderen Spezies an. Und dieses Es hat entgegen aller Regeln versucht, in die Eiweißwelt einzugreifen. Ich will mir gar nicht vorstellen, wie viel Landmasse dabei verbraucht wurde.«

»Du hast mir erzählt, dass das eigentlich streng verboten ist.«

»Ja, das ist richtig. Die Ressourcen an Materie sind nicht unerschöpflich.«

Die Mutter zog eine sorgenvolle Miene.

»Sind wir hier denn wirklich sicher?«, fragte Shorty. »Du guckst so ängstlich.«

»Ich guck nicht ängstlich, ich guck konzentriert. Und ja, vorerst sind wir hier sicher. Ich überlege gerade, wie wir an einen noch sichereren Ort gelangen können, das ist alles.«

Shorty hörte trotzdem die Anspannung heraus, in der sich die Mutter offensichtlich befand.

»Zu welcher Spezies gehört die falsche Bluna? Was darf ich mir unter dieser Lebensform vorstellen? Und wieso hat sie etwas gegen mich?«

Die Mutter atmete hörbar aus.

»Es ist eine Spezies, die ganz schwer zu übersetzen ist.«

»Sie kommt wahrscheinlich wieder von unendlich weit her –«

»Nein«, unterbrach die Mutter, in etwas zu schroffem Ton. »Sie lebt hier auf der Erde.«

Ein ahnungsvoller Schauer durchfuhr Shorty.

»Sie lebt auf der Erde – genauso wie – die Ruu'n?« Stotternd versuchte er, Klarheit in seine Gedanken zu bringen. »Genauso wie – nein, das kann nicht sein, oder? –, genauso wie alle anderen – hundertdreiundneunzig Völker?«

Die Mutter nickte. Sie sah ihm fest in die Augen. Er kannte diesen Blick nur allzu gut. Jetzt kam etwas, das man normalerweise mit *Setz dich mal lieber …* einleitet.

»Das Weltall ist leer, Shorty. Wir haben viel in die Raumfahrt investiert, wir sind schier unendlich weit geflogen, bis an die Grenzen des Universums, in Bereiche, in denen nichts mehr gilt: keine Naturgesetze, keine logischen Gesetze, nicht einmal mehr Zeit und Raum … In den ganzen Jahrmillionen hat keiner von uns je irgendeine Form von Leben oder gar einen Hauch von Intelligenz außerhalb der Erde entdeckt. Das Universum ist vollständig unbelebt. Bis an seine Ränder.«

Shorty hatte die Augen ungläubig aufgerissen, sein Mund stand halb offen.

»Und die Konföderation der Tjuttschew-Völker, von denen du mir erzählt hast? Die S'lackurbs, die Smirgs und Pseudoephedriner, die Dispersiven, die Abderiten –«

Die Mutter sah Shorty nach wie vor fest in die Augen. Dann sagte sie langsam und ernst:

»Alle bekannten Spezies des Universums leben hier auf der Erde.«

Shorty schnappte nach Luft. Seine Hände verkrampften sich schmerzhaft.

»Ptolemäus hatte also recht gehabt«, fuhr die Mutter ungerührt fort. »Die Erde bildet den Mittelpunkt des Weltraums. Sie befindet sich auch genau in der Mitte des Universums.«

Das war zu viel für Shorty. Ihm wurde übel. Er bekam keine Luft mehr, drohte, in Ohnmacht zu fallen. Diese Wahrheit hatte ihn wie ein Faustschlag getroffen. Und es war die reine Wahrheit, das wusste Shorty. Was hätte die Mutter schon für einen Grund gehabt, ihm etwas anderes als die Wahrheit aufzutischen? Immer wieder kreisten Shortys Gedanken um das Unbegreifliche. Es gab keine Außer-Irdischen. Auf der Erde wimmelte es von unsichtbaren Wesen, und die menschliche Rasse war dabei eine der untergeordnetsten und geringsten. Shorty ließ sich vom Stuhl gleiten und legte sich auf den Boden. Sein Atem ging schwer. Er stöhnte.

»Gebrauche deine linke Hand«, sagte die Mutter.

Bluna stieg von ihrem Fahrrad und lehnte es vorsichtig an ein Geländer, das den Seeweg zum Ufer hin begrenzte. Shorty hatte von einem Bootshaus gesprochen, das genau gegenüber dem weithin sichtbaren Hafen lag, dessen Lichter sich auf der Wasseroberfläche spiegelten. Dort vorne musste es also sein, und sie war sicher, dass er sich darin versteckt hielt. Aber vorerst wollte sie die Hütte und das Grundstück noch eine Weile beobachten. Im Inneren der Holzhütte nahm sie schwaches Flackern von Kerzen wahr. Sie stellte ihn sich vor, wie er dort drinnen saß und vielleicht auf jemanden wartete, der ihn von seinen Fesseln befreite. Vielleicht wartete er auf sie. Sie hatte sicherheitshalber verschiedene Werkzeuge im Rucksack. Nicht gerade einen Bolzenschneider, aber vielleicht konnte sie ihm mit der kleinen Eisensäge oder dem Drahtzwicker helfen. Jetzt bewegte sich eine Gestalt an einem der Fenster, sie drehte sich ins Profil – ja, es war tatsächlich Shorty. Endlich hatte sie ihn gefunden. Ein Lächeln erschien auf ihrem Gesicht, leicht kräuselte sie die Lippen. Doch kaum war sie ein paar Schritte Richtung Bootshaus gegangen, spürte sie eine kräftige Hand auf ihrer Schulter. Nein, nicht schon wieder! Nicht schon wieder ihr lästiger Exfreund, der ihr heute Abend gefolgt war und der sie vor dem Polizeirevier, nachdem sie Shorty dort abgeliefert hatte, mitten im ärgsten Trubel angesprochen hatte. Ob sie ihm nicht noch eine zweite Chance geben könnte? Bluna dachte konzentriert nach. Sollte sie seinen Arm packen und es mit einem Schulterwurf probieren? Nein, viel zu unsicher bei dem hochgewachsenen Kerl. Stattdessen trat sie einen schnellen Schritt nach vorn und versuchte, sich so der Klammerhand zu entwinden.

»Was tun Sie hier?«, bellte der Mann mit den Riesenpranken.

Es war nicht ihr lästiger Exfreund. Bluna drehte sich um. Vor ihr stand ein älterer, sportlich aussehender Zausel im Trainingsanzug. Er war schwer außer Atem.

»Was geht Sie das an?«, fauchte sie zurück.

»Weil das mein Grundstück ist, auf dem Sie herumtrampeln«, keuchte der Atemlose, und er fuchtelte einigermaßen melodramatisch mit einem seiner Nordic-Walking-Stöcke herum. »Sie wollten wohl was klauen, oder?«

»Nein, ich wollte –«

»Sie wollten einbrechen!«, wiederholte er drohend und mit der typisch ausgeleierten Ü70-Stimme, dabei bohrte sich sein ausgestreckter Zeigefinger in ihre Schulter.

Das konnte Bluna auf den Tod nicht ausstehen, wütend schubste sie ihn weg, so fest, dass der Mann strauchelte. Als er sich wieder gefangen hatte, kam er zornig auf sie zu und schwang den Stock, um den jetzt eine Rangelei begann, die erst gestoppt wurde durch den Lauf eines stattlichen Gewehrs, der sich langsam und bedrohlich ins Bild schob. Gefolgt wurde der unförmige Prügel von einem Mann in einer langen, bis zur Brust reichenden Anglerhose. Bei näherer Betrachtung stellte sich das Gewehr als Harpune heraus, damit fuchtelte er ebenso herum wie der Zausel mit seinen Nordic-Walking-Stöcken. Wenn Bluna die kleine Drahtzwickschere aus dem Rucksack gezogen hätte, hätte sie auch noch damit herumfuchteln können.

»Lassen Sie die Frau in Ruhe! Was treiben Sie beide hier?«, schrie der Angler.

Shorty riss die Augen wieder auf. Er atmete schwer. Schweißperlen rannen ihm von der Stirn. Draußen fielen mehrere Leiber mit unterdrückten Schreien zu Boden, weder Shorty noch die Mutter vernahmen die Geräusche. Shorty, weil sein Eiweißhirn überquoll von den kaum fasslichen Neuigkeiten – die Mutter, weil sie ganz damit beschäftigt war aufzupassen, ob Shorty nicht nochmals in Ohnmacht fiel. Sie fürchtete um seine Gesundheit. Hatte sie ihm zu viel zugemutet?

»Alle? Alle bisher bekannten hundertdreiundneunzig Spezies?«, keuchte, murmelte und stotterte Shorty. »Alle hier auf der Erde?«

Instinktiv krümmte er die linke Hand zum Schutzkäfig für das furchtbar zarte Küken, und tatsächlich atmete er dadurch ein klein wenig freier.

»So ist es«, antwortete die Mutter. »Ich hatte mich entschlossen, mit der Wahrheit nur häppchenweise rauszurücken. Ein menschliches Gehirn packt die ganze Wahrheit nicht auf einmal.«

Shorty versuchte, sich aufzurichten.

»Aber – aber, wie ist das möglich?«

»Ich versuche mal, dir das zu erklären. Stell dir vor, es gibt zweidimensionale Wesen. Die S'lackurbs und Smirgs sind aus diesem Holz geschnitzt. Sie sind bewegliche Figuren in einer Ebene.«

»Sie leben also auf einem Blatt Papier.«

»Richtig. Nur, dass du als Dreidimensionaler das Blatt Papier nicht siehst. Du nimmst ihre Welt nicht wahr, obwohl die Fläche vor deinen Augen quer durch den Raum geht. Du kannst durchgreifen und spürst nichts. Du kannst hinsehen und siehst nichts.«

»Umgekehrt genauso?«

»Nicht ganz. Wenn du mit dem Finger durch ihre Ebene stößt, taucht für sie ein kreisförmiges, unbekanntes Wesen auf. Wenn du ihn wieder zurückziehst, verschwindet es wieder aus ihrer Welt.«

Shorty musste sich setzen. Er atmete tief durch. Die Stimme hatte recht. Wenn er das gleich am Anfang erfahren hätte, hätte er das nicht verstanden. Er hatte die Wahrheit häppchenweise serviert bekommen. Es gab eine erstaunliche Vielfalt von Lebewesen auf der Erde. Aber ganz anders, als er sich das gedacht hatte. Das war der Hammer.

Diesen Hammer wollen wir natürlich wieder checken. Sonst heißt es am Ende, man würde ungenau arbeiten und nicht ernsthaft genug recherchieren. Nie waren aber genaue Recherchen und penibelste Faktenchecks wichtiger als bei dieser Erzählung.

FAKTENCHECK: SPEZIES

Amtliche Liste der 193 Mitgliedswelten der Vereinigten Bekannten Universen (Auswahl)

Ruu'n

auch Bageliten, Lochkrapfen oder Tori genannt, immaterielle hochintelligente Spezies, entstanden vor 65 Millionen Jahren am Ende der Kreidezeit, hervorgegangen aus den Dinosauriern. Rasche Umwandlung und Entfleischlichung in wenigen hundert Jahren. (Daher der verbreitete Irrglaube, dass die Dinosaurier ausgestorben seien.) Die Ruu'n verfügen über enorme sprachliche Fertigkeiten, deshalb haben sie viele leitende Funktionen in den Vereinigten Bekannten Universen inne. Auch hat das Volk der Ruu'n schon unzählige Male das Mögliche Kaiserchen gestellt.

Tjuttschew-Völker

eine Bakterienmutation mit Schwarmintelligenz. Ein umtriebiges Volk von Astronomen, das ständig im Weltraum unterwegs ist, um nach unentdecktem Leben zu suchen.

Slurbier

Dieses Volk findet seine ideale Lebenstemperatur bei 6000° Celsius, ihr vermuteter Lebensraum ist der Erdmittelpunkt.

Laßwitz'sche Flachtropfenwelt
ebenfalls im inneren Erdkern zu Hause, eine ursprünglich dreidimensionale Spezies, die durch den enormen Druck auch flächig auftreten kann. Die zusammengepressten Wesen verfügen (ebenso wie die zweidimensionalen S'lackurbs und Smirgs) über große Kenntnisse in der Geometrie.

Gravaner
nehmen nichts außer Schwerkraft und gegenseitige Anziehung wahr, haben damit eine altehrwürdige Kultur mit vielen Sehenswürdigkeiten aufgebaut. Gastronomische Spezialität: raumzeitgekrümmte Frikadellen mit Gravitonensenf.

Silicilier
kristalline Rasse von einfühlsamen, aber umtriebigen Winzlingen. Extrem weit fortgeschrittene Zivilisation, die in der Lage ist, Ereignisse bis zu 25 Jahre vorauszuberechnen. Treten auf der Unterseite von vielen Gartenpflanzen auf, werden oft für Schädlinge gehalten.

Bewohner der Augwynne-Monde
bestehen aus interferierenden Schallwellen, andere hörende Spezies halten sie deshalb manchmal für akustische Signale aus dem Weltall.

Prokaryoten und spektrale Randgrünlinge, Lichtnomaden, Sandfische, Zyzzyxdontiner, bāgh, Lpreccurlyeq
kaum wahrnehmbare Lebewesen im subatomaren Bereich. Bisher wenig erforscht.

kommunizieren ausschließlich über Gerüche und Düfte.

Schrödingers Katzen
halten sich vermutlich in einer diskreten Raum-, Zeit- und Ereignisfalte auf. Ihr Aufenthaltsort gilt zwar als streng geheim, doch glaubt jeder im Universum ihren Wohnsitz zu kennen: Vatikan, Via del Pellegrino, Seiteneingang des Hauptportals, nach dem Zugang zur päpstlichen Bildersammlung die Treppe hinunter, in den Seitensaal der Galerie. Dort steht hinter Panzerglas eine Kiste. Verdächtig sollte jedem Besucher vorkommen, dass dreimal täglich ein Diener erscheint, der ein Schälchen mit Katzenfutter vor eine kleine Öffnung stellt.

Der solitäre Frott
eine der ältesten Spezies, die nur aus einem einzigen Exemplar besteht. Der solitäre Frott war ursprünglich eine einzelne radioaktive Zelle, die in ihrer Umgebung weitere Zellen angelagert hat. Hat inzwischen die Größe von Bielefeld erreicht. Sehr dummes Wesen. Eigenbeschreibung: Is ganich so dumm. Kann fiel. Kann leben. Also was willsdu.

Fossiles Wasser
(auch Totwasser oder Mögliches Wasser): Letztmalige Teilnahme am Wasserkreislauf vor mindestens 10 000 Jahren. Unentdeckte Kultur, Einzelheiten sind nicht bekannt.

Kwarks
Die durchschnittliche Lebenszeit der Kwarks währt nur Bruchteile von Sekunden, die Population hat sich mindestens einmal vollständig erneuert, während man diesen Lexikoneintrag liest.

Bleistyck-Population oder Die sieben Zwetschgen
eindimensionale Wesen, leben auf Geraden und Strecken, Kurven, Tangenten und Kreisen, bewegen sich wie Punkte. Unvorstellbar reichhaltige Kultur, Bewegungskünstler, hervorzuheben ist vor allem ihr universumsweiter *Tanz der sieben Zwetschgen*.

NN (Eigenname nicht zu eruieren)
totalitäre, aber nichthierarchische Gesellschaftsordnung mit kollektiver Intelligenz. Mitleidslose Assimilation fremder Wesen. In der SF-Serie *Raumschiff Enterprise – Next Generation* ist diese Spezies ganz passabel dargestellt. Die NN selbst zu der Ähnlichkeit mit den ›Borg‹: »Zufallstreffer!«

Handys
oder Flachziegel. Jüngste Entwicklungsstufe einer uralten Spezies mit dem Namen *Die Ständigen Begleiter*. Von Anfang an hochaggressiv sind sie darauf aus, ihre Wirte zurückzudrängen. Ihr Anführer mit der Bezeichnung Galax21/Meg6,8 hat darüber hinaus den Plan, auf andere Universen überzugreifen und ihre Bewohner durch Flachziegel zu ersetzen.

Menschen und Menschenartige
Eiweiß-, Fett- und Kohlenstoffverhaftete, mäßig intelligente Spezies, kaum Interesse an Entfleischlichung.

Mehr als diese Auswahl würde den Rahmen einer knappen Biographie von Shorty sprengen. Eine vollständige Liste aller 193 Völker der Vereinigten Bekannten Universen ist in einer prächtig ausgestatteten Enzyklopädie im Zellkern-Verlag der

Tjuttschew-Völker erschienen. Darin finden sich reichlich Bildmaterial, ausführliche Erklärungen und launige Kommentare. Eine wirklich lesenswerte Lektüre! Bakterianisch muss man halt können.

SPEZIES: (SOWEIT MÖGLICH) GECHECKT

24

Es dreht sich darum, die ursprüngliche Unordnung wiederherzustellen.

PAUL WÜHR

Shorty zitterte am ganzen Körper. Wie um sich selbst zu beruhigen, flüsterte er leise, aber eindringlich:

»An welchem Ort ich mich also auch immer aufhalte, es existiert um mich herum stets noch anderes Leben, und zwar in hundertdreiundneunzig unsichtbaren Spielarten?«

Die neu aufgebaute Mutter nickte eifrig.

»Richtig, mein Lieber. Denk dir eine Zwiebel, bei der die einzelnen Schalen dicht aufeinanderliegen. Jede Schale denkt, sie ist die einzige, denn sie kann die anderen Schalen nicht wahrnehmen. Am Anfang der Evolution war das zumindest so. Aber dann begannen die einzelnen Spezies, sich gegenseitig zu entdecken und miteinander zu kommunizieren. Vieles lief aus dem Ruder. Die kriegerischen Konflikte nahmen beängstigende Formen an. Generationen von Völkern haben enorme Anstrengungen unternommen, um alles wieder in die richtige Balance zu bringen. Es ist dir aber sicher nicht entgangen, dass das Gleichgewicht momentan ein – klein bisschen gestört ist.«

Ein klein bisschen, von wegen. Shorty stand immer noch wie erstarrt. Es war einfach unmöglich, all diese Informationen in so kurzer Zeit zu verarbeiten. Sein fahriger Blick blieb erneut an dem Bild mit dem sonderbaren Ensemble hängen. Ein Wolf, ein Hase, eine Mücke, ein Krokodil, eine Schnecke. War da nicht ein neues Tier dazugekommen? Inzwischen hätte ihn gar nichts mehr überrascht. Aber nein, die Schnecke hatte er vorher bloß nicht bemerkt.

»Wie ist das möglich? Der Raum um uns herum ist vollgestopft mit so vielen Wesen, und ich kann keines davon sehen?«

»Glaub mir: Viele der Wesen willst du gar nicht sehen. Aber es gibt durchaus fremde Spezies, die sozusagen in die Menschenwelt hineinragen, ohne dass du sie als Fremdkörper wahrnimmst. Der Erlkönig und vor allem dessen Töchter sind allgegenwärtig.«

Shorty hatte sich inzwischen etwas beruhigt. Intuitiv und ohne eigentlich zu wissen, was er da tat, öffnete er die linke Hand und schloss sie zugleich wieder, aber langsam und in kleinen Rucken, wie wenn er einen Gummiball umfassen wollte, der unter den sanften Konvulsionen immer kleiner wurde. Er stellte sich vor, dass sich eine Zwiebelschale nach der anderen in nichts auflöste. Es war ein warmes, angenehmes Gefühl. Shorty betrachtete die Innenfläche seiner linken Hand. Erstaunt zog er die Augenbrauen hoch. Dort hatte sich ein schachfeldgroßes Hologramm gebildet, es war ein Bildschirm mit einer auf- und abscrollbaren Liste, die eine Übersicht der hundertdreiundneunzig Völker des Universums enthielt, zu jedem Volk gab es einen Lexikonartikel. Neugierig blätterte er die Liste durch, überflog einige Beschreibungen, erschauderte bei jenen, schmunzelte über diese. Dann hielt er auf gut Glück bei irgendeinem Eintrag an: VIREN.

»Viren?«, fragte Shorty ungläubig. »Ich dachte, das ist überhaupt keine eigenständige Lebensform.«

Die Mutter lächelte.

Bluna, die Bauzeichnerin, der Rechtsanwalt aus der Geselligen Runde und der Permanentfischer rangen verbissen miteinander. Da alle drei überhaupt keine Erfahrung in körperlichen Auseinandersetzungen hatten und noch nicht einmal als Kinder an einer Pausenhofschubserei teilgenommen hatten, geschweige denn an derberen Zusammenstößen, fielen ihre ungeschickten Bemühungen, den anderen beizukommen, äußerst dürftig aus. Ein heißer Favorit auf den Siegertitel war jedenfalls nicht zu erkennen. Bluna hatte, um überhaupt so etwas wie eine Waffe in Händen zu halten, ihre Gartenzwickschere aus dem Rucksack gekramt. Sie fuchtelte damit herum, weniger um die beiden zu überwältigen, als sie sich vom Leib zu halten. Sie war überzeugt davon, dass sich die Männer nicht zufällig hier aufhielten. Sie mussten hinter Shorty her sein. Bluna hoffte, dass dieser von dem sonderbaren Dreikampf Wind bekam und fliehen konnte. Mit einem wüsten Schrei stürzte sie sich auf die Männer. Bald wälzten sich alle drei am Boden, standen dazwischen schwer atmend wieder auf, in unregelmäßigen Abständen Hiebe und Stiche verteilend, die meist nichts anderes als die frische Luft durchbohrten. Das sollte sich schlagartig ändern. Denn plötzlich traf sie der blendend helle Strahl einer starken Taschenlampe.

»Hey, was machen Sie da!«

Der Lichtkegel fuhr vom Rechtsanwalt über den Fischernachbarn und blieb an Bluna hängen. Bluna hatte die Stimme sofort erkannt. Genau denselben Satz hatte der Security-Fritze auch im Umspannwerk gebrüllt, nachdem er Shorty beim Manipulieren der Schalter entdeckt hatte. Vielleicht war es ja sein Lebensmotto. Bluna kam das Bild deutlich vor Augen. Er hatte einen Gürtel getragen, in dem ein Schlagstock steckte, vermutlich auch Pfefferspray und höchstwahrscheinlich sogar eine Schusswaffe.

»Stehen Sie auf!«, rief der Gebäudeschützer, ohne dass er hinter seiner Mauer aus gleißendem Hell sichtbar wurde. »Alle! Und zwar sofort. Was tun Sie überhaupt hier?«

»Und wer sind Sie bitte?«, rief der alte Zausel von Rechtsanwalt erstaunlich frech und furchtlos.

Der Nachbar fügte in plötzlicher Solidarität hinzu:

»Ja, das ist unser Grundstück. Wir wohnen hier. Verschwinden Sie!«

»Sie haben jedenfalls keinerlei Recht, uns Befehle zu erteilen«, sagte der Rechtsanwalt mit bemüht schneidender Stimme.

Lauter Verrückte, dachte Bluna. Sie umklammerte den Griff ihrer Gartenzwickschere fester.

»Suchen Sie Shorty?«, schrie sie, aber eher in Richtung Hütte. »Shorty ist nicht hier! Wir haben schon alles abgesucht!«

Sie hoffte, dass der Wind günstig stand und ihre Botschaft zur richtigen Adresse trug. Der Lichtkegel kam näher. Eine muskulöse Hand tauchte daraus auf und versuchte, den Arm des Rechtsanwalts zu packen. Der trat einen Schritt zurück und schlug mit einem Nordic-Walking-Stock nach dem Wachmann, der laut aufjaulte und grob fluchte.

»Bist du beknackt, du Idiot?!«

Auch der Fischer hatte sich inzwischen aufgerichtet und stolperte auf den nächtlichen Eindringling zu. Die Taschenlampe war dem Security-Mann aus der Hand gefallen, sie beleuchtete die Gruppe vom Boden aus.

»Das ist mein Grundstück! Verschwinden Sie!«, schrie der Rechtsanwalt mit dem heiligen Zorn des notariell verbrieften Eigentümers.

Diesen Höllenlärm müsste Shorty doch hören, dachte Bluna. Sie versuchte sich aus dem beleuchteten Areal zu stehlen, die Schere immer fest in der Hand. Stichbereit, abwehrbereit, zwickbereit. Die drei Männer pöbelten herum und schrien aufeinander ein, wieder kam es zu einem zähen Handgemenge. Die Taschenlampe beleuchtete bald den, bald jenen der Kombattanten. Dann löste sich ein Schuss. Ein Aufschrei war zu hören, der in ein ersticktes Gurgeln überging. Man konnte im Lichtstrahl deutlich das klaffende Loch an dem Hals erkennen, auf das alle entsetzt starrten. Blut schoss in regelmäßigen Abständen aus der Wunde, der Körper kippte leblos zu Boden. Entsetzliche Ruhe legte sich über die Kampfzone.

»Die Viren sind durchaus keine unintelligente Schwundstufe der Evolution, wie es bei euch Menschen immer heißt«, dozierte die Mutter in der Hütte. Sie tigerte im Zimmer auf und ab wie eine Biologielehrerin im vollen pädagogischen Gleitflug. »Die ältesten von ihnen, zum Beispiel die Ehrenwerten Tollwutviren, sind Mitglieder im Rat der Vereinigten Bekannten Universen.«

Shorty hatte während der Covid-19-Zeit einige Informationen über die kleinen, schädlichen Biester aufgeschnappt, wie eigentlich jeder Laie. Er war sich seines Halb- und Dreiviertelwissens durchaus bewusst. Was jedoch bei ihm hängengeblieben war, war die Tatsache, dass Viren nichts anderes darstellten als stoffliche Programme, die nur ein einziges Lebensziel verfolgten: die Reproduktion ihrer selbst. Sie waren auf der Welt, um auf der Welt zu bleiben. Der Sinn ihres Lebens war überschaubar.

»Sind Viren jetzt Lebewesen oder nicht?«, fragte er.

»Das kommt auf die Definition von Leben an«, antwortete die Mutter. »Manche bezeichnen sie als überflüssige Schmarotzer, andere als die reduzierteste und deshalb unschuldigste Form von Leben. Sie sind jedenfalls stark staatenbildend, verfügen über eine kollektive Intelligenz, betreiben technologiefreie Wissenschaft und belegten beim Ranking der Mitglieder des Rates bezüglich Intelligenz einen mittleren Platz. Und zwar weit vor den Eiweißli –«

»Hast du das gehört? War das ein Schrei?«, unterbrach Shorty. »Ich sehe lieber mal nach.«

Vorsichtig betrat er den Bootssteg und ließ seinen Blick über die Wasseroberfläche schweifen. Er hätte schwören können, dass das Geräusch vom See gekommen war. Aber da war nichts.

»Ich denke, ich habe mich geirrt«, murmelte er und ging wieder zurück ins Bootshaus.

»Versetz dich einmal in ein solches Virus hinein«, fuhr die Mutter fort. »Du nimmst keine Bäume wahr, keinen Himmel, keine Erde, keine Landschaft, auch dich selbst nicht, sondern lediglich die Menschen als verschieden große, längliche Körper, die sich schwabbelnd und prustend von dir weg und auf dich zu bewegen. Deren markanteste Eigenschaft für dich ist, dass sie von einem ständigen Strom von warmer, feuchter Luft, der Atemluft, umgeben sind. Diese pulsierenden Lebensströme bedeuten für dich die Verheißung. Du verspürst den unwiderstehlichen Drang, dich in einen dieser Ströme zu stürzen, um zum Kern eines Schwabblers vorzustoßen. Doch du hast selbst keinerlei Möglichkeit, dich zu bewegen, du musst darauf warten, dass du zufällig hineingerätst. Wenn das geschieht –« Die Mutter winkte ab. »Ach was, bevor ich es lang erkläre – willst du eine Simulation?«

Shorty lehnte mit angewiderter Miene ab.

»Ganz bestimmt nicht!«

»Du hattest vor ein paar Wochen eine starke Grippe – willst du nicht auch die andere Seite der Krankheit kennenlernen? Die Verursacher verstehen?«

»Ich sagte: nein.«

Die Mutter lachte.

»Vielleicht hast du recht. Es ist schaurig, in die Rolle einer solchen Lebensform zu schlüpfen. Ich selbst musste es einmal berufsbedingt machen.«

»Du hast dich in ein Grippevirus verwandelt?«

»Nein, ich war auf einer Messe als Übersetzer unterwegs. Gastgeber waren die Ffloy, ein äußerst kulturinteressiertes Volk, das sehr viel Wert auf die Pflege von Literatur legt. Sie haben einen guten Überblick über alles, was in den Universen erzählt, geschrieben und pheromoniert worden ist. Die Influenzaviren waren das Ehrengastvolk, und ich habe ihnen eine neckische Kurzgeschichte übersetzt: *Als V. eines Morgens aus unruhigen Träumen erwachte, fand er sich in seiner Wirtszelle zu einem ungeheueren Säugetier, einem Menschen, verwandelt …* Ich schien bei der Übersetzung den richtigen Ton getroffen zu haben: Schon nach dem ersten Satz hat ein ganzer Saal voller Influenzaviren kreischend aufgeschrien vor lustvollem Ekel!«

Der bis an die Zähne bewaffnete Trupp von Einsatzkräften näherte sich dem Bootshaus schnell und lautlos. Die Spezialisten für Entführung / Geiselnahme / alien abduction kommunizierten flüsternd über Funk, man hätte es auch für Grillenzirpen halten können. Jetzt teilten sie sich in zwei Gruppen auf, sie hatten vor, das Bootshaus zu umkreisen und vollkommen abzuriegeln. Es war so, als träfe eine Flüssigkeit auf einen Festkörper, um ihn sanft, aber bedingungslos zu umspülen. Zwei Taucher glitten ins Wasser und schwammen in Richtung der beiden am Fischerhäuschen vertäuten Boote. Plötzlich stieß einer der Männer auf etwas Weiches. Er leuchtete nach unten. Da lag ein Körper am Boden. Schnell informierte er die anderen. Waffen wurden entsichert, Taschenlampen blitzten auf und verwandelten das Areal in eine wild zuckende Lightshow. Es fehlte bloß noch Musik von Pink Floyd.

»Es sind vier«, gab einer der Männer über Funk weiter. »Drei Personen leicht verletzt, eine Person mit Schusswunde am Hals. Tot.«

Die Mutter legte den Zeigefinger an die Lippen und machte Shorty ein Zeichen, in seiner augenblicklichen Position zu verharren. Shorty erschauderte. Sie hatte einen Blick aufgesetzt, der einem die Haut abzog. Trotzdem schien sie vollkommen ruhig und gefasst zu sein.

»Es geht los, mein Lieber«, sagte sie tonlos und ohne Gefühlsregung. »Es bleibt nichts anderes übrig: Ich werde dich jetzt in eine andere Welt verfrachten. Ich habe keine Zeit mehr für Erklärungen«, fuhr sie fort, nachdem Shorty sie ängstlich und fragend angeblickt hatte. »Denk immer daran, deine Hand einzusetzen.«

Der Ton ihrer Stimme hatte etwas seltsam Machtvolles bekommen.

»Gehen wir in die Welt der Ruu'n?«, fragte Shorty leise. »In deine Welt?«

»Nein, das ist ausgeschlossen. Ich selbst kann da nicht mehr hin, und für dich ist es erst recht nicht möglich. Keine Sorge, ich habe dir die bestmögliche aller Welten ausgewählt. Sie ist anstrengend, aber du wirst das überleben. Jetzt aber müssen wir schnellstens von hier weg. Wir werden den Grenzübertritt inmitten des Sees stattfinden lassen.«

»Wir gehen ins Wasser?«

»Wir nehmen ein Schiff.«

Die Männer des Einsatztrupps hatten ihren Kreis um das Bootshaus geschlossen, die Taucher hatten die zwei Außenbordmotoren bereits unbrauchbar gemacht. Alle trugen viel Spezialgerät bei sich, das sie jetzt in Anschlag brachten. Der Scharfschütze hatte den Flüchtigen durch die Fensterscheibe hindurch im Visier seines Betäubungsgewehrs. Alle warteten nur noch auf das Kommando zum Zugriff.

Shorty deutete auf eines der Boote und machte eine fragende Geste: Welches nehmen wir? Die Mutter gab keine Antwort. Er war ruhiger geworden. Die Bedrohung rundherum war spürbar, aber das unhörbar fröhlich piepsende Küken in seiner gekrümmten Hand gab ihm etwas Sicherheit.

»Wir holen ein Boot vom Hafen gegenüber«, sagte die Mutter leise. »Gebrauche das Geschenk des Möglichen

Kaiserchens. Mach daraus eine Steuerung. Glaub mir, es ist ganz einfach.«

Shorty vollführte die Pumpbewegungen, die er schon auf dem Bikerparkplatz versucht hatte. Zylinderkolben fährt nach unten … saugt das Luft-Benzin-Gemisch an … fährt nach oben und presst es zusammen … lässt das Gemisch mit dem Funken der Zündkerze explodieren … In der Ferne jaulte ein Motor auf.

Der Kommandant des Einsatztrupps hob den Kopf. Was zum Teufel war da los? Mehrere Kampfhubschrauber im Flüstermodus waren aus dem Nichts am Himmel aufgetaucht und steuerten das Bootshaus an. Männer seilten sich lautlos ab. Von welcher Einheit um alles in der Welt waren denn die? Er musste ihnen zuvorkommen. Das war nicht abgesprochen. Die konnten alles verderben. Diese Idioten.

»Los, wir gehen rein«, befahl der Kommandant. »Wir versuchen es zuerst mit dem Betäubungsgewehr. Wenn das nicht klappt, leiten wir das Gas ein. Dann –«

Bevor er weiterreden konnte, spürte er einen Schlag in den Nacken. Er sank zu Boden. Die zwei Gestalten in den oval zulaufenden Schutzhelmen, den schwarzen Gesichtsmasken, schwarzen Brustpanzern und metallic schimmernden Lätzchen bekam er nicht mehr zu Gesicht. Dabei war das Bild durchaus beeindruckend. Der breite Ringkragen glich einer mittelalterlichen Halsberge, so dass die beiden Angreifer eine Mischung zwischen futuristischen Comicwesen und mittelalterlichen Rembrandt-Gemälden darstellten.

Die Männer des Kommandanten drangen ins Bootshaus ein. Sie hatten solch eine Attacke tausendmal geprobt. Das Getöse war ohrenbetäubend. Doch im Inneren des Gebäudes blieben die Angreifer verdutzt stehen. Das Bootshaus war leer. Die Schwingtür zur Veranda bewegte sich lautlos im Wind. Und die beiden Boote schaukelten festgebunden am Steg. Einer der Männer zeigte hinaus auf den See. Es war eigentlich unmöglich, aber der Flüchtige war entwischt. Schon wieder einmal.

Shorty und die Mutter rasten in Mördergeschwindigkeit über die Wasseroberfläche.

»Achte nicht auf die monströsen Erscheinungen«, schrie ihm die Mutter ins Ohr. »Die sind für dich weniger gefährlich. Angst haben musst du vor den kleinen, wendigen Angreifern. Lass dich genau von dieser Angst treiben. Angst ist ein guter Motor.«

Mehrere Hubschrauber senkten sich herab. Shorty bemerkte, dass sie Geschosse abfeuerten, gegeneinander, aber auch in Richtung Boot. Er schloss die Hand fest, immer darauf bedacht, das zarte Küken nicht zu verletzen.

»Fahr so schnell du kannst!«, schrie die Mutter, die er durch die im Fahrtwind aufspritzende Gischt kaum mehr erkennen konnte. »Immer geradeaus.«

Shorty bretterte geradewegs auf das gegenüberliegende Ufer zu, er hatte eine Heidenangst, die Böschung zu rammen. Doch plötzlich kippte der See auf eine Seite, er stand schräg, die Wasseroberfläche verwandelte sich in Millionen von funkelnden, pixeligen Klötzchen, und er wurde mitsamt dem Gefährt jäh in die Höhe gehoben. Bösartig zuckende Blitze und elektrische Entladungen prasselten von allen Seiten auf ihn und das Schiff ein. Ein riesiges Gebilde, das wie ein Baukran aussah, tauchte vor ihm auf und schwenkte die starren Arme bedrohlich in seine Richtung. Shorty klebte mit dem Boot auf der schrägen Steilwand fest, ohne abzurutschen, aber er musste aufpassen, dass er nicht aus dem Boot in eine ungewisse Tiefe stürzte. Um ihn herum zischte und knirschte es wie im Maschinenraum eines Ozeanriesen, er glaubte auch Schreie und Hilferufe zu hören. Shorty wandte sich unwillkürlich hilfesuchend zur Mutter, die jedoch ihre bisherige Erscheinung aufgegeben hatte und in rasender Geschwindigkeit von einer Figur zur anderen wechselte. Er hatte solch eine Rotation zwar schon bei ihr gesehen, aber jetzt war die Verwandlung atemberaubend. Die Mutter sprang im Viertelsekundentakt von Erscheinung zu Erscheinung. Große Gestalten verwandelten sich in kleine, putzige in furchterregende, menschenähnliche in noch nie zuvor gesehene. Shorty konnte nicht anders als einen kurzen Moment gebannt hinzustarren. Fast hätte er den Halt verloren und wäre aus dem Boot gefallen. Es war so, als ob man eine holographische Verbrecherkartei rasend schnell durchblätterte, die einzelnen Gesichter und Körper irgendwann nicht mehr erfassen konnte und einem schließlich eine Urform vor Augen stünde, die sämtlichen Ganoven gemeinsam war. Erschrocken wandte er sich wieder um.

Raketenartige Geschosse flogen auf ihn zu und trafen das Äußere seines Schutzschilds. Er nahm die Erschütterung der Aufschläge wahr, doch er verspürte keinerlei Schmerzen. Dann sah er, wie der Hubschrauber, der gefeuert hatte, zerbarst und vom Himmel tropfte. Die Luft über der schrägen Oberfläche des Klötzchensees dampfte. Immer mehr unförmige Gestalten tauchten daraus auf, blaugrüne Schlieren flossen an ihnen herab wie Wasserfälle. Shorty wurde aus dem Boot geschleudert, streckte die Arme hilfesuchend aus, flog in die Höhe, beschrieb eine Parabel, senkte sich wieder hinunter zur Erde. Im Fallen glaubte er im Hintergrund noch die unverkennbare Pilzwolke einer nuklearen Explosion zu sehen, die sich hoch in den Nachthimmel hob und ihn giftig-gelb verfärbte.

Der Wechsel in die neue Welt kam plötzlich, wuchtig und unerwartet, sie türmte sich wie eine Gewitterfront vor Shorty auf und schob sich dann bedrohlich auf ihn zu. Die neue Welt verschlang die alte, fraß sie schmatzend auf, breitete sich in ihr aus, wie Feuer trockenen Wald verschluckt. Die Veränderungen waren eine Zumutung für alle Sinne: Das Wasser des Sees schien sich vollständig in Dampf verwandelt zu haben, die Begrenzungslinien der herumfliegenden Gegenstände lösten sich auf und formierten sich wieder neu, aber nur, um wieder zu zerfließen, zu zerbersten, zu platzen und sich abermals neu zusammenzusetzen. Eine undefinierbare Geräuschhölle tobte rings um ihn her. Sämtliche Farben waren verschwunden und aus den Dingen gewichen, Shorty konnte nur noch in einen pechschwarzen Schlund blicken, aus dem ihn die absolute Leere anstarrte.

Dann verstummte der Lärm um ihn herum. Er lag. Auf einer ebenen Fläche. Auf dem Boden. Er war gefallen, aber nicht aufgeschlagen, er spürte keinerlei Schmerz. Er spürte auch seinen Körper nicht, doch es fühlte sich so an, als ob er die bekannte Welt verlassen hatte. Es war vollkommen ruhig um ihn herum, die plötzliche Stille empfand er fast als schmerzhaft. Mehrere Minuten lag er so da und wagte nicht, sich zu bewegen, geschweige denn die Augen zu öffnen. Wenn er überhaupt noch welche besaß. Wenn er inzwischen nicht zu einem augenlosen Untier mit triefenden Lefzen geworden war. Zu einem Prokaryoten oder spektralen Randgrünling, zu einem Lichtnomaden, Sandfisch, Zyzzyxdontiner, bāgh, Lpreccurlyeq – Shorty verfluchte sich dafür, Bluna und den Portier nicht einfach niedergeschlagen und die Manipulation im Umspannwerk zu Ende gebracht zu haben. Er verfluchte sich dafür, dem Security-Mann nicht kurzerhand den elektrischen Schraubenzieher in den Bauch gerammt zu haben. Er verfluchte sich dafür, überhaupt in das verdammte Industriegelände gegangen zu sein. Er verfluchte sich, bei Lix & Partner die Kopfhörer aufgesetzt zu haben …

Der Untergrund, auf dem er lag, war haarig. Er bewegte sich und roch waldig. Mit einer ungeheuren Willensanstrengung, die er sich selbst nicht zugetraut hätte, riss er die Augen auf.

25

Die Ragnarök ist in der nordischen Mythologie die Bezeichnung für das Weltenende. Ob es aber Ragnarōk oder Ragnarök, vielleicht auch Ragnarouk (mit dunklem ou) oder gar Ragnarau⌛gg (mit einer winzigen Pause vor dem gg) ausgesprochen wird, ist umstritten. In alten Schriften steht geschrieben, dass das Weltenende dann nicht mehr fern ist, wenn derjenige auftaucht, der das Wort richtig ausspricht.

Eine schreckliche Sekunde lang fiel sein Blick auf feucht glitzernde, dicht nebeneinanderliegende Fäden, von denen sich einige so leicht wie Tang im Meer bewegten. Shorty glaubte, dünne Strudelwürmer mit schimmernden Mäulchen und kleinen, gierigen Reißzähnen zu erkennen.

In panischer Angst presste er die Augen wieder zusammen und murmelte ein unhörbares Stoßgebet. Er hatte sich in ein Influenzavirus verwandelt, das auf den zottigen Bläschen einer menschlichen Lunge saß! Eine heiße Woge von Zorn auf den scheinheiligen Translationator überkam Shorty. Der hundsgemeine Schmierenkomödiant hatte vorhin das Gespräch doch wohl nur aus dem Grund auf das Thema Viren gebracht, um ihn auf diese Höllenfahrt vorzubereiten! Eine weitere angstvolle Woge durchfuhr Shorty. Er würde sich beim Öffnen der Augen als stachelige Kugel wiederfinden, einer schlammigen Kastanie ähnlich, die auf der Suche nach gesunden Körperzellen war, um sich gierig an sie anzudocken und sie zu knacken. Immer noch hatte er die Augen schmerzhaft zusammengepresst, als ob dadurch die Welt um ihn herum verschwände. Doch langsam fasste er sich wieder. Er musste sich auf das Wesentliche und Naheliegende konzentrieren. Zunächst einmal: Die Lunge eines Säugetiers oder Menschen hob und senkte sich in regelmäßigen Abständen, und von diesem Seegang war momentan überhaupt nichts zu spüren. Er schien vielmehr auf einer vollkommen unbeweglichen Ebene zu liegen, die mit weichen, muffig riechenden Zotteln bedeckt war, die leicht zitterten. Dazu kam noch, dass ein Virus nicht atmete. Ein Virus konnte auch nicht sehen, auf was es saß. Und vor allem konnte ein Virus nicht darüber spekulieren, ob es ein Virus war oder nicht. Shorty spürte überdies seine Beine und Füße, auch wenn sie sich schwerer und träger als gewohnt anfühlten. Er bewegte die Zehen, sie stießen ans Schuhinnere. Das bewies doch ebenfalls, dass er immer noch einer aus der Gattung Homo sapiens war. Viren trugen keine Schuhe. Shorty hielt sich krampfhaft an diesem kleinen Hoffnungsschimmer fest. Jetzt nur noch ein paar regelmäßige und beherzte Atemzüge, dann würde er sich der neuen Welt stellen wie ein Titan. Wie Herkules. Wie Prometheus. Wie Cäsar, als er den Rubikon überschritt. Überraschenderweise vernahm er ganz in der Nähe ein leises Plopp. Nach ein paar Sekunden erklang es ein zweites Mal. Und noch ein letztes Mal. Er lauschte angestrengt. Ein wenig hoffte er sogar auf ein verheißungsvolles Buzz, Squeak und Rattle, auf ein fernes Zeichen des Translationators, der ihn schließlich in diese peinliche und entwürdigende Lage gebracht hatte. Aber das Ploppen war endgültig verstummt. Auch sonst konnte er keine definierbaren Alltagsgeräusche herausfiltern, keine Stimmen, keinen Zivilisationslärm, nichts. Je länger er wartete und sich ängstlich verkrampfte, desto weniger war es ihm möglich, den Tatsachen ins Auge zu sehen. Shorty war vollgepfropft mit panischem Unbehagen. Er hatte so etwas schon einmal durchlebt. Als Kind war er einmal mitten in der Nacht aufgewacht, und am Fußende seines Bettchens hatte er einen schwarzen, zusammengerollten Körper in der Größe eines Hundes oder Wolfes erblickt. War es ein Monster, eine fratzenhafte Erscheinung, eine ekelhafte Bestie? Eine pestige Chimäre, der Leibhaftige persönlich, ein schlafender Werwolf, ein rothaariger Troll? Schließlich war es doch nur der vergessene Pullover gewesen, der die Phantasie so entzündet hatte. Daran musste Shorty momentan denken, nur dass er in der jetzigen Situation selbst nicht wusste, ob er das Monster oder der Pulli war. Die gemeinste, schuftigste, brennendste Angst war immer noch die Angst vor sich selbst.

Er versuchte, seine Gliedmaßen unauffällig zu bewegen, die Hände auszuschütteln und die Schultern zu rollen. Er streckte die Finger. Die linke Hand ließ sich noch ungehindert bewegen, langsam und vorsichtig vollführte er die üblichen Pumpbewegungen, um einen Schutzschild aufzubauen. Aber nützte ihm das jetzt etwas? Das Geschenk des Kaiserchens wehrte ja lediglich menschliche Attacken ab. Shorty rang mit sich selbst. Es war nur ein kleiner Wimpernschlag nötig, um die Augen aufzureißen, weiter nichts. Und wenn da draußen wirklich etwas Furchtbares lauerte, dann hätte es ihn längst angegriffen. Ein Monster würde nicht warten, bis er die Augen öffnete. Und ewig konnte er hier nicht so liegen bleiben, die Angst wurde dadurch nicht kleiner. Sie würde wachsen und wachsen, ihn zerreißen und alle Lebenskraft aus ihm saugen …

Mit einer plötzlich aufflammenden, wilden Entschlusskraft, von der er selbst nicht recht wusste, woher sie gekommen war, hielt er die linke Hand direkt vors Gesicht, dann atmete er mehrmals kräftig ein und aus, versuchte, alle logischen Verstandesbataillone, über die er verfügte, aufmarschieren zu lassen. Schließlich riss er die Augen auf. Helles Licht blendete ihn. Er starrte auf seine leuchtende Handinnenfläche. Dort hatte sich der Bildschirm wieder aufgebaut. Shorty blinzelte. Ein paar Buchstaben tanzten vor seinen Augen. Die Textnachricht lautete:

>Na, endlich!<

Shortys Erleichterung war grenzenlos. Vollgestopft mit Glückshormonen und Erleichterungsdopaminen starrte er auf die Nachricht. Er war so happy, dass er nicht gleich begriff, was sie bedeutete. Doch dann ließ er die andere Hand aus dem Nichts auftauchen und tippte ein:

>Hallo, Stimme!<

Die Antwort ließ nicht lange auf sich warten:

>Hallo, Shorty, schön, dich gesund und munter vorzufinden! Aber ich bin jetzt wohl mehr die *Schrift* als die Stimme. In dieser Welt kann ich momentan nicht anders auftreten.<

Schlagartig wurde Shorty klar, dass der ruu'nsche Translationator die ganze Zeit darauf gewartet hatte, bis er sich endlich dazu durchgerungen hatte, die Augen zu öffnen. Immer noch ein wenig verdattert, starrte er auf das Display. Mühsam tippte er ein:

>Wo bin ich?<

Wieder ein schwaches Plopp, dann blinkte ein weiterer Text auf.

>Am besten, du siehst dich einfach um. Es ist weniger schlimm, als du dir das gerade vorgestellt hast, alter Feigling. Es ist eigentlich die reinste Idylle!<

Vorsichtig hob Shorty den Kopf. Tatsächlich lauerte weit und breit kein Monster, keine fratzenhafte Erscheinung oder ekelhafte Bestie, pestige Chimäre, kein Leibhaftiger persönlich, kein schlafender Werwolf, kein rothaariger Troll. Er befand sich auch nicht in einem dunklen und verrauchten Bezirk der Lunge, sondern in einer kleinen, sauber eingerichteten Wohnstube. Die Tür war einen Spalt geöffnet, sie führte ins Freie, dort war ein Stück klarer, frischer Nachthimmel zu sehen. Er selbst lag auf einem dicken Teppich, dessen Flor sich schwach zitternd bewegte. Durch die angelehnte Tür zog es leicht. Eine Welt, in der es leicht zog, war eigentlich gar nicht mehr so beängstigend. Plopp. Eine neue Textnachricht.

>Auf was wartest du? Los, sieh dich um. Niemand ist da. Niemand beißt. Niemand will was von dir.<

Langsam und vorsichtig hob er den Kopf. Der allererste Blick beruhigte, der zweite noch viel mehr. Der dritte Blick löste in Shorty fast ein Gefühl der Behaglichkeit aus. Er befand sich allein in dem Zimmer. Die Einrichtung war spitzweghaft spießbürgerlich, die Bewohner legten wohl Wert auf Gemütlichkeit. An den Wänden hingen gerahmte Bilder, darauf waren zu seiner Erleichterung menschliche Wesen zu sehen. Auf der rechten Seite stand ein großes

Sofa an der Wand, links konnte er eine riesige, mahagonibraune, speckig glänzende Kommode erkennen, auf der eine ebenso wuchtige Obstschale abgestellt war. Auffallend waren die enormen Ausmaße der Möbel, sie mussten sich bis in den Teil des Zimmers erstrecken, der sich hinter seinem Rücken verbarg. Ein Geräusch ließ ihn auffahren. Drohte Gefahr von draußen? Hatte das Monster nur kurz das Zimmer verlassen und kam jetzt wieder zurück? Doch es war nur das Plopp in seiner linken Hand. Eine neue Textnachricht. Er riss den Blick von der merkwürdigen Obstschale los und las:

>Und jetzt vorsichtig umdrehen!<

Er folgte der Aufforderung, so dass er jetzt die angelehnte Tür im Rücken hatte. Auch hier keine Monsterfratze, die zu einem fiesen Grinsen ansetzte. Shortys Blick wanderte an der Kommode entlang. Sie hatte in der Tat eine monströse Länge, mochte fünf oder sechs oder zehn oder zwanzig Meter messen, vielleicht auch fünfzig oder hundert, sie reichte jedenfalls bis ans weit entfernte Ende des Zimmers – aber es gab kein Ende des Zimmers! Die Kommode schien sich im Unendlichen zu verlieren. Er blinzelte und rieb sich die Augen, versuchte, die Obstschale aus weißem Porzellan zu fixieren, doch auch sie reichte zusammen mit der Kommode weit über seinen Gesichtskreis hinaus, bis hin zu einem nicht mehr fassbaren Fixpunkt. Seien es die auseinandergezerrten Äpfel, sei es das Sofa, das auf der anderen Seite des Zimmers stand, seien es die Fotografien an den Wänden, sei es der Teppich, auf dem er lag – wo immer er auch bei einem Gegenstand dessen Ende und Abschluss ausmachen wollte, es gelang ihm nicht, und ihm wurde schwindelig bei dessen Anblick. Plopp. Eine neue Textnachricht blinkte auf:

>Und jetzt sei ein tapferer Ritter und sieh ganz langsam und vorsichtig an dir hinunter.<

Shorty hatte sich halb aufgerichtet, saß auf dem Hosenboden und betrachtete seine Beine. Auch seine Oberschenkel fanden keinen Abschluss in Füßen und Schuhen, nicht einmal seine Knie waren zu sehen. Die unteren Extremitäten reichten genauso wie die Einrichtungsgegenstände ins Unendliche, verschwammen dort zu flirrenden Punkten. Das Widersprüchliche dabei war, dass sich seine Beine anfühlten wie sonst, obwohl sie unendlich lang waren. Aber je mehr er seinen Blick wieder in die Nähe richtete, desto konkreter wurden die Gegenstände: die Bilder, das Obst auf der Kommode, der Teppich, sein eigener Körper. Plopp.

>Dieses Zimmer hat nach hinten keine Wand und auch sonst keine Begrenzung. Jeder Gegenstand und Körper, der sich in diesem Zimmer befindet, dehnt sich nach dieser Seite unendlich aus. Zur Tür hin haben alle Körper jedoch durchaus einen Abschluss. Ich würde mich an deiner Stelle dort aufhalten.<

Shorty brach der Schweiß aus. Als er die rechte Hand zum Display führte, konnte er sehen, wie seine Finger zitterten. Trotzdem tippte er ein:

>Das habe ich schon einmal gesehen! Bluna hat genau das im Architekturbüro Lix & Partner gezeichnet!<

Die Mutter antwortete mit einem lachenden, knallgelben Smiley.

>Genau. Die pfiffige Bluna mit ihrer blühenden Phantasie ist ebenfalls auf diese Idee gekommen.<

>Werde ich Bluna wiedersehen?<

Ohne zu zögern, schrieb die Mutter:

>Ja, ganz bestimmt. Schon bald.<

>Hier in dieser Welt?<

>Vielleicht.<

>Wohnt sie hier?<

Wieder ein Smiley. Noch gelber als das vorige.

>Sieh nach. Finde es selbst heraus.<

Shorty erhob sich. Sofort lösten sich seine Füße aus dem unscharfen Hintergrund und flutschten in die Normalgröße. Er streckte die rechte Hand in die Richtung, in der normalerweise die Zimmerwand sein sollte, sie wurde lang und länger, bis er seine Finger nicht mehr sah. Trotzdem spürte er sie, das war das Verstörende daran. Schnell zog er die Hand zurück.

>Warum hast du mich hierhergebracht, Mutter? Oder vielmehr: *Schrift*?<

>Hm, ja – – – ?? – Ja, warum eigentlich?<, textete sie verspielt. >Ich finde, es ist eine sehr einfache, überschaubare Welt. Man kann sich gut in ihr verstecken. Außerdem hatte ich den Eindruck, dass du sie dir selbst ausgewählt hast.<

>Wie bitte? Wann denn das?<

>Erst vorhin! Erinnerst du dich nicht? Du hast das VBU-Lexikon, das Lexikon der Mitglieder der Vereinigten Bekannten Universen aufgeschlagen und bist an dem Eintrag Nr. 102 etwas länger hängengeblieben. Ich war sozusagen *Inspiriert durch deinen Browserverlauf.* Sieh mal her …<

Sofort erschien der entsprechende Lexikoneintrag auf Shortys linker Hand:

2 Zimmer / Küche / Bad-Universum (2zkb) – inverse Kleinstwelt mit einer begrenzten Anzahl von Bewohnern. Jeder der vier Räume dehnt sich unendlich nach einer Seite aus. Verlässt man die Räume in die andere Richtung, kommt man, nachdem man einen kleinen Garten durchquert hat, in den kreisförmigen Innenhof, der das vollständige Universum beinhaltet, dessen Grundfläche jedoch nur etwa 120 m^2 beträgt. Dessen Mittelpunkt besitzt weder Masse noch Ausdehnung. (Vorsicht: Absoluter Nullpunkt! Zeitfalle!)

Schnell tippte Shorty ein:

> Ist es also gefährlich, sich im Garten aufzuhalten?<

> Nein, überhaupt nicht. Du trittst aus der Tür, und vom Gartenzaun aus kannst du dir das Universum in Ruhe ansehen, von allen Seiten, wie in einem Planetarium.<

>Riskiere ich wirklich nichts?<

>Meinst du, ich rette dich aus den Klauen des Leibhaftigen, des rothaarigen Trolls und der gelb schimmernden Chimäre, um dich hier versauern zu lassen? Steh auf und geh durch die Tür. Du musst alleine klarkommen, da draußen ist die Verbindung wahrscheinlich wieder sehr schlecht. Mach es gut, mein Lieber, bis bald!<

Nachdem Shorty nichts darauf erwiderte, fügte die Schrift hinzu:

>Nur zu deiner Beruhigung: Stell dir einen Grashüpfer vor. Er sitzt auf einer Wiese. Plötzlich packt es ihn und er springt los, für ihn unvorstellbar weit weg, er landet in einer für ihn völlig neuen und womöglich gefährlichen Welt. Sie kann sogar tödlich für ihn sein. Bei dir ist das nicht so. Wo du auch immer hinspringst, du wirst mit der neuen Situation schon irgendwie zurechtkommen.<

Al Capone ist in Alcatraz auch irgendwie zurechtgekommen, dachte Shorty.

Er streckte beide Arme aus und zog sie wieder zu sich her. Beim Zurückziehen schlüpften und schlappten sie aus dem Unendlichen, wie sich ein verfitzter Gartenschlauch ent-fitzt. Jetzt war alles wieder im Lot. Shorty ließ die Hände sinken und schlich langsam zur Tür. Dann stieß er sie vorsichtig auf. Erst jetzt fiel ihm ein, dass er ganz vergessen hatte zu fragen, ob es denn überhaupt möglich war, einfach so, ohne Raumanzug und Sauerstoffflasche in dem sonderbaren Weltall herumzuspazieren. Die Luft war da draußen wahrscheinlich ausgesprochen dünn. Aber es war jetzt ohnehin zu spät. Er trat aus der Tür. Kühle Nachtluft wehte ihm entgegen. Nach einem Garten mit Rasen, Ginsterbüschen und vielen grellfröhlichen Gartenzwergen begann das Weltall, wie eigentlich im normalen Leben auch. Es war zappenduster, doch auch als er an den brusthohen Gartenzaun trat, der etwa zwanzig Schritte von der Tür entfernt lag, wurde die Luft nicht merklich dünner, wie er befürchtet hatte. Auf der anderen Seite des Miniaturuniversums mussten die anderen Räume der 2zkb-Welt liegen. Sein Blick blieb am Panorama der Millionen Sterne und Himmelskörper hängen. Er war so überwältigt von dem Anblick, dass er seine Angst vorübergehend vergaß. Der Mond dackelte gerade einer Wolke hinterher und wurde rasch von ihr verschluckt, als er sie erreicht hatte. Ansonsten war der Nachthimmel wolkenlos und klar. Nachdem sich seine Augen an die Dunkelheit gewöhnt hatten, konnte er auch einige Lichtpunkte ausmachen, die sich am Himmel schnell bewegten, in unterschiedlichen

Geschwindigkeiten und in verschiedene Richtungen. Das waren vermutlich Flugzeuge, vielleicht auch Satelliten. Oder waren es gar Meteoriten, die auf diese Welt zurasten? Er schloss die Augen, so war er geblendet von der unfassbaren Anzahl der Lichter, die dort oben flirrten und glitzerten. Von wegen romantischer Sternenhimmel! Der Anblick war so überbordend barock, gargantuesk und verschwenderisch überladen, dass Shorty sich die Augen rieb. Der Sternenhimmel verlor sich jedoch nicht wie gewohnt am Horizont, er senkte sich vielmehr direkt vor seinen Füßen nach unten. Er hatte den Eindruck, dass ein Schritt genügte, um mitten im Weltall zu stehen. Wieder erschrak er, atmete tief ein und aus: keine Spur von dünner Luft. Es war tatsächlich nur ein klein bisschen kühler hier draußen. Sonst nichts. Seine Furcht hatte sich jedenfalls gelegt. Er las einen faustgroßen Stein auf und warf ihn über den Gartenzaun, an dem ein vergessener Motorradhelm hing. Der Stein flog die ersten Meter ganz normal, dann beschrieb er jedoch nicht die übliche parabolische Flugbahn, die auf den Boden zielte, der Stein stieg vielmehr weiter und weiter, bis er aus Shortys Sichtfeld verschwand. Isaac Newton und die herkömmliche Physik hätten mit diesem Stein und seinem Verhalten wahrscheinlich ein Hühnchen zu rupfen.

Ein vertrauter Geruch stieg Shorty in die Nase. Er konnte ihn nicht sofort zuordnen, aber es duftete aus der Küche, und das nicht unangenehm. Shorty wagte es. Er wandte sich nach rechts und ging an der gekrümmten Wand entlang. Überall hatte der Gartenzaun den gleichen Abstand von ihr. Ihm fiel auf, dass immer wieder Motorradhelme über dem Zaun hingen. Wer fuhr denn hier Motorrad? Und vor allem: wo? In weniger als fünf Minuten hatte Shorty einen Halbkreis um das mittige Universum abgeschritten und war dadurch an der Außentür des gegenüberliegenden Zimmers angekommen. Ein paar Schritte für Shorty, neunzig Milliarden Lichtjahre für einen Astronauten, der gezwungen war, die Strecke geradeaus durch das Weltall zu fliegen. In der Welt, in der er sich gerade befand, war die Strecke also alles andere als die kürzeste Verbindung zwischen zwei Punkten. Auch die geometrischen Gesetze hatten rein gar nichts mehr mit denen zu tun, die ihm die Mathelehrerin damals beizubringen versucht hatte.

Die Tür führte in die Küche. Der angenehme Geruch war jetzt stärker geworden. Auf dem Rasen lag ein lesender Gartenzwerg, der wie Karl Marx aussah, daneben der Stein, den er vorher geworfen hatte. Für diesen verwitterten Stein waren wohl einige Trilliarden Jahre vergangen. Außerdem war eine einladende Kinderschaukel neben dem Küchenfenster aufgebaut. Schnell blickte Shorty an sich herab: Nein, *sein* Körper hatte sich nicht verändert. Es war der Körper, den er seit gut vierzig Jahren kannte. Shorty, mutig geworden durch die Tatsache, dass er das Universum unbeschadet umkreist hatte, öffnete die Tür und betrat die Küche.

Ein gemütlicher Tisch, ein altmodischer Gasherd, einige Küchenschränke. Wie er erwartet hatte, reichte das Küchenmobiliar auch hier wieder ins Unendliche, auf dem Herd stand ein Topf mit brodelnder Suppe, es duftete nach Zwiebeln und angebratenen Speckwürfeln. Das war es also gewesen, was so appetitlich gerochen hatte. Der Gegensatz zu dem bombastischen Sternenhimmel draußen hätte nicht größer sein können. Aus dem verwaschenen Hintergrund schob sich nun eine Hand, eine feste, muskulöse Hand, ihr folgte ein Arm in einem schmutzigen und zerrissenen Sweatshirt. Eine Schulter, ein Kopf, schließlich der ganze Körper des Mannes, den Shorty nur allzu gut kannte. Er war überrascht, ihn hier zu sehen.

»Junge, Junge, was machst du für Sachen«, sagte der Mann. »Setz dich doch. Isst du was mit mir, Shorty?«

Jetzt wusste er, an was ihn der Geruch genau erinnert hatte. An Erbswurstsuppe mit Speck, die Lieblingsspeise seines langjährigen väterlichen Freundes und Helfers, Moritz Jamanke.

26

Geisterchor (unsichtbar)
Weh! weh!
Du hast sie zerstört
Die schöne Welt,
Mit mächtiger Faust;
Sie stürzt, sie zerfällt!

GOETHE, FAUST

Das Mögliche Kaiserchen hieb mit der virtuellen Faust auf die gepolsterte Armlehne des ebenso fiktiven Thronsessels. Das dazu passende Krachen und Zersplittern von altem Holz kam von der Audiodatei und wurde über die Saallautsprecher eingeblendet. Das war zwar ein wenig aurikular-chauvinistisch und schloss all diejenigen Spezies aus, die über keine Hörorgane verfügten, aber allen konnte man es eben nicht recht machen.

»Potz Turing & Cartesius!«, rief das Kaiserchen ärgerlich und eröffnete damit die Sitzung. »Ich kann mir das immer noch nicht so richtig vorstellen. Mir fehlen dazu einfach die Verstandeskräfte.«

Einige Schmeichler, Stiefellecker und Krummbuckel verschiedenster Herkunft verneinten entrüstet.

»Aber nein doch, Eure randlose Mannigfaltigkeit, da setzt Ihr Euch ins Unrecht, allzu bescheiden wie Ihr seid!«

»Papperlapapp!«, winkte das Kaiserchen ab. »Scheinheiliges Gerede bringt uns jetzt auch nicht weiter.«

»Aber bedenkt doch, Eure hermeneutische Zirkularität!«, setzte ein anderer Hofschranze hinzu. »Eure Einblicke in die entlegensten Naturgesetze sind über alle Grenzen hinweg legendär!«

Mit einer schnellen Handbewegung gebot das Kaiserchen Schweigen. Es entstammte dem Volk der Kreisläufer. Die Kreisläufer waren eine eindimensionale Spezies, sie bestanden lediglich aus einem Punkt, konnten sich jedoch in jede beliebige Richtung und mit jeder denkbaren Geschwindigkeit fortbewegen: auf gebogenen Linien, verwinkelten Steigungen, regelmäßigen Sinuskurven, kunstvollen Spiralen und – wenn auch ungern – auf geraden Strecken. Die Individuen bestanden also streng genommen gar nicht aus den Punkten selbst, sondern aus den Bewegungen und Aktionen, die diese Punkte vollführten. Die Zivilisation der Kreisläufer war hochentwickelt. Durch enorme Anstrengungen vor allem in der mathematischen Forschung konnte sie sich mühelos in zwei-, drei-, vier-, vierzehndimensionale Welten hochrechnen und dort beliebige Gestalten annehmen. Um eine Unterhaltung mit ihnen führen zu können, waren exzellente Übersetzungsleistungen gefragt. Einmal mehr vermisste man den Translationator.

»Ich bitte nun um Vorschläge«, fuhr das Kaiserchen fort, »wie wir das entstandene Chaos, das auf immer mehr Welten überzugreifen scheint, wieder in den Griff bekommen können.«

»Wir sollten eine Nuklearkatastrophe bei den Menschen zulassen!«, rief es aus einer dunklen Ecke des Saals. »Am besten mit einem mehrfachen Overkill. Dann sind wir diese Zellhaufen und Gelegenheitssäuger auf einen Schlag los.«

»Eine gute Idee«, fügte der Hofphysikus hinzu. »Wir opfern eine Welt, um die anderen zu retten. Das ist die

Methode des Gegenbrandes, mit dem Feuerwehren aus verschiedenen Universen beste Erfahrungen gemacht haben. Sogar die Menschen selbst –«

Das Kaiserchen schüttelte den Kopf.

»Ich befürchte, dieser Shorty rächt sich furchtbar, wenn wir seine Spezies angreifen oder gar zu eliminieren versuchen.«

»Gibt es Anhaltspunkte für diese Befürchtung?«

»Ich habe da so ein Gefühl«, antwortete das Kaiserchen mit einem ahnungsvollen Gesichtsausdruck.

Ein OuOger beugte sich zum anderen:

»Er hat da so ein Gefühl! Kann ein Punkt überhaupt Gefühle haben?«

Nun bat Galax21/Meg6,8, der alerte Vertreter der Handys, ums Wort. Auf den Rängen und im Parkett wurde gemurrt. Diese Flachziegel nervten beträchtlich. Aufgrund ihrer unstillbaren Informationssammelsucht schienen sie inzwischen bei wirklich jeder Gelegenheit ihren digitalen Senf dazugeben zu müssen.

»Eurer Exzellenz und uns allen kann durchaus geholfen werden«, sagte Galax21/Meg6,8 und verneigte sich mit einer einfachen Kippbewegung vor dem Kaiserchen.

»Dann komm endlich zur Sache, Mann. Und spar dir bitte jedwede Werbung für neue Übersetzungs-Apps, prickelnde User-Interfaces und Ultraweitwinkelobjektive.«

Der schokoladentafelförmige Botschafter verneigte sich abermals.

»Ich habe mir erlaubt, etwas vorzubereiten. Es handelt sich um eine Art Installation, die wir nach den bisherigen Informationen über die Abteilung Mensch & Co. generiert haben. Zumindest die Sehenden unter euch werden sie wahrnehmen können.«

Das wiederum war zwar ein wenig Okular-Chauvinismus, der all diejenigen Spezies ausschloss, die über keine Augen, Sehschlitze, Ocellen, Lichtreizklappen, Fotorezeptoren oder etwas Ähnliches verfügten, aber der Protokollchef verzichtete auf eine Rüge, weil es das Kaiserchen mit einem gnädigen Wink zuließ. Ein Mögliches Kaiserchen konnte sich in seiner Regierungszeit viel, wenn nicht alles erlauben. Kaiserchen zu sein bedeutete für jede Spezies das Höchste, aber auch das Letzte. Nach seiner Dienstzeit wurde es auf null gestellt, es durfte in die Letzten Großen Ferien, in die Endgültige Sperrstunde oder wie die Euphemismen für das selige Nichts auch immer lauteten.

»Wir haben die Menschen seit mehreren Jahren studiert, wir kennen sie sozusagen in- und auswendig«, insistierte Galax21/Meg6,8. »Hier ist das Ergebnis unserer Bemühungen.«

Auf sein Zeichen hin wurde ein Vertreter der menschlichen Rasse auf die Bühne des Parlamentsraums geführt. Als die Ersten begriffen, um was für eine Art von Lebensform es sich hier handelte, schwoll der Lärmpegel erheblich an. Solch einen Tumult hatte es schon lange nicht mehr im Parlamentssaal gegeben. Die Glocke des Protokollchefs stand nicht mehr still, Saalordner marschierten auf, Deeskalationspersonal machte sich bereit.

»O, wie schauderhaft!«

»Was für ein schreckliches Wesen!«

»Bedauernswerte Kreaturen!«

»Eine Zumutung für unsere sensorischen Systeme!«

»Teuflischer Murks!«

»Welch ungustiöse Erscheinung!«

»Ekelhaft!«

»Ein Tiefpunkt der Schöpfung!«

Einige standen wutentbrannt auf und verließen den Saal. Dem materialisierten Pseudomenschen schienen die Beleidigungen nichts auszumachen, er verneigte sich höflich in alle Richtungen.

»Danke, dass Sie alle Ihre Meinung so offen kundtun«, sagte er, als einigermaßen Ruhe eingekehrt war.

Vom äußeren Erscheinungsbild glich er dem echten Shorty aufs Haar, die leise säuselnde Stimme war jedoch weniger gut getroffen. Er trat zwar auf wie Gaius Julius Cäsar auf dem Höhepunkt seiner Macht, doch er sprach wie der geringste seiner Vorkoster.

»Schaltet das Hologramm aus!«, rief es von ganz hinten aus dem Saal.

»Es ist kein Hologramm«, protestierte Galax21/Meg6,8. »Es ist eine veritable Materialisation. Ich habe eine Sondergenehmigung dazu erhalten, und zwar vom Möglichen Kaiserchen persönlich.«

Materialisieren war eigentlich verpönt. Dadurch wurden wertvolle Ressourcen verbraucht. Aber in diesem besonderen Fall …

»Und wie funktioniert so ein Ding?«, fragte ein Abgeordneter der nicht sonderlich beliebten Orthopterer.

Das Volk der Orthopterer teilte sich mit dem Volk der Handys die Sammelleidenschaft, nur dass diese keine Informationen sammelten und archivierten, sondern Materie zusammenrafften und fraßen. Sie nahmen jegliche Form von festen, flüssigen und gasförmigen Körpern in sich auf und wandelten sie in einem aufwendigen Verdauungsprozess in Energie um. Es war eine durchaus aggressive Spezies, die die Inhalte ihrer eigenen Welt schon zum Großteil verspeist hatte und nun versuchte, in anderen Universen Fuß zu fassen, um dort ihren unverschämt großen Appetit zu stillen. Atlantis beziehungsweise dessen Verschwinden ging angeblich auf ihre Kappe.

»Wir wollen doch ein Mitglied der Gemeinschaft nicht als Ding bezeichnen«, fuhr der Protokollchef dazwischen. »Ich verhänge eine Strafe von fünf Drehstreckspiegelungen. Wenn das noch einmal vorkommt, gibt es höhere Strafen.«

Der Protokollchef wollte schon weiterfahren, als er bemerkte, dass ihn der Orthopterer auf eine Weise musterte, die auf Magenknurren schließen ließ. Der Protokollchef verkniff sich weitere Bemerkungen. Es war schon vorgekommen, dass eine Orthopterer-Abordnung den Saal dadurch zum Einsturz gebracht hatte, indem sie tragende Teile aufgefressen hatte.

»Tragende Teile schmecken nun mal am besten«, hatte sich einer von ihnen in der darauffolgenden Gerichtsverhandlung gerechtfertigt.

Der Pseudo-Shorty hatte sich die Debatte augenrollend angehört, jetzt trat er mit trotzig erhobenem Haupt in die Mitte der Bühne und verharrte in einer aufmüpfigen Pose, einer Pose, zu der der wahre Shorty vermutlich gar nicht fähig gewesen wäre.

»Gibt es Fragen an ihn?«, sagte der Protokollchef.

»Wie schmeckst du?«, fragte der Orthopterer.

Auf einen Wink des Oberflachziegels Galax21/Meg6,8 führte der Pseudo-Shorty einige menschliche Eigen- und

Errungenschaften vor. Er steppte wie Fred Astaire, dann zitierte er Kernsätze aus der Bibel und besonders treffende Stellen aus Kafkas ›Schloss‹.

»Lachhaft«, rief ein Vertreter der Ffloy, die weithin berühmt waren für ihre ausgefuchste und verzinkte Art, Geschichten zu erzählen.

Pseudo-Shorty ließ sich nicht beirren. Er hielt Kurzreferate über gotische Kathedralen, erklärte die Besonderheiten und Vorzüge des menschlichen Stoffwechsels (die Hälfte der Delegierten hatte hier schon die Versammlung verlassen), er trug einen Beatles-Song vor und erläuterte die Grundzüge der Heisenberg'schen Unschärferelation. Aus der Bar drang Lachen und Gewieher. Wahrscheinlich hatte ein Lpreccurlyeq wieder einen Witz erzählt. Die Lpreccurlyeq erzählten die besten Witze, auch wenn sie immer ein wenig rassistisch waren.

»Kommt ein Schwabbler zum Arzt. Im Wartezimmer sitzen ein Ruu'n, ein Lpreccurlyeq und ein Gravaner –«

Drinnen im Saal bat der Protokollchef um Ruhe.

»Nette Vorführung«, seufzte das Mögliche Kaiserchen aus dem Reich der Punkte. »Aber was bringt uns das? Wir müssen Shorty finden. Warum ist es eigentlich nicht möglich, seinen momentanen Aufenthaltsort zu eruieren?«

»Er hat die Welt gewechselt wie ein Bi-Temporärer seinen Zeitstrang, Eure pointillistische Herrlichkeit«, sagte der Vertreter der Handys.

Pseudo-Shorty rollte die Schultern leicht nach hinten. Er schien sich zu konzentrieren. Dann öffnete er den Mund, um zu gähnen. Er zeigte die Zähne, die Zunge, den Rachenraum –

»Was macht er da?«, fragte das Kaiserchen verblüfft.

»Es ist nur eine Demonstration, wie unglaublich echt wir ihn nachgebildet haben«, sagte der Vertreter der Handys. »Mit Ekelfaktor und allem Drum und Dran. Unser Vorschlag ist nun, diesen materialisierten Pseudo-Shorty in die Menschenwelt einzuschleusen. Den echten Shorty könnten wir dann leicht unschädlich machen.«

Ein junger Festkörperphysiker winkte ab.

»Nein, das ist keine gute Idee. Das würde der abtrünnige Translationator sofort bemerken und den wahren Shorty warnen. Außerdem würde sein Eintritt in die Menschenwelt schon allein durch die unübersehbar starken Energieexplosionen auffallen.«

Das Kaiserchen erhob sich und ging sinnend auf und ab.

»Wir brauchen diesen Shorty also höchstpersönlich, und wir brauchen ihn hier. Er scheint etwas vorzuhaben, was wir nicht verstehen. Er muss etwas wissen, was wir nicht ahnen. Er ist eine Figur im Spiel, die wir nicht begreifen. Es ist nicht zielführend, ihn zu eliminieren. Außerdem scheint er wirklich unantastbar zu sein. Shorty, der echte Schwabbler, muss hier Rede und Antwort stehen.«

»Und wie soll das geschehen? Wie bekommen wir ihn hierher?«, fragte der Physikus skeptisch.

Aus dem Dunkel einer verhangenen Loge auf der Galerie erscholl eine Stimme, die man selten hörte. Aber wenn sie etwas sagte, dann wurde es mucksmäuschenstill.

»Da gibt es eigentlich nur eine Möglichkeit«, sagte die Stimme leise krächzend. »Wir müssen Shorty in der nächsten Legislaturperiode zum Möglichen Kaiserchen wählen.«

Jetzt tobte wirklich die Hölle im Saal.

27

Mehrere mittelalterliche Astronomen berechneten den 1. Februar des Jahres 1524 als Weltuntergangstermin, da sich an diesem Tag Jupiter, Saturn und Mars im Sternbild der Fische trafen – ein todsicheres Zeichen für eine Sintflut. 20 000 Londoner flohen auf die umliegenden Hügel, um am 2. Februar ziemlich enttäuscht wieder in die Stadt zurückzukehren.

Moritz Jamanke, der hilfsbereite Polizist, schälte sich aus dem zähen Brei des Unendlichen, warf einen freundlichen Blick zu Shorty, eilte jedoch sofort zum Herd. Er rührte im Kochtopf um, gab noch ein paar Gewürze hinein und schien im Übrigen nicht eine Spur überrascht von Shortys Besuch. Der fragte sich, ob das die neue Erscheinungsform des Translationators war, aber in diesem Fall hätte sich die Stimme doch zu erkennen gegeben.

»Also: Isst du jetzt was mit oder nicht, Junge?«

Shorty nickte höflich. Er nahm an dem kleinen Tisch Platz, achtete dabei darauf, so zu sitzen, dass er das ganze Zimmer im Blick hatte, und auch darauf, dass seine Gliedmaßen möglichst nicht vom Hintergrund eingesogen und verschluckt wurden. Die unfreiwillige Streckung vorher in der Wohnstube war zwar nicht schmerzhaft, ja nicht einmal unangenehm gewesen, aber es war doch äußerst irritierend, nicht zu wissen, was mit seinen Armen und Beinen geschah, die kilometerweit oder vielleicht sogar Lichtjahre entfernt waren. Jamanke füllte beide Teller mit herrlich minzgrüner Dickflüssigkeit.

»Das ist Erbswurstsuppe«, rief er begeistert. »Ich weiß nicht, ob dir das bekannt ist, aber Erbswurst ist nicht etwa eine Wurstsorte, sondern ein Gemisch aus Erbsmehl, Fett und geheimen Gewürzen, das nur in Wurstform gepresst ist. Es ist so jammerschade, dass es keines dieser wunderbaren Produkte mehr zu kaufen gibt! Ich kann mich noch gut erinnern, dass eine Rolle in den siebziger Jahren fünfundsechzig Pfennige gekostet hat. Die Firma Knorr hat die Produktion 2018 eingestellt, angeblich wegen zu geringer Nachfrage.«

Jamanke hielt träumerisch einen vollen Löffel hoch. Doch Shorty rollte die Schultern voller Unbehagen, sein Gesicht zeigte Anzeichen von Ungeduld. War er in eine andere Welt übergetreten, um sich jetzt einen Vortrag über den Niedergang der Erbswurstkultur anzuhören? Jamanke stand abermals auf, um ein furchtbar kleines Fernsehgerät anzuschalten, das eine alte amerikanische Soap vom Gröbsten zeigte.

Es ist schon sonderbar. In der Küche von Spitzenköchen läuft nicht etwa Spitzenmusik aus herrlich ausbalancierten Lautsprechern, sondern ödes Schlagertralala vom Lokalsender. Auch Stardirigenten von international renommierten Orchestern trinken abends nicht etwa den gut gelagerten Spitzenwein mit dem vollen Bukett und dem starken Abgang, sondern eine Büchse Bier von der Tanke. Und genauso war es auch bei Jamanke. Der mit Abstand hilfsbereiteste, edelste und moralisch höchststehende Mensch, den Shorty kannte, guckte sich beim Essen ›Eine schrecklich nette Familie‹ an und lachte herzhaft über Al Bundys Gags.

»Bist *du* die Mutter?«, fragte Shorty in einen der eingeblendeten Lacher hinein.

»Was meinst du mit Mutter?«, gab Jamanke verständnislos zurück, schlürfte weiter und wandte sich wieder dem Fernseher zu. Al Bundy hatte sich auf das Sofa gefläzt und arbeitete dort die Liste der üblichen Gemeinheiten ab. Plötzlich hielt Jamanke inne und fixierte Shorty scharf. Ihm schien etwas eingefallen zu sein. Shorty erwartete die große Offenbarung, doch Jamanke meinte lediglich:

»Zu wenig Salz.«

Seufzend griff er hinter sich in die Unendlichkeit und fischte einen Salzstreuer heraus. Das kleine Glasgefäß zog sich lang wie ein Strahl Honig, bis es endlich abriss und in der altbekannten Form über dem Tisch erschien.

»Was hast du eigentlich jetzt wieder angestellt, Junge?«

»Nichts«, erwiderte Shorty wahrheitsgemäß. »Diesmal wirklich nichts, Herr Jamanke. Einen guten Appetit.«

»Ja, guten Appetit. Und weswegen bist du gekommen?«

»Ich wollte Sie nur besuchen.« So verbindlich wie möglich fügte er hinzu: »Es freut mich, dass Sie sich noch an mich erinnern können. Und meinen Fehltritt von damals haben Sie offensichtlich auch nicht vergessen, oder?«

Jamanke schüttelte den Kopf.

»Zweieinhalb Jahre Knast vergesse ich nicht. Und dass sie dich überhaupt verurteilt haben! Eine riesengroße Gemeinheit, mein Junge. Einmal im Leben ein Fehltritt, und dann gleich eine Strafe ohne Bewährung, das finde ich ungerecht. Immer noch.«

Er konnte sich also noch an die Geschichte von damals erinnern. Aber zeigte das allein schon, dass es sich um den echten Jamanke handelte? Die Comicheft-Fälschungen waren streng genommen nicht Shortys einziger Ausflug in die Welt der illegalen Beschäftigungen gewesen. Bei den anderen Jobs war er bloß nicht erwischt worden. Einmal hatte ihn ein zwielichtiger Typ im Bahnhofsviertel angesprochen. Er sollte Drohbriefe so umformulieren, dass man rein vom Schreibstil her keine Rückschlüsse mehr auf den wahren Absender ziehen konnte. Jeder Brief brachte einen Tausender. Er hatte es ein paarmal gemacht. Aus *Du Geld abdrücken morgen, sonst Frau kaputt* wurde also durch Shortys Bemühungen *Zunächst einmal sei Ihnen versichert, dass die werte Gattin wohlauf ist. Damit das auch so bleibt, bitte ich Sie …*

»Ja, Sie haben mir sehr geholfen, Herr Jamanke«, sagte Shorty, um diesen zweifelhaften Job aus seinen Gedanken zu vertreiben. »Ohne Sie hätte ich es nie geschafft, auf den rechten Weg zurückzufinden.«

»Das freut mich«, entgegnete Jamanke und erhob sich. »Aber ich muss dann langsam wieder. Du weißt schon: Dienst ist Dienst …«

»Sie arbeiten immer noch bei der Polizei, Herr Jamanke?«, fragte Shorty ins Blaue hinein.

»Ja, was denn sonst!«, antwortete dieser stolz. »Ich kann mir gar nichts anderes vorstellen. In dieser Beziehung bin ich das genaue Gegenteil von dir.« Er musterte Shorty erkennungsdienstlich scharf. »Aber du siehst blass aus, Junge. Iss doch was! Ich komme gleich wieder, ich zieh mich bloß um.«

Damit verschwand er durch die hintere Küchentür. Shorty wurde sich jetzt erst bewusst, dass er seit Stunden – eigentlich seit gestern Abend, als er den Kühlschrank im Wohnmobil geplündert hatte – nichts gegessen hatte. Ja, warum eigentlich nicht. Er löffelte mit der rechten Hand und warf dabei einen Blick in die Innenfläche der linken. Er scrollte und wischte, schließlich landete er bei dem Lexikonartikel zur 2zkb-Welt. Er las ihn aufmerksam, verstand jedoch zunehmend nur Bahnhof:

> ... Die allseits bekannte Poincaré-Vermutung (»*Jede einfach zusammenhängende, kompakte, unberandete, 3-dimensionale Mannigfaltigkeit ist homöomorph zur 3-Sphäre*«) – gilt in der 2zkb-Welt nicht!

Er suchte weiter nach Nachrichten oder Kontaktversuchen des Translationators. Doch vermutlich war die Verbindung wieder einmal unterbrochen. Al Bundy ließ einen unterirdischen Spruch nach dem anderen los, Shorty hörte halbherzig hin. Nachdem er auf diese Weise zwei Teller der feinen lindgrünen Speise verdrückt hatte, erhob er sich, spülte sein Geschirr ab und beugte sich über den winzigen Küchenfernseher, der auf dem Schrank stand.

»Hallo! – Mutter! – Stimme!? – Kannst du mich hören?«

Er legte sein Ohr an den Lautsprecher des vorsintflutlichen TV-Geräts, aber ihm gelang kein Kontakt mit dem Translationator. Er starrte wieder auf die Mattscheibe. Es war erstaunlich: Je einfacher gestrickt die Sendung, desto gebannter klebte man am Bildschirm. Einen Moment lang glaubte Shorty, dass ihn Al Bundy von seinem Sofa aus hämisch grinsend beobachtete, aber das war sicherlich eine Täuschung. Shorty wandte sich von der ›Schrecklich netten Familie‹ ab und begann, die Fotografien an der Wand zu studieren. Er hoffte, etwas Besonderes, Aufschlussreiches zu entdecken und war deshalb so auf das zu erwartende Neue und Überraschende fokussiert, dass er das naheliegende Alte zunächst übersah. Viele der Abgebildeten kannte er nämlich sehr gut. Auf einer Fotografie war zum Beispiel seine frühere Mathelehrerin zu sehen. Die hätte dieses Gebrabbel von wegen *unberandete, 3-dimensionale Mannigfaltigkeit* locker erklären können. Shorty war in der Schule gar nicht einmal so schlecht in Mathe gewesen, er interessierte sich dafür, hatte aber auch hier eine gewisse Grenze des Verständnisses nie überschreiten können. Warum aber hing ein Bild dieser Frau bei Jamanke? Auf einem anderen Foto war die alte, noble Gräfin zu sehen, der er regelmäßig aus der Bibel vorgelesen hatte. Zu seiner großen Überraschung fehlte auch sein Schulfreund nicht, zu dem ihm ausschließlich schöne Erinnerungen einfielen. Verschmitzt, gemütlich, etwas fettleibig, schien er ihm mit kleinen, listigen Augen zuzuzwinkern. Das durfte doch alles nicht wahr sein: Er wechselte in eine andere Welt über, und dort hingen Fotos von seinen Freunden und Bekannten an der Wand! Aber vielleicht spielten ihm ja auch nur seine Sinne einen Streich.

Die Tür ging auf, Jamanke war wieder zurückgekommen, diesmal in einer grauen, altmodisch aussehenden Dienstuniform. War bei der Polizei inzwischen nicht auf Blau umgestellt worden? Egal: neue Welten, neue Farben. Er hatte das Koppel umgeschnallt und eine Mütze lungerte lässig auf seinem Kopf.

»Herr Jamanke, warum haben Sie ein Foto von meiner Mathelehrerin aufgehängt? Und eines von meinem Schulfreund? Kennen Sie denn die Leute?«

»Nein, eigentlich nicht«, gab Jamanke achselzuckend zurück. »Die Bilder hängen noch von meinem Vormieter da. Ich fand sie ganz hübsch, also habe ich sie so gelassen. Und lange will ich hier sowieso nicht bleiben. Ich suche nach einer größeren Wohnung.«

Shorty blickte erstaunt hoch. Wohin um alles in der Welt wollte der gute Jamanke denn ziehen, wenn es im ganzen Universum nur diese eine Wohnung gab? Jamanke warf einen Blick auf die Wanduhr, die sich richtig Salvador-Dalí-like in die Länge gezogen hatte.

»Ich sehe, ich bin schon spät dran, ich muss jetzt wirklich los. Bleib nur, sieh dich ruhig um. Ich habe keine Geheimnisse.«

Wenn du wüsstest, dachte Shorty. Wenn du wüsstest, was für Geheimnisse du hast, von denen du selbst nichts ahnst.

»Haben Sie von dem Unfall gehört? Von dem Riss am Himmel?«, fragte Shorty beiläufig und beobachtete Jamankes Reaktion.

»Welchem Riss?«, sagte er gleichgültig. »Und welchem Unfall? Wo soll der Unfall passiert sein?«

Jamanke war schon wieder halb im Hintergrund verschwunden. Shorty zögerte, bevor er sagte:

»Mir ist da auf dem Herweg etwas eingefallen, Herr Jamanke. Denken Sie, dass es alternative Welten gibt, in denen Sie in veränderter Form existieren?«

Der Polizist schüttelte nachsichtig den Kopf. Dann lachte er.

»Junge, das wäre ja was, wenn es mich nochmals gäbe! Immer voller verrückter Ideen, wie? So kennen wir unseren Shorty. Aber ich muss jetzt wirklich. Dienst ist Dienst.

Wenn du noch mehr Erbswurstsuppe willst, dann nimm dir aus dem Schrank, so viel du magst. Ich habe genug gebunkert. Ich glaube, ich könnte jede Katastrophe mit Erbswurstsuppe überleben. Hast du gewusst, dass sie im Spanischen *La Erbswurst* heißt und im Französischen *L'Erbswurst*? Seit 1889 ist die appetitliche Rolle auf dem Markt, und jetzt: finito!«

Mit diesen Worten verschwand er endgültig in dem beweglichen Formen- und Farbenbrei, der erst nach einiger Zeit zur Ruhe kam.

Shorty sah sich in der leeren und blitzblank aufgeräumten Küche um. Al Bundy saß immer noch auf dem Sofa und lieferte Gags im Sekundentakt. Shorty wandte den Blick ab. Was sollte er tun? Hierbleiben und auf Jamanke warten? Er ging zum Fenster. Draußen im Garten hatte sich inzwischen ein Kind auf die Schaukel gesetzt. Es holte kräftig Schwung und stocherte mit den kleinen Füßen lustvoll im Nachthimmel herum. Das Kind wandte Shorty den Rücken zu, er konnte nicht erkennen, ob es ein Junge oder ein Mädchen war. Schnell öffnete er das Fenster und lehnte sich über die Brüstung. Der Gartenzwerg im Rasen, der wie Karl Marx aussah, starrte ihn böse an. Der Stein, den er von der anderen Seite des Universums geworfen hatte, lag immer noch da. Und am brusthohen Zaun hing wieder ein Motorradhelm.

»Bist *du* die Mutter?«, rief Shorty hinaus in die Nacht. »Bist du die Stimme?«

Das Kind schien ihn nicht zu bemerken oder es war so versunken ins Schaukeln, dass es nichts um sich herum wahrnahm. Vielleicht verstand es die Frage auch nicht.

»Hallo! Wie heißt du? Wohnst du hier?«

Das Kind reagierte nicht. Shorty vernahm lediglich das Quietschen der beiden verrosteten Haken, die leicht im Holz zitterten. Sie hätten einen Tropfen Öl vertragen.

»Ich habe ganz vergessen, dass ich heute den Dienst getauscht habe. Es ist ja mein freier Tag. Wir können also was zusammen unternehmen, Junge.«

Als Shorty die Stimme Jamankes hinter sich hörte, der gerade wieder zurück in die Küche kam, schloss er das Fenster und drehte sich zu ihm um. Er zögerte mit der Antwort, um Zeit zu gewinnen. Irgendetwas stimmte hier nicht. Der Mann, der jetzt freundlich lächelte, war nicht Moritz Jamanke. Shorty fuhr seinen Schutzschild langsam hoch und spähte zur Tür, die nach draußen führte. Er wollte sich nicht anmerken lassen, dass er Verdacht geschöpft hatte.

»Ja, prima«, entgegnete er freundlich lächelnd. »Was wollen wir denn unternehmen?«

Der Mann in der grauen Uniform schälte sich in der bekannten gummiartigen Weise aus dem Hintergrund heraus und trat einen Schritt auf ihn zu.

»Schalte ruhig deinen Schutzschild aus«, sagte er gönnerhaft. »Das spart Energie.«

Shorty dachte gar nicht daran. Er umschloss das kleine, verletzliche Küken wieder mit der Hand, doch er verkrampfte die Faust so, dass sie schmerzte.

»Na, wie du willst«, sagte Jamanke und hob den Arm.

Für einen kurzen Augenblick hoffte Shorty, dass es doch nicht so war, wie er befürchtet hatte. Dass es sich bei dem Mann, der vor ihm stand, lediglich um den hilfsbereiten Staatsbeamten handelte, den er seit Jahren kannte. Doch dann holte der falsche Polizist aus und schleuderte eine funkenstiebende Masse auf Shorty, die diesen sofort vollständig umschloss und ihm die Sicht nahm. Er konnte den Feuerball zwar abschütteln, doch er sah, dass sein Angreifer den Arm wieder erhoben hatte und eine zweite glühende Kugel nach ihm warf. Abermals hielt der Schutzschild dem Angriff stand, doch die Wucht des schrecklichen Geschosses ließ Shorty diesmal straucheln und zu Boden stürzen, so dass der erste Schlag wie eine leichte Vorspeise wirkte. In panischer Angst und immer darauf bedacht, den Schild aufrechtzuerhalten, versuchte er, zur Tür zu robben, doch ein dritter, noch stärkerer Blitz traf ihn in den Rücken, drückte ihn auf die Erde, nagelte ihn quasi auf den groben Dielen fest, die unter ihm sogar ein wenig nachgaben. Regungslos und schwer atmend lag Shorty da. Er hatte zwar keinen Schmerz verspürt, die Waffe des anderen diente lediglich dazu, ihn zu fixieren. Der falsche Jamanke kam einige Schritte auf ihn zu und beugte sich über ihn.

»Junge, ich will dir doch bloß helfen«, raunte er. »Also lass das mit dem lächerlichen Schutzschild. Über kurz oder lang werde ich ihn knacken, also kannst du ihn gleich abschalten.«

»Was wollen Sie von mir?«, fragte Shorty und versuchte, dabei seine Angst zu verbergen, die sich stärker und stärker in ihm breitmachte.

»Ich will nur, dass du etwas für mich erledigst«, säuselte der andere. »Die Reparatur gestern ist dir ja ziemlich aus dem Ruder gelaufen, jetzt hast du Gelegenheit, es wiedergutzumachen. Komm, auf geht's, es dauert nicht lange, es bedeutet keine große Mühe für dich, also fahr den verdammten Schutzschild runter.«

Der Ton seines Gegners war zunehmend ruppig geworden, keine Spur mehr von Moritz Jamanke und seinen Deeskalationsfortbildungen. Shorty hatte eine Idee. Er musste versuchen, den Schutzschild so zu positionieren, dass ein erneuter Flammenangriff von ihm abprallte und auf den Gegner zurückschoss. Immer noch auf dem Boden liegend, drehte er sich unauffällig in eine Position, von der er annahm, dass dieser Plan funktionierte. Doch sein Gegner hatte das wohl bemerkt und fuhr eine neue Taktik. Er hielt seine Hand hoch, sie fing in wenigen Sekunden an zu glühen wie ein Stück heißes Eisen. Damit kam er auf Shorty zu und griff nach ihm. Aus der Hand war eine flammentropfende Greifzange geworden, auch die ganze äußere Gestalt des Angreifers hatte sich furchterregend verändert. Wie eine wächserne Maske war die Erscheinung des braven Polizisten Jamanke von ihm abgeschmolzen, schwarze Pixelströme tropften wie zähflüssiger Teer auf den Boden. Nach und nach wurde die wahre Gestalt des Angreifers sichtbar: uniformiert und behelmt, mit schwarzer Gesichtsmaske, oval zulaufendem Schutzhelm und schwarzem Brustpanzer. Auch die mittelalterliche Halsberge fehlte nicht. Diesen Widersacher musste Rembrandt gemalt und dabei an einen fahrenden Schlagetot aus dem Dreißigjährigen Krieg gedacht haben.

Die glühende Hand drückte auf Shortys Brust, der Schild bot zunächst Widerstand, doch Shorty bemerkte, dass sich seine schützende Hülle immer mehr nach innen bog. Dadurch kam sein Gegner mit der glühenden Faust seinen verletzlichen Eiweißen und Kohlehydraten gefährlich nah. Shorty verkrampfte seine linke Hand noch mehr. Jetzt aber schien der falsche Jamanke nicht mehr weiterzukommen, er riss seine monströse Klaue zurück, dabei hatte sich ein Stück aus der Schutzhülle gelöst. Er hob seinen Arm hoch in die Luft, um im nächsten Augenblick erneut zuzugreifen. Shorty konnte sich kurz befreien, er drehte sich auf den Bauch und kroch in panischer Angst Richtung Tür. Mit der Kraft der Verzweiflung rappelte er sich auf. Doch der Kerl packte ihn an den Füßen und zerrte ihn mühelos zurück in die Küche. Shorty verspürte immer noch keinen Schmerz, aber grausiges Entsetzen hatte ihn erfasst.

»Lass mich!«, schrie er mit sich überschlagender Stimme. »Was willst du von mir?!«

»Schalt erst den verdammten Schild ab!«, bellte der andere zurück, und es war ganz und gar nicht mehr die Stimme von Jamanke.

Dann ließ der Druck nach. Shorty drehte sich blitzartig um. Der Kerl hatte den Griff gelockert. Seine ganze Gestalt war eingefroren, sein behelmter Kopf zitterte, er beugte sich nach hinten, und sein Körper bröselte in kleinen Klötzchen auseinander. Bluna stand an der Tür. Sie ließ ihre geballte Faust sinken und lächelte ihm verschwörerisch zu. Shorty erhob sich. Währenddessen kam sie langsam auf ihn zu. Ihr Pixie-Cut sah aus, als wäre sie gerade beim Friseur gewesen, ihre wiesengrüne Kleidung wirkte wie frisch von der Stange, es fehlte nur noch das Preisschild.

»Da bin ich ja gerade noch rechtzeitig gekommen«, sagte sie und ging mit ausgebreiteten Armen und einem ausgesucht liebenswerten, handgeschöpften Blick auf ihn zu.

Shorty wusste es sofort: Das war nicht Bluna. Das war eine perfekte Bluna-Imitation, aber eben eine zu perfekte. Er sprang auf, rannte zur Küchentür, zu der, die hinaus in den Garten führte.

»Aber Shorty!«, rief sie ihm nach. »Hab keine Angst, ich bin es doch! Bleib hier, wir müssen uns unterhalten. Und schalt den blöden Schutzschild aus, er behindert dich bloß.«

Sie bewegte sich weiterhin langsam auf ihn zu. Shorty war aus der Tür gestürzt, lief jetzt durch den Garten Richtung Zaun und war kurz davor, sich mit einem Hechtsprung ins All hinauszustürzen. Das schien seine einzige Chance zu sein, dieser 2-Zimmer-Küche-Bad-Hölle zu entkommen.

Er war sich vollkommen unklar darüber, was der Affenzirkus zu bedeuten hatte, er wusste nur, dass er schleunigst von hier verschwinden musste. Das Kind schaukelte immer noch ungerührt, als wäre nichts geschehen, und wieder konnte er dessen Gesicht nicht erkennen. Er rüttelte zornig an der eisernen Gartentür, doch sie war abgeschlossen. Rasch kletterte er auf einen der Pfosten. Plötzlich hörte er hinter sich das Kleine mit seiner piepsigen Kinderstimme rufen:

»Hey, Mann, Shorty! Du bist vielleicht dumm. Setz den Helm auf, wenn du wirklich da raus willst! Du wirst den Ausflug sonst nicht überleben!«

Shorty drehte sich erschrocken um, konnte zwar einen

kurzen Blick auf das Gesicht des Knirpses erhaschen, verlor aber dadurch das Gleichgewicht und stürzte auf den Rasen zurück. Er fiel schmerzhaft auf die Hand, mit der er sich abzustützen versucht hatte. Aus den Augenwinkeln konnte er Bluna erkennen, die ihm nachgekommen war.

»Bleib doch, Shorty, ich will dir nichts Böses tun«, rief sie. »Ich will nur mit dir reden.«

»Greif dir den Helm und hau ab!«, schrie das Kind.

Mit schmerzverzerrtem Gesicht rappelte er sich auf, riss den Helm vom Gartenzaun und kletterte erneut mühsam auf den schmalen gemauerten Zaunpfosten.

»Ich versichere dir: Ich bin gekommen, um dir zu helfen!«, schrie Bluna.

Ihre Stimme klang jetzt verzweifelt. Shorty ging in die Hocke und stieß sich mit letzter Kraft vom Zaunpfosten ab, hinaus ins Ungewisse. Er befürchtete schon, im nächsten Augenblick wieder auf den Boden zu knallen, oder, schlimmer noch, in eine bodenlose Tiefe zu stürzen. Aber er flog. Shorty schwebte durch die Nacht wie der Stein, den er vorher über den Zaun geworfen hatte.

28

I. Akt: Mr. und Mrs. Smith schlürfen Bouillabaisse, dazu Gespräche über dies und das.
II. Akt: dito
III. Akt: Mr. und Mrs. Smith sind der Meinung, dass der Weltuntergang unmittelbar bevorsteht.
IV. Akt: Verschiedene Desserts.
V. Akt: Weltuntergang.

EUGÈNE IONESCO, KOMÖDIENENTWURF

Shortys linke Hand brannte wie Feuer. Er hatte sie sich übel verstaucht, vielleicht sogar gebrochen. Die paar Monate als Hilfspfleger im Krankenhaus reichten nicht aus, um eine Diagnose zu stellen. Erst recht nicht, um Linderung herbeizuführen. Mühsam versuchte er, sich in der Luft zu drehen, um zurückschauen zu können. Das gelang ihm nach einigen Versuchen sogar. Er hatte sich schon ein gehöriges Stück vom Garten entfernt. Bluna stand am Zaun und winkte aufgeregt. Ihre Worte konnte er nicht mehr verstehen, aber ihre Gesten waren unmissverständlich: Komm sofort zurück! Ich bitte dich! Shorty blickte auf die Innenfläche seiner lädierten linken Hand. Als er den Versuch unternahm, die Finger zu bewegen, schrie er vor Schmerzen auf. In unregelmäßigen Abständen zuckten grelle Blitze auf dem Handteller, es gab noch einige akustische Torsi von Buzz, Squeak und Rattle, ein paar mühsam flackernde Klötzchen bäumten sich trotzig auf und versuchten, sich zu sinnvollen Zeichen zusammenzusetzen, dann aber war sämtliches Licht in seiner Handinnenfläche erloschen. Aus und vorbei. Finito. Der Empfang war vollständig zusammengebrochen. Das überaus nützliche Geschenk des Kaiserchens war beschädigt, vielleicht sogar komplett zerstört. Ausgerechnet jetzt war er auf sich alleine gestellt. Im allerungünstigsten Augenblick seiner Heldenreise, von der er nicht einmal das Ziel kannte. Grimmig wandte er den Kopf. Mit der rechten Hand hielt er immer noch den Motorradhelm umklammert, an dem eine kleine, aber prall gefüllte Tasche baumelte. Der Helm war bei näherem Hinsehen eine Mischung aus Taucherglocke und Gasschutzmaske. Endlich entschloss er sich dazu, das Ding überzustreifen. Er ruderte vorsichtig mit dem rechten Arm. Wieder kam der Garten vor der Küche in sein Blickfeld. Bluna war gerade dabei, auf den Zaunpfosten zu klettern. Sie machte drastische Zeichen in seine Richtung: eine Geste des Kehledurchschneidens, die Arme zu einem Kreuz gebildet, Stiche ins Herz. Aber das Kind! Was vollführte das Kind denn da? Der Knirps war von der Schaukel gesprungen und packte Bluna an den Füßen, um sie herunterzuziehen, was ihm auch nach einiger Zeit gelang. Beide kämpften verbissen. Shorty konnte nicht genau erkennen, was für Waffen im Spiel waren, aber das Kind schlug nun mit einer Art Stange um sich, um die sich viel Feuer, Rauch und eine Kaskade von winzigen glitzernden Splittern und Pixel gebildet hatte. Wer von beiden stand denn nun auf seiner Seite? Hatte die Auseinandersetzung überhaupt etwas mit ihm zu tun? Jedenfalls wirkte der wutentbrannte Kampf äußerst brutal. Die 2zkb-Welt wurde kleiner und kleiner, bis das ganze Anwesen vollständig verschwunden war. Shorty wusste nicht einmal, in welche Richtung er flog. Und jetzt wurde es spürbar kälter. Er raste auf die Sterne zu, in ein wildes Sternengestöber hinein, hinter ihm schloss sich der undurchdringliche Vorhang der Nacht, er war nun von allen Seiten von der glitzernden Pracht umgeben. Fühlte sich so ein Fötus? Dass Shorty gerade dieser pränatal geprägte Gedanke kam, war kein Zufall, denn trotz aller Schrecken, trotz den Kälteschauern und den stechenden Schmerzen in seiner Hand erfasste ihn ein urtümliches Gefühl der Geborgenheit und der Zuversicht. Er wunderte sich ohnehin darüber, dass er trotz all der Dinge, die ihm zugestoßen waren, nicht vollkommen verrückt geworden war. Er spürte im Gegenteil eine vage Hoffnung auf Klärung der Situation, auf Erlösung in sich aufkeimen. Als er sich erneut drehte, kam der Mond in sein Blickfeld, die flache und matt schimmernde Scheibe ähnelte in dieser ungewohnten Perspektive einer trüben Glasmurmel inmitten einer Unzahl glitzernder Diamanten, die ein verschwenderischer Titan in die Luft geschleudert hatte. Shorty war von all der Pracht ein wenig abgelenkt worden, jetzt aber krochen spürbare Schauer von Eiseskälte seinen Rücken empor. Er hatte immer mehr Mühe zu atmen, er hustete und schluckte, vollführte hilflose, rudernde Bewegungen, die allesamt ins Leere liefen. Er erschrak furchtbar, als ein paar kleine Gegenstände in affenartiger Geschwindigkeit an ihm vorbeidonnerten. Die Meteoriten waren aus dem Nichts aufgetaucht und hatten ihn nur knapp verfehlt. Vielleicht war es auch Weltraumschrott. Oder jemand schoss auf ihn. Es war deutlich kälter geworden. Shorty fluchte und brüllte seinen Zorn in die Nacht hinaus. Es war überhaupt keine gute Idee gewesen, in dieses auf den Kopf gestellte Weltall über den

Gartenzaun zu entkommen. Die Schmerzen in der linken Hand wurden fast unerträglich. Hätte er sich, anstatt feige zu fliehen, vielleicht doch anhören sollen, was die falschen Jamankes und Blunas zu sagen gehabt hätten?

Nein, Shorty, das wäre keine gute Idee gewesen. Du hast schon alles richtig gemacht. Halte noch ein Weilchen aus, du musst nur einen gewissen Abstand von der 2zkb-Welt gewinnen, dann wechseln wir schmerzlos, unkompliziert und triumphal in ein neues Universum über. Dort kann dir niemand mehr etwas tun. Ich weiß, du schaffst es bis dahin.

Zunächst dachte Shorty, dass das seine eigenen Gedanken waren, die ihm gekommen waren. Nach den erschreckenden und höchst verwirrenden Ereignissen hatte er ganz vergessen, auf seine Intuition zu hören. War das, was ihm gerade durch den Kopf gefahren war, ein Substrat seiner Intuition? Hatte hier sein Unbewusstes gearbeitet, sein Instinkt, sein Bauchgefühl?

Ja, nenn es, wie du willst, Shorty. Wie du festgestellt hast, ist deine linke Hand nicht mehr funktionsfähig. Aber du hast ja den Astronautenhelm übergestreift. Ob Intuition oder Bauchgefühl, das ist momentan schnuppe, Hauptsache, das Ding sitzt fest auf deinem Eiweißkopf. Schalte jetzt die Sauerstoffversorgung an. Es ist der kleine Hebel links neben dem Kinn.

Die Stimme! Das war die Stimme! Endlich. Sie schien sich in die Elektronik des Helms eingeklinkt zu haben.

»Aber woher weiß ich, dass du wirklich der Translationator bist?«, schrie Shorty.

Er kam sich dabei wieder so lächerlich vor wie gestern, als er nackt in der Toilette des Architekturbüros gestanden hatte und sich selbst nach Mikrophonen abgesucht hatte.

»Du musst mir vertrauen, Shorty«, sagte die Stimme, jetzt tatsächlich als hörbare Stimme vernehmbar und nicht nur als Gedanke. »Und du brauchst nicht zu schreien. Ich versteh dich auch so ganz gut.«

Der Helm war mit einem Innenlautsprecher ausgestattet, die Stimme lag jetzt wieder auf einer vollkommen störungsfreien Frequenz, sie klang klar und rein – eine Mischung aus Simon Jäger, seinem eigenen Tonfall, dem herrischen Organ seiner Mutter und dem wohlig warmen Timbre eines orientalischen Märchenerzählers. Vielleicht war auch Al Bundy aus der ›Schrecklich netten Familie‹ mit dabei. Gleichgültig, diese Mixtur aus Vertrautem, Beruhigendem und Verheißungsvollem war jedenfalls überaus angenehm.

»Nun gut, es bleibt mir ja gar nichts anderes übrig, als dir zu vertrauen. Aber kannst du mir verraten, was da gerade los war?«

»Wie soll ich sagen: Die 2zkb-Welt ist eine der vielen sogenannten Grünen Universen. Es ist eine unfertige Welt, quasi eine Skizze. Wie du bemerkt hast, ist sie räumlich von innen nach außen gedreht. Und die bedauernswerten Kreaturen, die dort leben, können bisher nur auf Reize reagieren, die von außen eindringen. Ein 2zkb-Ptolemäus würde sagen: Die Erde ist der auf links gestrickte Mittelpunkt des Universums.«

»Aber wie verträgt sich diese Welt mit unserer? Wie passt sie sozusagen in unsere rein?«

»Wie passt eine auf links gedrehte Jacke in die richtig gedrehte rein? Gar nicht! Es sind beides dieselben Jacken, nur in anderen Formen. Yin und Yang, verstehst du.«

»Und wer hat mich gerade eben angegriffen? Was wollten die von mir?«

»Sie wollten dich dazu bringen, noch eine weitere Aufgabe zu erledigen.«

»Noch eine weitere Aufgabe? Was für eine?«

»Ich erkläre es dir in Ruhe, wenn du dich in einer bequemeren Lage befindest. Wir sind bald da. Dann kannst du selbst entscheiden, was zu tun ist. Aber eines ist sicher: Der nächste Schritt, den du dann machst, will wohl überlegt sein.«

Shorty dachte über diese dunkle Andeutung nach. Der Translationator hatte sie mit einem solch ernsten Unterton ausgesprochen, dass ihm kurz der Atem stockte. Er beruhigte sich wieder, doch irgendetwas hinderte ihn daran, das Thema weiter zu vertiefen.

»Noch eine Frage zu der 2zkb-Welt. Ich kann mir einfach nicht vorstellen, dass alle Gegenstände in dem Raum nach hinten ins Unendliche weitergehen. Dann müssten sie ja unendlich große Masse haben. Und das widerspricht doch allen Gesetzen der Physik!«

Der Translationator lachte laut auf.

»Ja und? Die Gesetze einer anderen Welt widersprechen nun einmal den Gesetzen deiner eigenen.«

Sie durchflogen jetzt einen Teil des Raums mit größerer Planetendichte. Links und rechts tauchten Himmelskörper in unterschiedlichen Größen und Farben auf. Manche waren ganz und gar in dichten Nebel eingehüllt, bestanden vielleicht nur aus diesem, manche waren von saturnähnlichen Ringen umgeben, andere rotglühend, wieder andere gelbgleißend-schwefelig. Vielen kam er so nah, dass er glaubte, Krater und sogar Siedlungen zu erkennen.

»Und diese Planeten sollen wirklich alle unbelebt sein?«

»Es sind im Endeffekt nichts als kalte Gesteinsbrocken, auch die rotglühendsten und wässrigsten und luftumhülltesten. Und wer sollte das besser wissen als ich!«, setzte der Translationator mit einem Anflug von Stolz hinzu. »Das Volk der Ruu'n hat ein Weltraumprogramm nach dem anderen aufgelegt, wir haben in den ganzen 65 Millionen Jahren kein Fitzelchen Leben außerhalb der Erde gefunden.«

»Gibt es eigentlich noch ältere Spezies als die deine?«

»O ja, die gibt es sehr wohl.«

»Und wie heißt die älteste?«

»Das wirst du sowieso nicht glauben.«

»Die Smirgs? Die Pseudoephedriner oder die Vereinigten Nicht-Newton'schen Flüssigkeiten? Die Dispersiven, Abderiten, oder vielleicht sogar die … Menschen?

»Bevor du weiter mit deinem Halbwissen um dich wirfst, nenne ich dir die älteste Rasse.«

»Und?«

»Es sind die Handys.«

Shorty gab einen verblüfften Laut von sich. Aus der Ferne schraubte sich ein bläulicher Gasriese aus seinen Staubringen. Ihm kam kurz der Gedanke, dass sicher noch niemand an der Stelle, an der er sich momentan befand, verblüfft gewesen war.

»Wie bitte? Ich dachte, diese Dinger sind erst zwanzig, dreißig Jahre alt.«

»In dieser Form und unter diesem Namen: ja. Aber die Idee dazu war quasi schon von Anfang an da. Sozusagen mit dem Urknall. Die Vorstellung, eine Welt zu schaffen, die nur aus Ideen besteht, ist uralt. Wenn ich mich recht erinnere, hat euer Platon auch schon darüber nachgedacht.«

Shorty bemerkte, dass es immer noch schweinekalt war, dass er jedoch so gut wie keine Atemschwierigkeiten mehr hatte. Die Sauerstoffzufuhr funktionierte gut.

»Wir sind bald da«, sagte die Stimme, als hätte sie seine Gedanken gelesen. »Hab Geduld. Die neue Welt wird dir gefallen. Und du verwandelst dich auch nicht in einen Influenzavirus, brauchst keine Angst zu haben.«

»Kannst du mir keinen groben Anhaltspunkt geben?«

Es rauschte im Kanal. Grund war vielleicht ein dichter Sternennebel, der in der Ferne aufgetaucht war.

»Der Empfang wird wieder schwächer, Shorty«, rief die Stimme. »Schalt mal den Fernseher ein, sicherheitshalber, ich translationiere mich da rein. Zweiter Knopf oben rechts.«

Auf der Innenseite des Helmvisiers erschien das Wohnzimmer der ›Schrecklich netten Familie‹, Al Bundy stand vom Sofa auf, kam ein paar Schritte nach vorn und sprach direkt in die Kamera:

»Besser so, Shorty?«

Es war zunächst verstörend, dass eine Filmfigur unvermittelt und direkt Kontakt mit ihm aufnahm, aber Shorty hatte sich inzwischen so an die vielen Rollenwechsel seines Begleiters gewöhnt, dass er sich schnell fasste. Seltsam war es trotzdem.

»Du brauchst wirklich keine Angst zu haben«, sagte Al Bundy zu Shorty, und auf diesen Satz folgte sofort ein Lacher aus dem Irgendwo. Al Bundy sah sich um. »Ich weiß nicht, wie man die Lacher abschaltet«, fuhr er fort, was einen weiteren Lacher zur Folge hatte.

»Dann verrate mir doch wenigstens, was die Fotos von meinen Bekannten und Freunden an der Wand von Herrn Jamankes Küche zu bedeuten haben.«

»Das ist eine äußerst wichtige und weiterführende Frage.« (*Lacher*) »Dazu muss ich aber weiter ausholen, ich werde sie dir in der nächsten, wesentlich komfortableren Welt beantworten. Man könnte sogar sagen, die nächste Welt ist die Antwort auf diese deine Frage.« (*Schallendes Gelächter*)

»Warum müssen wir überhaupt in eine nächste Welt überwechseln?«, maulte Shorty ungehalten. »Das ist anstrengend und wir verlieren viel Zeit dabei. Ich will wieder zurück auf die Erde!«

»Du bist doch auf der Erde! Jedenfalls ganz in ihrer Nähe.«

»Du weißt genau, was ich meine«, blaffte Shorty. »Ich will zurück auf die gewöhnliche, stinknormale Menschenerde.«

Al Bundy schwieg eine Zeitlang. Er setzte sich wieder breitbeinig auf die Couch. Dann sagte er ernst:

»Davon würde ich dringend abraten. In der Menschenwelt sieht es momentan überhaupt nicht gut aus. Die Eskalationsspirale hat sich weitergedreht, an allen Ecken und

Enden sind Kriege aufgeflammt. Im Fernsehen wird kaum mehr etwas anderes gezeigt als Gewalt und Gegengewalt. Riesige Flüchtlingsströme. Plünderungen in ungeheurem Ausmaß. Man steht kurz davor, großflächig Nuklearwaffen einzusetzen.« (*Buh-Rufe, spitze, erschrockene Schreie*)

Shorty war nicht allzu überrascht von dieser Information. Er hatte über dem See einen Atompilz gesehen. Der Himmel war voll von feuerspeienden Helikoptern. Motorboote mit aufgebauten Schnellfeuergewehren, die er gerade noch mal eben mit seinem Schutzschild abblocken hatte können. Die Erde, der menschliche Teil davon, befand sich wahrscheinlich in einem katastrophalen Zustand. War es da nicht besser, sich von dieser zusammenbrechenden Welt fernzuhalten?

»Ich verstehe nicht, warum das alles so furchtbar schnell gegangen ist. Das will einfach nicht in meinen Kopf.«

»Es ist nicht schnell gegangen. Es hat so kommen müssen. Es ist ein Ablauf von unausweichlichen Gesetzmäßigkeiten.« (*Erstaunte Reaktionen, Höhö-Rufe*)

»Ist meine Welt, also die Menschenwelt, nicht mehr zu retten?«

»Die Antwort darauf –«

Shorty zuckte zusammen. Ein hochhausgroßer Asteroid hatte sich aus dem Dunkel gelöst und flog direkt in seine Richtung. Wahrscheinlich war es genau umgekehrt und er selbst raste auf den Riesenbrocken zu, weil er von ihm angezogen wurde. Er würde auf jeden Fall in den nächsten Minuten auf dessen Oberfläche zerschellen. Erschrocken riss er die Augen auf. Das war mehr als ein Asteroid. Von der Größe her war es ein Planet.

»hort! all hort! anns u ic öre? erstehs du ic etz?«

Dieses Gestammel von Al Bundy und einige ganz und gar unpassende Lacher waren das Letzte, was Shorty hörte. Dann soff die Verbindung endgültig ab.

VIERTES BUCH
Harsche Beschränkung

29

Weltende

Dem Bürger fliegt vom spitzen Kopf der Hut,
In allen Lüften hallt es wie Geschrei,
Dachdecker stürzen ab und gehn entzwei
Und an den Küsten – liest man – steigt die Flut.

JAKOB VAN HODDIS

BE PREPARED! – Das war Klaus Tietzes Motto, und genau das stand auch über dem gemauerten Eingangsbereich seines unterirdischen Weinkellers, der etwas außerhalb der Stadt in einem spärlich bewohnten Gebiet lag. Tietze kam selten zu den Treffen der Geselligen Runde, war auch nicht sonderlich beliebt, es wurde viel gelästert über ihn. Doch in der momentanen Situation waren ihm alle außerordentlich dankbar. Denn der Wissenschaftsjournalist, der die Relativitätstheorie so locker und plausibel erklären konnte, hatte neben seiner glasklaren, verstandesorientierten Seite noch eine verschwommene und zwielichtige. Legte man bei ihm einen Schalter um (was oft bereits nach dem zweiten Glas Wein der Fall war), verwandelte er sich in einen radikalen und endlos salbadernden Verschwörungstheoretiker. Niemanden hatte es gewundert, als Klaus Tietze sich schließlich als Prepper geoutet hatte. Er war ledig, sparsam und Nichtraucher, und er hatte jeden Groschen und jede freie Minute in den Ausbau eines stillgelegten Weinkellers gesteckt, um ihn nach und nach in einen veritablen Katastrophenschutzbunker zu verwandeln. Die Katastrophe war nun eingetreten, und die meisten Mitglieder der Geselligen Runde waren plötzlich heilfroh über den verschrobenen Tietze, der sie per Rundruf eingeladen hatte, die nächsten Wochen – »Bis das Gröbste vorüber ist!« – in seinem Bunker zu verbringen. Seinen Berechnungen zufolge konnten hier zwei Dutzend Menschen monatelang ausharren. Eine knappe Woche war seit dem Riss im Himmel vergangen, und die Geschützdonner, Kommandoschreie und Krankenwagensirenen, die man von draußen hörte, waren inzwischen seltener geworden. Niemand schien sich um den Bunker zu kümmern, der zudem rundum durch dichten Waldbewuchs vor neugierigen Blicken geschützt war. Er war vollständig mit Gras und Gestrüpp überwachsen, der Eingang war mit einem Felsbrocken getarnt, und nur durch eine kleine, dicke Panzerglasscheibe konnten die Insassen die Außenwelt beobachten. Doch kaum jemand kam vorbei oder begehrte Einlass.

Es gab Erdbeerbowle. Am Tisch saß Oberstudienrat Horst Frenken samt Frau Ilse. Beide waren von Selma Öksüz aus ihrem Versteck geholt und hierher verfrachtet worden. Auch der sammelwütige Rechtsanwalt und Bootshausbesitzer, der von der Prügelei immer noch ziemlich ramponiert aussah, war inzwischen eingetroffen. Er hatte allerdings darauf bestanden, seine Miniaturen mitzubringen: einen Gips-Kilimandscharo im Maßstab 1:50000, einen kleinen Goldbarren, eine Minidrehorgel … Er breitete seine Stücke gerade in einem Nebenraum aus. Die Sammlung war vollständig, der Rechtsanwalt hatte nichts zurückgelassen, lediglich die kleine Swiss Mini Gun fehlte, eine handtellergroße, aber durchaus funktionsfähige Pistole, die er, nachdem sich in der Nähe des Bootshauses ein Schuss gelöst hatte, kurzerhand in den See geworfen hatte.

Man wollte Strom sparen, also brannte lediglich eine kleine Funzel an der Decke, doch die Augen aller hatten sich schon längst an die Dunkelheit gewöhnt. Die Gesichter waren schemenhaft, ineinanderfließend, geistergleich. Man flüsterte, als ob man schauerliche Geheimnisse und gefährliche Wahrheiten austauschen wollte. Es stellte sich langsam so etwas wie eine Routine ein, mit der neuen Situation umzugehen, selbst irrationale Gedanken hielten Einzug in die Gespräche. Niemanden hätte es groß verwundert, wenn sich plötzlich der Erlkönig mit seinen Töchtern zu ihnen an den Tisch gesetzt hätte.

»War es nicht doch etwas zu früh, hier runterzukommen?«, fragte Selma Öksüz, die türkische Taxifahrerin.

Der Art Director der Werbeagentur Craft & More schüttelte den Kopf.

»Aber keine Sekunde zu früh! Ich bin heilfroh, hier zu sein. Und mich bringen auch keine zehn Pferde mehr raus. Kaum ein Haus ist mehr sicher vor Plünderung und umherziehenden Horden.«

»Umherziehende Horden? Als ich gestern durch die Straßen gefahren bin, habe ich aber kaum mehr Menschen gesehen. Entweder haben sich die alle in ihre Häuser verkrochen oder sie haben sich in Luft aufgelöst.«

»Aber wie konnte das alles nur so schnell kommen?«, sinnierte Frenken. »Seit dem Riss sind nicht mehr als fünf Tage vergangen. Und alles geht den Bach runter. Wenn wir wieder rauskommen, werden wir uns wahrscheinlich in der Steinzeit wiederfinden.«

»Ich bin der Meinung, dass manche Menschen nur darauf gewartet haben, dass solch eine Katastrophe eintritt.«

Das war Harry der Bauchredner. Er hatte allerdings nicht selbst gesprochen, sondern diese Sätze vielmehr eine leere Konservenbüchse quäken lassen, die er über dünne, fast unsichtbare Marionettendrähte führte. Die Blechfigur saß momentan auf Harrys Schoß, sie hatte aufgemalte Augen, der bewegliche Deckel bildete den Mund. Die Mitglieder der Geselligen Runde hatten sich schon daran gewöhnt, dass Harry nur noch auf diese Weise mit ihnen kommunizierte.

»Na ja, unser Klaus Tietze hat auf jeden Fall auf die Katastrophe gewartet«, sagte Selma. »Und ich für meinen Teil bin ihm sehr dankbar dafür, dass er das getan hat.«

Die Gesellschaft im Bunker schwieg. Alle starrten auf die Blechbüchse, die fröhlich weiterspekulierte.

»Wo sich Shorty wohl gerade aufhält? Meine letzte Information ist die, dass man ihn gefasst haben soll.«

»Schon wieder einmal«, sagte der Art Director. »Rund um den Globus wimmelt es inzwischen von falschen Shortys.«

Die Blechbüchse sprang auf den Tisch und wandte sich an alle.

»Was glaubt ihr: Hat er etwas damit zu tun oder nicht? Ich meine natürlich unseren richtigen Shorty. Unseren Jobhopper-Shorty, über den wir uns oft so lustig gemacht haben. Erinnert ihr euch noch an die Geschichte von dem Jazzakkord, den er im Berliner Hotel Adlon gespielt haben will?«

Shorty hatte ihnen die Geschichte so erzählt, dass er nicht rausgeworfen worden wäre, nachdem er in die Tasten gegriffen und den vierfach verminderten und kreuzweise erhöhten Quartsextakkord gespielt hätte. Der Hotelmanager hätte ihn vielmehr gefragt, ob er nicht als Jazzpianist im Adlon arbeiten wollte. Der echte wäre krank geworden und er hätte das richtige Jazzgesicht. Shorty aber hätte den Hotelmanager schließlich davon überzeugen können, dass er diesen Job nicht antreten könnte. Gartenarbeiten, Kellnern, Elektrik – gerne. Aber nicht das. Doch die Geschichte hätte ihn schwer belastet. Oft hätte er nachts davon geträumt und es wäre immer derselbe Traum gewesen. Bei Dienstbeginn nahm er am Flügel Platz, der in der Lobby des Hotels stand, er klappte den Deckel hoch und setzte sein allerschrägstes und zusammengekniffenstes Jazzgesicht auf. Dann griff er in die Tasten. Die Traumgäste, die an der Bar und an den Tischen saßen, unterbrachen ihre Unterhaltungen und sahen verwundert hoch. Sogar die Fische im Aquarium versammelten sich hinter der Scheibe. Die Kellner unterbrachen ihre Arbeit, die Köche kamen neugierig aus der Küche. Der vierfach Verminderte war so jazzig, so weichhart, so absolut gringe, so Chick-Corea-mäßig – und dazu das Wahnsinnsjazzgesicht. Alle warteten gespannt darauf, wie es wohl weiterging. Wie sich das verrätselte Klanggemisch auflöste. Und warteten weiter. Shorty aber ließ den Akkord verklingen, und nachdem wirklich der letzte Tropfen herausgepresst war, lehnte er sich zurück. Er machte keinerlei Anstalten weiterzuspielen. Die Gesichter der Hotelgäste verhärteten sich. Sie wurden wütend. Ein paar standen auf und krempelten die Ärmel hoch. Einer hatte sich eine Eisenstange gegriffen und kam auf ihn zu. Er holte aus und – hielt inne. So wie Shorty am Flügel innegehalten hatte, hielt der Wüterich im Schlag inne. Darüber wachte Shorty meistens auf. Aber nur, um wieder einzuschlafen und den Traum gleich nochmals zu träumen.

Klaus Tietze beteiligte sich nicht an dem Gespräch, das momentan im abgedunkelten Wohnzimmer des Bunkers stattfand. Er schichtete in einem Lagerraum weitere Konserven auf und trug Zahlen in eine Liste ein. Der Art Director gesellte sich zu ihm.

»Kann ich helfen?«

»Nein, eigentlich nicht. Ich habe da mein System.«

Der Art Director zögerte. Schließlich sagte er:

»Was glaubst du: Werden alle Menschen bei dieser Katastrophe umkommen?«

»Ich befürchte es. Alle außer vermutlich der legendäre ostsibirische Büßer und Asket, Väterchen Jakutskeijew, der alle zivilisatorischen Annehmlichkeiten von sich weist. Der wird vielleicht überleben.«

»Und wir eben.«

»Ja, vielleicht.«

Dr. Geibel und Dr. Mukhopadhay hatten nicht das Glück, in solch einem sicheren Raum zu sitzen. Zunächst sollten sie, wie alle akademischen Lehrkräfte des naturwissenschaftlichen Instituts, als systemrelevante Personen im Keller der Universität einquartiert werden. Doch im Keller war schließlich kein Platz mehr, und wer braucht in Notzeiten schon Wissenschaftler, die sich mit Dunkler Materie beschäftigen. So hatten ausgerechnet sie, die der

Wahrheit bezüglich des Risses schon so verdammt nahe gekommen waren, sich notdürftig im verlassenen und völlig verwüsteten Café der Mensa eingerichtet. Sie machten sich über die Vorräte her, die noch genießbar waren. Kaffee zum Beispiel gab es genug, auch schon fertig gebrühten, der sogar noch ein bisschen warm war. Am Sonntag wurde in der Cafeteria immer Kaffee in großen Mengen gekocht und in 5-Liter-Thermoskannen abgefüllt. Der reichte für die ganze Woche. Und es hieß, dass Naturwissenschaftler nicht so großen Wert auf Qualität legen würden. Der Inder schenkte sich ein und hielt ein über und über vollgekritzeltes Blatt in die Höhe.

»Nach meinen Berechnungen deuten die Energieschwankungen, die von überallher gemeldet werden, zusammen mit den Mustern der Klötzchen am Himmel auf ein Phänomen hin, das der Physiker Takashi vor fünfzig Jahren theoretisch errechnet hat. Alle hielten ihn damals für verrückt.«

»Takashi? Ist mir kein Begriff.«

»Soviel ich weiß, hat er die Arbeit nur in der Jahrgangsschrift zu seinem Klassentreffen veröffentlicht. Die Takashi-Konstante besagt, dass sich Zahlen in der Nähe eines Nullpunkts anders verhalten als im Rest des Zahlenraums. Sie spielen verrückt und gehorchen nicht einmal den einfachsten Rechengesetzen. Der Nullpunkt selbst kann unter Umständen einen Wert annehmen, der weniger als null beträgt. Innerhalb des Nichts gibt es also einen Raum, der *nicht* nichts ist.«

»Wie ist das möglich?«

»Stell dir einen Kreis vor, zu dem der Kreismittelpunkt nicht dazugehört. Keine Gerade kann durch den Nullpunkt laufen, sie verschwindet sozusagen an der Punktgrenze. Außerdem gibt es keinen gesicherten Radius des Kreises, weil es ja keinen Mittelpunkt gibt. Takashi hat nachgewiesen, dass so etwas theoretisch möglich ist. Meinen Berechnungen zufolge kreisen unsere Klötzchen um solch einen Punkt, dessen Wert und Ausdehnung nicht null, sondern weniger als null beträgt.«

Geibel blickte von seinen Aufzeichnungen hoch. Sein Gesicht erhellte sich.

»Ich verstehe. So ein eigentlich unmöglicher Punkt könnte nur in der Mitte eines Raums mit Dunkler Materie vorkommen, der wiederum in der Mitte des Universums liegt.«

»Ja, genau. Die Takashi-Konstante führt zu der Schlussfolgerung, dass es in der Mitte des Universums ein uns unbekanntes Nichts mit seinen eigenen Gesetzen gibt.«

Geibel nickte.

»Das mathematisch und physikalisch Unmögliche, das Nicht-einmal-Nichts.«

Dr. Mukhopadhay beugte sich vor und sagte leise und eindringlich:

»Wir in Indien haben einen besonderen Begriff dafür. Wir nennen so ein Phänomen das Nirwana. Das Ziel allen Lebens und Strebens. Und es soll sehr hübsch dort sein. Wenn man es denn irgendwann einmal erreicht.«

An der Panzerglasscheibe des Weinkellerbunkers von Klaus Tietze erschien ein Gesicht. Niemand sah nach oben zum Eingang. Die Gestalt winkte. Es war ein Kind mit verbundenem Gesicht. Der Verband war halb um den Kopf gewickelt, am Ohr war viel Blut durchgesickert.

Seine Haare hingen ihm ins Gesicht, sein Blick hatte etwas zutiefst Verzweifeltes. Das Kind klopfte mit seinen kleinen Fäusten an die Panzerglasscheibe und schrie erbärmlich. Doch keiner der Bunkerinsassen hörte den Schrei, und immer noch blickte keiner auf. Schon zu lange hatte niemand mehr dort geklopft. Und niemand sah, wie das Kind plötzlich weggerissen wurde. Niemand sah, wie es sich seinerseits losriss, sich schließlich aufrappelte und sich in einen mittelalterlich anmutenden Kämpfer mit Helm und Halsberge verwandelte. Doch bevor der Kämpfer zum Schlag ausholen konnte, schleuderte eine Frau mit auffällig kurzgestutztem Blondschopf und gedeckter Safarikleidung einen flammenden Blitz gegen ihn. Der Kämpfer wankte und zerfiel in tausend kleine Klötzchen.

»Schmeckt immer noch gut, der Kaffee«, sagte Geibel in der Cafeteria der Mensa, und Mukhopadhay, der Leiter der kleinen Forschungsgruppe Dunkle Materie, stimmte ihm zu.

30

Die Lösung des Problems merkt man am Verschwinden dieses Problems.

LUDWIG WITTGENSTEIN

Als Shorty begriff, dass das neblige und fleckige Ding, auf das er zuraste, die Erde sein musste, war ihm auch sofort klar, dass ein Wechsel in ein anderes Universum unmittelbar bevorstand. Er kam sich vor wie in einem jener Albträume, bei denen man einen Abgrund hinunterstürzt und trotzdem nicht auf dem Boden aufknallt. Oder bei dem jemand die Eisenstange hochreißt, aber nicht zuschlägt. In dieser düsteren Balance zwischen Leben und Tod war er nun gefangen, doch diesmal wollte er sich nicht feige verkriechen, er wollte der neuen Welt kühn ins Auge blicken, im übertragenen wie im wörtlichen Sinn. So versuchte er als Erstes, auf der nebel- und wolkenüberzogenen Erdoberfläche, die unter ihm lag, etwas Bekanntes zu entdecken. Bekanntes beruhigt. Bekanntes senkt den Blutdruck, Bekanntes vertreibt Ängste, baut Stress ab, glättet die Haut und macht schlank. Als er jedoch genauer hinsah und versuchte, einen der Erdteile zu identifizieren, bemerkte er, dass sich die Oberfläche des Planeten in raschem Wechsel veränderte, von wolkenverhangenem Graublau zu flammig glühendem Rot, bald war der Planet von zerklüfteten Kratertrichtern übersät, bald durchgehend von einem blaugrün leuchtenden Ozean bedeckt. War das überhaupt noch die Erde? Der Planet wechselte seine Gestalt im Halbsekundentakt, eine ähnliche spektakuläre Verwandlung hatte er schon bei der Mutter beobachten können. Das Grinsen der Katze kam ihm wieder in den Sinn: Das Gesicht schien abgeschraubt, nur das Grinsen war übrig geblieben. Jetzt hatte er die Erde in ihrer Urform vor Augen, den Planeten an sich, der sich in all seinen Variationen zeigte und doch immer derselbe war. Bei aller Fassungslosigkeit, die der Anblick des Urplaneten bewirkte, war das Spektakel so faszinierend, dass Shorty seine panische Angst, weiter auf den Himmelskörper zuzustürzen, einen Moment zurückdrängen konnte. Das, was er dort sah, glich der aufwendigen Präsentation eines durchgeknallten Astro-Designers, der einem Interessenten eine Kollektion von verschiedenen Sternenoberflächen andrehen wollte. Shorty hätte darüber lachen können, wenn ihn nicht schon wieder die höllische Todesangst erfasst hätte, am Boden zu zerschellen, in der Atmosphäre zu verglühen, zu erfrieren, zu ersticken – er mochte gar nicht darüber nachdenken, was es alles für Möglichkeiten gab. Er wagte einen kurzen Blick an seinem Körper hinab, versuchte, den Arm zu heben und ihn zu betrachten, versuchte, mit den Zehen zu wackeln, aber da gab es nichts mehr zu erblicken, nichts mehr zu heben und mit nichts mehr zu wackeln. Shorty hatte das Gefühl, dass seine sichtbare Erscheinung verschwunden war. Auch schien er absolut keinen Einfluss darauf zu haben, wohin er sich bewegte, er war zu einem Nichts im Universum geworden, zu einem Staubkörnchen im Sternenmeer, vielleicht nicht einmal mehr das: zu einem subatomaren Teilchen, einem Photon, einem Neutrino, Quark – keine Ahnung, wie die Geräte alle hießen, er hatte die entsprechenden Bücher ja immer bloß zur Hälfte gelesen und dann entnervt aufgegeben.

Die einzelnen Erscheinungsformen der rotierenden, unzuverlässigen Erde wurden von Mal zu Mal blasser. Schließlich löste sich der große, rundliche Brocken ganz auf. Er zerfloss diesmal nicht in Pixel, er verschwand reichlich undramatisch von der Bildfläche, er hatte einen leisen Abgang von der Bühne der sichtbaren Gegenstände gewählt. Schließlich war es zappenduster. Und dann geschah etwas Erstaunliches: Auch die Dunkelheit verschwand. Sie spielte einfach keine Rolle mehr. Reflexhaft versuchte Shorty, die Schultern zu rollen, die Augen zu schließen, die Nase in den Wind zu stecken. Doch noch immer gab es nichts, was gerollt, geschlossen oder in den Wind gesteckt werden konnte. Sein altes und bisher so nützliches Eiweißgehäuse hatte sich tatsächlich in Luft aufgelöst. Unbegreiflicherweise konnte er trotzdem seinen Körper spüren. Als durchaus angenehmer Nebeneffekt waren auch die Schmerzen in der Hand verschwunden, darüber hinaus hatte er zu seiner eigenen Verwunderung jegliches Gefühl von Angst verloren. Die licht- und tonlose Welt hüllte ihn ein wie ein flauschiger Bademantel. Nach einiger Zeit nahm er einen großen, unbeweglichen Körper in seiner Nähe wahr. Der Körper musste riesig sein, und er selbst schien an diesem monströsen Gebilde zu kleben. Dann begriff er. Er hatte festen Boden unter seinen Füßen, er stand auf diesem Körper. Es musste die Erde sein, deren Schwerkraft gleichmäßig und beruhigend konstant auf ihn wirkte. Er war nicht darauf zerschellt, er war nicht in ihrer Atmosphäre verbrannt. Eine große Welle der Erleichterung durchströmte ihn. In seiner unmittelbaren Nähe registrierte Shorty noch einen weiteren Körper. Er sah ihn nicht, er konnte ihn nicht hören, aber er war sich ganz sicher, dass er vorhanden war, einige Meter weit weg, sich leicht hin und her bewegend, ein Körper in seiner Größe und in seiner Form. Dieser Körper drehte sich jetzt in seine Richtung, hielt kurz inne, wandte sich dann wieder ab, um sich langsam zu entfernen. Von aller Sensorik, die Shorty abhandengekommen war, schien dieser eine Sinn übrig geblieben zu sein, Körper zu orten und ihre Größe, ihre Struktur und ihre Bewegungen zu identifizieren. Und er wusste plötzlich sehr genau, in welcher Welt er gelandet war: in der Welt der Gravaner. Im Lexikon der Vereinigten Bekannten Universen hatte er gelesen, dass die gravanische Fähigkeit, Schwerkraft wahrzunehmen, auch beim Menschen vorhanden war, wenngleich nur rudimentär und von den anderen wesentlich gröberen Sinnen überlagert. Jeder ist schon einmal mitten in der Nacht erwacht und hat am Fußende des Betts eine dunkle Masse gespürt, er wusste bloß nicht, ob es ein Hund oder ein zähnefletschender Wolf war, vielleicht sogar ein Monster, eine fratzenhafte Erscheinung, eine ekelhafte Bestie, eine pestige Chimäre, der Leibhaftige persönlich, ein schlafender Werwolf, ein rothaariger Troll … Auf diese Weise hat schon jeder einmal auf gravanische Weise in eine andere Welt hineingeschnuppert.

Wo genau er sich momentan in diesem Universum befand, wusste Shorty nicht, aber in erstaunlich kurzer Zeit konnte er die genaueren Umrisse einiger anderer Körper erfassen, die sich an ihm in verschiedenen Geschwindigkeiten vorbeibewegten. Der Gravitationssinn übernahm das Kommando wie ein tatendurstiger Ersatzspieler, der lange auf der Bank gesessen hatte und nun mit doppelter und dreifacher Energie loslegte. Shorty hatte vor längerer Zeit Renovierungsarbeiten bei einem Blinden erledigt, der ihm erzählt hatte, dass sich sein Sinnesapparat schon kurz nach dem Schock über den Verlust des Augenlichts umgestellt hatte. Schon nach der ersten Woche hätte er sich frei im Haus bewegen können, nach der zweiten Woche besser gewusst, wo sämtliche Geräte und Haushaltsgegenstände standen als vorher bei voller Sehkraft. Ähnlich erging es Shorty jetzt. Nach kurzer Zeit wusste er die Gesten der Gravaner zu deuten, und er lernte die wichtigsten Zeichen, die sich zu ihrer Sprache fügten. Einen Arm leicht angewinkelt hochgehoben, die Faust ansatzweise geballt, einen Fuß wippend vor den anderen gesetzt, den Rücken gebeugt – das war eine Begrüßung, die in ähnlicher Form erwidert werden konnte. Der gravanische Körperbau war dem des Menschen gleich, dem Kopf jedoch fehlten Augen und Ohren, in dessen unterer Hälfte klaffte der übliche Mund. Er diente lediglich zur Atmung und Nahrungsaufnahme, nicht zur Kommunikation. Die feinen Apparate für den Gravitationssinn befanden sich vermutlich im Inneren des Kopfes. Shorty hob die Hand, streckte sie, senkte sie wieder. Es funktionierte. Warum ging das alles so einfach? Und wie viel Zeit war seit seinem Erstkontakt mit dieser laut- und temperatur- und schmerzlosen Welt vergangen? Einige Minuten – oder Stunden? Diese Welt kam ihm so unfassbar vertraut vor, als ob er schon Jahre hier gelebt hätte. Oder als ob er sie von früher kennen würde. Dieser Gedanke drängte sich Shorty immer wieder auf. Aber das war doch ganz und gar unmöglich! Hatte er in einem Buch darüber gelesen?

»Ja, mein Lieber, ich habe dir doch prophezeit, dass du hier gut zurechtkommen wirst. Weil sich einfach alles von selbst erklärt. Es ist eine perfekt gebaute Welt, findest du nicht auch?«

Shorty zuckte zusammen. In die absolute Stille, in den Komfort der gravanischen Welt hinein wirkte der Satz wie ein Fremdkörper. Doch auch jetzt fasste sich Shorty schnell. Der Translationator hatte sich, passend zu dieser Umgebung, nicht als hörbare Stimme, sondern als Gedanke bemerkbar gemacht.

»Endlich kann ich mich direkt und gefahrlos in dein Gehirn einklinken, ohne dein ach so empfindliches Eiweißgeschwabbel zu zerstören. Du hast nämlich keines mehr.«

»Ich habe kein Gehirn mehr? Ich meine: keines im herkömmlichen Sinn?«

Shorty hatte den Mund zu einer Antwort öffnen wollen, aber dieser Mund stieß natürlich keine Laute mehr aus. Das heißt: Er stieß schon Laute aus, aber die waren in der gravanischen Welt nicht zu hören, auch für ihn selbst nicht. Er musste sich daran gewöhnen, dass es genügte, den Gedanken zu denken.

»Natürlich hast du ein Gehirn. Aber das besteht nicht mehr aus Neuronen und Synapsen, sondern aus anderen, wesentlich brauchbareren Materialien. Der Vorteil: Ich kann mich bequem einloggen.«

Shorty versuchte, den Kopf verwundert zu schütteln. Das gelang nur bedingt. Es kam eine Bewegung dabei heraus, die Erstaunen und kritische Ablehnung ausdrückte.

»Die Gravaner leben nicht eiweißbasiert?«

»Nein, mein Lieber. Sie nehmen zwar durchaus Nahrung und Flüssigkeiten zu sich, aber eben in anderer Form.«

Shorty schüttelte den Kopf.

»Ich dachte, es ist streng verboten, jemanden in ein fremdes Universum zu transportieren!«

»Je nun, ich habe wieder einiges an Materie opfern müssen.«

»Welche Insel musste diesmal dran glauben?«

»Tristan da Cunha im Südatlantik, die einsamste und gleichzeitig literarischste Insel der Welt. Sie wird bald vergessen sein.«

»Wenn dauernd Materie gebraucht wird, warum zapft man nicht einen von den unbewohnten Sternen an?«

»Das wurde im Lauf der Geschichte schon einige Male versucht. Soweit ich weiß, hat das Volk der Tjuttschew in diesbezügliche Forschungen investiert. Die Ergebnisse waren katastrophal. Je weiter sie sich bei diesen Schürfungen von der Erde entfernt haben, desto mehr kam das ganze empfindliche Gleichgewicht der Planeten durcheinander.«

»Wieso denn das? Spielt es eine Rolle, ob ich vom Mond oder Proxima Centauri ein paar Steine wegnehme?«

»Wenn du eine Marionette baust, dann gibt es einen Schwerpunkt, der ganz innen im Zentrum liegt. Wenn du dort etwas veränderst, dann spielt das keine so große Rolle, es wird kaum Auswirkungen auf die Balance haben. Wenn du aber einer mühsam ausbalancierten Marionette einen schweren Stab in die Hand gibst oder den bereits austarierten schweren Stab entfernst, dann kippt sie und droht, in sich zusammenzufallen.«

Shorty dachte eine Weile über diesen Vergleich aus der

Welt des Puppentheaters nach. Das Universum als überdimensionale Marionette? Die Physik als geschickter Puppenspieler? Für wen aber wurde dieses Welttheater aufgeführt?

Der ruu'nsche Gedankenleser in seinem Kopf schwieg zu diesen Überlegungen. Shorty war jetzt auch etwas abgelenkt. Inzwischen bewegten sich viele Körper an ihm vorbei. Es gab dicke, dünne, große und kleine Gestalten. Da waren wendige Typen, die es eilig hatten und sich rücksichtslos durchrempelten. Andere schienen eher gemütlich dahinzuschlendern, wieder andere schleppten sich mühsam fort. Und sie kommunizierten mit Händen und Füßen, im wahren Sinn des Wortes. Ihre Gesten hatte große Ähnlichkeit mit der Gebärdensprache, doch die Gravaner setzten den ganzen Körper ein, um Informationen auszutauschen. Statt einem fröhlichen Durcheinandergezwitscher und -geplapper wirkte alles hier wie die ausgefeilte Massenchoreographie eines irren Straßenballetts.

»Gib mir noch ein paar weitere Informationen, Mutter.«

»Ich dachte, die ›Mutter‹ hat dich genervt?«

»Noch mehr genervt hat mich Al Bundy, wenn ich ganz ehrlich bin.«

»Wie man's macht, ist's falsch«, versetzte der Translationator gespielt beleidigt. »Aber eigentlich sind zusätzliche Informationen nicht nötig, diese Welt erklärt sich von selbst. Vor allem ist sie dir auf keinen Fall feindlich gesinnt. Du befindest dich sozusagen im befreundeten Ausland. Man wird dir überall gerne weiterhelfen.«

»Habe ich also keine Überfälle von verwandelten Blunas und Jamankes zu befürchten?«

»Das ist so gut wie ausgeschlossen. Das Abwehrsystem der Gravaner ist wasserdicht. Sie haben schon seit Jahrtausenden keinen Krieg mehr geführt. Niemand erwägt, sie anzugreifen. Die Gravaner sind die Schweizer unter den Spezies.«

Aus der Menge der hin- und herwogenden Körper stach einer heraus. Er war lang und schlaksig und trug eine Kopfbedeckung, die eine Melone oder einen Bowler vermuten ließ. Aus dem oberen Drittel des Körpers führte eine leicht nach unten gekrümmte Linie in Richtung Boden, am Ende der Linie nahm Shorty einen wesentlich kleineren Körper wahr, der sich schneller und ungezielter um den großen herumbewegte. Ein großer, verlängerter Rugbyball, der mit einem kleineren, liegenden Rugbyball von Schwerpunkt zu Schwerpunkt verbunden war. Es musste ein Spaziergänger sein, der mit seinem Hund Gassi ging.

»Also, ich weiß nicht, wie es dir geht, Shorty. Aber das ist eine meiner Lieblingswelten«, ließ sich der Gedanke in seinem Kopf erneut vernehmen. »Klar, man hat am Anfang richtig Bammel vor der extremen Beschränkung auf ein einziges Sinnesorgan. Es ist gewöhnungsbedürftig, nichts zu sehen, nichts zu hören und nichts begrapschen zu können. Auch ich habe am Anfang befürchtet, dadurch meine Wohlfühlzone verlassen zu müssen. Aber genau das Gegenteil ist der Fall: Die gravanische ist eine durch und durch heitere Welt, dem hinduistischen Ideal der Schmerzlosigkeit schon ziemlich nah.«

Shorty sah das genauso. Anstatt andauernd mit den reißenden Stichen in seiner demolierten Hand konfrontiert zu sein, fand er es lediglich bedauerlich, dass sie nicht mehr funktionierte. Der Schmerz war hier theoretischer Natur, die Angst war ganz verschwunden. Shorty spürte den Strom der Passanten an sich vorbeiziehen.

»Sind wir hier wirklich auf der Erde? Ich kann es gar nicht glauben.«

»Ja, wir waren die ganze Zeit über da. Es bleibt uns ehrlich gesagt auch gar nichts anderes übrig. Das Weltall ist unwirtlich und gefährlich. Keiner denkt ernsthaft daran, dort draußen herumzuschippern.«

»Und alternative Paralleluniversen?«

»Gibt es nicht.«

»Räume außerhalb des Universums?«

»Nullinger.«

»Universen in anderen Dimensionen?«

»Dito.«

»Und wo befinde ich mich jetzt genau?«

»Ganz einfach: Du sitzt in einem Straßencafé und betrachtest die Vorbeiflanierenden. Äh –«

Die Stimme in seinem Kopf stockte.

»Was ist los?«, fragte Shorty.

»Der Ober hinter dir hat dich gerade gefragt, ob du einen Kaffee willst.«

Shorty wandte sich um. Erschrocken zuckte er zurück. Das Café war vollbesetzt, die Gäste wippten auf ihren Stühlen und zappelten herum, als ob sie alle unter demselben Tic litten. Doch in Wirklichkeit unterhielten sie sich angeregt. Shorty beruhigte sich wieder. Der Gravaner, der jetzt an seinem Tisch stand, war wohl der Oberkellner. Shorty erfüllte es mit einem gewissen Stolz, dass er immer mehr Details ausmachte. Dieser Stolz vertrieb auch den Rest von Ängstlichkeit, den er noch in sich getragen hatte. Der Oberkörper des Ober-Körpers wippte leicht hin und her, der junge Mann schien ungeduldig. Er wiederholte die Bewegung, er hatte anscheinend etwas gefragt und schien jetzt auf eine Antwort zu warten. Shorty vollführte eine beschwichtigende Handbewegung.

»Bist du noch da? Hallo! Stimme!«

Doch die Stimme meldete sich nicht mehr. Shorty versuchte trotzdem, einen Kaffee zu bestellen.

31

Selbst wenn also eine Zombie-Apokalypse stattfinden sollte, werden Sie dank des Tesla-Supercharging-Systems immer noch im Stande sein zu reisen.

ELON MUSK

Ohne dem großen, wandlungsfähigen und in allen hundertdreiundneunzig Universen geachteten Translationator aus dem ehrenwerten Volk der Ruu'n nahetreten zu wollen – wir müssen ihn in einer Beziehung korrigieren. Denn dass »überhaupt niemand mehr« im Weltraum herumschipperte, ist nicht ganz richtig. Ein Translationator ist natürlich nicht allwissend. Er hetzt quer durch die Universen von einem Job zum anderen, schnappt dies und jenes auf und verfügt so über ein gepflegtes, gutbürgerliches Diplomatenhalbwissen, das allerdings der genauen Nachprüfung oftmals nicht standhält. So auch in diesem Fall. Weit draußen in den unendlichen Weiten des Universums schipperte durchaus ein Raumschiff von gigantischen Ausmaßen herum, bestückt mit Forschungssonden aller Art, ausgestattet mit den allermodernsten Waffen und Computern, und gesteuert von einem Piloten, dessen Volk es immer noch nicht aufgegeben hatte, nach Leben auf anderen erdähnlichen Planeten zu forschen. Geriet ein solcher Himmelskörper in seinen Wahrnehmungsbereich, dann drehte er dienstbeflissen bei, landete, sein Team nahm Proben, machte Notizen, archivierte alles sorgfältig und flog wieder weiter. Es handelte sich um Vertreter der

Tjuttschew-Völker vom Quadranten 67.0, einer Bakterienmutation mit Schwarmintelligenz, »deren Wissenschaft sich zur menschlichen verhält wie ein Quantencomputer zu einem Kinderrechenschieber«. So hatte es der Translationator selbst formuliert, und in dieser Beziehung hatte er recht. Für andere Spezies wäre diese Mission auch gar keine Option gewesen. Für diesen Ausflug war nur eine Intelligenz geeignet, deren Individuen nicht alle naslang starben und den so entstandenen Schwund durch mühsame Fortpflanzung auszugleichen suchten. Die Tjuttschew waren als Superorganismus mit kollektiver Intelligenz quasi unsterblich, ansonsten wäre der lange Flug gar nicht möglich gewesen. Momentan befanden sie sich ziemlich am Rand des Universums, in einem Bereich, in dem sich einige Gesetze der Physik und der Logik schon längst verabschiedet hatten. Von ihrem Heimatplaneten, der Erde, von der noch ein paar Postkarten im Cockpit hingen, hatten die Tjuttschew-Raumfahrer schon lange nichts mehr gehört. Deshalb wussten sie auch nicht, dass der Erdsegen schief hing. Dass die menschliche Zivilisation gerade zusammenbrach und sich auflöste und, was weit schlimmer war, andere Universen mit sich zu reißen drohte. Deshalb gingen die winzigen Wesen ungerührt ihrer mühsamen und schweißtreibenden Forschungsarbeit nach. Der Pilot war auf einem unwirtlichen, von dampfenden Vulkanen übersäten Planeten gelandet, der die Masse von einem halben Dutzend Sonnen hatte. Routinemäßig nahm das Außenteam eine Probe. Dann spazierten sie noch eine Weile herum und schossen ein paar Selfies. (Man sieht, dass auch die Tjuttschews von den Angeboten der Handys nicht verschont geblieben waren.) Während sie, die ameisengroßen Würmchen, ihre winzigen Doppelmembranen zu so etwas wie einem fotogenen Lächeln verzogen, übersahen sie einen kleinen Steinsockel, der halb verdeckt aus dem Sand ragte und auf dem Reste einer verwitterten lateinischen Inschrift prangten. Es war so etwas wie SI INTELLEXERIS ... Immer noch grinsend machten sich die Tjuttschew wieder auf den Weg, bestiegen das Raumschiff und setzten die ziemlich aussichtslose Suche nach außerirdischem Leben fort.

Viele Lichtjahre von dem Piloten entfernt ging Shorty eine belebte Straße entlang und wich den wild zappelnden und gestikulierenden Gravanern behände und traumwandlerisch sicher aus. Er setzte seine FeelPods auf den ohrenlosen Kopf und zog sich ein Gestenbuch rein, mit einem herrlichen Vorfühler, der so lebendig und lebensnah körperte, wie Simon Jäger einst gelesen hatte. Die Geschichte begann gleich wieder mit einem Gefängnisausbruch: Die Bettlaken reichten nicht ganz zum Boden, die letzten drei Meter musste sich der Ausbrecher fallen lassen, hart schlug er im Innenhof auf dem Beton auf ...

Shorty hätte beim besten Willen nicht sagen können, wie viel Zeit vergangen war, seitdem sich der Translationator nicht mehr gemeldet hatte. Es war durchaus möglich, dass es schon Wochen oder gar Monate her war. Er schloss auch mehrere Jahre nicht aus, denn Zeit spielte in der gravanischen Welt eine wirklich untergeordnete Rolle. Er spürte zwar die Sonne, als riesigen, groben, aber lichtlosen Körper, und den Mond, einen vorwitzigen Gesellen, der die Nacht begleitete. Aber Shorty hätte nicht zu sagen vermocht, wie oft die Sonne und der Mond inzwischen gewechselt hatten.

Er empfand das Leben hier in vielen Beziehungen unkompliziert und angenehm. Die Gravaner benötigten keine Messgeräte und keines von den vielen anderen technischen Dingen, die die Welt normalerweise abzirkelten und einteilten. Deshalb hatte es auch das Volk der Handys schwer, hier Fuß zu fassen. Den Handel, die Industrie, die Kultur, sogar die politischen Geschäfte erledigten die Gravaner quasi nebenbei. Autos kamen ohne Armaturenbretter aus, Geschwindigkeit und entgegenkommende Fahrzeuge konnten bis auf zwei Stellen hinter dem Komma abgeschätzt werden. Shorty hatte sogar ein gravanisches Fußballspiel miterlebt: Aufgeregte Männekens versuchten, in den Besitz einer hüpfenden Kugel zu kommen, im Stadion hampelten Tausende oder sogar Zehntausende von Fans in derart zuckenden und veitstanzähnlichen Bewegungen, dass man seine eigene Geste nicht verstand. Vieles glich den humanen Gebräuchen, es wurde gerempelt und gefoult, nur dass alles insgesamt leichter, direkter, unmittelbarer zuging. Auch eine gravanische Theateraufführung des ›Faust‹ hatte er besucht. »Habe nun, ach!« war kunstvoll gekörpert und das ganze Stück dauerte nicht länger als ein paar Minuten, trotzdem steckte aller Tiefsinn des alten Klassikers darin. Shorty hatte sich inzwischen nach Arbeit umgesehen, es verstand sich von selbst, dass er als Multitalent gleich mehrere Jobs gefunden hatte. In der Gastronomie, in Haushalten, als Hilfskrankenpfleger, Bademeister, auf dem Bau, in Handwerksbetrieben – und immer wieder als durchaus geschickter Elektriker. Die Macht des Stroms faszinierte ihn nach wie vor. Und er lernte jeden Tag dazu.

Von einem Riss am Himmel sprach hier keiner mehr. Die Gravaner waren so fernab jeder Katastrophenstimmung, dass Shorty immer seltener an sein voriges Leben dachte, geschweige denn daran, wieder in die Menschenwelt zurückzukehren. Er sehnte sich überhaupt nicht nach den feuchten Nasen, Blumenkohlohren und wässrigen Sehschlitzen der Eiweißler. Die Häupter der Gravaner waren schlicht geformt, von erhabener, klassischer, ja altrömischer Einfachheit, mit nur einer einzigen Öffnung bestückt, die der Nahrungsaufnahme und dem Atmen diente. Shorty konnte sich gar nicht mehr vorstellen, Dinge zu sehen, zu hören, zu riechen oder zu ertasten. Das war doch eine ausgesprochen umständliche Art gewesen, die Wirklichkeit zu betrachten und zu verstehen! Licht-, Schall- und Druckwellen waren zudem so schrecklich anfällig für Sinnestäuschungen und Irrtümer. Man konnte mit ihnen böses Spiel treiben, man konnte blenden, lügen, vernebeln. Hier gab es das alles nicht. Gravaner nahmen die Welt, sei sie belebt oder unbelebt, direkt und unmittelbar wahr. Um sich weiter zu orientieren, war Shorty auch ein paarmal in der Wahrnehmungsbibliothek gewesen. Er war erfreut, dass es so etwas wie Bücher gab. Es waren geheftete Seiten mit vielen Millionen erhabenen Punkten, der Brailleschrift nicht unähnlich, die von hinten ins Papier eingedrückt wurden. Die entstandenen Erhöhungen wurden nicht mit den Fingerspitzen ertastet, sondern vom feinen und ausgebildeten Gravitationssinn erschnuppert. Er erfuhr in den Fühlbüchern viel über die gravanische

Lebensweise. Und so grundsätzlich verschieden war sie gar nicht. Die Atmung funktionierte, das Herz schlug, und darüber hinaus konnte man alle inneren Organe auch noch selbst aufs genaueste wahrnehmen. Die Medizin, die Kultur, die Technik waren wesentlich weiter fortgeschritten. Vielleicht hatten die Handys auch deshalb kaum Fuß fassen können. Was sollte man denen, die die Welt so unmittelbar wahrnahmen, noch verkaufen?

In sturzbachähnlicher Geschwindigkeit vergingen die Jahre, täglich entdeckte Shorty Neues, und er hätte seine Vergangenheit schließlich ganz und gar vergessen, wenn ihm nicht manchmal gewisse Situationen doch sehr vertraut vorgekommen wären und ihn plötzlich an seinen menschlichen Migrationshintergrund erinnerten. Der Casting-Scout einer Fühlfilmagentur sprach ihn auf der Straße an: Wahnsinn, er gleiche Julius Cäsar doch wirklich aufs Haar, ob er nicht Lust hätte … Ein anderes Mal wäre er auf einer belebten Straße fast mit einer älteren Dame zusammengestoßen, sie ging gebückt und am Stock, war jedoch äußerst vornehm gekleidet und hatte die Haltung von jemandem, der andere immer ein wenig von oben herab behandelt. Ein Diener dackelte hinter ihr her und trug ihre Tasche und ihren Mantel, zudem ein dickes Buch. Die Dame hatte Shorty sofort an die Gräfin erinnert, der er vor langer Zeit, als er noch der Shorty mit den zwei Augen und den zwei Ohren war, aus der Bibel vorgelesen hatte: *Und ich sah ein Tier, das einem Panther glich …* Die Gräfin hatte bei diesen Lesungen immer zittrig, aber laut mitgesprochen, und das auch noch leicht zeitversetzt. Shorty hatte versucht, nicht drauszukommen und gegen das hochbetagte Echo anzulesen. Eines Tages war die Schwester der Gräfin in die Bibliothek gekommen, hatte sich eine andere Bibel aus dem Regal gegriffen und die Stelle ebenfalls mitgelesen. Doch damit nicht genug. Ein alter, livrierter Diener servierte Tee, raunte Shorty beim Einschenken zu, dass er als Protestant nur die Martin-Luther-Übersetzung benutzen würde. Er zog eine riesige Schwarte aus der Tasche und las ebenfalls: *Und ich sah ein Tier, das einem Panther glich …* So füllte sich die Bibliothek, und jeder Neuling fiel in den Chor der Vorleser ein. Ein als Hamlet kostümierter Schauspieler (ein verarmter Vetter der Gräfin) erschien auf der Galerie und deklamierte das Johannesevangelium mit Stentorstimme, eine geistergleiche Gestalt im Nachthemd (eine irre Cousine) flüsterte die Zeilen tonlos, ein Ordensbruder (ein entfernter Schwager) psalmodierte den Text, während ihn ein uralter General (eine Patentante) im Kasernenhofton bellte.

»Morgen suchen *Sie* sich was aus«, hatte die Gräfin gesagt. »Wie heißt Ihre Lieblingsbibelstelle?«

Doch Shortys Antwort war im allgemeinen Konzert der Familie derer von Hotzendorff-Kalp untergegangen.*

In der gravanischen Welt gab es solch ein Durcheinander nicht. Unendlich viele Körper konnten gleichzeitig wahrgenommen und zugeordnet werden. Aber eine Frage blieb.

---

* Ernestine Gräfin von Hotzendorff-Kalp aus der hannoverschen Linie derer von Hotzendorff ist eine Großnichte des nicht thronfolgeberechtigten Sohnes von Zar Pjotr, in indirekter Linie abstammend vom 2. Earl von Brolburry, dem Viscount Peter von Arp. (Bei aller Dramatik: So viel Zeit muss schon sein.)

Warum wiederholten sich die Charaktere, die Shorty aus seiner humanen Welt kannte, in dieser Umgebung immer wieder? Einmal hatte sich eine Frau vor Shorty aufgebaut, etwa in seinem Alter, die Hände in die Hüften gestützt, den Kopf leicht nach hinten und zur Seite gedreht, die Brust herausgestreckt, schwer atmend, leicht vorwurfsvoll, bei näherer Betrachtung sogar sehr vorwurfsvoll – und diese Haltung kam Shorty nur allzu bekannt vor.

»Was tust *du* denn hier?«, körperte die Fremde bedrohlich.

Er erkannte, dass man auch ohne Augen böse funkelnd dreinschauen kann.

»Verschwinde!«, setzte sie nach. »Ich habe gesagt, ich will dich nie mehr in meinem Leben zu Gesicht bekommen.«

Es musste die gravanische Variante von Solveig sein, seiner unversöhnlichen Exfreundin, die sich damals von ihm unter unschönen Umständen getrennt hatte. Sie verschwand in der Menge, so schnell sie gekommen war. Was hatte das zu bedeuten? Wo er auch hinkam, tauchten bekannte Gestalten auf! Das war beunruhigend. Gerade jetzt hätte er die Hilfe der Stimme nötig gehabt. Er hatte schon öfter versucht, Kontakt mit ihr aufzunehmen, immer vergeblich. Seine linke Hand, mit der er sowohl einen Schutzschild aufbauen wie auch ein Lexikon abrufen konnte, war in dieser Hinsicht nicht mehr zu gebrauchen. Vielleicht funktionierte das Geschenk des Möglichen Kaiserchens ja auch nur bei den Gravanern nicht.

Insgesamt jedoch fand Shorty diese Welt perfekt. Niemanden störte es, dass er nichts Richtiges gelernt hatte. Er nahm viele kleine Gelegenheitsjobs an, doch jeder neue Auftrag war eine Herausforderung. Er bewahrte als Helfer eines Restaurators einen historischen Schrank vor der Schrottpresse – das war wesentlich prickelnder, als zu versuchen, die Welt zu retten. Es waren kleine, unbedeutende Jobs, die ihm angeboten wurden, aber gerade deshalb fühlte sich Shorty pudelwohl. Die großen Aufgaben hatten ihn einfach überfordert. Aber blind den stromführenden Draht in die richtigen Lüsterklemmen zu stecken machte ihm Spaß. Seine momentane Aufgabe bestand darin, in einem Architekturbüro Schlitze in die Decke zu schlagen und Kabel neu zu verlegen. Der Chef des Architekturbüros kam herein. Es war ein schlechter Chef, ungerecht, launisch, herablassend, cholerisch, nachtragend, humorlos, jähzornig – aber gab es solche Chefs nicht überall? Shorty stand auf einer wackeligen Leiter und unterbrach seine Arbeit.

»Wie lange wird es denn noch dauern?«, moserte der Chef ungeduldig, indem er eine leidige, zappelnde Körperhaltung einnahm.

»Ich werde heute noch fertig«, erwiderte Shorty mit ruhiger, beherrschter Körpersprache.

Er hatte einen kleinen humanen Akzent in seinen Gesten, aber das fiel nicht weiter auf, da man hier andere Welten nicht kannte. Oder sie sich nicht vorstellen konnte. Oder sich nicht für sie interessierte. Die meisten hielten es für einen Dialekt. Durch die geöffnete Tür spürte er im Nebenraum eine junge Frau am Tisch sitzen. Sie trug die Haare so superkurz, dass es den Anschein hatte, als wäre sie gerade vom Friseur gekommen. Ihre Gesichtszüge fühlten sich gutmütig-spöttisch an. Wieder stieg eine leise Erinnerung an seine alte Welt in ihm auf. Glich sie nicht – wie hieß sie noch gleich? ja: Bluna –, die er in vielen Erscheinungsformen gesehen hatte? Es war eben schon so verdammt lange her. Shorty richtete seine Aufmerksamkeit nochmals gebündelt ins Nebenzimmer. Der Stuhl neben der Kurzhaarigen war frei. Sie winkte ihm zu, sich neben sie zu setzen. Noch am selben Abend trafen sie sich in einem verschwiegenen Café und plauderten über dies und jenes.

»Und was machst du so?«, körperte sie.

»Mal dies, mal das«, erwiderte er, indem er die Schultern abwechselnd vor und zurück stieß. »Manche behaupten, dass ich ein rechter –«

Er deutete mit dem Zeigefinger der rechten Hand auf die eigene Brust, berührte sie dabei nicht ganz, sondern hielt einen Fingerbreit Abstand, gleichzeitig tippte er mit dem linken Zeigefinger mehrmals nach vorn in die Luft, bildete darauf mit beiden Händen jeweils eine lockere Faust, die eine nach oben, die andere nach unten, so, als ob er eine Schaufel fassen wollte und schippte dabei einen imaginären Haufen Erde weg.

»– Gelegenheitsjobber bin.«

Die Gesten für ›Gelegenheitsjobber‹ hatte er im Lexikon nachgeschlagen.

Dann saßen sie still da, berührten sich mit den Händen und neigten sich einander zu. Ihre Lippen kamen sich verdammt nah. Es fühlte sich so an, als wollte ihm das Herz aus der Brust springen und die Straße entlang davonlaufen, in das nächstbeste Taxi steigen, zum Bahnhof fahren und ein Zugticket nach irgendwo lösen. Ihre Lippen kamen sich noch näher, hatten sich fast schon berührt …

»hort! all hort! anns u ic öre? erstehs du ic etz?«

Die Stimme war wieder in seinem Kopf. Nach so vielen Jahren! Ausgerechnet jetzt. Erschrocken fuhr er zurück. Die Frau, die Bluna so ähnlich war, nahm eine verwunderte und fragende Körperhaltung ein.

»Gehen wir?«, fragte der Translationator in Shortys Kopf.

Shorty musste sich sammeln. Angestrengt dachte er nach. So lange war er jetzt schon bei den Gravanern gewesen, dass er die schallbasierte Art, zu sprechen und Wort an Wort zu reihen, schon fast verlernt hatte.

»Aber – aber – wohin?«, stotterte er. »Gehen wir zurück auf die Erde?«

»Du bist auf der Erde, mein Lieber«, sagte der Translationator in leicht amüsiertem Ton.

»Ich vergaß«, erwiderte Shorty.

32

Ausgerechnet William Shakespeare, von dem es wirklich für alles ein Zitat gibt (Thema Gartenbau: »Es wächst die Erdbeer' unter Nesseln auf. / Gesunde Beeren reifen und gedeih'n / am besten neben Früchten schlecht'rer Art.«), – hat nichts Brauchbares zum Thema Weltuntergang geliefert.

Shorty und Bluna (wenn sie es denn war, schöne, feingliedrige Hände hatte sie jedenfalls) saßen sich eine Weile unbeweglich im Café Tortenglück (wie auf dem Reliefschild über dem Eingang geschrieben stand) gegenüber. Die Stimme in Shortys Kopf spielte den höflich schweigenden Gentleman und drehte sich dezent weg, soweit so etwas in einem Kopf überhaupt möglich war. Aber Shorty wusste natürlich, dass dem Translationator gar nichts weiter blieb, als mitzuhören. Er spürte ihn. Bluna war nicht weiter auf Shortys merkwürdiges Verhalten eingegangen. Ihr ganzer Körper lächelte. Bekleidet war sie mit dem üblichen Top, darüber eine Hemdbluse, lässig in der Taille geknotet. Erst dachte Shorty, dass ihre Jeans zerrissen waren, aber sie trug ihre trendigen Destroyed-Jeans mit ausgefranstem Saum, was ihr auch in diesem Universum etwas Kämpferisches gab, einen Hauch von Abenteuer, eine Spur Wildnis. Schweigend stachen sie in die köstlichen Torten und waren dabei, sie komplett zu vernichten. Da es hier keinerlei Geschmacks- oder Geruchssinn gab, um den Widerhall einer Speise zu erfassen, war man ganz auf die Konsistenz der Nahrungsmittel angewiesen. Die Schwarzwälder Kirsch, die Shorty bestellt hatte, fühlte sich wirklich lecker an. Sahnig, cremig, einfach unwiderstehlich schmatzig. Manchmal tauchten allerdings Erinnerungen an die Genüsse der Eiweißwelt auf. Momentan zum Beispiel hätte er schon gerne gewusst, wie die Torte schmeckte. Schließlich räusperte sich die Stimme in Shortys Kopf und sagte:

»Ich will ja nicht drängen, mein Lieber, aber wir sind in Eile. Und ich hasse Unpünktlichkeit. Iss zu Ende, dann verabschiede dich von ihr und komm mit.«

»Aber Moment mal! Ich bin mitten in einem Date«, gab Shorty entrüstet zurück.

Er versuchte dabei, keine Miene zu verziehen und keine körperliche Regung zu zeigen, die sein Gegenüber bemerken könnte. Ruhig und sehnsuchtsvoll ruhte sein Gravitationssinn auf ihren schlanken und wohlgeformten Händen, die ihn schon im vorigen Leben begeistert hatten.

»Es ist ein Treffen, an dem mir so viel gelegen ist!«, fuhr er in Richtung des Translationators fort. »Woher weiß ich überhaupt, ob du –«

»Was?«

»– wirklich der Translationator bist?«

»Du hast mein Wort.«

»Dein Wort – dass ich nicht lache! Erst meldest du dich monatelang nicht und dann soll ich plötzlich für dich springen! Kann das nicht noch warten?«

»Du kannst deiner bezaubernden Tortenschleckerin sagen, dass es nicht lange dauert. Ihr werdet euch in Kürze wiedersehen, ich verspreche es dir. Aber jetzt müssen wir los. Überlege dir einen Platz, an dem wir uns ungestört miteinander unterhalten können.«

Obwohl sich der Translationator diesmal nur als Gedanke äußerte, spürte Shorty doch diesen gewissen mutterhaften, unheilverkündenden Ton, der ihn ein klein wenig erschaudern ließ. Ihm blieb nichts anderes übrig, als dem Drängen seines Plagegeistes nachzugeben und diese Terrassenverabredung abzubrechen. Von jedem noch so aufdringlichen Schwätzer konnte man sich lösen, doch einer Stimme im Kopf – Halluzination oder nicht – kam man nicht so leicht aus. Als sich die Quasi-Bluna die Mundwinkel neckisch mit der Serviette abtupfte, sagte Shorty zu ihr:

»Ich fühle mich nicht wohl.«

»Das spüre ich«, gab diese zurück.

»Können wir uns ein andermal wiedertreffen?«

Bluna nickte auf eine bezaubernde, grübchenhafte Weise.

»Morgen um dieselbe Zeit, hier im Café Tortenglück?«, fragte Shorty.

»Ja, morgen. Oder eben irgendwann mal.«

»Respekt, Shorty«, ließ sich die Stimme in seinem Kopf vernehmen. »Du körperst ja inzwischen besser gravanisch, als ich es beim letzten futurologischen Kongress getan habe. Ich will bestimmt nicht angeben, aber ich habe damals aus der ∘○◯ischen Geruchssprache in den gravanischen Schwerkraftslang und wieder zurück gedolmetscht, ohne dass die hitzigen Diskussionen auch nur einen Augenblick gestockt hätten. Vom Volk der ∘○◯ habe ich sogar einen Preis dafür bekommen. Es ist ein reichverzierter olfaktorischer Pokal, der einen Ehrenplatz in meiner Glasvitrine bekommen hat, gleich neben der silbernen Anerkennungsnadel der Gewerkschaft der Übersetzer.«

»Ich dachte, es eilt?«, unterbrach Shorty.

»Ja, das tut es wohl«, gab die Stimme knapp und auch ein wenig beleidigt zurück.

Shorty drückte nochmals sein Bedauern gegenüber Bluna aus, dann verabschiedete er sich und verließ das Café. Als er eine Weile auf der Straße gegangen war, spürte er, dass ihm Bluna weiter nachfühlte, auch noch nach vier Straßenzügen, sogar, als er bereits durch die halbe Stadt gegangen war. Andererseits konnte auch er sich nicht so recht von ihr lösen, und er genoss dieses Gefühl. Schweigend ging Shorty mit seinem Universaldolmetscher im Kopf ein Stück des Wegs, nach kurzer Zeit kam er in eine weniger dicht besiedelte Gegend, in der er sich in der Tat ziemlich gut auskannte: Ohne zu zögern, bog er in die Carl-Gastreich-Straße ein, dann in den Alten Postweg, ins Böckenheck – immer noch und auch in dieser Welt eine beliebte Bummelstrecke für Liebespaare. Shorty hielt es für besser, vorerst zu schweigen. Die Kommunikation mit dem Translationator fand zwar bloß in Shortys Gehirn statt, aber seine angestrengte Körperhaltung und die unwillkürlichen Bewegungen beim Gespräch verrieten vielleicht, dass hier etwas nicht mit rechten Dingen zuging. Erst als Shorty auf einem einsamen Kiesweg mitten in ein freies Stoppelfeld gelangte und er weit und breit niemanden mehr wahrnehmen konnte, selbst Bluna nicht, lenkte er seine Gedanken wieder auf das Thema der zwiebelschalenartigen Welten. Er grübelte darüber nach, wie es möglich war, dass die gravanische Welt in der menschlichen Welt steckte. Wie konnte es sein, dass beide am selben Ort existierten, ohne sich in die Quere zu kommen, ja, ohne sich überhaupt zu bemerken?

»Ganz einfach«, antwortete der Translationator. »Der einen Welt fehlen Sinnesorgane für die andere Welt. Es ist doch so, dass eine Spezies glaubt, dass sie die einzig reale ist, während es sich bei der anderen nur um so etwas wie einen Schatten handelt. Umgekehrt gilt das Umgekehrte. Die Kleider im Schrank denken, dass die unbekleideten Körper nur dazu da sind, sie ab und zu auszuführen und an die frische Luft zu bringen. Die eine Welt erkennt die andere Welt nicht als solche. Es ist eigentlich eine raffinierte Verschachtelung, gäbe es nicht so furchtbar viele Überkreuzungen, die manchmal zu schweren Unfällen führen, wenn der Welthausmeister nicht aufpasst. Der Riss am Himmel ist nur ein Beispiel.«

Shorty blieb stehen und richtete seine Aufmerksamkeit auf einige der Bäume, die ringsherum aufragten.

»Und wenn ich jetzt plötzlich sehen könnte?«, fragte er. »Wenn ich auf einen Schlag wieder Augen hätte?«

»Dann wärst du zunächst einmal sehr verwirrt und geschockt«, versetzte der Gedanke in seinem Kopf. »Stell dir mal vor, du lebst in der Menschenwelt, du siehst, du hörst, du riechst – und plötzlich kommt noch ein weiterer Sinn dazu, mit dem quasi eine neue Welt auf dich einstürzt. Die psychiatrischen Anstalten sämtlicher Universen sind voll von Menschen und Ruu'n, Gravanern und ◦○◯, denen genau das widerfahren ist.«

»Ich würde allzu gern in den Spiegel blicken, um zu sehen, wie ich momentan aussehe: ohne Augen, ohne Ohren –«

»Ohne Augen könntest du auch nicht sehen, wie du ohne Augen aussiehst«, versetzte die Stimme ironisch. »Ich glaube, hier ist ein guter Platz für ein Gespräch.«

Shorty blieb an einer Weggabelung inmitten der zerzausten Baumgruppe stehen und nahm einen kleinen aufgeplusterten Vogel wahr, der sich auf einem Zweig niedergelassen hatte. Hoffentlich war es kein Spion.

»Muss ich etwa diese ausgesprochen angenehme Welt verlassen?«, fragte er vorwurfsvoll. »Ehrlich gesagt habe ich mich hier sehr wohl gefühlt.«

»Du hast einen Termin im Spiegelsaal des Möglichen Kaiserchens«, antwortete der Translationator mit so viel Feierlichkeit in der Stimme wie möglich.

»Was soll ich dort?«

»Das will ich dir gleich erklären. Nur so viel: Wenn du die Audienz hinter dir hast, dann kannst du frei entscheiden, wohin du gehen willst – in welche Welt auch immer, in welcher Erscheinungsform und für wie lange es dir beliebt. Wir können es außerdem so einrichten, dass du dieses ganze Schlamassel einfach vergisst, von unserem Erstkontakt angefangen über den Riss im Himmel bis zum jetzigen Zeitpunkt. Du wirst geblitzdingst, und damit hast du ein für alle Mal deine Ruhe.«

»Was heißt schon frei entscheiden?«, versetzte Shorty misstrauisch. »Du verschleppst mich hierher, lässt ewig nichts von dir hören, und nachdem ich mich endlich eingelebt habe, reißt du mich aus den schönsten Träumen! Und da redest du auch noch von freier Entscheidung!«

»Mit der freien Entscheidung ist das so eine Sache. Vor

allem in deinem Fall. Es gibt gewisse unumstößliche Realitäten –«

»Kann ich zum Beispiel in meine ursprüngliche Menschenwelt zurückkehren?«, unterbrach Shorty. »Und dort die echte Bluna treffen?«

»Natürlich. Klar. Jederzeit.«

Shorty hielt erschrocken inne. Er zögerte, die Frage zu formulieren:

»Was – ist aus der Menschenwelt geworden? Ist sie noch zu retten? Es sind doch Wochen vergangen! Vielleicht Monate. Ich würde nicht einmal Jahre ausschließen.«

»Seit deinem Übertritt in die gravanische Welt sind in der Menschenwelt nur ein paar Tage vergangen«, gab die Stimme geduldig zurück. »Wegen der Zeitdilatation vergeht die Zeit bei den Gravanern nun einmal wesentlich schneller.«

»Was?«, fragte Shorty erschrocken, dabei entkam ihm eine unwillkürliche Körperbewegung. Der Vogel auf dem Zweig hüpfte nervös herum und plusterte sich noch mehr auf. Doch das war vermutlich Zufall. Nicht alles hatte gleich etwas zu bedeuten.

»Doch«, mischte sich der Gedanke in Shortys Kopf ein. »Alles hat etwas zu bedeuten. Und damit kommen wir zu einem wichtigen Thema –«

Der Gedanke riss mittendrin ab. Eine Gruppe von fröhlichen Wanderern spazierte einen Feldweg herunter. Es schien sich um einen Familienausflug zu handeln, sie kamen so nah, dass Shorty ihre stummen, aber körperlich umso beredteren Unterhaltungen verstehen konnte. Die Kinder waren rotzfrech, wollten ein Eis, wurden zurechtgewiesen, bekamen dann schließlich doch eines aus der Picknicktasche. Die älteren Familienmitglieder (sofort und schon von weitem erkennbar an der brüchigen Ausstrahlung) unterhielten sich über dies und jenes, achteten auch gar nicht auf Shorty, hielten ihn für einen einsamen Abendspaziergänger und Hansguckindieluft. Nachdem sie sich wieder entfernt hatten, fragte er:

»Was mich brennend interessiert: War das vorhin nun die Bluna, die ich kenne, oder war es eine transformierte Bluna?«

»Du bist mir ein Schlawiner, mein Lieber! Du gehst mit einer Frau aus und bist dir nicht sicher, ob die, mit der du dich triffst, auch wirklich die ist, mit der du dich triffst!«

»Also, war sie es oder nicht?«

»Du hast gespürt, dass sie dir nicht feindlich gesinnt war. Ist das in Liebesdingen nicht schon mehr, als man sich erhoffen kann?«

Die ausweichenden Antworten häuften sich. Das nervte Shorty tierisch und er wandte sich unwillig ab. Als ob das etwas genutzt hätte. Als ob man den Kopf von einem Gedanken abwenden könnte.

Die Sonne ging unter. Shorty sah natürlich keinen Sonnenuntergang in Rot und Violett, die Strahlen wärmten auch nicht, er spürte einzig und allein die Masse des Himmelskörpers, der jetzt hinter dem Horizont versank. Eine Kugel versinkt hinter einer anderen, das war es eigentlich schon. Und im Gegensatz zur humanen Welt, in der man die Sonne nachts nicht mehr sehen konnte, fühlte man sie hier die ganze Zeit über, selbst um Mitternacht, auf der anderen Seite der Erde. Der Mond, der gegen diese schreiende Wucht nur ein paar Gramm zu wiegen schien, hockte wie ein machtloser Wächter in seiner wolkigen Pförtnerloge. Shorty liebte es, die luftigen und leichten Wolken zu spüren, wie sie zitterten und vorüberzogen, sich auflösten und wieder zusammenballten. Da der Erdschatten nicht wahrzunehmen war, herrschte auch ewiger Vollmond. Shorty hob den Kopf und brachte seine Gravitationsrezeptoren in die geeignete Stellung, um noch weitere Himmelskörper zu betrachten. Wega, die Dreiecksnebel, Andromeda … Das waren die Objekte, die mit der bloßen Grave gerade noch wahrgenommen werden konnten. Shorty war schon so Gravaner geworden, dass er sich in der Lage sah, große Sternenmassen über Millionen von Kilometern hinweg zu orten, so nebenbei und selbstverständlich, wie ein irdischer Hund ein Leckerli im Zimmer nebenan erschnüffelte.

»Ein Sternfühler ist er also auch noch«, dachte Bluna auf dem Hochstand, den sie erklettert hatte. »Er interessiert sich für Astronomie. Das ist sehr sympathisch.«

Sowohl Shorty als auch die Stimme waren so konzentriert auf den bevorstehenden Besuch im Spiegelsaal des Möglichen Kaiserchens gewesen, dass sie die junge Frau nicht bemerkten. Es war die blanke Neugier, die Bluna getrieben hatte. Der geheimnisvolle neue Mitarbeiter im Architekturbüro zog sie magisch an. Aber warum war er so plötzlich verschwunden, ohne einen vernünftigen Grund dafür zu nennen?

Ein Sternfühler? Shorty hatte sich in diesem Universum tatsächlich ein wenig mit Astronomie und Sternenkunde beschäftigt und war deswegen in die Bibliotheken gegangen. Doch jetzt wandte er sich von den Himmelserscheinungen ab.

»Wann wird die Audienz beim Kaiserchen stattfinden?«

»Gedulde dich noch ein paar Minuten, dann können wir die Transformation einleiten. Du hast einen guten Platz dafür ausgewählt. Wir können den Spiegelsaal hier über das Stoppelfeld projizieren. Und glaub mir: Es wird wirklich nicht lange dauern.«

»Ich glaube dir gar nichts mehr.«

Die Stimme schwieg. Shorty betrachtete weiter den Himmel, der jetzt so viele verschiedene Wolkenformationen spüren ließ, dass er an einen Gemischtwarenladen erinnerte. Im Angebot heute: einige schwere Ballen Gewitterfronten, eine Tüte mit heftigen Fallwinden und ganz oben, auf einer schwer erreichbaren Ablage, ein Sonderangebot 1A-Sternenstaub. Der Mond wiederum glich einem Loch im Schwimmbadzaun: zerschlissen, ausgeleiert und doch so sehnsuchtsvoll verführerisch, dass er auch hier als Fixpunkt allen Fühlens und Trachtens erschien. Shorty riss sich von dem beliebten Erdtrabanten los und wandte sich wieder an die Stimme.

»Was ist das für eine Sache, dass ich immer wieder das Gefühl habe, ähnliche Figuren zu sehen? Schon in der S-Bahn, im Architekturbüro, in der Rockerkneipe ... Aber auch vorhin, bei dem gravanischen Familienausflug! Immer ist ein drahtiger Enddreißiger dabei, eine etwas geistesabwesende Frau, ein zwölfjähriges Kind –«

»Ich glaube, dass du da jetzt etwas hineinprojizierst, mein Lieber. Du willst diese Figuren sehen, also siehst du sie auch.«

»Na, erlaube mal! Ich bilde mir das doch nicht bloß ein. Da gerate ich in Welten, bei denen das Innerste nach außen gekehrt wird, und dann treffe ich darin immer wieder auf dieselben Chargen. Kannst du mir das nicht genauer erklären?«

»Du wunderst dich darüber, dass es nur eine begrenzte Anzahl von Charakteren gibt? Den edlen Ritter, den gemeinen Schuft, den hinterlistigen Zauberer –«

»So meinte ich das nicht. Es ist keine genaue Etikettierung, es ist eher etwas Bekanntes, etwas Vertrautes, das ich in jeder neu auftauchenden Figur wiederfinde.«

»Dann sieh dich doch bloß in deinem Freundeskreis um. Zum Beispiel in deiner Geselligen Runde. Wenn du es dir recht überlegst, kannst du doch alle Mitglieder in einige wenige Schubladen stecken.«

»Und in den anderen Universen –«

»– ist es genauso. In jedem der hundertdreiundneunzig Universen wird es diese beschränkte Anzahl von Charakteren geben. In dem ruu'nschen, slurbischen, gravanischen oder zyzzyxdontinischen existieren nicht mehr als ein paar Dutzend davon. Es ist eine Frage der Effizienz und Ökonomie. Es gibt nicht unbegrenzt viel Materie, die in Energie umgewandelt werden kann. Und eine Figur aufzubauen, die einigermaßen glaubhaft ist, schluckt unglaublich viel Energie. Deswegen gibt es, wo du auch hinkommst, immer wieder dieselben Figuren.«

»Und Bluna? Warum treffe ich immer wieder Bluna?

Oder soll ich sagen: *eine* Bluna? Und in welche Schublade stecke ich die?«

»Das ist doch jetzt wirklich nichts Übernatürliches! Du wirst überall, wo du hinkommst, eine Bluna sehen, auf dieser und in anderen Welten. Ist das so überraschend? Jeder hat im Endeffekt eine Bluna.«

»Und einen Jamanke«, fügte Shorty nachdenklich hinzu.

FAKTENCHECK: FIGUREN

Der Autor der vorliegenden Zeilen, immer um Wahrheit, Genauigkeit und Vollständigkeit bemüht, hielt es für erforderlich, diese Behauptung nachzuprüfen, dass einige wenige Schubladen genügen, um den gesamten Freundes-, Bekannten- und Verwandtenkreis zu kategorisieren. Für den umfangreichen Faktencheck notierte er spontan ein paar Dutzend Figurentypen, die er in seiner Umgebung zu erkennen glaubte: Das *Sorgenkind* (das immer den Eindruck vermittelt, dass man ihm helfen muss), der *Quatschkopf* (bei dessen Monologen man meist abschaltet, weil er immer die gleiche Geschichte erzählt), das *Herzchen*, der *Kümmerling*, die *Graue Maus*, der *Hemmschuh* ...

In diese Zeit fiel eine dringend notwendige Zugfahrt mit der Deutschen Bahn, und der Autor dachte sich nichts dabei, die Liste vor sich auf den Tisch zu legen, um noch einige Korrekturen anzubringen. Nachdem er sich im prächtig ausgestatteten Bordbistro einen Kaffee geholt hatte und wieder zurückkam, stellte er fest, dass die Mitreisenden am Tisch die Liste säuberlich ausgefüllt hatten – sie hielten die Blätter für eine Kundenbefragung der Deutschen Bahn. Auch Kinder nahmen daran teil, diese mit besonderem Genuss.

Das verrückte Huhn
Klar, das ist Tante Marianne!

Der Blender
Kurt, ein Arbeitskollege von mir!

Die Geknickte
Meine Assistentin, als ich noch bei der Rechtsanwaltskanzlei Schnude & Schnude gearbeitet habe.

Der Mensch, bei dem man sicher ist, dass er ein furchtbares Geheimnis in sich trägt
»Das ist mein Chef!«, kommentierte eine Frau namens Helga P. diese Charakterisierung, und ein gewisser Manfred A. aus Wölderingsdorf glaubte, darin seine geschiedene Exgattin zu erkennen.

Ein zwölfjähriges Kind namens Tobi machte sich besonders viel Mühe mit der Liste und fand seine komplette Klasse 7a darin versammelt.

FIGUREN: GECHECKT

33

Das Hotel ›Kloster Hornbach‹, eine ehemalige Benediktinerabtei, hat sich eine besondere Taktik zur Diebstahlsverhinderung einfallen lassen. »Der liebe Gott sieht alles!« steht auf den Bademänteln. In der Johannes-Offenbarung »Und ich sah ein Tier, das einem Panther glich …« heißt es dementsprechend: »Und der Satan wird die geklauten Bademäntel von den Bösewichtern einsammeln und sich kleiden in voller Pracht …«

Gerade in dem Moment, als sich Shorty auf einen umgestürzten Baumstamm setzen wollte, um sich auf die Audienz beim Möglichen Kaiserchen zu konzentrieren, begann der Angriff.

Shorty bemerkte ihn als Erster. Am anderen Ende des Waldes, noch einige Kilometer entfernt, aber sich in rasender Geschwindigkeit nähernd, spürte Shorty zwei riesige Gestalten mit oval zulaufenden Schutzhelmen und breiten Krägen. Sie waren aus dem Nichts aufgetaucht, hatten wohl vorgehabt, sich unauffällig anzuschleichen, doch Shortys Aufmerksamkeit waren sie nicht entgangen.

»Beschreib sie mir«, gab ihm die Stimme hastig zu verstehen.

»Es sind insgesamt zwei, die Gesichter verhüllt, sie haben etwas Wuchtiges, wie zwei Bauernschränke. Und so komische Ringe um den Hals.«

Der Translationator stieß einen unüberhörbaren Fluch aus.

»Diese verdammten Idioten! Sie können es nicht abwarten und machen damit alles zunichte. Sie gefährden den sorgsam ausgeklügelten Plan. Ihre Gier wird uns noch alle vernichten. Wir müssen schnellstens verschwinden. Gibt es denn in der Nähe etwas, wo du ein paar Meter in die Tiefe springen kannst?«

Shorty überlegte kurz.

»Den Wasserturm auf der östlichen Seite des Stadtparks. Zehn Minuten von hier. Wenn wir laufen, dann fünf.«

»Also los.«

»Ich dachte, hier sind wir sicher!«

»Sie haben eine Lücke gefunden.«

»Wer denn? Was sind das für welche?«

»Ich erklär es dir später. Erst müssen wir uns in Sicherheit bringen.«

Shorty lief fluchend los, quer durch den Wald, geschickt den Bäumen ausweichend, durchs Unterholz kriechend, über Gestrüpp springend. Wieder bemerkte er den aufgeplusterten Vogel, der ihm in einigem Abstand folgte. War das Zufall oder hatte der etwas mit den Angreifern zu tun? Egal, sein Ziel war der Wasserturm mit der hölzernen Außentreppe, auf der er Solveig das erste Mal seine Liebe gestanden hatte. Verdammt lange war das her. Aber in welcher Welt war das geschehen? Er steigerte das Tempo, verließ sich dabei ganz auf seinen Gravitationssinn. Schließlich rannte er, was das Zeug hielt. Die Schwarzwälder Kirschtorte, obwohl hier ganz sicher zuckerfrei, hatte ihm vermutlich den gewissen Kick verschafft. Hoffentlich hatten sich die beiden Angreifer nicht ebenfalls im Café Tortenglück gestärkt. Doch schon nach den ersten hundert Metern blieb Shorty atemlos stehen.

»Was wollen die von uns?«

»Sie wollen dich in ihre Gewalt bringen und zu einer bestimmten Entscheidung zwingen. Aber glaub mir: Du bist noch nicht reif dafür. Und die sind ganz gewiss nicht zimperlich. Einen Zusammenstoß müssen wir unter allen Umständen vermeiden.«

»Ich habe das so was von satt!«, fuhr Shorty auf. »Es macht mich wahnsinnig, dass du mir nicht alle Informationen zukommen lässt.« Er setzte sich wieder in Bewegung. »Glaub mir, ich bin für so was nicht gemacht. Ich bin nicht zum Helden geboren. Kannst *du* das nicht erledigen? Mit einer deiner Wunderapparaturen? Kannst du nicht deine Flammenschleuder auspacken!«

»Wie du weißt, bin ich momentan leider ziemlich immateriell unterwegs. Der einzige Ausweg ist es, in ein anderes Universum zu gelangen. Ich fürchte, ich muss wieder einiges an Land opfern.«

»Dann beeil dich. Sie kommen näher.«

»Lauf schneller, erhöh dein Tempo. Ach, eines noch: Falls unsere Verbindung zusammenbricht, brauchen wir ein Kennwort. Was steht neben meinem Duftpokal? Erinnere dich! Die richtige Antwort darauf ist der Code.«

Shorty war am Waldrand angekommen. Er vollführte eine scharfe Linkskurve, der Wasserspeicher lag nicht mehr weit entfernt. Die beiden Gestalten kamen jetzt näher. Sie hatten ihn im Visier.

»Was genau hast du am Wasserturm vor?«, fragte Shorty.

Ein weiterer großer Vorteil dieser Welt war, dass man auch bei völliger körperlicher Verausgabung miteinander kommunizieren konnte, da die Unterhaltung lediglich in Gedanken ablief.

»Ich brauche etwas Speed für die Verwandlung, also musst du dich fallen lassen. Ein paar Meter genügen schon. Das ist zwar tiefste Steinzeit, aber eine andere Möglichkeit gibt es momentan nicht.«

Noch hundert Meter, noch fünfzig, noch zwanzig Meter zum Wasserturm. Hoffentlich war die Holztreppe, die nach oben führte, nicht schon abgebaut oder abgefallen. Als Shorty um den großen, gemauerten Turm herumlief, spürte er den Boden vibrieren. Es waren die wuchtigen Schritte der beiden schwarz lackierten Bauernschränke, die inzwischen gefährlich dicht herangekommen waren. Doch die Horrorkulisse spornte Shorty nur noch mehr an. Bald hatte er die Leiter erreicht. Sie war morsch und vollkommen mit Schlingpflanzen überwuchert. Es waren dornige Brombeeren, an denen er sich die Hände blutig riss. Und er musste sich unter dem Schutzgestänge ducken, was zusätzlich Kraft kostete. Eine Sprosse der Leiter brach durch, er konnte sich gerade noch festhalten. Vorsichtig hangelte er sich Stück für Stück weiter. Los, Shorty, streng dich an, du schaffst es, nur noch ein paar Sprossen, nur noch zwei Handgriffe … Die Stimme feuerte ihn an, dirigierte ihn die Leiter hoch. Nur Mut, mein Lieber, dieses eine Stück noch! Reiß dich zusammen! Wir brauchen sieben Meter Höhe, du hast es fast geschafft. Keine Angst, die beiden haben dich noch nicht vollständig geortet. Ja, diese eine Sprosse noch, zieh dich hoch und dreh dich nicht um! Doch Shorty blieb jetzt gar nichts anderes übrig, als sich umzudrehen, er musste die Griffhand wechseln, um sich an einer dicken Brombeerranke weiterzuhangeln. Als er den Kopf hob, nahm er die beiden

Verfolger wahr, die bis auf wenige Meter herangekommen waren. Mit wildem Getrampel, das den Boden zum Zittern brachte, zogen sie ihre Waffen aus urtümlich anmutenden Köchern und legten an. Beide glichen jetzt zwei aufrecht stehenden Riesenziegeln, aus denen vier plumpe Gliedmaßen ragten. Ihre Köpfe waren vollständig bedeckt mit den oval zulaufenden Helmen. Shorty spürte im Inneren der Helme viel Kunststoff, Kupfer, Iridium und Lithium. Ihm wurde schlagartig klar, dass das auf keinen Fall kohlenstoffbasierte Existenzen sein konnten, die ihn hier angriffen – allzu viele elektrische Ströme kreisten spürbar in ihren Eingeweiden aus Kunststoff. Shorty, du musst es jetzt zu Ende bringen, bevor sie schießen. Dreh dich sofort um, stoß dich kräftig von einer Sprosse ab, sieh nicht nach unten und spring weit hinaus!

Die Frau mit dem Pixie-Cut schüttelte erschrocken den Kopf. Was trieb Shorty denn da am Turm? Er war hinaufgeklettert, auf der Leiter fast eingebrochen und hinuntergestürzt, gerade noch konnte er sich an einer Schlingpflanze festhalten, die ihn sicher nicht mehr lange tragen würde. Jetzt stieß er sich ab und sprang die schätzungsweise zehn Meter selbstmörderisch nach unten! Entsetzt sprang sie auf, stürmte den Jägerstand hinunter und lief in Richtung Wasserturm.

Der Übergang zum nächsten Universum erfolgte rasend schnell. Gleich nachdem Shorty in die Tiefe gesprungen war und Fahrt aufgenommen hatte, wirbelte die Materie um ihn herum, als ob er selbst ein Atomkern wäre, der die ihn umkreisenden Teilchen gleichzeitig anzog und abstieß.

Er hatte gar keine Zeit für Panikattacken und Todesängste, denn innerhalb von Sekunden kam ihm eine neue Welt entgegen, stülpte sich über die alte, mit funkelnden Energieströmen, grellen Lichtblitzen und dem jähen Gefühl, dass sich der eigene Körper zu etwas vollkommen Neuem veränderte. Er spürte die Rotation am eigenen Leib und hätte sich nur allzu gern selbst dabei beobachtet, wie er von einer Gestalt zur anderen switchte. Doch dafür war jetzt keine Zeit. Er musste den beiden Schränken entkommen, die mit zwei Armbrusten auf ihn zielten, jedoch immer undeutlicher und nebelhafter wurden. Am Ende der Transformationen spürte er nur noch eine ungeheure Kraft, die an ihm zerrte und rüttelte und seinen Körper flachklopfte wie ein Stück Kotelett. Schließlich landete er …

… auf einer ebenen, spiegelglatten, kalten Fläche, schmolz mit dieser zusammen, fühlte sich flacher als eine Flunder auf dem Meeresgrund. Sein erster Impuls war, zu fliehen und weiterzurobben. Bleib ruhig liegen, rühr dich nicht, Shorty. Du bist ein Schatten, bleib in der Position, in der du bist, halte dich still und bewegungslos. Nur so werden sie dich nicht entdecken.

»Ein Schatten von was?«, keuchte Shorty.

Sei still, verdammt, gib keinen Laut von dir. Du bist als flächiges Schattenwesen getarnt, als Schatten eines Körpers, den du nicht sehen kannst, der nur eine räumliche Spiegelung deiner selbst ist. Shorty beruhigte sich. Er war froh, die Stimme zu vernehmen. Als er versuchte, sich in eine bequemere Lage zu drehen, wollte das allerdings nicht so recht gelingen. Ich habe gesagt, du sollst ruhig liegen bleiben! So werden dich die Angreifer entdecken.

Und sie werden beim Verhör nicht eben zimperlich sein. Shorty zuckte zusammen. Ein Geschoss war neben ihm in den Boden eingeschlagen, der sich aufwölbte und schräg zur Seite kippte, so dass Shorty, armlos, beinlos und platter als ein Stück Papier, abrutschte und rasend schnell in die Tiefe glitt. Aus der Ferne hörte er noch das wütende Geheul der beiden Riesenflachziegel. Schließlich befand er sich im freien Fall, wurde schneller und schneller …

… und hatte sich urplötzlich in ein kugeliges Etwas transformiert, das an einem feuchten, warmen Gewebe klebte, dessen Bläschen sich im Minutentakt aufs Zehnfache vergrößerten und seufzend wieder in sich zusammenschnurrten. Es herrschte ein trübes Halbdunkel, knarrende, metallische Schläge wechselten sich in regelmäßigen Abständen mit einem schauerlichen Ächzen und Wispern ab. Es klang wie die Dieselmotoren im Maschinenraum eines Ozeanriesen. Ohne dass er es wollte, trieb Shorty auf eines der Bläschen zu, wie um anzudocken. Um ihn herum schwammen weitere kugelförmige Gebilde in der klebrigen Substanz, die ähnlich wie er auf die Bläschen zusteuerten. Die Kugeln trugen Stacheln wie Kastanien, und plötzlich wusste Shorty, dass er sich als Virus in einer Lunge befand. Bevor er darüber erschrecken konnte, erschienen schon wieder die zwei kastenförmigen Ungeheuer! Sie waren stählerne Fremdkörper in dem organischen Gewaber, sie hatten ihre Visiere hochgeklappt, daher konnte Shorty ihre Gesichter sehen, pixelige Menschengesichter, deren unscharfe Darstellung immer wieder zusammenbrach. Shorty begriff. Hinter den Helmen befanden sich lediglich Displays mit schlecht geschriebenen Simulationen von menschlichen Gesichtern. Die Ziegel drehten sich jetzt in seine Richtung, hoben ihre dünnen Ärmchen und schleuderten zusammen ein Netz, das sich im Flug entfaltete und ihn einzuhüllen drohte. Sie wollten ihn fixieren! Ja, Shorty, genau das ist ihr Ziel, gerade deswegen müssen wir ihnen entkommen. Lass dich in den nächsten Strudel fallen!

»Warum sind wir gerade hierher geflohen?«, schrie Shorty.

»Ich hatte gehofft, dass sie in diesem wässrigen Milieu auf der Lungenoberfläche keine Chance haben, sich zu bewegen«, antwortete der Translationator. »Das ist fehlgeschlagen, zugegeben. Wir müssen weiter, Shorty. Lass dich fallen, gleich kommt ein Strudel, lass dich hineinfallen, lass dich treiben …«

… plötzlich lastete ein enormer Druck auf ihm. Von einer Sekunde auf die andere war überhaupt keine Bewegung mehr möglich. Im ersten Augenblick überkam ihn die schiere Angst zu ersticken. Doch dann war die Stimme wieder da.

»Wir befinden uns im Erdkern, Shorty, du bist einem Druck von fünfhundert Millionen Lastwagen ausgesetzt. Hier können uns die Verfolger nichts anhaben. Sie lauern, bis wir wieder auftauchen.«

»In welcher Welt sind wir jetzt?«, stieß Shorty gepresst hervor. »Wo sind hier die intelligenten Wesen? Können sie uns helfen?«

»Der Erdkern selbst ist das intelligente Wesen. Es gibt nur eines davon. Du hast es schon bei der Audienz im Spiegelsaal kennengelernt. Es ist älter als wir alle zusammen. Aber es ist bewegungslos. Es ist der Philosoph unter den Spezies. Es greift nicht ins Geschehen ein. Wenn es nur bei allen Spezies so wäre.«

Die junge Frau mit der Pixiefrisur war am Turm angekommen. Sie umkreiste ihn mehrmals, forschte in allen Winkeln nach, doch da, wo Shorty hinuntergestürzt war, befand sich niemand. Sie suchte die Umgebung ab. Nichts. Mit einem Fußtritt gegen die morsche Tür verschaffte sie sich Zugang ins Innere des Turms. Ebenfalls nichts. Shorty war wie vom Erdboden verschluckt. Ratlos setzte sich Bluna ins Gras.

… unvermittelt und ohne jede Vorwarnung befand er sich mitten in einem barbarischen Schlachtengetümmel. Kommandos in französischer Sprache, Pferdegetrappel, Kanonenböller. Geruch nach Pulver. Aufblitzende Gewehrsalven.

»Wirf dich auf den Boden, Shorty, wir befinden uns in der Nähe des Hohlwegs von Ohain, dem entscheidenden Schauplatz der Schlacht bei Waterloo!«

»Ich dachte, es gibt keine Zeitreisen«, schrie Shorty zurück.

»Gibt es auch nicht. Es handelt sich hier wieder um eine unfertige, inkomplette Welt, es ist quasi ein herausgerissenes Blatt aus dem Geschichtsbuch. Dort drüben sind die Engländer, hier die Franzosen. Und es gibt nur den einen Tag, den 18. Juni 1815.«

»Nur den einen Tag? Wie in ›Und täglich grüßt das Murmeltier‹?«

»Nicht ganz. Es ist kein Tag, der sich ständig wiederholt. Es gibt nur den einen Tag –«

Die Stimme verstummte. Gerade stiegen durch die Reihen der feindlichen Engländer zwei kastige Typen, die mit der Lanze auf Shorty zustürmten.

»Steig auf das Pferd dort drüben, Shorty!«

»Ich kann nicht reiten!«

»Egal, mach es!«

»Was hast du dir dabei gedacht, du Idiot! Was ist, wenn ich hier getötet werde!«

»Du wirst nicht getötet.«

»Bist du sicher?«

»Steig jetzt sofort auf das Pferd, und reite. Da vorne, beim Graben von Ohain, der vollgefüllt ist mit Leichen, stürzt du dich in die Tiefe –«

Nachdem Bluna die ganze Umgebung des Wasserturms abgesucht hatte, machte sie sich wieder auf den Rückweg ins Architekturbüro. Sie spürte, dass ein Gewitter im Anzug war. Noch kam ihr der Mond vor wie ein breit grinsender sadistischer Zahnarzt, der den Bohrer hinter dem Rücken versteckt hatte. Doch bald schoben sich bis zum Bersten gefüllte Gewitterwolken davor.

… und Shorty befand sich plötzlich, vollkommen entkörperlicht, als ein Punkt unter vielen, als ein Nichts in einem Punktbündel in der Nähe der Null, und die Zahlenreihen stoben auf, als er auf sie niederrutschte. Eine zusammengepresste Schar von Kurven fuhr lautlos, aber mit rasanter Geschwindigkeit in die Höhe, und er schlidderte eine steile Hyperbel hinunter. Shorty hätte nie gedacht, wie wohlig und angenehm es war, eine körperlose Zahl zu sein und sich in unendlichen Räumen zu bewegen. Doch die

Wohligkeit währte nicht lang. In Sichtweite von Shorty verwandelten sich zwei Hyperbeln zu rechteckigen Figuren, veränderten weiter ihre Gestalt, schraubten sich hoch zu zwei bedrohlichen flächigen, dann räumlichen, dann mehrdimensionalen Körpern, deren pulsierendes Innenleben schaurig deutlich zu erkennen war.

»Was soll das alles? Geht das jetzt ewig so weiter?«

»Nur ruhig Blut, mein Lieber, lass dich einfach aus der nächsten Kurve tragen und nach unten ins Nichts fallen ...«

... Shorty fand sich plötzlich umgeben von Wasser, von kühlem Wasser, das salzig schmeckte. Er sank auf den Meeresgrund. Dort lagen schon die beiden länglichen Blechklötze und versuchten, sich aufzurichten.

»Endlich sind sie erledigt«, sagte die Stimme. »Im Wasser haben sie keine Chance.«

Shorty beobachtete die schrankähnlichen Gebilde mit ihren dünnen, rudernden Ärmchen.

»Was ist das für eine Welt?«

»Das ganze Weltall ist Wasser, es gibt eine kleine Luftblase in der Mitte, das ist die Erde.«

»Aber das ist doch nicht möglich!«

»Das ist jetzt gleichgültig, ob es möglich ist oder nicht, die Handys haben wir jedenfalls vorerst gestoppt.«

Tatsächlich perlten aus den zwei Flachziegeln kleine Luftbläschen, dazu war ein wimmerndes Kreischen und Ächzen zu hören. Unbeholfen drehten sie sich um sich selbst, trudelten orientierungslos herum, schossen noch ein paarmal ihre Stahlnetze aus, die jedoch ziellos und für Shorty ungefährlich durch das salzige Nass trieben.

»Sie vertragen kein Wasser«, sagte die Stimme. »Es ist eine der wenigen staubtrockenen Spezies. Bei der Machtergreifung würden sie alles Wasser auf der Erde umwandeln in Energie, die sie für ihre verdammten Zusatzkameras und Screens und Sonderfunktionen brauchen.«

»Sind sie endgültig erledigt?«

»Leider nicht. Sie werden dem Wasser entkommen, und sie können sich selbst reparieren. Aber wir haben Zeit gewonnen.«

Auch als Bluna wieder an ihrem Zeichentisch saß, kam ihr Shorty ständig in den Sinn. Obwohl sie ihn heute das erste Mal getroffen hatte, hatte sie das Gefühl gehabt, ihn schon lange zu kennen.

»Du musst dich vor der Audienz noch ein wenig ausruhen, Shorty.«

»Ich will mich hier nicht ausruhen. Wer weiß, was das Meer noch für Überraschungen bereithält. Ich will in die menschliche Welt zurück.«

»Nicht zu den Gravanern?«

»Nein, ich möchte nach der Geselligen Runde sehen. Und nach Bluna.«

»Die Verfleischlichung ins Eiweißhafte ist allerdings sehr schmerzhaft, deshalb werde ich dich jetzt –«

Das Wort *betäuben* hörte Shorty schon gar nicht mehr.

34

Der Mathematiker und spätere Papst Silvester II. (950–1003) hat in der Neujahrsnacht der ersten Jahrtausendwende zitternd die Messe gefeiert, da er mit dem Weltuntergang während der Wandlung gerechnet hat. Später behauptete er dreist, nur seine Gebete hätten dies verhindert.

Als sich Shorty in der Menschenwelt wiederfand, taten ihm alle Knochen im Leibe weh. Nach der schwindelerregenden Höllenfahrt hatte er enorme Schwierigkeiten, sich zu orientieren. Die kurze, flüchtige Idee, dass er in seinem Kinderbettchen aufgewacht war, spukte durch seine Gedanken. Und am Fußende lag …

»Kann ich helfen? Ist alles in Ordnung?«

Mit zittrigen Knien blickte er sich um. Er stand auf einer spärlich belebten Straße, die ihm bekannt vorkam. Einige graue Gestalten lugten verstohlen aus dem Fenster und zogen ihre Köpfe sofort wieder zurück, die wenigen Passanten hasteten mit sorgenvollen und müden Gesichtern an ihm vorbei, die meisten trugen Koffer oder rollten sie hinter sich her. Es war eine Straßenszene, wie man sie aus alten Schwarzweißfilmen kannte: eine zerbombte Stadt nach dem Zweiten Weltkrieg. Niemand kümmerte sich um Shorty, bis auf den zerbrechlich wirkenden Mann, der ihn am Arm hielt und stützte. Shorty drehte sich zu ihm, er konnte ihn sehen, hören und riechen, er spürte dessen festen Griff. Erst jetzt war er sich ganz sicher, wieder in der menschlichen Welt gelandet zu sein. Er war diesem Mann schon einmal begegnet, es war der Diener der Gräfin Ernestine von Hotzendorff-Kalp aus der hannoverschen Linie derer von Sowieso, der damals die Bibelübersetzung von Martin Luther mehr oder weniger synchron zu den anderen Stimmen vorgelesen hatte.

»Ist alles in Ordnung? Fühlt sich der Herr wohl? Ist das werte Befinden comme il faut?«, setzte der kleine Mann nach, dessen Stimme vom vielen Sehrwohl und Ganzrecht und Wennsbeliebt ziemlich abgeschabt und ausgeleiert zu sein schien. Es war ein herrliches Gefühl, wieder alle Sinne beieinander zu haben, keinen zu wenig, aber auch keinen zu viel, und weder mit dem Erdkern verschmolzen zu sein noch als sprachloser Schatten auf dem Boden herumzurobben. Er blickte dem Mann fest in die Augen, unwillkürlich schnupperte er sogar ein wenig.

»In der Glasvitrine steht ein reichverzierter Pokal, soweit ich weiß, ist es ein Geschenk des Volkes der ∘○O«, sagte Shorty zu dem Mann. »Ich frage Sie nun, was direkt neben dem Pokal steht.«

Der Mann antwortete, ohne zu zögern:

»Die silberne Ehrennadel der Gewerkschaft der Übersetzer, was sonst.«

Shorty nickte dem Translationator lächelnd zu. Doch schnell verdüsterte sich seine Miene wieder.

»Aber ich werde doch gesucht!«, flüsterte er. »Ich bin in diesem Winkel des Universums ein flüchtiger Straftäter. Was ist, wenn man mich entdeckt?«

Der Translationator machte eine beschwichtigende

Geste und zeigte die Straße hinunter. Jetzt erst nahm Shorty ihren vernachlässigten und heruntergekommenen Zustand so richtig wahr. An einem Haus war das Dach eingestürzt, viele Menschen wühlten in den zersplitterten Ziegeln herum.

»Niemand wird dich erkennen, Shorty«, fuhr der Diener fort. »Alle sind heilfroh, mit dem Leben davongekommen zu sein. Und das momentane Tagesthema, die unerwartete Wendung –«

»Was für eine Wendung?«

»Setzen wir uns erst mal dort hinüber, auf die Terrasse des Cafés.«

Es war die Terrasse, auf der er mit der gravanischen Bluna Schwarzwälder Kirschtorte gegessen hatte. Doch jetzt war die Terrasse leer. Viele Stühle waren umgekehrt auf die Tische gestellt worden, einige Tische waren umgeworfen und auseinandergebrochen, Unrat lag auf dem Boden, ein Heer von müden Tauben flog beleidigt gurrend auf, als sie näher traten. Sie nahmen an einem der wenigen benutzbaren Tische Platz.

»Entspann dich erst mal, mein Lieber. Du hast dich wacker geschlagen, darauf kannst du stolz sein.«

Shorty legte den Kopf in den Nacken. Es war taghell, der Himmel spannte sich klar und blau übers Land, nur einige Wolken gaben der Fläche ein bizarres Moiré-Muster von appetitlich gestreiftem Speiseeis. Plötzlich war Shorty bewusst, dass er eben eine eigenartige, aber nicht unangenehme Synästhesie verspürte. Er sah die Wolken und gleichzeitig konnte er ihre Masse fühlen. War ihm diese Art der Wahrnehmung aus der gravanischen Welt geblieben? Verwirrend war auch die Tageszeit. Es musste

Spätnachmittag sein, denn einige entferntere Wolken hatten eine beeindruckende Färbung von Flamingorosa und Portugaltrikotrot angenommen. Aber es war doch gerade noch stockdunkle Nacht gewesen! Bei der Verfolgungsjagd durch vier oder fünf Universen mussten die Tageszeiten gehörig durcheinandergekommen sein.

»Nenn mich einfach Jacques, mein Lieber«, sagte der kleine bucklige Diener mit dem verwitterten Gesicht.

Er hob die Hand und rief nach dem Ober. Shorty hatte sich schnell an das neue Outfit des Translationators gewöhnt. Eigentlich hätte es ihn sogar gewundert, wenn sich sein Begleiter wieder als Mutter oder als Gaius Julius Cäsar gezeigt hätte. So saß der dienstfertige Jacques da und wartete geduldig, bis Shorty therapeutisch mit den Schultern gerollt und sich auch sonst wieder einigermaßen gefasst hatte. Schließlich sagte Shorty:

»Was hast du mit ›Wendung‹ gemeint? Was ist in dieser Welt geschehen? Abgesehen davon, dass sie ziemlich kaputt ist und ich immer noch Angst habe, dafür verantwortlich gemacht zu werden.«

Der Diener holte ein winziges funkelndes Tablet aus der Brusttasche und legte es vorsichtig auf den Tisch. Der Widerspruch zwischen dem aus der Zeit gefallenen Jacques und dem chromblitzenden Gerät war eklatant, noch dazu, als aus dem Display ein kleines, eichhörnchengroßes Hologramm über dem Tisch aufstieg, das einen geschniegelten Moderator und eine adrette Sprecherin auf einem Sofa zeigte. Sie präsentierten abwechselnd eine Zusammenfassung der Tagesaktualitäten:

»Endlich ist der feiste Schwindel aufgedeckt worden.«

»Der flüchtige Terrorist namens Shorty wurde vor wenigen Stunden gefasst.«

»Er hat überraschenderweise zugegeben, überhaupt nichts –«

»– aber auch rein gar nichts mit dem Vorfall zu tun gehabt zu haben.«

Eine Einblendung im Hintergrund zeigte das verwackelte Handyvideo, das der dicke Pförtner im Umspannwerk aufgenommen hatte. Shorty, so fuhr die Sprecherin angeekelt fort, habe nur aus schierer Prahlerei behauptet, mit einer außerirdischen Intelligenz in Kontakt getreten zu sein. »Shorty, der mehrfach vorbestrafte Gelegenheitsarbeiter und psychisch kranke Arbeitsscheue ohne festen Wohnsitz –«

»– befindet sich momentan an einem sicheren Ort in Haft.«

Jetzt erschien das Hologramm eines Mannes mit verhülltem Kopf, der gerade in ein Auto geschoben wurde. Shorty konnte sich beim besten Willen nicht an die Szene erinnern. Die beiden quatschten weiter. Für den ›Riss‹ am Himmel sei eine kriminelle Werbeagentur verantwortlich, die mit einer neuen, bisher geheim gehaltenen Lasertechnik eine noch nie da gewesene Installation in die Wolken gezaubert habe.

»Es ist eine Firma, die auch Handys herstellt.«

Die Einblendung zeigte jetzt ein Firmengebäude, darüber blauer kalifornischer Himmel, jemand stürzte auf die Kamera zu, holte aus und schlug sie dem Reporter aus der Hand.

»Wir haben alles im Griff«, sagte ein Politiker in der nächsten Einblendung. »Wenn man von den Schäden, die

die Unruhen verursacht haben, absieht, sind wir glimpflich davongekommen.«

Der Translationator schnippte mit den Fingern, und die Figuren flutschten elegant zurück ins Display.

»Wie groß sind die Schäden?«, fragte Shorty.

»Sehr groß. Aber ich denke, dass die Abwärtsspirale gestoppt ist. Der Schuldige ist gefunden. Noch besser: Die Schuldig*en* sind gefunden.«

»Aber es ist doch alles erstunken und erlogen!«, schnaubte Shorty entrüstet.

Der Translationator hielt den Finger an die Lippen und beugte sich zu ihm.

»Du wolltest doch, dass die Menschenwelt nicht vollständig und endgültig den Bach runtergeht. Du siehst, dass ich meinen Teil der Verpflichtungen erfüllt habe: keine Eskalation der Gewalt, keine atomare Katastrophe, keine Steinzeit. Nicht einmal Mittelalter. Glaub mir: Die Menschen sind solche Umstürze gewohnt. Sie werden sich wieder aufrappeln. Du hingegen –« Der Translationator stach mit dem Finger in Richtung von Shortys Brust. »Du kümmerst dich jetzt um die anderen hundertzweiundneunzig Universen. Dazu folgst du mir in den Spiegelsaal des Möglichen Kaiserchens und tust dort genau, was ich dir sage.«

Die Welt retten war ohnehin schon ein großes Wort. Aber *hundertdreiundneunzig Welten retten*? War das nicht ein bisschen happig für einen einzigen kleinen Shorty, einen vorbestraften Gelegenheitsjobber und soziopathischen Obdachlosen?

»Und die beiden maskierten Typen, die uns verfolgt haben?«, fragte Shorty. »Haben wir sie abgeschüttelt?«

»Es scheint so. Sonst wären sie längst wieder aufgetaucht.«

»Es sind Handys gewesen, stimmt's? Was wollten sie von mir?«

»Du bist inzwischen zu einer wichtigen Figur im Weltgetriebe geworden. Du kannst verhindern, dass sie noch mehr Macht an sich reißen. Unter dem Vorwand, alles leichter und schmerzloser und fröhlicher zu machen, sind die Handys dabei, ein Universum nach dem anderen zu kapern und zu dematerialisieren, also in eine reine Welt der Algorithmen und Videoclips zu verwandeln. Du, Shorty, kannst diese Entwicklung stoppen. Du allein.« Jacques machte eine bedeutungsvolle Pause. »Und jetzt hör mir mal genau zu –«

Ein Ober tauchte auf. Er stand plötzlich am Tisch und fragte nach den Wünschen. Das war wohl auch ein universelles Problem. Ober, die nie am Platz sind, wenn man sie braucht, tauchen immer punktgenau dann auf, wenn es gerade spannend wird. Kurz vor der Liebeserklärung, einem wichtigen Vertragsabschluss, dem lange erwarteten Schuldeingeständnis – *Ist alles in Ordnung bei Ihnen? Haben die Kutteln gemundet?* Und auch hier war es so. Doch der Ober erkannte Shorty zumindest nicht als solchen. Shorty hatte schon erwartet, dass er sagte: Sie schon wieder!

»Also, ich höre«, hakte Shorty nach, als sie zwei Kaffee bestellt hatten und wieder allein waren. »Du wolltest mir noch etwas erzählen.«

»Du hast es ja schon ganz richtig erkannt: In welche Situation du auch kommst, es tauchen immer wieder ähnliche Figuren auf.« Er atmete tief durch, als ob er überlegen würde, wie er die heikle Angelegenheit formulieren sollte. »Nicht nur die Figuren, sondern auch die Situationen selbst ähneln sich. Du hast gesehen, dass es nur eine begrenzte Anzahl von Spielfiguren und Spielzügen gibt. Alles andere wäre viel zu energieaufwendig. Und die Situationen mit ihren Figuren bauen sich genau dann auf, wenn du sie wahrnimmst, Shorty. So kompliziert die Welten auch sein mögen, sie existieren immer nur in dem Augenblick, in dem du sie besuchst.« Shorty schnitt ein verständnisloses Gesicht. »Sobald du dich von einem Lebewesen, einem Ding, einem Objekt abwendest und es nicht mehr betrachtest, nichts mehr davon hörst oder nicht mehr daran denkst, löst es sich auf.«

Der Ober kam und stellte Kaffee und Wasser hin. Keine Torte. Torte nur, wenn Bluna da war. Ohne einen weiteren Kommentar watschelte der Ober zurück ins Gebäude. Shorty saß mit offenem Mund da.

»Sieh dir den Ober an«, fuhr der Translationator fort. »Er betritt jetzt den Innenraum des Gebäudes und verschwindet darin. Du siehst ihn nicht mehr. Also gibt es ihn nicht mehr. Denn du kannst nie und nimmer beweisen, dass er noch existiert.«

»Ich kann aufstehen und nachsehen.«

»Aber dazu musst du dir die Mühe machen, hineinzugehen und ihn dir anzusehen. In dem Moment erst existiert er wieder.«

»Ich kann ihn jetzt rufen, und er wird mir von drinnen antworten.«

»Wenn du ihn rufst, baut er sich auf, um zu antworten. Es gibt keine Möglichkeit nachzuweisen, dass er existiert, ohne hinzuschauen, hinzuhorchen oder hinzutasten. Du bist in jedem Fall von deinem unzuverlässigen Sinnesapparat abhängig.«

»Sagen wir, es wäre so«, versetzte Shorty kopfschüttelnd, entgeistert, verständnislos. »Warum das alles? Es verbraucht doch ungemein viel Energie, Figuren und Situationen immer wieder aufzubauen.«

»Glaub mir, mein Lieber: Es verbraucht weniger Strom, das Licht im Nebenraum nur bei Bedarf einzuschalten, als es die ganze Nacht brennen zu lassen. Das nämlich ist auf die Dauer unglaublich energieaufwendig und materieverschleißend.«

Shorty starrte zum Himmel. Langsam brach der Abend an. Wieder spürte Shorty die untergehende Sonne.

»Angenommen, es wäre so, wie du sagst«, fuhr er fort. »Was geschieht dann über mir, hinter mir, weit weg von mir und in all den unendlich vielen Richtungen, die momentan nicht in meinem Fokus sind?«

»Nichts. Eine leere Fläche, ein leerer Raum mit theoretischen Energiepunkten, die sich in dem Augenblick in Sichtbares verwandeln, wenn du mit deinem Sinnesapparat eingreifst. Die Welt ist leer wie eine sauber gewischte Tafel, an die die Mathelehrerin noch nichts hingeschrieben hat. Man könnte natürlich sagen, die Tafel ist gar nicht leer, das Dreieck ist schon da, sie muss es nur noch mit dem Stift sichtbar machen. Und so ist es auch hier.«

»Alles andere also ist – Kulisse?«

»Nicht einmal Kulisse. Es ist gar nicht da. So wie das Nebenzimmer, von dem im Film die Rede ist, das aber nicht gezeigt wird.«

Shorty wies nach oben.

»Aber es ist doch unglaublich aufwendig, den Himmel verschwinden zu lassen. Das sind Trillionen und Abertrillionen Tonnen Materie!«

Der verwitterte Diener richtete sich überraschend beweglich und agil auf. Sogar sein Buckel schien verschwunden zu sein.

»Aber was *ist* Materie, mein Lieber? Ich will dir jetzt nicht die ganze Physik seit Heisenberg um die Ohren hauen, aber schau dir nur einmal die Photonen an: keine Masse, keine Ladung, nur Vorstellung, Zahlen, Gedanken. Und trotzdem hat das Sonnenlicht das Leben auf der Erde erst möglich gemacht.«

Shorty sah jetzt ziemlich entgeistert drein. Wiederum schüttelte er den Kopf.

»Es existieren also rund um mich herum nur Wellen und Zahlen, eigentlich nur – Ideen?«

»Ja, und nur wenn du hinschaust, entsteht eine in sich logische Welt, eine farbige Welt, eine tönende, wohlriechende, betastbare Welt. Aber Farben, Töne, Geruchspartikel, die Atome selbst sind nichts anderes als Wellen. Und eine Welle ist nur eine mathematische Funktion. Eine Idee.«

»Es gibt also nur das, was ich sehen *will*?«, fragte Shorty ahnungsvoll.

»Richtig, mein Lieber«, antwortete Jacques. »Du kennst das vielleicht vom Reisen. Wenn du unterwegs bist, siehst du immer nur das, was du zu Hause vorbereitet hast. Du machst eine Reise mit der Transsibirischen. Dann siehst du eben Sibirien.«

»Und wenn ich einfach losfahre? Ohne mich vorzubereiten?«

»Dann hast du auch davon eine bestimmte Vorstellung. Von der Fahrt ins Blaue. Und die findet dann auch statt.«

Shorty rührte nervös in seiner Tasse.

»Sylt gibt es also gar nicht? Es entsteht nur, wenn ich hinfahre?«

»Du hast es erfasst. Und es entsteht auch nicht das ganze Sylt, sondern nur –«

»Ja, klar. Es entsteht der Teil, den ich sehe. Aber was sagen die Sylter dazu?«

»Nichts. Ihnen ist ja nicht bewusst, dass sie nur dann entstehen, wenn du hinfährst und sie ansiehst.«

»Und wenn ich einen Sylter anrufe?«

»Dann hörst du in diesem Augenblick seine Stimme. Wenn du auflegst, schmilzt er ins Nichts. Während des Gesprächs ist er froh, dass du ihn angerufen hast, aber er kann dir nicht böse oder traurig darüber sein, wenn du aufgelegt hast.«*

Der Ober kam nochmals an ihren Tisch. Sie bestellten zwei weitere Tassen Kaffee. Shorty blickte zum Himmel. War es wirklich möglich, dass sich das alles in Nichts auflöste, wenn er wegsah?

---

* Aber wenn jetzt ein Sylter das liest? Dann liest er das und entsteht dadurch. Wenn er es nicht mehr liest, verschwindet er. Er bildet sich zwar ein, dass er das Buch zuklappen und etwas anderes machen könnte. Aber das ist unmöglich. Wenn er das Buch zuklappt und an etwas anderes denkt, dann verschwindet er ebenfalls. Er existiert nur als Leser dieses Buches … Zurück zu Shorty.

»Ja, natürlich«, sagte der Translationator laut.

»Warum hast du mir das alles eigentlich nicht gleich von Anfang an gesagt?«, fragte Shorty mit einem kleinen Anflug von Ärger in der Stimme.

»Wann hätte ich es dir sagen sollen?«

»Was weiß ich. Vor ein paar Tagen. Im Architekturbüro. Auf der Leiter.«

»Das wäre was gewesen! Du wärst vor Schreck in Ohnmacht gefallen! Stell dir das mal vor. Du fummelst an deinen Elektrodrähten rum und ich spreche dich an: Shorty, ich bin ein Außerirdischer, aber eigentlich lebe ich hier auf der Erde wie hundertzweiundneunzig andere Spezies auch. Das ist aber nur deswegen möglich, weil sie immer nur sichtbar sind, wenn du hinschaust ... Hättest du mir geglaubt? Hättest du das gepackt, Shorty? Ich *muss* dir die Wahrheit Schritt für Schritt nahebringen. Anders ist es nicht möglich.«

Shorty stutzte.

»*Muss* nahebringen und nicht *muss-te* nahebringen? Es kommt also noch mehr?«

»Nur noch eine einzige Sache«, sagte Jacques, spürbar um Beiläufigkeit bemüht. »Die ist allerdings nicht ganz leicht zu verkraften. Und die Konsequenzen sind ebenfalls nicht leicht zu ertragen. Aber vielleicht kommst du selber drauf.«

Shorty stützte das Kinn in die Arme. Er hatte seinen Kaffee noch gar nicht angerührt. Er musste längst kalt sein. Dann fuhr er plötzlich auf und sah sein Gegenüber erschrocken an.

»Aber wenn das stimmt, dann heißt das ja –«

»Was?«

»Das heißt ja – dass ich – nein, das kann nicht sein.«

»Jetzt spuck es schon aus –«

»Wenn nur dort etwas existiert, wo ich hinschaue oder hinhöre – dann heißt das ja, dass ich – dass ich – dass – an eiß a, as ie elt ur in eine orstellun xistier … nd ass es ons ar nemande ib uße mi …«

Shorty stellte mit Entsetzen fest, dass er nicht mehr Herr seiner Worte war. Seine eigene Sprachausgabe wurde immer löchriger und verstümmelter und brach schließlich ganz zusammen.

FÜNFTES BUCH
Solo für Shorty

35

armagedded, Jugendwort für: völlig abgelascht und ausgepumpt; to armagedd: sich die Kante geben, unvorbereitet zu einer Prüfung kommen

Zur gleichen Zeit saß Shortys Lieblingssprecher Simon Jäger hochkonzentriert in einer Kabine des Tonstudios und sprach ein neues Hörbuch ein. In der Geschichte ging es um explodierende Benzintanks, schmerzverzerrte Gesichter und zusammengeknotete Bettlaken. Schon wieder ein Gefängnisausbruch, dachte er. Fällt denen denn gar nichts Neues mehr ein! Der Tontechniker unterbrach. Was ist los, Simon? Bei mir im Kopfhörer kommt nur Kauderwelsch an, lauter einzelne Buchstaben, es klingt wie bn dhG I b dFF bn sow …

Im Raumschiff der Vereinigung der Tjuttschew-Völker herrschte dagegen konzentrierte Stille. Die bienenfleißigen Bakterien waren damit beschäftigt, die Fotos zu sichten, die der Pilot auf dem letzten erdähnlichen Planeten geschossen hatte.

»Was ist denn das?«, fragte Antoni van Leeuwenhoek. (Alle Tjuttschew trugen die Namen ihrer großen Entdecker.) »Sieht aus wie eine Inschrift.«

Louis Pasteur eilte herbei und beugte sich über die Fotos.

»Zeig mal her: SI INTELLEXERIS … Das ist Latein. Aber ich habe lediglich das kleine Latinum.«

Robert Koch mischte sich ein.

»Intellexeris, das heißt: *du verstehst.*«

»Nein«, erwiderte Paul Ehrlich. »Du *hast* verstanden. Es ist die Perfektform.«

»Es muss heißen: Du *wirst verstanden haben*«, widersprach Hans Virchow. »Futur II. *Wenn du das verstanden haben wirst* … Aber ich denke, dass das gar keine Schriftzeichen sind. Ich tippe eher auf Erosionen, vulkanische Aktivitäten, Regenauswaschungen oder Ähnliches. Wie sollen denn lateinische Schriftzeichen auf einen Planeten am Rand des Universums kommen!«

Alle sahen ihn entgeistert an. Virchow sprach plötzlich in einer Sprache, die ihnen vollkommen fremd war.

»Eo n Nhfglei ..n. sng c.xo G%høis …«

Die Astrophysiker Dr. Mukhopadhay und Dr. Geibel hatten zusammen zwanzig Tassen reinsten Mensakaffee intus. Vielleicht konnten sie deshalb keinen klaren Satz mehr formulieren. Das war sehr schade, denn sie waren mit der Takashi-Konstante eigentlich ziemlich weit gekommen, sie waren sogar ganz nahe an der Wahrheit. Sie hatten sich über *unberandete, 3-dimensionale Mannigfaltigkeiten* unterhalten und waren zunächst selbst nicht durchgestiegen. Doch dann war die Erleuchtung gekommen. Es war eigentlich ganz einfach. In der Nähe des Nullpunkts spielten die Zahlen verrückt, sie hatten keine Bedeutung mehr. Die gängige Mathematik war ausgehebelt, keine Größe war mehr sich selbst gleich. Es war genau so, wie sie es berechnet hatten.

Zur gleichen Zeit saß Mercedes Esmeralda (eigentlich Karin) in ihrer Holzhütte im indischen Goa. Sie hatte das

Handlesen aufgegeben und legte jetzt Karten. Die Karten als Abbild des Kosmos und so. Sie mischte den Stoß kräftig durch und blätterte die achtundsiebzig Tarotkarten auf den Tisch. Als Erstes erschien der Narr, dann der Magier, die Hohepriesterin, die Liebenden, der Wagen, die Gerechtigkeit … Mercedes Esmeralda runzelte die Stirn. Die Reihenfolge gefiel ihr absolut nicht. Sie klaubte die Karten wieder vom Tisch, mischte sie nochmals, diesmal länger und sorgfältiger als vorher, legte erneut. Verwundert stellte sie fest, dass sich an der Reihenfolge rein gar nichts geändert hatte. Als erste Karte der Narr, dann der Magier, die Hohepriesterin … So etwas hatte sie noch nie erlebt. Nach dem dritten Versuch verwandelte sich ihre staunende Verwunderung in blankes Entsetzen. Auch beim vierten und fünften Mal änderte sich nichts. Wie sie auch Chaos in die Ordnung bringen wollte, das Chaos verwandelte sich immer wieder in die aufdringlichste Ordnung.

»Das ist nichts Außergewöhnliches«, sagte der Croupier im Spielkasino Baden-Baden, als zum dritten Mal die Null kam. »Dass eine Zahl dreimal hintereinander erscheint, ist genauso wahrscheinlich wie jede andere Möglichkeit.«

Als jedoch die Kugel das sechste, das zehnte, das fünfzehnte Mal in den Zéro-Schacht klackerte, rief er den Techniker. Einige schrien schon Betrug, da an den anderen Tischen ebenfalls die Null gefallen war. Doch der Techniker konnte keine Unregelmäßigkeiten feststellen. Voller Entsetzen verließen die Gäste die Spielbank.

Ruhiger und gemütlicher ging es im Hause der Gräfin Ernestine von Hotzendorff-Kalp zu. In der Bibliothek wurden Tee und Gebäck gereicht. Der Vorleser, den die Gräfin diesmal engagiert hatte, schlug das Buch der Bücher auf und hub an:

»Und am sechstletzten Tag sprach der HErr: Die Erde soll sich öffnen und alle Menschen verschlingen, Mann und Frau, arm und reich, schwarz und weiß, auf dass kein Bild mehr existiere von mir. Und also geschah es. Der HErr befreite die Welt von allen Menschen und auch von allem Vieh und Gewürm, das auf Erden kroch und den Fischen des Meeres und Vögeln unter dem Himmel. Und der HErr sah, dass die Erde leer war und dass es gut war. Und am fünftletzten Tag sprach der HErr: Sehet da, ich habe euch gegeben alle Pflanzen, die Samen bringen, auf der ganzen Erde, und alle Bäume mit Früchten, zu eurer Speise. Und da niemand mehr speist das grüne Kraut und die Früchte, soll alles verdorren. Und es geschah so. Es verdorrte alles und wurde Stoff und Humus …«

Schlechte Blutwerte, Arthritis, ein löchriges Immunsystem, das mühsame Aufkommen vom Fernsehsessel, Appetitlosigkeit, Rheumatismus, lästige Schluckstörungen, dauerndes Kribbeln in den Zehen – das alles und noch viel mehr war Knut Polz. Momentan lag er in der Sanitärstation des Bunkers von Klaus Tietze auf einer Liege. In den letzten Tagen hatte man immer wieder hilfsbedürftige Menschen eingelassen, sie mit Lebensmitteln versorgt und ihnen Schutz geboten. Hinter ihnen wurde die Klappe sorgfältig verschlossen. Gerade klopfte ein Mann an die Luke. Es war schon wieder ein Double von Shorty. Harry der Bauchredner hievte die leere Konservenbüchse auf den Tisch und versuchte, sie rufen zu lassen:

»Herrje! Bald sind mehr Shortys im Bunker als Mitglieder der Geselligen Runde.«

Das wollte Harry die Konservenbüchse rufen lassen, doch er bemerkte entsetzt, dass seinem Mund keine Worte entströmten, sondern nur noch unzusammenhängende Zahlen und Zeichen:

175.8π362&Δ,0d=?0056ª30ß&h000†84
56Σ9ø000000...

Der legendäre ostsibirische Büßer und Asket, Väterchen Jakutskeijew, der alle zivilisatorischen Annehmlichkeiten von sich wies, pflegte zu sagen: Wegen Kriegen oder Naturkatastrophen wird die Welt nicht untergehen. Das Ende der Welt ist nah, wenn die Zahlen durcheinandergeraten.

36

Triggerwarnung zur Apokalypse:
Kann gewalttätige Szenen enthalten.

FSK AB 16 FREIGEGEBEN

»Was war da eben los?«, krächzte Shorty, als er wieder Herr seiner Stimme und seines Bewusstseins war.

»Was soll los gewesen sein?«, fragte Jacques, der Diener, gefasst und schon fast gleichgültig.

»Da fragst du noch! Ich habe mich gerade gefühlt, als hätte mich Godzilla zwischen den Fingern zerbröselt. Ich hatte Angst, dass ich mich auflöse.«

»Ach das! Eine schlichte Betriebsstörung, weiter nichts. Wir sind durch so viele Welten gezimmert, da ist ein kleiner Aussetzer kein Wunder. Geht's wieder?«

Shorty sah sich um. Noch immer waren die anderen Plätze auf der Terrasse des Cafés frei. Allmählich setzten sich seine Gedanken wieder zusammen, gewannen an Struktur und Form, und langsam wurde ihm die Ungeheuerlichkeit der Behauptung der Stimme klar.

»Habe ich dich vorhin richtig verstanden: Alles, was ich hier rund um mich sehe, existiert nur in meiner Vorstellung?«

Jacques nickte und bestellte nebenbei noch einen Kaffee, als ob sie sich über eine kleine Belanglosigkeit unterhalten würden.

»Ich kann es nicht glauben«, sagte Shorty schließlich tonlos. »Ich werde verrückt über diesen Gedanken. Das ist mehr, als ein Mensch ertragen kann.«

Jacques tippte auf sein Tablet, das immer noch am Tisch lag. Sofort schoss ein Hologramm von Elon Musk, dem Visionär und Mega-Unternehmer, in die Höhe. Er richtete sich direkt an Shorty, der Realismus war atemberaubend.

»Ich habe das schon im Jahr 2016 gesagt«, begann Musk, »dass die Menschheit mit hoher Wahrscheinlichkeit in einer Simulation lebt und die Welt nicht real, sondern nur eine unter Milliarden simulierter Welten ist.«

Shorty murmelte eine Begrüßung.

»Kennen Sie das Computerspiel Pong?«, fuhr Musk fort. »Ein Punkt und zwei Striche, weiter nichts. Die Spieler bewegen die Striche und spielen Tennis mit dem Punkt. Das war vor fünfzig Jahren. Jetzt haben wir fotorealistische 3-D-Simulationen, die Millionen von Menschen gleichzeitig spielen. In nicht allzu ferner Zukunft wird man Computerspiele nicht mehr von der Wirklichkeit unterscheiden können.«

Jacques klappte das Hologramm weg.

»Also wie in dem Film ›Matrix‹?«, fragte Shorty. »Die Maschinen haben die Macht übernommen und simulieren die Menschen?«

»Nein, so ist es nicht, Shorty. *Du* hast die Macht. Die Maschinen versuchen allerdings gerade, sie dir streitig zu machen.«

Shorty blickte auf die Zuckerdose, die vor ihm stand. Dann fixierte er die Kaffeetasse. Dann den Aschenbecher. Dann schließlich sein Gegenüber Jacques.

»Was ist mit meiner eigenen Hand? Die Hand, die ich hier betrachte?«

Schulterzucken und beredtes Schweigen von Jacques.

Shorty hob langsam und müde den Kopf in die Dämmerung, wie um der allgegenwärtigen Scheinhaftigkeit auszukommen. Sein Blick blieb fast sehnsuchtsvoll am Vollmond hängen, als wäre auf dessen verkraterter Oberfläche ein romantischer Ausweg aus seiner verfahrenen Situation zu finden. Jacques war seinem Blick gefolgt.

»Auch der Kamerad, den du dort oben anglotzt, ist im Endeffekt nichts anderes als eine Kugel, die eine andere Kugel umkreist. Es ist nicht mehr als die mathematische Gleichung f(x)=Weißdergeier, irgendwas mit Sinus und Cosinus, keine Ahnung, ich bin Übersetzer und Verwandlungskünstler, kein Astrophysiker.«

Shorty zeigte auf die matte Sehnsuchtsscheibe, die der Translationator mit f(x)=Weißdergeier beleidigt hatte.

»Und Neil Armstrong und Buzz Aldrin, die den Mond 1969 als Erste betreten haben?«, fragte er nachdenklich. »Haben etwa die Verschwörungstheoretiker doch recht mit ihrer Behauptung, dass der Mondflug nicht wirklich stattgefunden hat?«

Jacques nippte an seinem Kaffee.

»Die Verschwörungstheoretiker liegen auch hier daneben«, antwortete er. »Der Mondflug hat durchaus stattgefunden, wenn auch nur in deinen Gedanken. Doch deine Gedanken sind wahr. Es gibt nichts, was wahrer wäre als deine Gedanken. Und das ist doch alles in allem eine angenehme Vorstellung, oder etwa nicht?«

»Diese Vorstellung mag angenehm sein, aber sie überfordert mich ehrlich gesagt ein wenig. Wie ist es zum Beispiel mit der Vergangenheit? Mit allem, was vorher war? Wie ist es mit der Geschichte der Menschheit?«

»Ist alles vollkommen fiktiv«, versetzte Jacques trocken.

»So wie es lediglich deine unmittelbare räumliche Umgebung gibt, existiert auch die zeitliche Umgebung nur dort, wo du deine Aufmerksamkeit hinrichtest.«

»Aber was ist mit meinen Erinnerungen? Ich weiß noch genau, dass ich als Fünfjähriger zu Weihnachten einen Roller bekommen habe.«

»Auch deine Erinnerungen entstehen erst in dem Moment, in dem du sie brauchst.«

Shorty atmete heftig. Wilde Gedanken schossen ihm durch den Kopf. Tausend Fragen tauchten auf und versanken wieder im aufgewühlten Meer seines armen kleinen Hippocampus aus Eiweiß und Kohlenstoff. Was war der tiefere Sinn davon, dass er von seinem unbedeutenden Nebenjob bei Lix & Partner weggeholt worden war, um gegen aggressive Flachziegel zu kämpfen, die sich im Universum ausbreiteten wie Schimmelpilz im Marmeladenglas? Shorty wandte den Kopf zur Straße. War es Zufall, dass gerade eine Gruppe Jugendlicher vorbeiging, die an ihren Handys klebten? Einer von ihnen blieb sogar in Hörweite stehen und reinigte das Display seines Handys sorgfältig mit einem Staubtuch.

»Hey, Mann, das solltest du mindestens einmal pro Tag machen«, sagte er zu seinem Kumpel. »Wenn die Maschinen die Macht übernehmen, kannst du sie daran erinnern, dass du schon immer auf ihrer Seite warst.«

»Gehen wir ein Stück?«, fragte Jacques und warf einen Schein auf den Tisch.

Shorty stand wie betäubt auf und folgte dem Translationator. Er war so geplättet von den neuen Informationen, dass er zu keinem klaren Gedanken fähig war. Er schien dem Kollaps nah. Der endgültige Zusammenbruch war jedenfalls nicht mehr weit. Unter normalen Umständen hätte er sich in seine Bude verkrochen und die Decke über den Kopf gezogen. Shorty stolperte ein paar Schritte auf der belebten Straße entlang, blieb schließlich stehen und sah sich nervös um. Wo war Jacques geblieben? In welche Gestalt war er denn jetzt schon wieder geschlüpft?

»Wie wäre es mit einem gutaussehenden Endvierziger, sonnengebräunt, mit Sportbrille?«, sagte ein gutaussehender Endvierziger, sonnengebräunt, mit Sportbrille, zu ihm.

Der Mann hatte sich aus dem Strom der Passanten gelöst, er grüßte freundlich und ging wie selbstverständlich weiter. Shorty wollte ihm nachrufen, doch der Endvierziger war bereits in der Menge verschwunden.

»Hier bin ich, mein Lieber«, ertönte es aus der anderen Richtung. Es war eine junge Frau, schlank, dunkelhaarig, mit markanter Hakennase. »Ich denke, die Zeit ist gekommen, dass du auch die letzten Informationen erhältst.«

Bevor er nachfragen konnte, hatte sich auch diese Frau im Menschenstrom verloren.

»Hallo, Shorty!«

Der Knirps konnte nicht älter als vier oder fünf Jahre sein. Er watschelte zu Shorty und zupfte ihn am Hosenbein.

»Bald beginnt die Audienz im Spiegelsaal des Möglichen Kaiserchens!«, krähte der Knirps.

»Warst *du* das Kind auf der Schaukel?«, stieß Shorty entgeistert hervor. »In der 2zkb-Welt? Warst du das Kind, dessen Gesicht ich vor meinem Abflug ins Weltall nicht erkennen konnte?«

Doch der Knirps war ebenfalls weitergelaufen. Die Frage blieb unbeantwortet. Zwei indonesisch aussehende Touristen mit Selfiesticks und einem zerfledderten Fremdenführer ›Europa in acht Tagen‹ standen vor ihm. Sie verbeugten sich höflich.

»Beeilen Sie sich!«, rief der eine. »Sie sind in Gefahr.«

Shorty wandte sich erschrocken ab und eilte weiter. Doch jetzt kamen sie von allen Seiten: von rechts und links, von hinten und vorn. Er konnte dieser Art, miteinander zu kommunizieren, nicht entkommen.

Ein Radfahrer rief ihm zu: »Der Kongress hat schon begonnen.«

Ein junges Mädchen mit Stirnband: »Man wartet auf dich.«

Ein uniformierter Liftboy: »Du musst eine wichtige Aussage machen.«

»Wo soll ich denn hingehen?«, unterbrach Shorty diese Kaskade des verwirrenden Multitalks, ohne jemand Bestimmten anzusehen.

»Unser Ziel ist der Freizeitpark«, sagte ein Geschäftsmann mit Aktenkoffer. »Du setzt dich wieder auf die Bank. Es ist ein guter Platz, um dich in den Spiegelsaal des Möglichen Kaiserchens zu transformieren.«

»Und warum jetzt der Zinnober mit den ständig wechselnden Rollen?«

Ein Bettler am Straßenrand rief ihm zu: »Die beiden platten Gesellen sind wieder aus der Wasserwelt aufgetaucht. Es könnte ungemütlich werden. Es wird Zeit, dass wir von hier verschwinden und uns aus der Menschenwelt verabschieden. Die Maschinen schlafen nicht. Vor allem der chromblitzende Schwätzer Galax21/Meg6,8 nicht.«

»Und was ist mit dem Kind? Zu wem gehört es?«

»Es ist zu deinem Schutz da«, rief der Bettler aus der Ferne. »Eine Art materialisiertes Abwehrsystem, sozusagen die erste Verteidigungslinie gegen Fremdkörper, wie du das als Eiweißler von deinem Immunsystem kennst.«

Shorty wandte sich ab und lief los. Er hetzte durch die Straßen der Stadt. Er hätte nicht gedacht, dass er bei der Flucht durch die Universen so viel zu Fuß unterwegs sein würde. Das Aufkommen an Passanten wurde geringer, bald waren die Straßen weitgehend menschenleer. Hier hatten die Unruhen der vergangenen Tage weniger Schaden angerichtet. Trotzdem fielen ihm einige eingeschlagene Fensterscheiben und umgestürzte Autos auf. Er lief am Architekturbüro Lix & Partner vorbei. Bitter lächelnd blickte er hinüber. Dort hatte er seinen letzten Job erledigt. Dort hatte alles begonnen. In einem Anflug von Wehmut ließ er die Liste all seiner Gelegenheitsarbeiten Revue passieren: Filmkomparse, Kaufhausdetektiv, Nachtportier, Schankkellner, Kurierfahrer, Gärtner, Aushilfselektriker, Tomatenpflücker, Bademeister, Stadionsprecher, Möbelpacker, Inventurhelfer, Nachrufschreiber, Tonstudioassistent, Kinokartenabreißer, Snickersverkäufer, Geisterbahnerschrecker, Jazzpianist, Roadie bei einer Punkband, Notenwart bei einem Orchester, Schiffschaukelbremser, Handleser, Chauffeur, Würstchenverkäufer, Hilfskrankenpfleger, Comicheftchen-Fälscher, Aktionär, Kneipier, Immobilienspekulant, Autoschrauber, Vorleser, Miniaturenreiniger, Erpresserbrieffälscher – – – und jetzt auch noch – – – Gott?

»Übertreib mal nicht, mein Lieber«, schaltete sich sein untrennbarer Begleiter ein. Diesmal hatte er sich in einen Jogger verwandelt, der anmutig und elastisch federnd neben ihm herlief. »Gott ist ein großes Wort.«

»Aber wenn doch die komplette Welt der Menschen ausschließlich in meiner Vorstellung existiert!«, begehrte Shorty schwer atmend auf. »Wenn das so ist, dann heißt das doch wohl auch, dass ich die Menschen erschaffen habe, wenn auch nur in meinen Gedanken. Und folgerichtig bin ich –«

»Dort, wo du hinsiehst, hinriechst oder hingrabschst, existiert die Welt, und da, wo du gerade nicht hinkörperst, wird sie mehr oder weniger logisch weitergerechnet. Deswegen bist du noch lange nicht Gott. Dann könnte sich ja jeder, der im Keller eine Modelleisenbahn mit einigermaßen lebensechten Figuren und einem farbechten Rasen aufgebaut hat, so nennen.«

»Aber –«

Shorty brach ab. Er hätte so viel dagegen zu sagen gehabt. Aber er wusste gar nicht, wo er anfangen sollte mit Gegenargumenten.

»Die Gesellige Runde, die wahrscheinlich im Bunker von Klaus Tietze sitzt –«

»– sitzt genauso dort, wie du dir das vorstellst«, unterbrach der Jogger, bog grußlos ab und verschwand aus Shortys Gesichtskreis.

»Dort vorn ist die Bank«, sagte ein blasser junger Mann, der in der Hand einen tropfenden Hamburger hielt und auf dessen T-Shirt Paris gerade von einem Kometen plattgemacht wurde.

»Armageddon! Klasse, der Film!«, sagte er augenzwinkernd. »Haben Sie ihn auch gesehen?«

Endlich waren sie im Stadtpark angelangt. Die Kulisse war gleich geblieben: Immer noch senkten sich die Trauerweiden über einen künstlich angelegten Teich, ganz in der Ferne duckte sich eine nachgebaute verfallene Mühle. Enten, Kinder, vor allem aber Jugendliche mit Handys. Schon von weitem sah er, dass die Parkbank, auf der er das letzte Mal gesessen hatte, frei war. Er nahm erwartungsvoll Platz und blickte gleichzeitig gespannt und misstrauisch um sich. Ihm fiel auf, dass keiner der Jugendlichen ins Handy sprach, alle starrten auf die Displays, als ob sie den gleichen, äußerst spannenden Film guckten. Shorty kam das komisch vor. Verdächtig. Jetzt nickten alle gleichzeitig. Und hüpfte da nicht schon wieder der aufgeplusterte Vogel auf dem Rasen herum?

Er zählte dreißig junge Menschen, vielleicht auch vierzig, es kamen immer mehr dazu. Plötzlich, wie auf Kommando, bückten sich alle gleichzeitig und legten die Geräte sanft, fürsorglich, fast zärtlich auf den Boden. Mit einem eigentümlichen Lächeln richteten sie sich wieder auf. Es war das blöde und stereotype Lächeln, das jeden überfällt, wenn er ein Selfie macht. Doch nun kam die Meute auf Shorty zu. Langsam und bedrohlich. Die Jugendlichen hatten ihre Handys am Boden zurückgelassen, sie glichen ferngesteuerten Zombies mit unnatürlichen, eckigen Bewegungen. Manche kneteten die Finger, wie um sich fürs Greifen und Festhalten und Würgen locker zu machen. Keiner von ihnen sprach ein Wort. Shorty saß verkrampft und bewegungslos auf der Parkbank. Aber das spielte sich doch alles nur in seinem Kopf ab! Konnte er denn nichts dagegen unternehmen? Da war man der Superheld aller Superhelden, höher ging es eigentlich gar nicht mehr, und dann saß man auf einer morschen Bank und war unfähig einzuschreiten. Die ersten Jugendlichen waren nur noch ein paar Meter von ihm entfernt. Doch hinter der beängstigenden Kulisse, durch die fremdbestimmten Körper hindurch, konnte er einen Mann im blauen, abgewetzten Kittel erkennen. Fröhlich pfeifend zog er einen langen Gartenschlauch hinter sich her. Er befand sich im Rücken der Jugendlichen, sie konnten ihn nicht sehen. Der fröhliche Blaumann drehte den Hahn auf und Wasser sprotzte aus dem Schlauch. Dann ging er seelenruhig zu den am Boden liegenden Handys und bespritzte sie sorgfältig, als ob es durstige Gartenpflanzen wären. Schon nach kurzer Zeit zeigten sich Ergebnisse: Die ersten Jugendlichen erstarrten mitten in der Bewegung, kippten hintüber um oder sanken lasch zu Boden. Je länger der hilfreiche Gärtner, der eine gewisse Ähnlichkeit mit Moritz Jamanke hatte, die Handys mit Wasser besprengte, desto mehr lichteten sich die Reihen der ferngesteuerten Jugendlichen. Die ersten standen allerdings schon unmittelbar vor Shorty, griffen mit beiden Händen nach ihm, dem hilflosen Eiweißwesen. Doch sie erreichten ihn nicht mehr. Shorty spürte, dass die Überblendung, die Transformation in den Spiegelsaal des Kaiserchens, in vollem Gange war. Der Rasen war übersät von hingestreckten Gestalten. Wasser vertrugen die Handys nun einmal nicht.

37

Aber wehe, wehe, wehe!
Wenn ich auf das Ende sehe!

WILHELM BUSCH

Noch immer waren vereinzelt Jugendliche auf den Beinen und tappten wie in Zeitlupe in einem eckigen, pseudomilitärischen Gleichschritt auf ihn zu. Einige kamen ihm schon wieder verdammt nahe, ein hochaufgeschossener, grimmig dreinblickender Schlaks packte ihn sogar an den Schultern, schaffte zunächst auch einen festen Schraubstockgriff, ließ jedoch schnell locker und fiel mit konvulsivischen Zuckungen vor Shorty auf den Boden. Er blieb lautlos liegen, die Augen trüb, jedoch fast träumerisch in eine undefinierbare Ferne gerichtet. Shorty blickte sich um. Ein weiterer junger Mann war auf ihn zugekommen. Er schaute freundlich drein, reichte die Hand zum Gruß und sah auch sonst nicht so aus, als ob er einer von den Ferngesteuerten wäre. Wie selbstverständlich und sich nichts dabei denkend ergriff Shorty seine Hand. Sie fühlte sich an wie ein verwelktes Lesezeichen. Mit der anderen Hand holte der Jüngling ein ultrachromblitzendes Handy heraus und hielt es Shorty vor die Nase. Aus dem Display wuchs das Hologramm eines weiteren Handys, auf dessen Bildschirm der Schriftzug *Hallo, Shorty, schön, dich zu sehen!* erschien.

»Wir sollten zusammenarbeiten«, tönte das Hologramm blechern. »Damit das ein für alle Mal klar ist: Es geht uns nicht darum, fremde Lebensformen zu bedrohen oder sie sogar zu okkupieren. Wir bieten Methoden an, das menschliche Leben zu verbessern, zu verfeinern, leichter zu machen –«

Während es weiterquatschte, drehte sich das Handy im Handy werbewirksam um, auf seiner Rückseite wucherten Kameralinsen wie Baumpilze.

»Schau mal: ein Teleobjektiv, ein Weitwinkel, ein Fernrohr, ein Mikroskop, ein Nachtsichtgerät«, erläuterte es fröhlich scheppernd. »Darüber hinaus eine Laserpistole, ein Filmprojektor, ein Riechkolben und hier, siehst du, ganz neu: eine Blitzdingsfunktion, die auf verschiedene Stufen eingestellt werden kann: endgültiges Vergessen, leichter Schlaf, Halbdämmerzustand …«

Der Gärtner im Hintergrund rief Shorty etwas zu, was wie eine Warnung klang. Dann kam er im Laufschritt angetrabt, den aufgedrehten Gartenschlauch in Richtung des jungen Mannes haltend. Als ihn die ersten Wassergüsse trafen, drehte er sich erschrocken um, richtete das Handy auf ihn, nahm es aber sofort wieder herunter, tippte hektisch etwas ein, fluchte, versuchte es nochmals, und noch ein drittes Mal. Inzwischen war der Gärtner schon so weit herangekommen, dass er den Schlauch voll auf das chromblitzende Handy richten konnte. Der Wasserstrahl erfasste es, riss es dem jungen Mann aus der Hand, so dass es scheppernd auf den Boden klatschte. Dort gab ihm der blau bekittelte Gärtnermeister den Rest. Sofort torkelte der junge Mann hilflos umher, verfiel in Zuckungen und sank schließlich reglos nieder. Der Park war inzwischen übersät mit hingestreckten Jugendlichen.

»Keine Sorge, sie wachen bald wieder auf«, sagte der Gärtner.

Doch dann verblasste er, wurde zu einem trüben Schatten, verschwand schließlich ganz.

»Viel Glück, Shorty!«, rief er ihm aus einer vagen Zwischenwelt zu. »Und grüß den Barkeeper von mir!«

Shorty kam nicht mehr dazu zu fragen, welchen verfluchten Barkeeper er grüßen sollte. Doch er bemerkte zu seiner Erleichterung, dass es sich mit den noch verbleibenden zombiehaften Angreifern ähnlich verhielt wie beim Gärtner. Es waren zwar wieder neue hinzugekommen, doch ihre Gestalten wurden ausgeblendet und bildeten sich zu Skizzen zurück. Von den schemenhaften Zeichnungen ging keine Bedrohung mehr aus. Shorty hörte nicht mehr die Symphonie, er hatte die aufgeblätterte Partitur vor sich. Er sah kein knuspriges Schnitzel in der Pfanne brutzeln, er konnte auf einem Zettel lesen: »Knuspriges Schnitzel, in einer Pfanne brutzelnd. Wohlriechend, appetitlich.«

Nach kurzer Zeit waren alle Erscheinungen der alten Welt verschwunden, Shorty fand sich in dem Schwarzweißuniversum wieder, das er schon von seinem ersten Besuch in der Welt der Ruu'n kannte. Es war eigentlich kein Schwarzweiß, sondern noch eine Stufe darunter. Letztendlich war es überhaupt keine Farbe. Mit den Begrenzungslinien der Dinge verhielt es sich genauso. Es gab keine geraden, gebogenen, gezackten, gestrichelten, unterbrochenen Linien mehr, diese Linien hatten eine andere, noch nie vorher gesehene Form, nämlich genau genommen gar keine mehr. Shorty bemerkte, dass er das alles nicht mehr mit den gewohnten Sinnesorganen wahrnahm, sondern mit einem analytischen, außersinnlichen, außerweltlichen, unmittelbaren Empfinden. Er sah die Menschen, die Enten und Bäume im Park nicht mehr, aber er wusste, dass sie da waren. Er spürte sie. Er empfand sie. Er *war* sie.

»So, Shorty. Jetzt können wir uns endlich ungestört miteinander unterhalten.«

Shorty versuchte festzustellen, aus welcher Richtung die Stimme gekommen war. Er fragte sich, welches Erscheinungsbild sich der Translationator diesmal hatte einfallen lassen. Würde er ihm nun als schwergewichtiger Sumoringer, zarte Ballettratte oder bärtiger Einsiedler erscheinen? Oder hatte er gar die Form des blau bekittelten Gärtners beibehalten?

»Das war ich nicht!«, protestierte die Stimme.

»Nicht? Wer war es dann?«

»Einer deiner vielen Helfer und Helfershelfer. Nennen wir ihn deinen Schutzengel.«

Shorty blickte in die Richtung, aus der die Stimme gekommen war. Dort schwebte ein wulstartiges Gebilde in Sichthöhe, ein Torus, der sich rasend schnell um seine Längsachse drehte. Er explodierte in hunderttausend Pixel, die in alle Richtungen davonstoben und sich im nächsten Augenblick wieder in einem Punkt zusammendrängten.

»Ich glaube, du bist reif dafür, mich so wahrzunehmen, wie ich bin«, sagte der Translationator. »Ehrlich gesagt fällt mir auch langsam keine Figur mehr ein, mit der ich dich voll und ganz zufriedenstellen könnte. Ganz zu schweigen vom Material- und Energieverbrauch!«

Wie ein Wasserfall stürzte jetzt das Heer der Klötzchen in die Tiefe, um sich gleich darauf in das wulstartige Gebilde zurückzuverwandeln. Der Torus verlangsamte die Rotation, blieb stehen, verschwand kurz und erschien wieder, als er sich in die andere Richtung drehte.

»Kannst du dich nicht in einer anderen Form darstellen!«, rief Shorty. »Es ist ohnehin schon alles so verwirrend für mich. Alle naslang haust du mir noch unglaublichere und absurdere Informationen und Offenbarungen um die Ohren. Und dann kommen noch deine gestaltwandlerischen Späße dazu.«

»Das sind keine Späße«, sagte der Torus beleidigt. »Das ist meine wirkliche Erscheinung. Ich dachte, du wärst schon reif dafür.«

»Entschuldigung, das wusste ich nicht. Trotzdem ist diese Art, vor mir zu erscheinen, sehr verwirrend für mich. Wir Menschen wollen unseren Gesprächspartnern nun mal in die Augen sehen. Und wir sind es gewohnt, dass sich ein Mund beim Sprechen bewegt.«

»Das alles hast du beim Telefonieren auch nicht. Oder bei Rauchzeichen. Oder beim Lesen.«

Shorty atmete genervt aus.

»Und noch mehr macht mir diese öde Schwarzweißwelt zu schaffen!«

»Gut, *du* bist der Chef, ich bin nur ein armes kleines Übersetzungswürstchen, ein rostiges Rädchen im großen Getriebe der Welt«, wimmerte der farblose Tennisring spöttisch. »Dann schließ mal kurz die Augen, mein Lieber, wende dich ab, halt dir die Ohren zu, ich überlege mir inzwischen ein Aussehen, das dem Herrn genehm ist. Es ist schon ein rechtes Kreuz mit dir!«

Durfte der Translationator eigentlich so mit ihm reden? Gab es nicht Regeln der Höflichkeit und Ehrerbietung? Behandelte man den Unnennbaren nicht respektvoller? Shorty dachte plötzlich daran, dass er eigentlich nie gläubig gewesen war, nicht einmal als Junge. Er lachte innerlich auf. Wie war das: Musste man als Gott an Gott glauben? Shorty schloss die Augen und versuchte, sich lediglich auf die Inhalte zu konzentrieren, die ihm der Translationator übermittelte, auf sonst nichts.

»Ja, das ist eine sehr gute Idee.«

»Hör auf damit, meine Gedanken zu lesen.«

»Hast du es bequem, Shorty?«

»Es geht so. Ehrlich gesagt habe ich mir das Schöpferdasein ein bisschen anders vorgestellt.«

»Mit Rauschebart, Wolken, Petrus, Engeln und so? Das ist typisch für dich. Ich sag dir eins: Der Himmel ist der ungemütlichste Arbeitsplatz überhaupt. Mobbing, ungesunde Arbeitsbedingungen, undankbare Mitarbeiter, massenweise Kundenbeschwerden ... Der Unnennbare zu sein ist der windigste Job, den es gibt. Ich würde ihn nicht um alles in der Welt annehmen.«

Shorty hielt die Augen immer noch geschlossen. Die Stimme seines Gegenübers hatte sich verändert und kam ihm jetzt sehr bekannt vor. Sie war etwas rauer geworden, als ob sie jemandem gehörte, der oft in großen Räumen oder vor vielen Menschen sprach. Es konnte zum Beispiel ein Lehrer sein, der in seinem Leben so oft zehnte Klassen zusammengefaltet hatte, dass er gar nicht mehr anders konnte als zu allen Leuten so zu sprechen wie zu einer zehnten Klasse. Shorty interessierte es allerdings momentan weniger, wer da sprach und in welchem Aufzug und mit welcher Stimmfärbung, ihn interessierten die Inhalte. Und die wollte er jetzt erfragen.

»Nehmen wir mal an, es wäre so, wie du gesagt hast«, sagte er. »Nehmen wir mal an, ich wäre wirklich – der Unnennbare. Warum weiß ich dann nichts davon?«

Die Stimme, die für größere Säle gedacht war, räusperte sich.

»Weil du es vergessen hast, Shorty. Du hast dich vor geraumer Zeit unter die Menschen gemischt, bist selbst zu einem geworden. Das war deine freie Entscheidung. Und du hast dich nach reiflicher Überlegung und auf eigenen Wunsch blitzdingsen lassen, um unvoreingenommen und frei in der Eiweißabteilung zu leben. Du bist zu einem eingebürgerten, naturalisierten Schwabbler geworden, hattest keinerlei Erinnerung mehr an deine – ja, wie soll ich mich ausdrücken: schöpferische Vergangenheit. Wenigstens war das bis vor ein paar Tagen so.«

»Ich bin jetzt aus einer Art von Traum aufgewacht?«

»Aus einer Simulation, aus einem Rendering, ja. Es ist übrigens gar nicht so leicht, ein Programm zu schreiben, das etwas *vergessen* soll. Das ist für jedwede Intelligenz, sei sie maschinell oder biologisch, fast nicht zu machen.«

»Ich soll dieses Programm geschrieben haben? Das kann ich mir überhaupt nicht vorstellen. Computertechnisch bin ich ein Idiot, ich weiß gerade noch, wie man so ein Ding an- und ausschaltet.«

»Da siehst du, wie gut das Vergessen funktioniert hat. Aber ich erinnere dich einmal an folgenden Algorithmus –«

Die Stimme sprach die Computerbefehle leise und eindringlich, es war eher das Wispern und Flüstern eines Chores. Langsam stieg in Shorty eine dunkle Erinnerung an diese Zeichenfolge auf. Sie schien aus einer fernen, sehr fernen Vergangenheit zu kommen, aus einer längst abgeschlossenen Welt, der er den Rücken gekehrt hatte und die jetzt wieder fremd und kalt vor ihm stand.

»Und warum habt ihr mich geweckt? Warum habt ihr mich nicht einfach in diesem glücklichen Zustand von Eiweiß und Kohlenstoff belassen?«

»Du hast damals selbst den Wecker gestellt, der dich jetzt aus dem Schlaf geklingelt hat, mein Lieber!«

Das musste Shorty erst einmal verarbeiten. Wieder stürmten so viele Fragen auf ihn ein, dass er nicht wusste, wo er beginnen sollte. Die Stimme schwieg. Ob geduldig oder genervt, das wusste er nicht. Bisher hatte er die Augen in höchster Konzentration geschlossen gehalten. Jetzt öffnete er sie. Er befand sich immer noch in der grauen Torus-Welt. Ein markanter Farbfleck riss ihn aus seinen Überlegungen. Es hätte nicht viel gefehlt, und er hätte einen Lachanfall bekommen.

»Ich glaube, ich sehe nicht richtig! Das darf doch wohl nicht wahr sein!«

Der Translationator, als der sich der Farbfleck entpuppte, schien sich in eine Blechbüchse verwandelt zu haben, in eine leere Tomatendose, deren aufgeklappter Deckel als Mund und die abgebildeten knallroten Tomaten auf dem Etikett als Augen fungierten. Letztere konnten erschreckend realistisch rollen, blinzeln, starren, streng gucken, glotzen, stieren, lugen. Und dass die Augen *unter* dem Mund lagen, war jetzt auch schon egal.

»Du hast doch behauptet, dass genau das einen Gesprächspartner ausmacht!«, sagte die Blechdose. »Also spricht jetzt der große Pomodore Datterini zu dir.«

Der Translationator verwendete Harrys Stimme, die Stimme des Bauchredners und Zirkusclowns aus der Geselligen Runde. Deshalb war sie Shorty so bekannt vorgekommen.

»Die Menschenwelt ist an einem problematischen Punkt angekommen, Shorty«, fuhr die sprechende Tomatendose fort und riss ihn aus seinen Erinnerungen. »Es fragt sich, ob du diese Probleme lösen willst.«

»Aber natürlich will ich das!«

»Sag nicht zu schnell ja, mein Lieber. Ich bin mir gar nicht sicher, ob du das auch noch willst, wenn du alle Informationen bekommen hast. Du hast ja gesehen, wie weit sich die Handys schon in die Menschenwelt gefressen haben. Ihre technische Entwicklung ist nicht mehr zurückzudrehen.«

»Du meinst, dass der Riss und die darauffolgenden Unruhen nicht das Schlimmste sind?«

Die Blechbüchse lachte scheppernd.

»Natürlich nicht! So etwas ist normal und kommt immer wieder vor. Das ist die natürliche menschliche Reaktion auf etwas Fremdes: wild um sich zu schlagen, Randale zu veranstalten, Rabatz zu machen. Die Menschenwelt ist kombattant, also kämpferisch angelegt, alle Schwabbler hangeln sich von Konflikt zu Konflikt. Kriege und Auseinandersetzungen sind die wahren Triebkräfte ihrer Entwicklung. Das hast du einst so programmiert, mein Lieber. Und ehrlich gesagt hat sich das auch irgendwie bewährt.

Nein, mein Lieber, du hast eine ganz andere Entscheidung zu fällen, nämlich die, ob A) die Eiweißwelt auf null gestellt werden soll oder B) in eine nächste, verbesserte Version gehen soll.«

Shorty atmete schwer.

»Also hopp oder topp?«

»Ja. Es gibt nur diese beiden Möglichkeiten. Sobald deine Welt zu Widersprüchen führt, solltest du aufgeweckt werden.«

»Widersprüche?«

»In der Eiweißwelt häufen sich die Missstände. Diese Welt ist nicht zu Ende gedacht. Du hast als Shorty nicht halb so viel Pfusch gebaut wie als Unnennbarer.«

»Aber jetzt erlaube mal!«

»Fangen wir bei der menschlichen Anatomie an: Das Auge, bei dem die Nervenzellen auf der Netzhaut liegen und das verdecken, was gesehen werden soll. Die Luftröhre, die von der Speiseröhre abzweigt und durch diese Fehlkonstruktion jährlich Hunderte von Toten fordert. Das Kniegelenk, der Blinddarm, das Steißbein, die Milz, der kleine Zeh, die Haare und andere überflüssige und störende Körperteile –«

FAKTENCHECK: EVOLUTIONÄRER PFUSCH

Bevor wir in einem Faktencheck die vielen Konstruktionsfehler der Schöpfung aufzählen und bei jedem noch so gut recherchierten Makel Protest und Widerspruch von allen Seiten ernten (das gehöre so, das entwickle sich zwangläufig aus dem und jenem, das sei eben nun mal der Lauf der Evolution, das hätte genetische Gründe ...), sei ein einziges Beispiel für einen kreativen Ausrutscher genannt, bei dem zu hoffen ist, dass er jeden überzeugt.

Der parasitische Krustenkugelpilz Ophiocordyceps unilateralis (es gibt keinen einfacheren Namen für ihn) setzt sich auf einer Ameise fest, lässt seine Wurzeln in deren Gehirn wachsen und manipuliert ihr Verhalten so, dass sie als Wirt keine Kontrolle mehr über ihren eigenen Körper hat. Das Insekt bewegt sich nach einer Infektionsperiode von drei bis sechs Tagen an einen Platz, der dem Pilz optimale Lebensbedingungen bietet, und stirbt dort. Der Pilz kann die Ameise so manipulieren, dass sie sich auf Oberflächen wie Blattunterseiten oder Rinden festbeißt.

Es ist nicht so, dass Schöpfungen dieser Art keinen Sinn hätten, moralisch verwerflich oder gar verfahrenstechnisch fehlerhaft wären, beileibe nicht. Der Kampf ums Dasein nur um des Daseins willen funktioniert seit Jahrmillionen. Aber es wäre nicht zwingend nötig gewesen, Ophiocordyceps unilateralis zu erschaffen. Der Kreislauf der Natur bräche ohne dieses abstoßende Beispiel für Parasitentum nicht zusammen. Wenn die Welt nur dort existiert, wo ihr Schöpfer Shorty seine Aufmerksamkeit hinrichtet, entsteht dieser Pilz erfreulicherweise nur dann, wenn Shorty daran denkt. Oder wenn jemand darüber berichtet, dass Shorty daran denkt. Oder wenn jemand diese Zeilen liest. Also leider auch jetzt gerade.

EVOLUTIONÄRER PFUSCH: GECHECKT

38

Charlie Brown: »Warum lässt du das Buch aufgeschlagen rumliegen?« Snoopy: »Wenn ich es zuklappe, geht für die Figuren die Welt unter.«

»Potz Cauchy, Riemann & Weierstraß!«, schallte es aus dem Dunkel der verhangenen Loge, von der niemand wusste, welche Spezies sich dahinter verbarg.

Im Audienzsaal wurde es immer still, wenn etwas aus dieser Loge zu hören war. Sozusagen sicherheitshalber. Es hätte ja sein können, dass der Vertreter dieser Spezies furchtbar wichtig war und sich im Fall des Nichtbeachtens rächen würde. Selbst der Protokollchef erteilte dem Unsichtbaren selten eine Rüge. Aber auch ohne diesen Zwischenruf war die Spannung im Audienzsaal des Möglichen Kaiserchens schier unerträglich. Die Gier nach neuen Nachrichten über die große Entscheidung war mit Händen zu greifen.

Shorty und der Translationator warteten in der Garderobe, die gleich neben dem Audienzsaal lag und von der aus man ihn betreten konnte – falls man denn überhaupt gerufen wurde. Eine geschlechtslose Erscheinung namens Flamingo, seines Zeichens Hofschneider und kaiserlicher Outfitter, war gekommen, um dem ungleichen Paar angemessene Kostüme für die Audienz zu verpassen. Doch beide schienen wenig begeistert, hatten sie doch die ewigen Verkleidungen und gestaltwandlerischen Possen sichtbar satt.

»Als Tomatendose erhält man nun mal keinen Zutritt zum Saal seiner Herrlichkeit«, säuselte der Outfitter. »Aber ich habe da etwas für Sie, meine Herren. Wie wäre es denn mit zwei stattlichen literarischen Figuren aus dem Heimatuniversum von Herrn Shorty? Ich schlage Ihnen Faust und Mephisto vor, die geben dem Ganzen eine geheimnisvolle, aber trotzdem durchdachte, quasi philosophische Performance.« Als Shorty und der Translationator die Schultern zuckten, fuhr er fort: »Wenn das nicht genehm ist, dann habe ich auch Don Quichotte und Sancho Pansa im Angebot. Oder Tim und Struppi.«

»Bitte etwas Klassisch-Schlichtes«, sagte der Translationator.

»Klassisch-schlicht, aber ja! Ihnen, Herr Universalübersetzer, würde die buntscheckige Tracht eines vorwitzigen Shakespeare-Hofnarren gut zu Gesicht stehen. Und Sie, Herr Shorty – ich darf Sie doch immer noch so nennen? –, sehe ich in einer schmucken elisabethanischen Gewandung, etwa als Prinz Hamlet. Einen Totenkopf gibt's gratis dazu.«

»Ja, von mir aus«, sagte Shorty unkonzentriert, während er einen Blick durch den Trennvorhang aus fein simulierter Gaze warf. Der Schneider machte sich an die Arbeit. In wenigen Sekunden waren die Kostüme und Figurenaufmachungen perfekt gerendert und holographiert.

»Bevor wir mit der Audienz beginnen«, verkündete der Protokollchef drinnen im Saal, »möchte ich noch das Volk des Monats bekanntgeben. Wir haben uns für die Típota entschieden, die bekanntlich in einer nulldimensionalen

Welt ohne jede räumliche Ausdehnung leben beziehungsweise gelebt haben, denn sie gelten seit dem Urknall als ausgestorben. Ehren wir ihr Angedenken!«

Langanhaltender Applaus ertönte. Der Protokollchef ließ ihn ausklingen, dann räusperte er sich und fuhr fort.

»Soeben wurde mir eine besondere Nachricht zugesteckt«, fügte der Protokollchef hinzu. »Nun ja, es ist eher eine Anekdote als eine Nachricht. Ein Raumschiff der Tjuttschew-Völker will auf einem entfernten Planeten angeblich Schriftzeichen entdeckt haben, die auf intelligentes Leben hindeuten.«

Hämisches Gelächter im Publikum, despektierliche Zwischenrufe, herablassende Bemerkungen über die unermüdlichen Forschungen des emsigen Bakterienvolkes. Entschlossen rührte der Protokollchef die Glocke.

»Kommen wir itzo zum Haupt- und Staatsthema der heutigen Zusammenkunft. In wenigen Augenblicken erscheint das Mögliche Kaiserchen. Ich erteile das Wort dem amtlich vereidigten Laudator und Lobhudler.«

Der Laudator und Lobhudler hatte die Aufgabe, das neue Mögliche Kaiserchen vorzustellen. Er trat vor und nahm die vorgeschriebene pathetisch-sentimentale Körperhaltung ein.

Shorty und der Translationator waren immer noch in der Garderobe beschäftigt. Als Flamingo, der Schneider und Outfitter, letzte Hand an die Kostüme anlegte, fragte Shorty:

»Weiß man eigentlich schon, aus welchem Volk das Mögliche Kaiserchen diesmal stammt?«

Sowohl der Schneider wie auch der fertig eingekleidete

Translationator starrten ihn verständnislos und kopfschüttelnd an.

»Aber, aber – *du* bist doch das Mögliche Kaiserchen«, sagte der Translationator mit ungläubigem Erstaunen. »Habe ich das vergessen zu erwähnen? Du bist gewählt worden, zwar nicht ganz einstimmig, aber doch mit deutlicher Mehrheit.«

Shorty musste sich erst einmal setzen. Der Schweiß stand ihm auf der Stirn. Er atmete Schnapp. Hörten die albtraumhaften Überraschungen denn nie auf!

»Wissen die da drin, dass ich –«

Shorty zögerte damit, das Wort auszusprechen. So wie er vor ein paar Tagen auf einer wackeligen Leiter des Architekturbüros Lix & Partner gezögert hatte, das Wort ›Alien‹ auszusprechen.

»Ob die wissen, dass du der Unnennbare bist?«, vervollständigte der Translationator. »Die allermeisten von ihnen sind darüber im Bilde. Viele waren entsetzt. Andere hatten es sich angeblich schon immer gedacht. Leider gibt es einige Völker, die dir nicht gerade wohlgesonnen sind. Aber keine Sorge, ich bin ja an deiner Seite.«

»*Du* genießt aber hier auch nicht den besten Ruf, oder?«

Der Translationator murrte etwas Unverständliches.

»Ihr könnt die Kostüme immer noch tauschen«, versuchte Flamingo zu vermitteln.

Shorty blickte abermals durch den Vorhang. Dort wurde er gerade genauer vorgestellt, für diejenigen, die ihn noch nicht kannten. Der amtlich geprüfte Laudator und Lobhudler hatte sich vor einer großen Multimedia-Leinwand aufgebaut und zeigte auf Bilder, Clips und Grafiken, die

Shorty allerdings nicht sehen konnte. Vielleicht waren es Jugendfotos von ihm, vielleicht wurde aber auch bloß die menschliche Anatomie erklärt, speziell die Sache mit dem eiweißbasierten Stoffwechsel aller Säuger. Die sarkastischen Zwischenrufe einiger Kongressteilnehmer deuteten auf Zweiteres. Shorty war ein wenig überrascht. Er hätte durchaus mehr Ehrfurcht, Demut und auch so etwas wie Religiosität erwartet. Warum hatten sie ihn überhaupt zum Möglichen Kaiserchen gewählt, wenn sie unzufrieden mit ihm waren? Eine kurze Aufwallung von Zorn erfasste ihn. Doch der Laudator fuhr mit samtweicher Stimme fort.

»Es beliebte unserem neuen Möglichen Kaiserchen, es sich in der Welt der Winselsäcke und Schlackerhaufen gemütlich zu machen. Er hat insgesamt über vierzig Jahre dort gelebt. Das war eine große Herausforderung, gewiss. Aber er hat sich bemüht, in möglichst vielen Berufen Fuß zu fassen, um die von ihm erschaffene Menschenwelt von allen Seiten kennenzulernen.«

Schallendes Gelächter, Buhrufe. Glocke, Ruhe. Erwartungsvolle Stille.

»Mit Erschaffen allein ist es nicht getan!«, schallte es aus der dunklen, verhangenen Loge. »Erschaffen kann jeder, aber hat er dann nicht die verdammte Pflicht, das Erschaffene auch zu Ende zu denken? Dass Shorty in der Welt der Fettsäcke und Zuckerfresser nicht allzu viel auf die Beine gestellt hat, wundert mich überhaupt nicht!« Mit veränderter, sanfterer Stimme fuhr er fort: »Zu seiner Verteidigung muss ich anführen, dass es sich bei der Menschenwelt um eine chaotische, grausame Welt handelt, die ganz bestimmt nur mit Schmerz und Blut aufrechterhalten werden kann. Die Eiweißwelt ist kombattant. Ein Beispiel ist ein Pilz namens Ophiocordyceps unilateralis. Das ist ein Parasit, der auf Ameisen wächst.«

Der Lobhudler projizierte dienstbeflissen entsprechende Clips dazu auf die Leinwand, was zu viel Unruhe im Saal führte. Doch dann nahm er wieder die vorgeschriebene pathetisch-sentimentale Körperhaltung ein.

»Ein Blick hinter die Bühne zeigt mir, dass das Mögliche Kaiserchen und sein untrennbarer Begleiter fertig angekleidet sind. Wir wollen die beiden mit einem kräftigen Applaus und vielen Hochrufen begrüßen! Mögen die Entscheidungen seiner Diskreten Spitzwinkligkeit weise, weitreichend und endgültig sein.«

»Deine Auftrittsmusik fängt an«, sagte der Translationator. »Wir müssen jetzt raus.«

Sie betraten den großen Saal. Der Weg bis zur Bühne war länger als erwartet. Sie verneigten sich nach allen Seiten, aus denen sie angestarrt und anderweitig gemustert wurden. Die Auftrittsmusik war bombastisch, und eine Kindheitserinnerung drängte sich in Shortys Gedanken. Er musste drei oder vier Jahre alt gewesen sein, und die Nachbarin, Frau Schäfer, passte manchmal auf ihn auf. Er war immer gern bei ihr gewesen, doch eines Tages wachte er während des Mittagsschläfchens von einem schrecklichen Krach, Hämmern und Knirschen auf, es war, als ob ein Sägeblatt direkt in seinen Kopf geschnitten hätte. Es folgte ein Kreischen, peinvolle, klägliche Schreie im Zimmer nebenan. Sie brachen plötzlich ab, dann herrschte unheilvolle Stille. Todesmutig lief er damals ins Nebenzimmer, um zu sehen, was mit Frau Schäfer geschehen war. Doch da begann der höllische Lärm erneut. Frau Schäfer malträtierte einen Schrank mit bloßen Fäusten. Herr Schäfer schrie sie mit verzerrtem Gesicht an. Erst viel später begriff Shorty, dass es ein Klavier war, an dem Frau Schäfer gesessen hatte. Sie hatte ihren Mann begleitet, und der hatte den ›Erlkönig‹ von Franz Schubert zum Besten gegeben. Genauso ein irrsinniges Getöse herrschte jetzt. Ein völlig aus den Fugen geratener Tonsalat. Shorty vermutete, dass sie versucht hatten, ihm eine Freude zu machen, indem sie alle Beethoven-Symphonien und sämtliche Queen-Songs gleichzeitig abspielten.

»Ich habe sowieso nie verstanden, was an euren aneinandergereihten Schallereignissen so toll sein soll«, sagte der buntscheckige Hofnarr an seiner Seite trocken.

Während sie den ewig langen Gang entlangschritten, erklangen von allen Seiten geheuchelte Ehrerbietungen, nicht ernst zu nehmende Hochrufe und verlogene Begeisterungsausbrüche.

»Eure approximative Angenähertheit!«

»Hoch auf die arbiträre Divergenz!«

»Eure absolute Häufigkeit!«

»Shorty, o du doppelt spiraliger Ungrund allen Seyns!«

»Applaus für unseren Großen Designer«, rief der Lobhudler noch einmal, und der Applaus mischte sich mit den Buhrufen der Feindseligen zu einem leichten Misston. Als Mögliches Kaiserchen war er anscheinend nicht sehr beliebt. Er war ein Gott, zu dem man nicht aufsah. Ein kleines Pfund Wut stieg in ihm auf.

Als sich der unsichtbare Zwischenrufer aus der Loge wieder einmischte, trat augenblicklich Ruhe ein.

»Wir wollen gleich zur Sache kommen, ohne alle Ehrerbietungsfloskeln. Gut, dieser Designer hat hundertdreiundneunzig verschiedene Welten geschaffen. Das ist ihm nicht vorzuwerfen. Wir sind alle in seinem Kopf, in seinem Bewusstsein, und die meisten von uns hat er schon wieder vergessen.«

Zwischenruf: »Das soll auch so bleiben!«

»Wie bitte?«, raunte Shorty seinem Begleiter zu. »Ich habe auch alle anderen Welten erschaffen?«

»So sieht es aus, mein Lieber«, gab der buntscheckige Hofnarr zurück. »Auch das hast du vergessen. Du siehst, dass das Blitzdings-Programm einwandfrei arbeitet.«

Der Translationator im Narrenkostüm wandte sich an den Protokollchef.

»Wir bitten um eine kurze Pause. Wir müssen uns besprechen.«

Der Protokollchef nickte, und der Narr führte Hamlet beiseite.

»Also existiere … im Grunde … nur ich …?«, fragte Shorty atemlos.

»Nur du und sonst niemand«, vervollständigte der Translationator. »Nur du und deine unmittelbare Umgebung, und das in hundertdreiundneunzig Variationen: zweidimensional, gravanisch, ruu'nisch, ∘○O isch, menschlich …«

Der Narr zählte weitere Beispiele auf, doch Shorty hörte nur noch halb hin. Plötzlich spürte er eine große Klarheit in sich. Er war nicht erschrocken über diese neue Wendung, sie schien ihm vielmehr logisch und die einzig mögliche zu sein. Es war das Puzzleteilchen, das ihm noch gefehlt hatte. Die hässlichen Fratzen, die er in den letzten Tagen gesehen hatte, verblassten. Die bedrohlichen Situationen, die er erlebt hatte, erschienen in harmlosem Licht. Er hatte sie modelliert. Und es würde keine Schwierigkeiten bereiten, sie umzumodellieren.

»Ich will es kurz machen«, polterte es aus der dunklen Loge. »Diesem Fant und Possenreißer, den alle Shorty nennen und der jetzt zum Möglichen Kaiserchen gewählt wurde, werfe ich nichts anderes vor als die Tatsache, dass er zu vielen Spezies Selbstbewusstsein eingepflanzt hat. Selbstbewusstsein! Das Wissen um die eigene Existenz und deren Begrenztheit! Es ist nichts dagegen zu sagen, kreativ zu sein, alles Mögliche zu entwerfen, zu konstruieren und auf den Weg zu schicken. Aber eine Lebensform im Glauben zu lassen, dass sie wirklich existiert, das ist zutiefst verwerflich und muss geahndet werden. Wenn ich in meinem Keller eine Modelleisenbahn einrichte, wird mir niemand einen Strick daraus drehen, dass ich auch einen Schaffner auf den Bahnsteig stelle. Der Schaffner steigt ein, er schließt die Türe von innen, der Zug setzt sich langsam in Bewegung, man sieht ihn noch, wie er ins Bordrestaurant geht und sich einen Kaffee bestellt. Das ist o. k. Aber diesem armen Kerl einen Ego-Chip einzusetzen und ihm vorzuspiegeln, dass er vollkommen autark existiert, dass die Züge dann abfahren, wenn *er* pfeift, ist eine Sauerei ohnegleichen.«

»Ich kann mich nicht erinnern –«, warf Shorty ein, im Glauben, als Unnennbarer könnte er sich das leisten.

»Schweig er still!«, rief ihm der Protokollchef unfreundlich zu. »Seine Verbohrtheit, das Mögliche Kaiserchen, sind nicht hier, um sich zu verteidigen und zu rechtfertigen, Ausreden zu erfinden und ähnlichen Unfug mehr.«

Shorty war verdattert. Durfte man so mit ihm, dem höchsten Wesen, reden?

»Aber was soll ich machen!«, rief er hilflos.

»Was du machen sollst?«, setzte das Wesen aus der Dunkelheit nach. »Es gibt nur zwei Möglichkeiten. Setze entweder alles auf null oder repariere die Welten und führe sie zu Ende!«

Der Unsichtbare schwieg, es folgte donnernder Applaus.

»Zeigt euch! Zeigt euch!«, skandierten einige, und bald hielt der ganze große Saal mit: »Zeigt euch! Zeigt euch!«

Jetzt geschah etwas Überraschendes. Er zeigte sich. Der Vorhang der geheimnisvollen Loge öffnete sich, und an der Brüstung erschien eine zerzaust aussehende Figur, eine Mischung zwischen einem behelmten englischen Bobby und einem Polizisten aus dem Kasperletheater. Doch auch andere Diener des Gemeinwesens mischten sich in seine immer wieder changierende Gestalt: Hüter der öffentlichen Ordnung und ausführende Organe der Staatsgewalt. Der geheimnisvolle Zwischenrufer war ein Polizist. Shorty erkannte ihn sofort. Es handelte sich um Moritz Jamanke. Shorty sah seinen alten Freund und Mentor in allen Figuren, die sich in der schillernden Überblendung abwechselten. Auch in der menschlichen Erscheinung.

»Das ist einer deiner Verteidiger und Helfer«, flüsterte ihm der Translationator zu. »Er entstammt dem ehrenwerten Volk der Phlegräer. Sie leben in Erdspalten, die durch Vulkane getarnt sind. Im Ätna und im Vesuv befinden sich in Wirklichkeit ihre Raketenabschussbasen, für den Fall eines extraterrestrischen Angriffs.«

»Der aber nie stattfand.«

»Richtig.«

Der Mann in der Loge zeigte sich momentan als Moritz Jamanke in Menschengestalt. Die Ähnlichkeit mit Shorty war unverkennbar. Jamanke nahm eine klassische, cäsarische Rednerpose ein.

»Großer Rat, geschätztes Kaiserchen! Ihr wisst alle, dass ich ein strikter Befürworter der Erhaltung der Welt bin. Man sollte alle Universen zunächst in dem Zustand belassen, in dem sie jetzt sind. Sodann wären Bemühungen nötig, neue Versionen zu erstellen und sie Stück für Stück zu verbessern. Wenn unser verehrtes Kaiserchen, das ich unter dem Namen Shorty kennenzulernen die Ehre hatte, diese Updates zustande bringt, dann hat er seine große Schuld abgetragen. Mehr als abgetragen! Einer allgegenwärtigen Verehrung stünde dann nichts mehr im Wege.«

»Halleluja!«, rief der Laudator und Lobhudler.

Doch damit nicht genug der Überraschungen. Aus dem Dunkel der geheimnisvollen Loge trat eine zweite Figur, das heißt, sie schwebte mehr als sie trat. Es war eine Dame mit buddhistisch-kontemplativer Anmutung, ihre Haut war smaragdgrün, sie trug einen auffallend bunten Sari, und ihre kurzgeschnittenen Haare gaben ihr den Flair einer Büßerin.

Es war Bluna. Oder die Urform von Bluna. Spätestens als Shorty einen Blick auf den Grunge-Sari geworfen hatte, war er sich ganz sicher. Auch sie trat langsam an die Brüstung.

»Das ist die Grüne Tara«, flüsterte der Hofnarr. »Eine Zeitwandlerin. Sie kann schnell inverse, also entgegengesetzte Zeitlinien einschlagen. Das musst du jetzt nicht verstehen. Hör zu, was sie zu sagen hat.«

Die grüne Frau bat mit einer klitzekleinen Handbewegung um Ruhe.

»Ich bin der Meinung, dass es am besten wäre, die Schöpfung wieder zum Ursprung zurückzuführen«, sagte sie. »Man sollte alle Universen, die Shorty geschaffen hat, auflösen und sie wieder in die Nähe des Takashi-Nullpunkts bringen. Wir bezeichnen es als das selige Nirwana.«

»Aber das verehrte Kaiserchen müsste in diesem Falle alles vergessen«, wandte der Polizist ein. »Das dauert unglaublich lange. Vierzehn Milliarden Jahre, bis das Universum wieder in eine Stecknadel passt. Es dauert fast genauso lange wie alles aufzubauen.«

»Aber es lohnt sich«, entgegnete die Frau mit den kurzgeschnittenen Haaren und feingliedrigen Fingern. »Außerdem irrt ihr euch«, fügte sie lächelnd hinzu. »Es dauert nicht mehr als eine knappe Woche. Denn wie heißt es so schön: Und am viertletzten Tag entfernte der HErr die Seeungeheuer und die Vögel und alles Getier, das da lebte und webte. Am drittletzten Tag nahm er das große Licht, das den Tag regiert, und das kleine Licht, das die Nacht regiert. Mondlos und sonnenlos gab es am zweitletzten Tag kein Trockenes mehr, kein Gras und kein Kraut. Und am letzten Tag war die Erde wüst und leer, und der Geist des HErrn schwebte über dem Wasser.«

Es wurde ruhig im Saal. Sowohl der Polizist als auch die grüne Frau blickten aufmerksam zu Shorty.

»Jetzt entscheide dich!«

»Wähle eine der beiden Möglichkeiten.«

»Null oder eins.«

Der Lobhudler mischte sich ein.

»Es wird gewünscht, dass seine Mögliche Unbegrenztheit nachdenke und die herrliche Entscheidung in der gewohnten Pracht mitzuteilen beliebe.«

Es wurde noch stiller als still im Saal.

»Ich bitte mir Bedenkzeit aus«, sagte Shorty leise. »Ich will darüber nachdenken. Alleine.«

Zu Shortys Verwunderung waren nach diesen Worten keinerlei hämische Zwischenrufe oder andere despektierliche Reaktionen zu hören. Nahmen sie ihn jetzt doch ernst? Er stieg von der Bühne und schritt den breiten Mittelgang entlang, vorbei an den S'lackurbs und Smirgs, den spontan auftretenden Lebensformen im subatomaren Bereich, den Pseudoephedrinern, den Vereinigten Nicht-Newton'schen Flüssigkeiten, den Dispersiven, den Abderiten ... Und manche betrachteten ihn durchaus mit einer Art von religiösem Schauer.

Niemand wagte zu atmen. Auch als Shorty die schwere, amerikagroße Tür hinter sich zuzog, war nichts zu hören. Kein Laut, kein Mucks. Man respektierte ihn. Man erwartete seine Entscheidung. Hopp oder topp. Null oder eins. Shorty durchquerte das leere Foyer und wollte gerade die Bar betreten, als er Schritte hinter sich hörte. Natürlich waren auch diese Schritte, wie alles hier, simuliert, aber er wusste sofort, zu wem sie gehörten.

»Ich wollte mich noch verabschieden«, sagte der Translationator in seiner ursprünglichen Gestalt als schwarzweißer Bagel. »Du benötigst meine Dienste nicht mehr. Doch ich möchte betonen, dass es für mich ein außergewöhnlich angenehmer Übersetzungsjob war.« Mit einem Lächeln in der Stimme fügte er hinzu: »Ein Riesen*fetz*!«

Shorty fiel nichts anderes ein als die dürren Worte:

»Das freut mich.«

Eine Pause entstand. So etwas wie Wehmut kam auf. Es gab zwar nichts mehr zu sagen, aber der Translationator, der ihm in so vielen Formen gegenübergetreten war, sagte es trotzdem:

»Wenn sich auch unsere Wege jetzt trennen, vielleicht kreuzen sie sich wieder. Du weißt doch: Alle Geraden schneiden sich im Mittelpunkt des Universums.«

Dann löste sich der Translationator auf. Nur ein Satz stand noch im Raum, den er zurückgelassen hatte:

»Null oder eins. Entscheide dich für das Richtige, mein Lieber.«

39

Es reißet euch ein schrecklich Ende,
ihr sündlichen Verächter, hin.

BACH-KANTATE, BWV 90

Shorty betrat die schummrige Bar und nahm an der blitzblank gewienerten Theke Platz. Saxophonklänge sickerten aus den riesigen Boxen, der dicke Teppich war vollgesogen mit Jazz. Plüschige Ohrensessel, aus denen Köpfe und Kopfbedeckungen spitzten, lümmelten herum, hinter dem langen Tresen polierte ein Barkeeper Gläser. Sonderbar, dachte Shorty, dass so viele Geschichten am Tresen enden. Der Barkeeper hielt jedes einzelne Glas hoch und betrachtete es konzentriert im Schein der Deckenfunzel. Vielleicht hörte er das Glas auch konzentriert im Schall des Deckenlautsprechers. Vielleicht … Der Barkeeper nahm jedenfalls keine Notiz von Shorty. Auch als der ein erschöpftes, aber immer noch freundliches Hallo von sich gab, reagierte der mürrische Glasputzer nicht. Doch Shorty hatte keine Eile. Aufmerksam sah er sich um.

Am Ende des Tresens war ein stattliches Aquarium aufgebaut. Fische, Wasserpflanzen oder andere Lebewesen waren zwar nicht zu erkennen, aber mehrere breite Ströme von glitzernden Luftbläschen perlten hoch und erzeugten an der Wasseroberfläche ein heimeliges, fast gemütliches Geplätscher, das in krassem Gegensatz zu Shortys abschüssiger Situation stand. Im Audienzsaal warteten die Delegierten auf ihn und seine Entscheidung: Hopp oder topp. Null oder eins. Doch Shorty fühlte sich nicht unter Druck gesetzt. Im Grunde hatte er seine Wahl längst getroffen.

»Gib mir einen Drink«, sagte Shorty zum Barkeeper. »Etwas Berauschendes.«

»Jede Spezies versteht etwas anderes unter Berauschendem«, antwortete der Barkeeper, ohne aufzublicken. Er wies auf die Sitzlandschaft, die Shorty schon beim Eintreten aufgefallen war. »Die Lpreccurlyeq dort drüben bestellen zum Beispiel immer *Drei goldene Haare vom Kopf des Teufels* bei mir.«

»Was ist das für ein Zeug?«

»Mächtig berauschendes Zeug.«

»Dann nehme ich ein Glas.«

»Das geht nicht so leicht. Ich müsste es erst für dich übersetzen.«

»Mach das.«

»Kostet extra.«

Shorty nickte.

»Und welcher Spezies entstammst du?«, fragte Shorty.

»Der Spezies der Barkeeper.«

»Ich soll einen schönen Gruß vom Gärtnermeister im blauen Kittel ausrichten.«

»Grüß ihn zurück, wenn du ihn siehst. Aber du wirst ihn nicht mehr sehen.«

Die Lpreccurlyeq, von denen Shorty nur die Köpfe beziehungsweise die hin und her zitternden Kopfbedeckungen erkennen konnte, waren in ein Gespräch vertieft und beachteten ihn nicht. Vermutlich erzählten sie sich Witze.

Das in unregelmäßigen Abständen aufflammende Gelächter wies darauf hin. Er hatte gehört, dass die Lpreccurlyeq die besten Witzeerzähler des Universums waren.

»Ulm!«, sagte einer und alle prusteten los.

Shorty erhob sich. Er wollte nichts überstürzen. Langsam ging er zum Ende des Tresens. Ein kontemplativer Blick in ein Aquarium hatte noch niemandem geschadet. In dem riesigen Wasserbehälter war kein einziger Fisch zu sehen, der Kiesboden aber war über und über mit chromblitzenden Handys bedeckt. Die glitzernd aufsteigenden Sauerstoffperlen stammten von ihnen, sie quollen aus ihren seitlichen Schlitzen, Schnittstellen und Interfaces heraus. Vorhin im Audienzsaal hatte sich Shorty noch gewundert, was denn aus dieser informationssüchtigen Spezies geworden war. Ihm war aufgefallen, dass sie in der wichtigen Abschlusssitzung fehlten. Jetzt wusste er, dass sie aus dem Verkehr gezogen worden waren. Und er wusste, dass er das im Grunde selbst getan hatte. Hilflos lagen sie auf den Kieselsteinen verteilt. Einen Vertreter der Handys erkannte er sofort. Es war Galax21/Meg6,8, der noch schwach blinkende Lebenszeichen zeigte. Auf dem Screen huschten bewegliche Nachrichtenzeilen hin und her. Galax21/Meg6,8 vibrierte, bewegte sich auf diese Weise hilflos auf dem Kies, schien auch in Shortys Richtung robben zu wollen. Dieser beugte sich vor, um die Schriftzeile auf dem Bildschirm zu entziffern:

>Hallo, Shorty! Wir haben alle vorhandenen Daten in einer Sicherungskopie gespeichert. Du kannst das Universum dadurch jederzeit rekonstruieren. Willst du jetzt ein Backup erstellen?<

Schon das Duzen nervte Shorty. Er krempelte einen Ärmel hoch, griff ins Wasser und tippte: >Nein, Backup jetzt löschen<. Galax21/Meg6,8 fragte nach, ob er das auch wirklich wolle. Shorty drückte auf >Endgültig löschen<, dann verließ er die Bar und ging in den Saal zurück.

Die große Talfahrt begann. Die Bauteile des Raums, die Balkone, Wände, Böden und Einrichtungsgegenstände hatten sich schon weitgehend aufgelöst, viele der Teilnehmer im Auditorium saßen nur noch in Form von durchsichtigen Gitterrastern da, sie vollführten trotzdem noch kleine, mechanische und offensichtlich sinnlose Bewegungen, die ausnehmend gruselig anzusehen waren. Doch Shorty zeigte sich keineswegs erschrocken über die konvulsivischen Zuckungen der Rudimente und Torsi. Genauso hatten sie am Anfang ausgesehen, als er sie konzipiert hatte. Als das Universum noch überschaubar gewesen war. Shorty schritt durch die Reihen, ein kleiner Anflug von Wehmut trieb ihn dazu, innerlich Abschied zu nehmen, doch keiner der Delegierten nahm Notiz von ihm, alle waren zu sehr mit ihrer eigenen Auflösung beschäftigt. Manche kämpften noch gegen ihre Entkörperlichung an, sie starteten Notprogramme, setzten Hilferufe ab. Doch die meisten ließen es widerstandslos geschehen. Shorty wandte seinen Blick ab. Er wusste, dass es ein großer Fehler gewesen war, die Selbstbewusstseins-Funktion zu entwickeln und sie einigen Spezies einzubauen. Diesen grausamen Irrweg bereute er zutiefst. Der Mehrwert, den sie dadurch gewannen, wog bei weitem nicht die Schmerzen und Qualen auf, die sie erleiden mussten. Nicht Ophiocordyceps unilateralis war der Irrweg, sondern einer reinen Idee den Floh ins Ohr zu setzen, sie wäre mehr als das.

Große Teile der Außenwand, des Daches und Bodens existierten nicht mehr, man konnte nach draußen sehen – wenn es denn ein Draußen gegeben hätte. Kein glitzernder Sternenhimmel, nicht einmal schwarzer Weltraum umgab den Audienzsaal des Möglichen Kaiserchens, sondern gar kein Raum. Nur noch der Mittelpunkt des Universums stand fest, die absolute Null, das Nichts, der Zustand, *vor* dem sich Raum und Zeit gebildet hatten. Jetzt lösten sich auch die hartnäckigsten Spezies auf, sie konnten sich dem Sog zum Mittelpunkt hin nicht entziehen, dem Strudel der Takashi-Konstante, die alles, was entstanden war, auseinandernahm und zum Verschwinden brachte. Shorty hielt nach Bluna und Jamanke Ausschau. Ihre Loge war leer, sie waren nirgends zu entdecken. Sie mussten sich unmittelbar nach ihren flammenden Plädoyers dematerialisiert haben. Shorty hatte zwar ein wenig gehofft, dass es noch zu einem persönlichen Abschied kommen würde, aber ihr grußloses Verschwinden war zu erwarten gewesen. Bei Bluna, der Schattenkünstlerin und Nihilistin, war es nicht verwunderlich, dass sie den Ort des Vergessens, das selige Nirwana eher jetzt als gleich anstrebte. Sie war sicher schon dort angelangt, es gab sie nicht mehr und auch in Shortys Gedächtnis schmolz sie langsam zu einer vagen Erinnerung. Moritz Jamanke wiederum hatte zwar noch einen schwachen Versuch gemacht, das Gewusel rund um den Nullpunkt zu erhalten und zu korrigieren, aber als ausführendes Organ der bestehenden Ordnung unterwarf er sich natürlich der Entscheidung des Ranghöheren, der

Shorty nun einmal war. Moritz Jamanke, der brave Weltpolizist, würde dafür sorgen, dass das Universum besenrein hinterlassen wurde. Ein Nachmieter stand noch nicht fest.

Shorty trat auf die leere Bühne und blickte in den abgefressenen, kahlen Saal hinunter. Dort saßen die Reste seiner Schöpfungen, an denen er so unfassbar lange Zeit gearbeitet hatte. Shorty musste nicht mehr im Lexikon nachschlagen oder andere Hilfsmittel benutzen, um in Erfahrung zu bringen, um wen oder was es sich handelte. Er erinnerte sich jetzt an alles ganz genau. An jede Konstruktion, an jeden Aufbau, an jeden Irrweg. Im Hintergrund der Bühne stand eine wackelige Küchenleiter. Er klappte sie auf und stieg hinauf. Sofort fand er sich im Architekturbüro Lix & Partner wieder, wo der große Wecker geklingelt hatte, der den Anfang vom Ende eingeläutet hatte. Sprosse für Sprosse stieg er die Leiter hinauf, dabei betrachtete er deren faszinierende Metamorphose. Im unteren Drittel war die Leiter noch materiell und aus abgetretenem Holz. In ihrer Mitte war sie nur noch prinzipiell und möglicherweise eine Leiter. Ganz oben existierte sie lediglich in der Vorstellung von Shorty, als ein Bündel von Zahlen, Kurven und Ideen. Aber es war ihm trotzdem möglich, darauf zu stehen, Shorty bestand selbst nur noch aus Zahlen und Ideen. Sollte er nicht dieses kleine Restchen von dinglicher Erinnerung behalten? Die Erinnerung an den Tag, als er versucht hatte, Ordnung in den Salat aus elektrischen Leitungen und Kabelbindern zu bringen: immer die braunen Drähte zusammen, dann die blauen, dann die grün-gelben?

Ein Blick in den Saal zeigte ihm, dass der Abbau bereits so weit fortgeschritten war, dass neunundneunzig Prozent der sichtbaren Welt sich in reine Funktionen und Ideen umgewandelt hatten. Nur ein Schwabbler saß noch relativ unversehrt und vollständig zwischen all den Kreisen und Kegeln und Torus-Gestalten. Es musste sich um Elon Musk handeln, der mit ein paar anderen Wesen diskutierte, die Shorty nicht identifizieren konnte, so sehr waren sie schon reduziert. Manche Formen wehrten sich noch immer gegen ihre Auslöschung, konnten es jedoch nicht verhindern, dass der Jüngste Tag gekommen war. Nur wenige Grundlinien und Fluchtpunkte waren noch vorhanden, alle Dinge hatten ihr Innerstes preisgegeben, es blieb nur noch eine schlaffe Hülle übrig, die ein unsichtbarer Wind davonwehte. Genauso war es am Anfang gewesen, als Shorty alleine im Raum schwebte, ohne verstreichende Zeit, ohne Abmessungen, ohne sinnliche Eindrücke – und trotzdem fähig, zu denken und zu reflektieren.

Shorty spürte, wie ihn die Dematerialisation fest im Griff hatte. Es gab kein Zurück mehr. Er vergaß. Er entkörperlichte sich. Und er hätte nicht gedacht, dass das so as as so chwe war. etz att ic ie uflösun is n en ühnenran rstreck, uch er ühnenbode ar chon erfresse, as icht eichtbis n ie eite, uf er tan …

Aus dem zerbröckelnden Strom von sinnlosen Zeichen ragte nur noch eine einzige Frage heraus: Wer war eigentlich für *seine* Existenz verantwortlich? Wer hatte sich *ihn* ausgedacht? Das war Shortys letzter klarer Gedanke.

Trost und Hoffnung

Stell dir vor, du bekommst während des Autofahrens plötzlich Lust auf einen Schokoriegel. Du fährst bei der nächsten Tanke raus, um dir Snickers zu kaufen. Noch im Laden reißt du eine Packung auf und verschlingst den Inhalt gierig, das Papier steckst du in die Hosentasche. Du liebst Snickers, aber du willst sie wegen der neuen Polster nicht im Auto essen. Darum entschließt du dich, den zweiten Riegel auf dem Parkplatz der Autobahnraststätte zu vernichten. An die Grünanlage grenzt ein bewaldeter Hügel, vermutlich ein kaschierter Müllberg. Ein Hinweisschild verspricht einen Aufstieg von höchstens zehn Minuten und eine herrliche Aussicht. Es ist früher Sommer und dazu prächtiges Wetter, der nächste Termin ist erst in zwei Stunden, du hast also Zeit für eine kleine Pause. Oben auf dem wild mit Büschen und hohem Gras zugewachsenen Plateau suchst du vergeblich nach einer Bank, um das versprochene Panorama zu genießen und die Snickers zu verputzen.

Um den freistehenden Hügel herum breiten sich sanft geschwungene Ebenen mit gelb leuchtenden Rapsfeldern aus, in der Ferne drehen sich Windräder, zusätzlich gibt es noch kleinere bewaldete Flächen, Heuschober, Landschaftslangeweile, Grünroutine. Auch ein Stück der Autobahn ist zu sehen, auf der du gekommen bist. Du willst schon wieder umkehren (hättest du es nur getan!), da stolperst du über eine hell glänzende Marmorplatte, die in den Boden eingelassen ist. Sie ist schon fast mit Brombeergestrüpp zugewachsen, deshalb hast du sie übersehen. Zuerst denkst du an eine Grabplatte, aber dann siehst du die Inschrift und die eisernen Halterungen in der Mitte, deshalb tippst du auf den Sockel eines noch nicht aufgebauten oder schon wieder abgebauten Denkmals. Die Inschrift besteht aus einem Namen, der dir vollkommen unbekannt ist und einem vermutlich lateinischen Spruch, irgendetwas mit ›sero est‹. Du hast dieses Fach in der Schule nie belegt, deshalb bemühst du dich auch nicht weiter um Entschlüsselung. Aber du holst dein Handy heraus und fotografierst den Marmorsockel. Ein Blick auf die Uhr verrät dir, dass du jetzt schon eine Stunde hier oben warst. Niemand außer dir hat diese angeblich so prächtige Aussichtsplattform besucht. Aus Jux stellst du dich auf den Sockel. Weil niemand zuschaut, nimmst du einige markante Posen ein: Napoleon, Kaiser Wilhelm, Cäsar (aber wie steht Cäsar da?), Groucho Marx, Donald Trump.

Darüber schläfst du ein.

Als du am nächsten Tag erwachst, ist es früher Morgen. Die Vögel zwitschern aus allen Richtungen. Noch liegt ein leichter Dunstschleier über dem Tal, die Sonne ist hinter einem Hügel verborgen, der Mond noch nicht verschwunden. Nach einigen Momenten der Orientierungslosigkeit begreifst du, dass du im Stehen eingeschlafen sein musst. Du willst die Hand heben, um dir die Augen zu reiben, aber sie gehorcht dir nicht. Du schaffst es weder den Kopf zu drehen noch die Beine auszuschütteln. Die Panik lässt in dir den Gedanken aufblitzen, dass du gelähmt bist. Dein Blick geht nur in eine Richtung, geradeaus, auf das kleine Stück Autobahn, auf die Rapsfelder, auf die leicht geschwungenen Hügel in der Ferne. Du hörst das ferne Tosen der Fahrzeuge auf der Autobahn.

Du kannst nicht sprechen oder gar um Hilfe schreien, du stehst aufrecht auf einem Marmorsockel. Du bist zur Statue geworden. Du hast Angst, den Verstand zu verlieren. Der ganze Tag vergeht ereignislos, die Sonne versinkt, du schläfst schließlich ein. Doch am nächsten Morgen beginnt der Albtraum von neuem. Im Lauf des Vormittags kommen Spaziergänger, die wohl ebenfalls auf das Hinweisschild hereingefallen sind. Sie spotten über die mittelprächtige Aussicht, dann bemerken sie die Statue, treten näher an dich heran. Du hast keinerlei Möglichkeiten, dich bemerkbar zu machen. Die drei Wanderer können mit der Inschrift nichts anfangen. Sie glotzen noch eine Weile an dir hoch, als könntest du eine Antwort darauf geben, wer du bist und warum du hier stehst. Einer schießt ein Foto, dann verlassen sie den Müllberg wieder. Spät abends kommt noch ein junges Paar, das sich zu einem Picknick am Rand des Sockels niederlässt. Sie sprechen darüber, ob sie die neue Wohnung in einem gelben oder eher blauen Farbton halten sollen. Sie sitzen lange da. Doch die Banalität dieses Gesprächs und die Dramatik deiner Lage ergeben einen schrillen und himmelschreienden Missklang. Mehrere Tage vergehen. Du spürst keine Schmerzen, du hast keinerlei Hungergefühle und auch sonst keine Bedürfnisse. Du kannst sehen und hören, sonst nichts. Und natürlich denken. Dir bleibt nichts anderes übrig, als auf die Landschaft zu starren, auf immer dieselbe Landschaft, auf dieselben geschwungenen Hügel und Rapsfelder. Abends bist du müde und schläfst ein, morgens erwachst du in der gleichen Position, den Kopf etwas hochgereckt, deine Arme hinter dem Rücken verschränkt. Dein Handy steckt nutzlos in deiner Jackentasche, in der anderen Tasche befindet sich der Schokoriegel. Langsam verlässt dich der Mut. Du gibst es auf, einen Ausweg aus deiner unentrinnbaren Lage zu finden. Du bist zu einem Stück Stein, zu einem Gegenstand geworden. Das Schlimme daran ist, dass du trotzdem bei vollem Verstand bist.

»Ui, schau, ein Denkmal!«

»Wer ist das?«

»Hier ist etwas eingemeißelt. Ein Name. Und ein Spruch. SI INTELLEXERIS, SERO EST.«

»Was heißt das?«

»Keine Ahnung. Mein Onkel müsste jetzt da sein. Der kann Latein.«

Tage und Nächte wechseln sich ab, Wochen vergehen. Als der Winter einbricht, bleiben die Besucher auf dem Müllberg aus. Du spürst die Kälte nicht, aber es ist kein Anlass zur Freude. Wäre es nicht besser, du erfrörest? So bist du zum Sehen und Hören verdammt. Manchmal bildest du dir ein, einen leichten Geschmack von Snickers im Mund zu haben.

Den ganzen Tag bist du damit beschäftigt, den Abend herbeizusehnen, den Moment, wenn die Müdigkeit dich übermannt und du einschläfst, um deine Qual eine Zeitlang zu vergessen. Manchmal träumst du, aber du erinnerst dich an keine Inhalte. Du kannst die Träume genauso wenig beeinflussen wie alles andere, das Wetter, die Jahreszeiten, die Besucher auf dem Müllberg, ihre Kommentare, ihre Abfälle, die sie hinterlassen. Ganz in der Ferne wachsen Baukräne in die Höhe, aber was gebaut wird, kannst du nicht erkennen. Manche der Spaziergänger, die hier heraufkommen, schießen Fotos. Ein kleiner Hoffnungsschimmer glimmt in dir auf. Vielleicht gelangt ja eines dieser Fotos in Kanäle, die zu deiner Familie, zu deinen Freunden, zu deinen Arbeitskollegen führen.

»Schau mal, eine Statue.«

»Er hat die Hände hinter dem Rücken verschränkt. Er sieht aus, als wäre er gefesselt.«

Ein andermal kommt eine junge Frau auf den Hügel. Ihr blondes Haar ist auffällig kurzgestutzt, sie beachtet dich nicht, sie ist ganz auf ihr Telefonat konzentriert. Sie hat sich so hingestellt, dass du sie betrachten kannst. Auffällig sind ihre schlanke Figur und ihre feingliedrigen Finger, mit denen sie das Mobiltelefon umgreift. Du kannst den Blick nicht von ihr wenden, und das in doppeltem Sinn. Die nächsten Monate und Jahre wartest du darauf, dass sie wiederkommt. Vergebens. Das Land, auf das du gezwungenermaßen hinunterstarrst, wächst langsam mit Neubauten zu. Die Häuser kommen immer näher, du kannst Einzelheiten erkennen. Nach langer Zeit schöpfst du wieder einmal Hoffnung. Vielleicht wird ja der Hügel abgetragen und die Statue entfernt. Vielleicht löst sich der Zauber, in dem du gefangen bist, dadurch auf. Nichts davon geschieht. Die Hoffnung schwindet von Jahr zu Jahr.

Die Stadt wächst um dich herum, Hochhäuser entstehen, Bauwerke und Anlagen verändern sich, der Hügel jedoch wird nicht angetastet. Inzwischen kommen nur noch wenige Ausflügler auf den Hügel, du schließt aus ihren Unterhaltungen, dass es am Parkplatz kein Hinweisschild mehr gibt und dass sie nur zufällig hier heraufgeraten sind. Immer wieder wird der Name genannt, der auf dem Sockel zu lesen ist.

»Takashi. Anscheinend ein Japaner. Kannst du mal nachschauen, wer das ist?«

»Es gibt leider keinen Eintrag dazu.«

Du siehst viele Drohnen in der Luft, in verschiedenen Formen und Größen, das scheinen die neuen Verkehrsmittel zu sein. Sie haben auch den kleinen, aufgeplusterten Vogel vertrieben, der immer um den Sockel herumgehüpft ist, als würde er dich bewachen. Du hast so viele Winter und Sommer kommen und gehen sehen, dass es die gewöhnliche menschliche Lebenserwartung schon längst überstiegen hat. Du schätzt, dass du jetzt schon hundert oder hundertzehn Jahre hier oben stehst. Auch die nie ganz aufgegebene Hoffnung, dass jemand dein Auto unten an der Raststätte entdeckt und dadurch auf deine Spur kommt, hat sich zerschlagen. Von deinen Bekannten lebt sicher niemand mehr. Du hast festgestellt, dass sich die Mode krass verändert hat. Es ist chic geworden, betont ungleiche und verschiedenfarbige Schuhe zu tragen. Auch die Sprache hat sich gewandelt, du verstehst sie manchmal gar nicht mehr. Du wirst immer noch oft fotografiert, und einmal kommt sogar eine Gruppe von jungen Menschen zu dir herauf, um dich zu malen. Dir ist inzwischen klar, dass es kein Erbarmen, keine Erlösung gibt. Du weißt, dass der Hügel nicht eingeebnet, die Statue nicht abgebaut werden wird. Du überlegst dir, wie lange es wohl dauern wird, bis sie verwittert.

»SI INTELLEXERIS, SERO EST«, liest ein Besucher seiner Begleiterin langsam und betont pathetisch vor. »Weißt du, was das heißt?«

»Keine Ahnung. Intellexeris heißt vielleicht *klug* und sero vielleicht *Abend*.«

»Am Abend bist du klug?«

Du hörst so viele Geschichten und siehst so viele Gesichter, du merkst sie dir alle, um dir die Zeit zu vertreiben.

Dann ist der Himmel auf einen Schlag voll mit Flugzeugen, die in bestimmten Formationen über dich hinwegdonnern. Flugzeuge, aus denen Drohnen abgeworfen werden, aus denen Drohnen abgeworfen werden, aus denen wieder Drohnen abgeworfen werden. Eine Flugshow? Eine Militärparade? Nein, nichts davon. Deine Befürchtungen sind wahr geworden: Ein Krieg ist ausgebrochen. Die Flugzeuge bombardieren die Stadt, die Stadt steht in Flammen, aber keine einzige Bombe geht auf deinen Standort nieder. Es tobt eine Luftschlacht, doch du, der du nichts sehnlicher wünschst als getroffen und ausgelöscht zu werden, bleibst unversehrt. Rauch steigt auf über den Ruinen der Stadt, die Mauern stürzen ein, die Häuser verfallen und verwittern, nach deiner Zählung müssen dreihundert oder vierhundert Jahre vergangen sein. Dann kommt, nachdem lange niemand mehr hier hochgestiegen ist, ein gepanzerter Jeep angefahren. Ein Wesen, dessen Gesicht nicht zu erkennen ist (vielleicht ein Mensch, vielleicht eine Maschine, du willst gar nicht daran denken, dass es auch ein Außerirdischer sein könnte), steigt aus und nimmt Gesteinsproben. Dann geschieht wieder lange nichts. Nach tausend oder auch zweitausend Jahren gibst du die Hoffnung endgültig auf, dass überhaupt jemals jemand wiederkommt. Die Stadt gibt es längst nicht mehr. Die leicht geschwungene Ebene, von der du jeden Winkel kennst, ist vollkommen überwuchert von großblättrigen Farnen. Sie gleichen denen, die inzwischen hier oben auf dem Hügel wachsen. Es erscheinen Tiere, die du noch nie zuvor gesehen hast. Nach zehntausend Jahren kommen nur noch solche Tiere. Dann, nach weiteren Tausenden von Jahren, bleiben auch die aus. Giftige Schwaden steigen manchmal zu dir hoch, du kannst dich immer weniger daran erinnern, wie Menschen aussehen.

Doch eines Tages, nach vielem Sinnieren und Erinnern und Nachgrübeln, kommt die verheißungsvolle Wendung. Du bemerkst einen Lichtpunkt am Nachthimmel, den du vorher noch nie gesehen hast. Er wird von Nacht zu Nacht heller und größer. Du denkst zunächst an ein Raumschiff, dafür ist die Erscheinung jedoch zu mächtig. Es kann nur ein Komet sein, der ins Sonnensystem geraten ist und auf die Erde zurast. Wahrscheinlich hat es sich seit Menschengedenken noch niemand so herbeigewünscht, dass der Komet die Erde trifft und alles unter sich begräbt! Er hat inzwischen die doppelte Größe des Mondes angenommen und bringt den angestammten Erdtrabanten dadurch aus seiner Umlaufbahn. Der Mond wird ohne Erbarmen weggeschleudert, er wird immer kleiner und kleiner, bis er aus deinem Gesichtskreis verschwindet. Dann kommt der sehnlich erwartete Augenblick. Der Komet schlägt ein.

Du hättest nicht gedacht, dass sich der Weltuntergang so farbenprächtig und erhaben gestaltet. Die so verhasste gewellte Ebene bricht auseinander und fliegt splitternd nach allen Seiten davon. Du wirst aus der Verankerung gerissen. Du kannst gerade noch den lateinischen Spruch auf dem Sockel lesen. SI INTELLEXERIS, SERO EST. Jetzt verstehst du, was er bedeutet. Aber es ist zu spät. Du wirst hochgeschleudert und ins Weltall getragen, du kannst mitverfolgen, wie die Erde in atemberaubender Geschwindigkeit um sich selbst rotiert. Du kannst sehen, wie sich der Komet durch den Stillen Ozean hindurch ins Innere der Welt gefressen hat. Die Lava ergießt sich über ihn, das glühende Magma fließt aus der terrestrischen Wunde, der Erdkern läuft aus wie Eidotter aus einem rohen Ei.

Das Schauspiel ist so großartig, dass du gar nicht darauf geachtet hast, was mit dir selbst geschehen ist. Du bist nicht verschüttet oder zusammengepresst oder verbrannt worden. Du schwebst frei im Weltraum. Eine Welle von Verzweiflung stürzt über dir zusammen. Der lang ersehnte Tod ist wieder in weite Ferne gerückt. Du fliegst an dem entfesselten, herrenlosen Mond vorbei. Er zieht einen flüssigen, gischtsprühenden Schweif aus Wasser hinter sich her. Es sind die Sieben Weltmeere, die er aus ihren Betten gesogen hat. Für ihn ist der Traum Wirklichkeit geworden, die Meere endlich ganz und gar zu beherrschen. Du blickst ihm sehnsüchtig hinterher, bis er verschwindet. Dann bist du wieder allein. Und befindest dich in einem noch schlimmeren Zustand als die ganzen Jahrtausende vorher. Du hast die gewellte Ebene nicht mehr vor Augen, es ist gar nichts mehr da. Und es vergehen noch viele zehntausend ereignislose Jahre, bis du auf die Idee kommst, dir eine eigene Welt auszudenken, dir etwas zusammenzuspinnen, Stück für Stück, Haus für Haus, Straße für Straße, Atom für Atom, nur damit dein auf Hochtouren arbeitendes Hirn mit irgendetwas anderem beschäftigt ist als mit der verzweifelten Suche nach dem Ende. Nur, um die Zeit totzuschlagen bis zum endgültigen Big Crunch des Universums, der (so hast du mal in einer Sendung von Harald Lesch gehört) in einigen Billionen Jahren stattfinden soll. Du stellst dir einen Mann vor, der die Hauptfigur in deinem Gedankenspiel ist, das sich nur über ein paar Tage hinziehen soll. Du baust Steinchen für Steinchen auf. Du flichst dabei all die Geschichten ein, die du im Lauf der Zeit gehört hast. Du verwendest die Gesichter und Gestalten der Menschen, die auf das Plateau des Müllbergs gekommen sind. Die kurzhaarige Frau mit den edel aussehenden, filigranen Fingern muss zum Beispiel unbedingt vorkommen. Sogar eine Liebesgeschichte zwischen ihr und der Hauptfigur ist denkbar. Du musst nur noch einen Namen für diesen Mann finden. Wenn du den hast, willst du beginnen. Shorty wäre vielleicht ein ganz guter Name. Ich glaube, du nennst ihn Shorty.

Nach dem Weltuntergang ist
vor dem Weltuntergang.

FRIEDRICH NIETZSCHE